Sombre découverte

SHANNON DRAKE

Sombre découverte

Traduit de l'américain par Vassoula Galangau

J'AI LU

POUR elle

Titre original :
Dead by Dusk
A Zebra book published by Kensington Publishing Corp., New York

PROLOGUE

La légende

Raoul Masson fit irruption dans les appartements de son maître. Celui-ci, assis à sa table, écrivait des lettres au roi de France.

Surpris, Conan de Burgh leva les yeux vers son jeune écuyer. Raoul paraissait dans un état d'anxiété inhabituel.

— Ils arrivent ! s'écria-t-il. Villageois et paysans ont envahi la plaine à cent lieues à la ronde. Et les chevaliers qui avaient capitulé ont ressorti leurs épées et leurs boucliers.

Cette région de la Calabre était la patrie de fiers guerriers, Conan le savait. Pourtant, il avait du mal à s'expliquer cette nouvelle. La guerre qu'il avait livrée pour réduire ce peuple altier à sa merci avait été brutale, mais les combats avaient cessé depuis longtemps. Si ces gens commettaient l'erreur de se soulever, ils n'auraient pas l'ombre d'une chance de résister à sa cavalerie bien entraînée, caparaçonnée d'acier rutilant. Bien que le comte de Burgh eût consolidé son pouvoir par des batailles acharnées et des joutes sanglantes, avec le temps, il en était venu à chérir la paix et les promesses d'une heureuse postérité. Il était réputé pour sa miséricorde à l'égard de ceux qu'il avait soumis au joug normand. Ses hommes étoufferaient dans l'œuf une insurrection de paysans armés de faux et de pioches, mais Conan détestait l'idée de l'hécatombe qui s'ensuivrait. Si, comme Raoul semblait l'insinuer, il s'agissait d'un troupeau de mécontents mené par de petits chefs rebelles, ses soldats, qui avaient déjà triomphé de situations autrement périlleuses, n'auraient aucun mal à venir à bout de celle-ci...

Toutefois, cette nouvelle ne laissait pas de le surprendre. Jusqu'alors, rien n'avait entravé la chaîne du commandement. L'année précédente, il avait prouvé à la population qu'il était parfaitement possible de vivre en bonne harmonie sous sa férule. La majorité des paysans se moquaient que leur suzerain soit un étranger, à condition qu'il s'abstienne de les faire exécuter, de violer leurs femmes et de s'emparer de leurs récoltes d'orge, de raisins et de blé.

Les sourcils froncés, Conan toucha l'épée qu'il portait toujours à son côté.

— Quels sont leurs griefs ? demanda-t-il.

Raoul, un robuste gaillard, déglutit péniblement.

— Le massacre, monseigneur ! Doux Jésus ! Ils se font égorger, éventrer, dépecer. D'après eux, c'est dame Valeria, du moins ils le pensent. Telle est la rumeur. Allez voir par vous-même ce qu'ils veulent. Ces pauvres bougres ! Ils ne se sont pas soulevés contre Votre Seigneurie. Au contraire, ils réclament votre intervention. Vous avez refusé de croire à l'iniquité de Valeria et de François, et maintenant, leurs victimes se tournent vers vous. François a l'intention d'assujettir toute la province, et *elle* est avec lui.

Le cœur de Conan se serra, et il pâlit.

Valeria.

Il avait débarqué dans cette contrée comme un grand général, un guerrier invincible, couvert de gloire, et il était tombé éperdument amoureux de la fille de Paolo Ratini, un magnat italien. Quand les hordes de Normands avaient déferlé sur le pays, Paolo avait saisi l'essentiel : le sort favorisait les envahisseurs. Il s'était alors empressé de s'allier aux conquérants.

La première fois que Conan s'était rendu à cheval au Palacio Ratini, Valeria prenait l'air sur le balcon. Sa magnifique chevelure d'ébène auréolait son visage, qui semblait sculpté dans la plus fine porcelaine. Ses yeux immenses, d'un bleu profond presque violet, le scrutaient. Elle avait souri, comme impressionnée par sa belle prestance – à moins que ce ne fût par son escorte de fringants cavaliers. Il ne l'avait jamais su et ne s'était pas posé la question.

Le grand amour de sa vie était né. Valeria avait été élevée au sein de la noblesse, ce qui n'était pas pour déplaire à Conan. Il avait songé au mariage dès l'instant où il l'avait aperçue. C'avait été un sentiment tout aussi naturel que la passion qui avait jailli entre eux comme une flamme dévorante. Conan était dans la force de l'âge, vigoureux, plein de courage et avide de pouvoir. Il comptait dans son tableau de chasse un nombre incalculable d'amantes, depuis la prostituée de bas étage jusqu'à la châtelaine raffinée, mais aucune, si belle, si experte en caresses fût-elle, ne pouvait se comparer à Valeria. Elle était veuve – son mari était tombé au champ d'honneur dès les premiers combats qui avaient opposé les autochtones aux envahisseurs normands. Mère d'une petite fille, Valeria était une superbe créature dans l'épanouissement de sa beauté. Leurs étreintes avaient été aussi sauvages que les montagnes escarpées qui dominaient les vallées étroites de la Calabre. Conan était fasciné par Valeria. Leur amour avait le goût de l'éternité, un parfum de paradis, quelque chose d'éthéré aussi – pensées qu'il ne pouvait se permettre de partager avec personne, encore moins avec la femme qui l'avait subjugué. Oui, il avait tout de suite songé au mariage, à une vie entière auprès de Valeria, dans une fièvre amoureuse éternelle, un bonheur sans fin.

Mais le destin en avait décidé autrement. Le malheur s'était présenté sous l'aspect de François de Venue, un cousin illégitime du roi de France. Entre-temps, Conan s'était établi sur place. Sa force, son aptitude naturelle au commandement lui ayant attiré l'amitié des seigneurs locaux, il avait présumé que François n'oserait pas le défier. Il s'était trompé. Le bâtard de sang royal avait fait preuve d'une brutalité et d'une violence inutiles. Les provinces qui étaient encore en rébellion étaient vite tombées sous sa coupe, et leurs habitants avaient été massacrés. D'une manière inexplicable, François et ses soldats parvenaient à triompher d'armées plus importantes qu'eux. Ils laissaient peu de morts sur les champs de bataille, alors que leurs ennemis étaient décimés.

La toute première conquête de François, au lendemain de son arrivée, avait été Valeria – il s'était emparé ensuite des possessions de son père. Conan s'était senti trahi, rejeté. Que s'était-il passé ? Paolo Ratini avait-il poussé sa fille dans les bras de ce nouveau conquérant, l'estimant plus puissant, plus influent que le Normand ? Avait-il subi des menaces telles qu'il n'avait pas eu d'autre choix que de lui céder ? Conan n'était pas parvenu à percer ce mystère. Le seul rendez-vous qu'il avait réussi à obtenir de Valeria avait été un déchirement. Il s'était déclaré prêt à combattre n'importe qui, y compris son propre roi, pour garder la femme qu'il aimait. Valeria s'était accrochée à lui, tremblante comme une feuille. Elle l'avait scruté intensément de ses immenses yeux bleus embués de larmes, comme pour mémoriser ses traits. Néanmoins, elle lui avait déconseillé d'agir. Elle ne voulait pas qu'il se batte pour elle. Conan ne pouvait pas le comprendre, mais elle allait épouser François de Venue parce qu'il le fallait, et toute réaction de la part de son ancien prétendant ne pourrait qu'aboutir au désastre. Conan s'était retiré dignement de la compétition. Il avait ravalé sa colère et son désespoir, pendant que François ravageait la campagne et saccageait les villages, semant la mort et la destruction sur son passage. Conan avait appris, effaré, que Valeria apparaissait souvent sur les lieux des combats aux côtés de son fiancé. Les rares survivants racontaient qu'elle se montrait plus implacable encore que son cruel compagnon. Au début, il n'en avait pas cru un mot. Comment pouvait-on accuser cette femme belle et douce de telles abominations ?

Et pourtant, la rumeur persistait : c'était elle, Valeria, l'instigatrice des massacres, des pillages, des supplices. Les gens se signaient en prononçant son nom. À leurs yeux, elle passait pour une sorcière, un monstre, la fiancée du diable lui-même.

— Monseigneur, ils seront là d'une minute à l'autre.

Raoul avait parlé d'une voix tendue.

Conan se dirigea vers la porte de ses appartements, dans son splendide château érigé au sommet d'une falaise, une forteresse imprenable. Il emprunta la longue galerie bordée de colonnes romaines, puis descendit l'escalier tournant qui menait au vaste hall dans lequel ses chevaliers s'étaient rassemblés. À sa vue, ils s'inclinèrent, leurs armures flamboyant à la lueur des torches, lames et lances tendues, dans un cliquetis de chaînes et de boucliers. Conan traversa le hall. Hagar, son magnifique étalon noir, l'attendait devant l'entrée.

— En avant ! cria-t-il dès qu'il fut monté en selle.

L'armée de Normands s'ébranla. Comme Raoul l'avait dit, une marée humaine s'était répandue dans la plaine : paysans, bergers, soldats en déroute, vieillards, femmes, enfants. Le ciel était sombre, mais on disait que François de Venue aimait à combattre la nuit. Lui et ses acolytes tombaient alors sur leurs proies innocentes, qu'ils exterminaient avant l'aube. Le soleil se levait sur un monceau de cadavres affreusement mutilés. On rapportait aussi que ses troupes étaient précédées de monstres, d'énormes chiens gros comme des bœufs.

À présent, la foule s'écoulait en direction de la gorge étroite au pied de la forteresse, avançant à la lumière de torches enflammées qui brillaient sous un firmament d'encre.

Juché sur sa monture, Conan donna l'ordre d'ouvrir la porte monumentale du château. Il remonta le pont-levis au-dessus du fossé, entouré de ses fidèles chevaliers. Ses hommes fermaient le cortège en rangs serrés. Arrivé à la lisière de la plaine, il leva le bras. Ses compagnons s'immobilisèrent. Il continua seul.

— Je suis là ! cria-t-il d'une voix vibrante. Que voulez-vous ? Dites-le-moi.

Un jeune homme se détacha de la foule compacte. Conan le connaissait. C'était un guerrier calabrais du nom de Da Silva, un homme loyal et intelligent qui avait prêté fidélité aux Normands. Mais ce soir, une lueur de folie brillait dans ses yeux.

— Seigneur Conan ! cria-t-il. Nous nous sommes pliés à vos lois. Les paysans vous respectent car vous n'avez jamais abusé de votre pouvoir. Nous venons vous demander de l'aide. Conduisez-nous contre les hordes diaboliques de François de Venue, sans quoi nous mourrons tous, hommes, femmes et enfants. Vous seul pouvez mettre fin à la boucherie et à la terreur que ce démon fait régner sur nos terres... ce démon et la sorcière qui commande au vent, au brouillard et aux chiens de l'enfer ! Seigneur Conan, nous vous en supplions, débarrassez-nous de François et de sa reine sanglante !

— J'ai peine à croire que cette femme soit un monstre, répondit Conan.

— Écartez-vous, cria Da Silva.

La foule se fendit en deux, laissant apparaître une paysanne mince, encore jeune mais usée par le rude labeur. Elle tenait dans ses bras un petit corps ensanglanté et déchiqueté.

— Elle a fait ça ! hurla-t-elle en s'avançant vers Conan. Je l'ai vue ! Elle se tenait sur la colline. Les chiens de l'enfer étaient couchés à ses pieds... Ils grognaient... Elle a lâché la meute sur notre village. Je l'ai vue ! Je l'ai vue lever la main, j'ai vu les feux de l'enfer brûler dans ses yeux. Si vous ne l'arrêtez pas, si vous ne la tuez pas, elle répandra la mort et la dévastation en Calabre jusqu'à ce qu'il n'y ait plus âme qui vive...

Elle tomba à genoux, ses larmes se mêlant au sang de son petit garçon.

— Pour l'amour du Ciel, seigneur Conan, aidez-nous !

Le silence se fit. Puis dans la nuit s'éleva un terrible aboiement, qui sembla résonner jusque dans le sol lui-même. Conan, qui n'avait jamais craint la guerre, la souffrance, ni même la mort, sentit son sang se figer dans ses veines. Un frisson mortel parcourut sa nuque, mais il se força à ignorer la sensation glaciale qui s'emparait de chaque fibre de son corps.

Ce n'étaient que des loups, pensa-t-il. Des loups hurlant à la lune, rien de plus. Ou alors des chiens sauvages, des chiens errants qui se repaissaient des cadavres qui pourrissaient dans les champs.

— Des loups ou des chiens sauvages, s'entendit-il déclarer à voix haute.

— Oh, non ! rétorqua Da Silva. Il faut les voir pour y croire. Ils sont en train de mettre à sac un autre village. Pour l'amour de Dieu, monseigneur, conduisez-nous !

Conan acquiesça lentement. Ces braves gens lui avaient juré fidélité. S'ils s'étaient révoltés contre le sanguinaire François de Venue, il était de son devoir de prendre la tête des opérations. Il les mènerait donc jusqu'à leur bourreau – celui-ci avait sûrement forcé Valeria à chevaucher à ses côtés, à assister à l'horreur –, même si prendre les armes contre François revenait à trahir son roi. Ce dernier pourrait lui déclarer la guerre, mais il doutait que le souverain s'aventure si loin de Paris. De toute façon, les conséquences de ses actes lui importaient peu. Devant le spectacle de cette foule en larmes, devant l'étrange majesté des milliers de torches dans la nuit, il sut qu'il n'avait pas le choix.

— Très bien, dit-il. Nous allons livrer bataille.

— Attendez !

Un prêtre en soutane noire émergea de la foule. La coutume exigeait que l'on prie avant d'engager les hostilités. Conan sauta à terre et s'agenouilla. Le prêtre récita une prière en latin, si vite que Conan ne put suivre, bien qu'il eût appris cette langue, comme tous les nobles de son rang. Il attendit que la litanie soit terminée, tête baissée, puis sentit que le prêtre passait autour de son cou une chaîne au bout de laquelle était suspendue une grosse croix en argent. Tandis qu'il remontait à cheval, le prêtre l'aspergea abondamment d'eau bénite. Ce cérémonial achevé, Conan leva les bras. Cavaliers et fantassins reformèrent leurs rangs derrière lui. La foule suivit. Puis la cohorte de Normands et d'Italiens se mit en marche.

La lune voguait haut dans le ciel, et un vent froid cinglait leurs bannières. Ils se dirigeaient vers Trincia, le village assiégé. Tandis qu'ils progressaient, les rafales se firent plus violentes. Un épais brouillard, que le vent ne parvenait pas à dissiper, rampait à même le sol rocailleux. Cris d'épouvante, pleurs, supplications, grognements de chiens emplissaient l'air glacé. Et soudain, les forces ennemies émergèrent du brouillard.

François était à la tête de ses troupes.

Et Valeria se trouvait à ses côtés.

Ses longs cheveux d'ébène cascadaient sur ses épaules, et une flamme singulière embrasait ses prunelles couleur d'améthyste. Conan mit cette lueur bizarre sur le compte des larmes. Il l'avait tant aimée autrefois !

— Va-t'en, de Burgh ! cria François, furieux. Je t'ai laissé vivre, alors sois-en reconnaissant et fais demi-tour.

— Tu es devenu le guerrier de la mort contre Dieu et les hommes, et j'ai l'intention de t'arrêter.

Un rictus de rage déforma un instant le beau visage de François. Puis il sourit.

— Jamais. Tu mourras ce soir, Conan.

— Alors, nous nous reverrons en enfer.

— Valeria ! hurla subitement François.

Elle ne bougea pas. Elle regardait Conan.

— Rappelle-toi l'enfant ! dit François.

Il se pencha vers elle et lui murmura quelques mots à l'oreille. La jeune femme se redressa sur sa jument. De sombres tourbillons de vent mêlés de brouillard se levèrent d'un seul coup. Des aboiements percèrent les ténèbres, puis les chiens de l'enfer apparurent parmi les cavaliers noirs qui flanquaient François et Valeria.

Conan dégaina son épée.

— Au nom de Dieu et des hommes, suivez-moi !

Le premier animal exécuta un bond monstrueux au-dessus de sa tête. Était-ce un chien ? Peut-être pas. Était-ce un loup géant, avec cette gueule rouge, hideuse, garnie de crocs de tigre, et ces griffes acérées ? Il n'aurait su le dire. Déséquilibré, le grand étalon noir trébucha, puis s'abattit sur le flanc, entraînant son cavalier dans sa chute. Conan se redressa sur les genoux, l'épée au poing. Il fit tournoyer la lame, qui émit un sifflement. La tête du chien roula dans la fange, avant que les canines aiguës ne puissent déchirer sa chair.

Il entendait autour de lui les cris de terreur, les râles d'agonie que ses compagnons poussaient à mesure que les bêtes les dévoraient. Hommes et chevaux tombaient, lacérés par les mâchoires infernales. Une fièvre étrange envahit Conan, qui se jeta dans la mêlée, frappant à droite, à gauche, devant et derrière lui les créatures qui s'affaissaient pour se redresser presque aussitôt. Sa lame trancha la gorge d'un autre animal. Il réalisa alors que c'était la seule façon d'anéantir les chiens de l'enfer.

— Les têtes ! hurla-t-il à l'intention de ses hommes. Coupez-leur la tête !

Chacun s'exécuta, et pendant un long moment, le carnage se poursuivit jusqu'à ce que le dernier chien fût abattu, laissant les cavaliers noirs à découvert.

— En avant ! cria Conan. En avant !

Malgré le vent, malgré la sombre spirale de brouillard, les soldats de Conan se ruèrent sur leurs ennemis. Les cavaliers noirs commencèrent à refluer, mais François se défendait avec une énergie qui confinait à la rage. Une force surhumaine semblait l'animer. Il frappait, frappait encore sans discernement. Conan prit peur. S'il mourait, ses hommes s'enfuiraient. Ils seraient poursuivis, traqués, achevés dans un bain de sang.

Il esquiva de justesse un coup de sabre. François éperonna son cheval. La fureur et la haine formaient une fine brume d'écume sur ses lèvres minces. Conan recula. Que pouvait-il faire ? Il avait perdu son bouclier et il était à pied, face à l'autre qui s'apprêtait à l'écraser sous les sabots de son cheval. Alors que François redressait son sabre pour lui assener le coup de grâce, Conan leva son épée. La pointe s'enfonça dans la gorge de son adversaire, à l'endroit où le casque et la cotte de mailles ne le protégeaient pas. Une veine éclata, et François chancela. Conan s'était campé solidement sur ses pieds. Le poids de sa cuirasse et de ses jambières entravait ses mouvements, mais il poussa sa lame de toutes ses forces. Sans savoir pourquoi, il devinait que François ne périrait pas à moins d'avoir la tête tranchée, comme ses chiens féroces.

Conan vit son ennemi dégringoler à terre, les mains pressées sur sa carotide, d'où le sang jaillissait dans un affreux gargouillis. Enfin, il tomba à la renverse, mais ses yeux toujours vivants, brillants, pleins de fureur et de haine, continuèrent à fixer le visage du guerrier normand.

— Valeria ! Valeria ! Valeria !

Le tumulte de la bataille avait cessé, remplacé par ces voix qui scandaient le nom de la sorcière. Les torches enflammées dansaient follement.

— Ils l'ont eue ! cria quelqu'un.

Conan tressaillit. Il se tourna vers Raoul. Le jeune écuyer s'était battu comme un lion aux côtés de son maître, hanche contre hanche, épaule contre épaule, sans jamais s'éloigner.

— La tête ! Coupez-lui la tête ! dit Conan en désignant François.

Il se précipita en avant. Il fallait qu'il se porte au secours de Valeria.

Ils l'avaient attrapée et l'avaient forcée à gravir l'une des falaises abruptes qui ceignaient la plaine étroite. Ils l'avaient ligotée avec des chaînes en argent, et une large croix, en argent elle aussi, se balançait entre ses seins. Da Silva l'avait obligée à se mettre à genoux. Il lui avait relevé les cheveux sur le haut du crâne et brandissait à présent son épée au-dessus de sa nuque découverte.

— Non !

Conan avait hurlé. Le mot roula, rebondit sur les rochers. Il ôta son heaume de métal martelé, le jeta, s'élança vers la falaise, se mit à grimper.

— Par le Tout-Puissant, elle doit mourir ! cria Da Silva.

Conan était déjà au sommet. Le plateau rocheux, protubérance polie par les pluies et le vent semblable à un autel sacrificiel, surplombait le champ de bataille. Da Silva poussa en avant la tête de la sorcière, dont le front alla buter contre le roc lisse. De nouveau, il leva son épée. Conan bondit pour lui saisir le poignet. Pendant le corps-à-corps qui suivit, il baissa le regard vers Valeria. Elle était toujours à genoux. Oh, ses yeux ! Pendant une seconde, il se figea. Puis il y eut un rugissement :

— Conan de Burgh !

François de Venue apparut sur la falaise. Le sang continuait à bouillonner sur le métal sombre qui recouvrait sa poitrine. N'importe quel homme normalement constitué aurait déjà été mort. Da Silva laissa échapper un cri d'effroi, avant d'égrener tous les noms des saints qu'il connaissait. Conan regardait François, incrédule. Il se préparait à foncer sur lui quand, soudain, un grondement infernal emplit la nuit.

La falaise se mit à trembler. Tous s'aplatirent au sol. Couché à même le rocher, impuissant devant l'éruption qui remuait les entrailles de la terre, Conan perçut un murmure, un doux chuchotement :

— Mon amour...

Elle avait rampé jusqu'à lui, les yeux écarquillés. Conan sentait sous lui les vibrations du tremblement de terre, sentait sur son visage les larmes de Valeria, ses lèvres contre sa chair. Le roc se fendit dans un fracas de fin du monde, et la falaise s'effondra. Il crut entendre un hurlement dans la nuit, l'ultime râle d'un chien de l'enfer.

Brusquement, la terre explosa. Les falaises basculèrent comme un décor de carton-pâte.

François, couvert de sang, dégringola le premier dans l'abîme ténébreux qui s'était creusé sous le rocher, sous une pluie de pierres. Hommes, buissons, arbres, tout fut précipité dans le gouffre. Un nuage de poussière envahit le ciel, et lorsqu'il retomba, l'aurore teintait l'horizon de pourpre et d'or.

Sous l'amas des rochers écroulés gisaient les corps des combattants.

Le loyal Da Silva.

La belle Valeria.

Conan de Burgh, le vaillant guerrier normand.

S'il avait laissé Da Silva décapiter la sorcière, Conan aurait survécu. Il aurait vécu jusqu'à un âge avancé, comblé d'honneurs et de richesses.

Hélas, il avait trop aimé la beauté du diable.

Maintenant, Valeria lui appartenait de nouveau. Car sous le roc qui leur tenait lieu de pierre tombale, leurs corps étaient enlacés pour l'éternité.

Ou, du moins, pour les siècles à venir.

1

— Ils seront là demain, disait Arturo Agnazzi, l'œil vif et le sourire engageant.

Stéphanie Cahill fixa sur lui un regard exaspéré.

— Désolée, je n'y comprends rien, marmonna-t-elle.

Quelle journée épouvantable ! La seule chose qui s'était déroulée à peu près normalement avait été le vol entre Chicago et Rome. Ensuite, tout avait paru se dérégler. L'avion à destination de Naples avait eu du retard, et la voiture qui était censée venir la chercher à l'aéroport ne s'était jamais montrée. Comme par un fait exprès, son téléphone portable était resté muet, puis, comble de malheur, lorsqu'elle avait voulu se renseigner, son vocabulaire italien s'était révélé insuffisant. Lorsqu'elle avait enfin réussi à contacter son hôtel à Bella Vista, elle avait appris que son chauffeur, qui ne l'avait pas repérée parmi les autres passagers, s'en était retourné à sa base. Mais il repartirait pour l'aéroport aussitôt, lui avait-on assuré, ce qui voulait dire qu'elle n'aurait plus que deux heures à tuer. La jeune femme s'était résignée à attendre et en avait profité pour arpenter le hall de l'aérogare, histoire de se dégourdir les jambes. Grande, élancée, Stéphanie avait dû se tasser dans son siège étriqué de la classe économique durant le trajet interminable, si bien qu'à l'atterrissage, elle ne sentait plus ses mollets, tandis qu'un millier de fourmis lui picotaient les pieds.

Elle regrettait amèrement de ne pas avoir attendu un jour de plus afin de profiter de son bonus de *miles* grâce auquel elle aurait pu voyager en première classe. Mais elle s'était dépêchée de sauter dans le vol précédent pour la bonne raison qu'elle avait rendez-vous avec sa troupe de théâtre ici, à l'hôtel, à 19 heures précises.

Stéphanie mettait un point d'honneur à toujours être à l'heure. Eh bien, on ne pouvait en dire autant de ses comédiens ! Hasard ou malédiction, ils s'étaient tous volatilisés dans la nature. Aux dernières nouvelles, la voiture de Doug Wharton et Drew Cunningham était tombée en panne à Sorento. Lena Miro et Virginie Lacroix, parties visiter des ruines dans les environs, n'en étaient pas revenues : un rocher s'était abattu sur le site, et leur guide avait appelé l'hôtel pour signaler que les deux jeunes femmes camperaient là-bas en attendant que la route soit dégagée. Clay Barton ne s'était pas encore présenté à la réception, et selon Arturo, Gema Harris avait pris sa soirée et devait se promener quelque part dans les parages.

Et zut ! songea Stéphanie. Elle se sentait frustrée, excédée, furieuse contre elle-même. Si, pour une fois, elle avait renoncé à sa fichue ponctualité, elle serait arrivée le lendemain comme tout le monde, fraîche et dispose. Si elle s'était écoutée, elle se serait giflée. Et elle aurait étranglé Reggie, seule et unique responsable de sa présence en ces lieux. Pourquoi diable avait-elle accepté de s'associer à ce projet insensé sous prétexte de faire plaisir à une amie ? Mystère. Car cette chère Reggie n'était pas là non plus, naturellement. Elle s'occupait de programmer des voyages pour des militaires en Allemagne et avait laissé à Stéphanie le soin d'organiser le spectacle à Bella Vista. C'était une belle preuve de confiance, certes, à ceci près que rien ne semblait marcher comme prévu. Ce n'était pas la première fois que Reggie – plus connue dans les milieux artistiques sous le nom de Victoria Reggia – mettait sa protégée à contribution. Elle était la cousine germaine de la mère de Stéphanie. Celle-ci avait entendu parler de Reggie des années durant, mais ne l'avait rencontrée en chair et en os qu'aux obsèques de ses parents. C'avait été le début d'une longue amitié.

Bon ! se dit-elle. Malgré ce fâcheux contretemps, force lui était d'admettre que le projet de son amie l'avait enthousiasmée. À vingt-sept ans, Stéphanie s'enorgueillissait de posséder un talent artistique combiné à un sens aigu des affaires. Un accident de la route l'avait laissée orpheline à dix-sept ans, mais elle avait réussi à s'en sortir, en obtenant un diplôme d'histoire de l'art qui lui avait permis de trouver un emploi. Elle avait commencé sa carrière comme actrice chez les Park Street Players de Chicago, avant d'être promue metteur en scène de ce célèbre atelier de théâtre. Hélas, son intelligence et sa maturité d'esprit ne l'avaient pas empêchée d'entamer une liaison mouvementée avec le directeur de l'atelier, Grant Peterson. Une erreur irréparable, si elle en jugeait par la suite. Grant avait été l'homme de sa vie. Elle l'avait su dès l'instant où leurs chemins s'étaient croisés et où elle avait lu dans les yeux de Grant une fascination égale à la sienne. Leur première rencontre avait fait des étincelles. À sa propre stupéfaction, Stéphanie avait éprouvé le besoin urgent et immédiat de toucher cet homme. Elle n'avait jamais ressenti un désir aussi ardent, mais sa passion pour Grant était née d'un seul coup, tandis que, debout sur la scène de l'atelier, il s'adressait aux comédiens. Pendant qu'il parlait, son regard s'arrêtait souvent sur Stéphanie. C'avait été le début d'une histoire compliquée. Elle s'était souvent demandé pourquoi cet homme si beau, si sophistiqué s'était intéressé à elle. Pourtant, il paraissait aussi amoureux qu'elle. Leur liaison avait duré un an... Un an de bonheur. Grant se montrait ardent, prévenant, attentionné. Ils partageaient les mêmes centres d'intérêt : le théâtre, l'improvisation, l'opéra, les musées, les civilisations anciennes – Grant, bien qu'homme de théâtre, possédait un diplôme d'historien, et l'histoire était en fait sa plus grande passion.

Pendant un an, la vie de Stéphanie avait été un rêve. Elle était comblée, aussi bien dans sa vie professionnelle que dans sa vie privée : son travail lui convenait à merveille, l'atelier de théâtre affichait complet tous les soirs, et Grant se pliait à tous ses désirs. Mais ce bonheur avait été de courte durée. Sa liaison avec Grant avait pris fin aussi abruptement qu'elle avait commencé. D'abord, il y avait eu cette brève période pendant laquelle Grant avait changé. Il était devenu distrait, absent au sens propre comme au sens figuré. Il disparaissait pendant des heures, des nuits entières. Stéphanie avait alors connu les affres de la jalousie et de l'incertitude. Elle savait pourtant que Grant n'était pas du genre à lui mentir. Si une autre femme était entrée dans sa vie, il n'aurait pas hésité à le lui annoncer. Il avait tout pour être heureux : la beauté, la notoriété, le talent, l'intelligence, un charisme irrésistible, une sensualité hors du commun. Alors, que se passait-il ? Pourquoi s'éloignait-il chaque jour davantage ? Quelque chose clochait, se disait-elle. Mais quoi ? Quoi au juste ?

Les cauchemars qui peuplaient les nuits de Grant étaient peut-être la cause du problème. Parfois, il se tournait et se retournait inlassablement dans le lit ; parfois aussi, il venait vers elle dans une sorte de frénésie des sens, comme hypnotisé. Combien de fois ne s'était-elle pas demandé si Grant était vraiment réveillé alors qu'ils faisaient l'amour ?

Et puis...

Une nuit, au lit, il avait crié le nom d'une autre femme. Ce cri, cet appel, Stéphanie l'avait reçu comme un coup de poignard en plein cœur. Elle ne le rendait donc pas heureux ! Elle n'était pas la compagne qu'il lui fallait ! Elle lui avait fait comprendre qu'elle avait l'intention de le quitter, sans lui expliquer pourquoi. Sinon, il aurait essayé de la retenir, il lui aurait fait croire qu'elle s'était trompée, ou encore que le nom qu'il avait prononcé n'avait aucune signification pour lui. Trop facile ! Leur dernière dispute s'était soldée par un cuisant constat d'échec.

Ils s'étaient séparés, tout en continuant à travailler ensemble. Mais tout était fini entre eux. L'hostilité et la froideur avaient remplacé leur ancienne complicité.

Stéphanie avait du mal à surmonter sa déception et sa colère. La proposition de Reggie de se rendre en Italie était tombée à pic ; elle avait sauté sur l'occasion. Ironie du sort, après qu'elle eut donné sa démission à Grant, des amis communs lui avaient rapporté que lui aussi avait quitté les États-Unis. Elle aurait donc pu continuer à diriger l'atelier pendant l'absence de Grant... Mais c'était sans importance, songeait-elle. Elle avait accepté un nouveau contrat, elle était sur place, et c'était très bien ainsi.

Arturo Agnazzi, le directeur de l'hôtel, réprima un soupir, avant de raconter à Stéphanie, avec diplomatie et patience, les mésaventures des membres de sa troupe.

— Voilà : les deux dames ont voulu visiter les ruines. Chaque jour, les archéologues font de nouvelles trouvailles. Le site est devenu le lieu à voir absolument, comprenez-vous ?

Bref, ce maudit rocher a glissé et les touristes sont coincés. Quant aux deux messieurs, comme je vous l'ai déjà dit, ils ont eu une panne de moteur. M. Barton est très certainement perdu dans une zone de transit, tandis que la jolie Mlle Gema est partie faire un tour...

Il s'interrompit, et son sourire s'évanouit.

— Pardonnez mon anglais, murmura-t-il. Je ne sais pas si je me fais bien comprendre.

— Votre anglais est excellent, affirma-t-elle. Maintenant, si vous voulez bien m'excuser, j'aimerais me retirer. Je tombe de fatigue.

Arturo hocha la tête. Petit, le crâne dégarni et les jambes trapues, il paraissait doté d'une énergie incroyable, d'une force qui animait tous ses mouvements.

— Tu verras, c'est un homme délicieux, lui avait confié Reggie au téléphone. Il apprécie les belles brunes aux yeux bleus, tu as donc toutes tes chances !

Arturo sourit à Stéphanie.

— Nous avons vendu la totalité des places pour la représentation de vendredi soir. Mlle Reggie fera venir un groupe d'une cinquantaine de personnes : des militaires américains et leurs épouses qui seront là pour trois jours de vacances.

Stéphanie faillit s'étrangler.

— Vendredi soir ? répéta-t-elle. Dans moins d'une semaine ? Vous plaisantez ! Et puis, est-ce qu'on peut faire entrer tant de monde ici ? Et les lois sur l'incendie, qu'est-ce que vous en faites ?

— Nous sommes en Italie, répliqua simplement Arturo, comme si cela expliquait tout.

— En Italie ? Et alors ?

— Alors, on se débrouillera, affirma-t-il avec une moue espiègle. À la limite, nous ajouterons des chaises supplémentaires.

— Mais nous sommes dimanche ! Nous ne serons jamais prêts ! s'exclama-t-elle. Je n'ai même pas encore rencontré les comédiens, vous rendez-vous compte ?

— *Si, signorina,* mais nous sommes...

— En Italie, je sais, coupa-t-elle, agacée. Il faudra coûte que coûte commencer les répétitions demain matin à la première heure.

— Demain après-midi, rectifia Arturo avec son plus éclatant sourire.

— Pardon ?

— Nos pauvres petites campeuses ne seront pas de retour avant 11 heures. Quant au véhicule immobilisé dans un garage de Sorento...

Il haussa les épaules.

— Cela prendra un certain temps pour le réparer, mais soyez tranquille. Tout va bien se passer.

— J'aimerais partager votre optimisme, soupira-t-elle.

Pour l'instant, il n'y avait rien à faire. Stéphanie baissa les yeux vers les valises qui entouraient sa chaise dans la salle où elle était assise avec Arturo. C'était une belle pièce, avec une scène à la fois spacieuse et intime, parfaitement adaptée aux besoins du spectacle tel que Stéphanie l'avait conçu.

Avec un soupir, elle songea à la pièce.

Le fil conducteur de l'intrigue démarrait d'une réunion de voyageurs. Un joli prétexte pour échanger des informations et pour présenter les personnages. C'était une satire sociale, une comédie désopilante. Chaque comédien était tenu de fabriquer son personnage et d'écrire son rôle, la plus grande partie du spectacle reposant sur des improvisations et sur la participation du public.

Une ride se creusa entre les sourcils fins de Stéphanie. On aurait pu penser qu'il était facile de monter une pièce de théâtre partiellement improvisée, mais c'était justement là que résidait la principale difficulté. Sans oublier la barrière de la langue, car jouer en anglais dans une petite ville du sud de l'Italie ne serait pas une sinécure. Heureusement, pour la première représentation, la majorité des spectateurs seraient américains, pensa-t-elle.

— Voudriez-vous voir votre chambre ? s'enquit Arturo, la tirant de ses réflexions. Vous devez être épuisée, après avoir voyagé toute la nuit et toute la journée.

— Oui, merci, répondit-elle en se levant et en commençant à rassembler ses valises.

— Non, laissez, fit-il. Giovanni se chargera de vos bagages.

Elle opina, mais prit sa mallette en cuir – elle ne se séparait jamais de son passeport.

— Je vous ai attribué une des petites maisons sur la plage. Vos comédiens occuperont les bungalows voisins. Le vôtre est le plus joli, naturellement, ajouta Arturo avec un clin d'œil. L'ensemble est situé derrière le club. Vous pourrez donc gagner le théâtre sans avoir à traverser le parc... Ce sont les ordres de Mlle Reggie.

— Reggie est prévoyante.

— Absolument. Mais suivez-moi. Il y a un chemin qui mène directement à votre bungalow.

Il semblait si content que Stéphanie ne put s'empêcher de sourire.

— Formidable.

Elle emboîta le pas à l'Italien, qui se dirigeait vers les coulisses. Arturo poussa une porte à double battant réservée aux artistes, et ils débouchèrent dans une allée pavée de galets polis. À quelques mètres de là, des cottages blancs se dressaient sur le sable, près de l'eau. Un lourd parfum iodé flottait dans l'air, et Stéphanie offrit son visage à la caresse de la brise marine. Arturo s'arrêta devant un bungalow entouré de pins et tendit une clé à sa cliente. Stéphanie ouvrit la porte.

— Oh ! fit-elle, admirative.

Le salon, agrémenté d'un tapis berbère bleu pâle, était décoré de meubles en rotin. Des motifs marins bleu pâle également – poissons, algues, étoiles de mer – ornaient les rideaux crème. La pièce comportait un coin salle à manger et un coin cuisine dont les fenêtres donnaient directement sur la plage.

— Magnifique !

Arturo inclina la tête. Il était aux anges.

— N'est-ce pas ? Nous n'avons rien à envier aux luxueux palaces de Rome – lesquels, entre nous, pratiquent des prix exorbitants.

— C'est vraiment très joli.

Stéphanie prit mentalement note de remercier Reggie.

— Vous devriez aller voir la loggia. Elle vous plaira.

— J'en suis convaincue.

L'hôtelier désigna d'un geste ample l'escalier qui conduisait à l'étage.

— Je vous laisse à votre exploration. Giovanni vous apportera vos affaires. Votre cuisine est équipée du nécessaire, bien sûr, mais si vous avez envie d'un vrai expresso, la salle à manger de l'hôtel ouvre à partir de 6 heures du matin. Je serai ravi de me joindre à vous sur la terrasse.

— C'est très gentil à vous, Arturo. Merci.

L'hôtelier s'inclina profondément.

— Alors, *buonasera e bunanotte*.

Stéphanie gravit les marches bordées d'une rampe en fer forgé peinte en blanc. La chambre était décorée dans les mêmes tons que le rez-de-chaussée, à ceci près qu'ici, les bleus étaient plus soutenus. Une commode en pin occupait un pan de mur. Le lit était vaste, recouvert d'une courtepointe indigo. D'un côté, la pièce surplombait le salon, tandis que de l'autre, qui donnait sur la mer, une baie vitrée ouvrait sur un balcon dallé de céramique crème.

La jeune femme sortit sur le balcon et s'appuya à la balustrade blanche. À l'est, le grondement du ressac emplissait la nuit. À l'ouest, collines et falaises se découpaient sur l'horizon. Le ciel d'été accusait une teinte d'un bleu profond ; la lune et les étoiles soulignaient d'un liseré argenté les crêtes rocailleuses et les toits des villages perchés sur les versants. Stéphanie respira à fond l'air marin.

C'était un paysage d'une beauté à vous couper le souffle. Un décor envoûtant.

De tout temps, elle avait aimé la mer, le soleil, le sable, les sports marins – ski nautique, plongée, pêche. Pourtant, tandis qu'elle contemplait la masse sombre et liquide couronnée çà et là d'écume pâle, un étrange engouement la poussait vers les montagnes, vers ces falaises escarpées, splendides et fascinantes, qui montaient la garde comme des sentinelles gigantesques. Elle savait que les villages situés sur ces montagnes étaient anciens. Les uns dataient de l'Antiquité, d'autres remontaient au Moyen Âge. Partout, des ruines de différentes époques racontaient la longue histoire du pays.

L'Italie.

Stéphanie ferma les yeux. La fatigue semblait glisser de ses épaules comme les lambeaux d'un vieux manteau. La brise se chargeait de parfums suaves. Elle rouvrit les yeux et regarda de nouveau les montagnes. Un sourire se dessina sur ses lèvres. « Comme c'est étrange... songea-t-elle. On dirait qu'elles me souhaitent la bienvenue. »

Stéphanie se secoua mentalement. Le dénommé Giovanni ne tarderait pas à lui apporter ses bagages. Il était grand temps de prendre une douche et de se coucher si elle tenait à être en forme le lendemain. Cependant, elle avait du mal à s'arracher à sa contemplation, à l'envoûtement du vent et aux parfums de la nuit.

Bientôt, elle dormirait dans le grand lit. Elle laisserait la porte-fenêtre ouverte, afin que la brise vienne la caresser dans son sommeil. Bizarre... Alors que, un instant plus tôt, elle titubait de fatigue, elle n'avait nulle envie de regagner sa chambre, comme subjuguée par la séduction singulière qui se dégageait de la nuit.

À l'écart des villes et de leurs lumières, le ciel nocturne prenait toute sa splendeur. Seules les lanternes vacillantes laissées par les ouvriers éclairaient le site.

Le monde avait changé, constata-t-il froidement. Son monde à lui, en tout cas.

L'obscurité l'enveloppait comme une cape de velours. Çà et là, un rayon d'étoile perçait les ténèbres, et en scrutant attentivement la masse sombre des pins et des hêtres, il pouvait apercevoir, là-bas, dans le lointain, la ligne brumeuse où collines, montagnes et rochers partaient à l'assaut du ciel noir. L'air charriait de douces senteurs ; la brise soufflait, murmurait dans les branches.

Elle serait là d'un moment à l'autre.

Les maillons de la chaîne s'ajustaient, s'imbriquaient les uns dans les autres... Comment, pourquoi, il n'aurait su le dire.

Mais ici, dans la nuit, lui qui n'avait jamais été enclin aux hallucinations, avait l'impression d'être soulevé dans les airs. Un rêve ? Peut-être. L'appel des ténèbres ? Sans doute. Les réminiscences d'un autre temps, d'un passé lointain ? Probablement.

Pourtant, il bougeait. Il avançait dans le temps et la distance au milieu d'un brouillard étrange qui rampait sur le sol moussu.

Est-ce qu'il rêvait ?

Ah, oui, ce n'était qu'un songe.

Un songe et rien de plus.

— Bonté divine, la belle bête ! marmonna Gema Harris.
L'homme ne l'avait sûrement pas entendue, et d'ailleurs, cela n'avait aucune importance.

Gema avait traîné son vague à l'âme jusque dans ce coin paumé où son talent serait tout simplement gaspillé, comme une perle jetée aux cochons. Ce soir, elle avait échoué dans un petit bar sur le front de la mer Ionienne, où elle avait entrepris de noyer son chagrin dans du vin bon marché qu'elle sirotait pensivement en faisant le bilan de son existence. Un bilan triste à pleurer ! Elle était pourtant une bonne actrice, une excellente comédienne capable de jouer tout aussi bien le drame que la comédie. Son esprit vif lui permettait d'improviser comme personne, et son physique aurait fait pâlir de jalousie les plus grandes vedettes de cinéma. Gema était blonde et élancée, avec un corps en forme de sablier, des jambes interminables et un visage de poupée. Alors, pourquoi son nom ne brillait-il pas au firmament des stars ? La faute à pas de chance, pensa-t-elle lugubrement.

Gema ne doutait certes pas de ses charmes. Elle était jolie, attirante, et elle le savait. D'ailleurs, si elle n'en avait pas eu conscience, les Italiens se seraient chargés de le lui faire remarquer. Ils pratiquaient la flatterie sans vergogne. Dès le début de son séjour à Bella Vista, elle avait eu une flopée d'admirateurs. Mais là aussi, la jeune femme était allée de déception en déception. Car, lorsque ses prétendants n'étaient pas vieux, chauves, joufflus et bedonnants, ils étaient mariés et pères d'une ribambelle de *bambini*.

Gema en avait assez. Elle s'était confiée à ses collègues de la troupe, se déclarant prête à rompre son contrat. Et elle songeait, justement, à tenter sa chance à Rome quand l'homme s'était juché sur le tabouret à côté du sien.

Mamma mia !

Mais peut-être ne parlait-il pas anglais...

Et alors ? Son expérience lui avait appris que les mâles étaient bien plus intéressants quand ils n'ouvraient pas la bouche. Ou quand ils s'en servaient pour autre chose que pour parler. Gema estimait que les discussions ne servaient à rien. Elle n'avait guère besoin de belles promesses. Elle entendait mener sa vie, sa carrière, sans rendre de comptes. Parce que, un jour, quelque part – oh, sûrement pas dans le petit théâtre minable où elle allait se produire –, elle tomberait sur la bonne personne. Quelqu'un qui saurait l'apprécier à sa juste valeur. Alors, elle deviendrait une star, elle aurait tous les hommes riches à ses pieds. Mais en attendant, son voisin ferait l'affaire, pensa-t-elle avec un certain cynisme.

— *Scusi. Parla inglese ?* s'enquit-elle.

L'homme fit signe au barman, commanda en italien un Campari pour lui et un autre verre de vin pour elle.

Eh bien, quelle que fût la langue qu'il pratiquait, ils allaient s'entendre à merveille.

— Merci... euh... *Grazie,* dit-elle.

Il hocha la tête en souriant.

— *Io parlo un poco italiano, ma non parlo molto bene,* poursuivit-elle en articulant laborieusement chaque mot.

Le sourire de l'homme s'épanouit. Un sourire à faire fondre un bloc de glace.

— Vous êtes un chaud lapin, en tout cas, lança-t-elle alors en riant.

C'était drôlement amusant de déblatérer des bêtises sans que son interlocuteur puisse la comprendre.

— Vous aussi, on dirait, rétorqua-t-il.

Gema se sentit rougir jusqu'à la racine des cheveux. L'inconnu s'était exprimé dans un anglais parfait. Elle aurait été incapable de dire s'il avait le moindre accent, ce qui l'embêtait, car les accents lui permettaient de deviner les origines sociales des individus.

— Oh, pardon ! Je ne savais pas... balbutia-t-elle.

— Je vous taquinais. Que faites-vous dans cette région ?

Elle haussa délicatement des sourcils soigneusement épilés.

— Je suis ici pour rendre service à une amie... en tant qu'actrice.

C'était plus ou moins proche de la vérité. Au début, l'offre l'avait emballée. Plus maintenant.

— Vraiment ? Vous allez repartir, alors ?

— Probablement, oui. J'aime bien le mouvement.

Il se pencha vers elle – un pur aimant.

— Le mouvement... murmura-t-il. Et l'action aussi ?

— Bien sûr, fit-elle d'une voix légère. La vie est trop courte pour ne pas en profiter.

— Ce n'est que trop vrai.

Il se redressa et indiqua le fond de la salle enfumée.

— Si nous allions nous asseoir à une table ? Je voudrais que vous me parliez de vous.

Gema se laissa glisser à bas de son tabouret.

— Avec plaisir, roucoula-t-elle.

Il l'entraîna loin des spots qui éclairaient le comptoir vers un coin merveilleusement sombre. Intime. Chargé de sensualité. Comme cet homme...

Un agréable petit frisson parcourut Gema.

Bon Dieu, ce type possédait une aura magnétique. La sensualité à l'état pur...

Une demi-heure plus tard, elle ne se rappelait plus ce qu'elle lui avait raconté. Elle savait seulement qu'ils avaient bavardé, qu'ils avaient vidé plusieurs verres et qu'elle avait la sensation de flotter sur un nuage.

Elle se rapprocha davantage de lui, mais il regarda sa montre et fronça les sourcils.

— Qu'y a-t-il ? demanda-t-elle.

— J'ai quelque chose à faire. Venez, je vais vous raccompagner. Où logez-vous ?

— À l'hôtel de Bella Vista. J'habite un bungalow plutôt modeste mais charmant.

— Je vous raccompagne, répéta-t-il.

Elle sourit.

— Ne me dites pas qu'il y a des criminels dans ce petit paradis.

— Pas à ma connaissance. Mais on ne sait jamais. Je préfère vous savoir en sécurité.

Peu après, ils déambulaient dans les rues. Croisèrent-ils d'autres passants ? Gema n'y fit pas attention. Elle n'avait d'yeux que pour son compagnon. Il lui avait entouré les épaules d'un bras protecteur. Serait-il donc un gentleman ? Son sourire, son regard trahissaient un amant expérimenté. Pourtant, lorsqu'ils furent devant le pimpant petit bungalow, il recula.

— Vous n'entrez pas ? demanda-t-elle d'une voix rauque. Je peux vous proposer plusieurs sortes d'alcools, la vue est splendide et je vous ferai écouter mes disques préférés.

— Je reviendrai.

Gema se mordit la lèvre. Elle avait fait de son mieux pour l'attirer dans ses filets, mais il ne lui laissait aucune chance. Il inclina la tête, un sourire réservé sur les lèvres, et fit demi-tour en direction de l'allée de galets qui conduisait à l'hôtel, puis à la route. Brusquement, il s'arrêta et se retourna.

— Fermez votre porte à clé. Ce n'est pas parce que cet endroit est tranquille qu'il ne faut pas se méfier.

— Mais... si vous revenez... commença-t-elle.

— Je frapperai fort.

Gema suivit du regard la haute silhouette aux épaules larges qui s'éloignait à longues foulées souples. Ses narines frémirent : l'odeur de l'homme l'imprégnait. La jeune actrice s'appuya au montant de la porte, un peu étourdie. Elle avait trop bu, se dit-elle.

L'énergie lui revint d'un seul coup. Lorsqu'il reviendrait, elle serait prête à l'accueillir. Gema monta les marches quatre à quatre jusqu'au palier. L'étage comprenait trois chambres, dont chacune possédait une salle de bains et un balcon. Elle entra en trombe dans sa salle de bains. Par chance, elle avait le bungalow pour elle toute seule. Elle se dévêtit, ouvrit les robinets en grand et se mit à rêver à son bel inconnu tout en se savonnant avec un gel douche parfumé.

Giovanni devait avoir entre vingt-cinq et trente ans. Son apparence dégingandée était trompeuse : un regard plus attentif à son polo et son pantalon moulants permettait de se rendre compte qu'il était bâti comme un athlète. Son sourire avait dû faire battre plus d'un cœur féminin. Il arborait un air indolent, ce qui ne l'empêchait pas de dégager une énergie presque aussi étonnante qu'Arturo.

Il était arrivé avec les deux lourdes valises de Stéphanie, son manteau et son sac de voyage et s'était immobilisé un instant sur le seuil, pas du tout incommodé par le poids de son fardeau.

— Bonsoir, mademoiselle Cahill. Je monte vos bagages à l'étage ?

Stéphanie s'effaça pour le laisser passer.

— Oui, merci. Entrez.

Il se déplaçait plus vite que le vent, constata-t-elle, étonnée, en le voyant gravir l'escalier au pas de course. Un instant plus tard, il était de retour.

— Puis-je faire autre chose pour vous ?

— Non, merci. Je crois que je vais me coucher.

Il hocha la tête, mais ne bougea pas.

— Est-ce que votre bungalow vous plaît ?

— Énormément. La mer est magnifique et les montagnes...

— Hantées, acheva-t-il à sa place.

— Pardon ?

Il haussa les épaules.

— Ces collines et ces falaises ont été le théâtre de conflits sanglants, autrefois.

— Pendant la Seconde Guerre mondiale ?

Giovanni esquissa une grimace.

— Entre autres, oui. Mais je faisais allusion à des batailles plus anciennes entre les Français et les rois de Sicile. Les Croisés sont également passés par là. Certains se sont établis dans la région. On fait des fouilles, là-haut, et il paraît qu'on a découvert des vestiges passionnants. Les gens du pays disent que les montagnes pleurent la nuit. Poétique, non ? Oh ! J'espère que je ne vous ai pas effrayée ?

Stéphanie éclata de rire.

— Pas du tout. Je doute que les Croisés viennent mettre le feu à mon bungalow.

Giovanni rit à son tour.

— Vous avez raison. En tout cas, si vous avez envie d'admirer nos superbes paysages, je vous servirai volontiers de guide. L'accès aux villages de montagne n'est pas toujours aisé... La preuve en est que deux de vos comédiennes sont coincées sur la route.

— Je sais.

— Un rocher qui bascule, ce n'est pas courant.

— Et cela s'est produit le jour de mon arrivée, murmura Stéphanie.

— Ça va s'arranger.

— Oui, je sais. Nous sommes en Italie.

— Je vous demande pardon ?

— Oh, rien... Une expression de M. Agnazzi.

— Ah, bien, dit Giovanni.

Il se dirigea vers la sortie, mais à mi-chemin, il se retourna et la scruta intensément.

— Je pourrais devenir acteur si une personne comme vous me faisait confiance.

— Vraiment ?

— Oui. Je suis très bon, vous savez.

Grand, souple, la peau mate, avec un visage harmonieux aux traits ciselés, le jeune Italien avait une beauté que l'on pouvait qualifier de classique. Il avait les yeux les plus noirs, les plus profonds que Stéphanie ait jamais vus.

— Vous avez un physique intéressant, en tout cas, concéda-t-elle.

Il parut satisfait.

— Je pourrais faire partie de votre troupe, alors ?

— Giovanni ! soupira-t-elle. Je ne connais même pas encore mes comédiens. Nous en reparlerons, d'accord ?

— *Certo !*

Les yeux noirs s'attardaient sur elle, la détaillaient. Stéphanie réprima un soupir. On l'avait avertie que les Italiens étaient des séducteurs impénitents, pourquoi Giovanni aurait-il été différent ? La trouvait-il vraiment attirante ou cherchait-il simplement à s'attirer ses faveurs dans l'espoir d'obtenir son premier rôle au théâtre ?

— Bonne nuit, Giovanni. Et merci pour tout.

— Tout le plaisir était pour moi. Si vous avez besoin de quelque chose, n'hésitez pas à m'appeler.

— Merci encore. Je m'en souviendrai.

— À demain, *bella signorina*.

Stéphanie referma la porte et poussa le verrou. Puis elle remonta l'escalier en souriant. Sacrée Reggie ! Peut-être allait-elle s'amuser ici, après tout.

Malgré son épuisement, elle prit le temps de défaire ses valises et de ranger ses affaires de toilette dans la somptueuse salle de bains. Elle resta longtemps sous le jet chaud de la douche, qui semblait drainer la fatigue hors de son corps fourbu. Au bout d'un long moment, elle se sécha à l'aide d'une ample serviette-éponge, puis elle enfila une chemise de nuit et une robe de chambre légère. Elle retira la courtepointe, mais avant de se coucher, elle leva la tête, hésitante, le regard fixé sur la baie vitrée qu'elle avait laissée ouverte.

L'air était si bon, si vivifiant...

Une volée de marches menait directement du balcon à la plage, remarqua-t-elle en allant s'accouder à la balustrade. Il n'y avait personne dehors. Seul le bruissement des vagues brisait le silence. N'importe qui pouvait s'introduire chez elle, songea-t-elle soudain. Elle avait pris la précaution de verrouiller la porte du rez-de-chaussée, mais si elle laissait la porte-fenêtre grande ouverte...

La barbe ! Elle n'allait pas se priver de cette brise, de cette douceur. Revenue vers le lit, elle ôta sa robe de chambre, s'allongea, tira sur elle la couverture. À travers la porte-fenêtre, le ciel scintillait de toutes ses étoiles. La brise soufflait dans la pièce des parfums entêtants. Ses inquiétudes, ses soucis s'évanouirent peu à peu dans la nuit, et une euphorie inattendue l'envahit. « Demain, tout ira bien, pensa-t-elle avec optimisme. Nous sommes en Italie ! » Elle eut une pensée reconnaissante pour le patron de l'hôtel.

Elle ferma les yeux. Une sensation de bien-être l'enveloppa tout entière, tandis que la brise faisait flotter les voilages et que le sommeil s'emparait de son corps et de son esprit.

Les coups retentirent à la porte alors que Gema refermait les robinets. Elle se figea un instant, incrédule. Elle ne s'était pas attendue qu'il revienne si vite. « Ô mon Dieu, pourvu qu'il ne reparte pas, croyant que je me suis endormie ! » songea-t-elle.

Elle passa en vitesse un peignoir léger et jeta un rapide coup d'œil dans le miroir. Mmm, pas mal ! La soie qui collait à sa peau mouillée mettait en valeur ses seins généreux et dessinait clairement leurs aréoles rose foncé. Très sexy, décida-t-elle. Ses cheveux dorés, humides, cascadaient sur ses épaules. Oui, pas mal du tout.

Elle dégringola les marches, ouvrit la porte, puis resta figée là, bouche bée.

Elle voulut refermer le battant, mais elle ne put esquisser le moindre mouvement. Ses membres étaient comme morts. Pourtant, une sombre excitation se déversait dans ses veines. Elle recula, et son visiteur entra dans la pièce.

Elle tenta de parler, de dire quelque chose, mais aucun son ne franchit ses lèvres. Sa gorge était glacée.

Un rire s'éleva, doux, voilé. La voix qui résonna était profonde, un peu rauque.

— Gema, comme c'est gentil. Tout ça... pour moi.

Elle eut vaguement conscience que la porte claquait. Ils étaient enfermés à l'intérieur, tous les deux.

Aucune importance...

L'obscurité l'étreignit, l'étoffe de soie glissa sur ses épaules. Oh, cette caresse... ce frôlement sur sa chair, sur les pointes de ses seins...

Il se rapprocha. Un chuchotement à son oreille fit jaillir une flamme liquide dans son bas-ventre. Sa bouche se posa sur le cou de Gema, ses mains déroulèrent un ruban de feu le long de son corps, dans son sexe, dans chaque fibre de son être.

Et sa langue... Elle bougeait, remuait comme une langue de serpent contre sa peau, contre sa nuque. À la fois brûlante et glacée, Gema s'abandonnait tout entière, totalement à la merci de cet homme.

Du feu liquide...

Des dents qui mordillaient sa chair...

Elle se sentit sombrer. Il lui semblait vivre un rêve où ses fantasmes les plus fous se réalisaient. Ces choses qu'il lui faisait... Enfin, son corps s'anima de nouveau, et elle se retrouva allongée par terre, consumée par un flot délirant de désir, une faim monstrueuse. Elle eut l'impression de s'élever dans les airs, comme si elle allait mourir...

2

Maria Britto frissonna légèrement en sortant de la petite maison en pisé où elle vivait avec sa mère.

Il faisait sombre dehors. Le soleil ne s'était pas encore levé, mais si elle voulait arriver à son travail à 9 heures, elle devait se dépêcher.

Elle sourit et frissonna de nouveau – un frisson de plaisir anticipé, cette fois, auquel se mêlait un sentiment de culpabilité. D'ordinaire, elle racontait tout à sa mère. Mais ça, non. Si elle lui avait confié son secret, la *mamma* n'aurait pas compris.

Jusqu'alors, Maria avait été une jeune fille sérieuse. Petite, elle avait toujours obtenu d'excellentes notes à l'école. Malheureusement, ses maigres économies ne lui avaient pas permis de s'inscrire à l'université. Depuis la maladie et la mort de son père, gagner de l'argent avait constitué une lutte de tous les instants. Ses frères avaient émigré aux États-Unis. Peut-être qu'un jour, ils parviendraient à aider leur mère et leur sœur. Ou peut-être que le tourisme se développerait dans cette région déshéritée de l'Italie, que les Américains afflueraient comme à Rome ou à Venise et que les habitants de Bella Vista s'enrichiraient. Hélas, ce moment tant attendu n'était pas encore arrivé, et les gens continuaient à se serrer la ceinture. Mme Britto faisait le ménage et le repassage dans cinq maisons différentes pour un salaire de misère. Maria, elle, avait eu la chance de dénicher un emploi de vendeuse dans une échoppe de souvenirs.

Et puis, il y avait Roberto.

Ils avaient le même âge. Ils avaient grandi ensemble, dans ce village de montagne. Roberto, qui était maçon, mettait de l'argent de côté tous les mois. C'était un gentil garçon, et lors de leurs rares baisers, Maria ressentait un vague frémissement. Les deux jeunes gens étaient fiancés et allaient bientôt se marier. Maria continuerait à travailler à la boutique ; elle ferait la cuisine, le ménage et s'occuperait de leurs bébés. Le dimanche, ils iraient à la messe, et parfois, ils dîneraient au restaurant, quand sa mère pourrait garder les enfants. Leur avenir était tout tracé. Maria s'était faite à cette idée. Car même si elle n'éprouvait aucune passion particulière pour son futur mari, c'était un homme bien. Après tout, comme la *mamma* le lui répétait souvent, Roberto l'aimait.

Alors, son secret n'avait qu'une importance relative. Ce ne serait qu'un écart de conduite passager, Maria le savait. La jeune fille voulait vivre une véritable passion avant d'épouser Roberto, de mettre au monde ses enfants et de devenir vieille et usée comme sa mère.

Elle accéléra l'allure, en priant pour que l'autre homme soit à l'heure. Le chemin qui conduisait au lieu de rendez-vous était long et sinueux. Mais Maria s'en moquait. Lorsqu'ils s'étaient rencontrés, que leurs yeux s'étaient croisés, ç'avait été comme une révélation, comme une fièvre, une flamme dévorante qui s'était répandue dans ses veines. Depuis ce jour, elle avait rêvé de lui chaque nuit. Un rêve merveilleux, toujours le même : des rideaux blancs agités par le vent, son corps nu, la sensation de ses lèvres ardentes sur sa chair. Elle l'enlaçait de ses bras tremblants et il lui embrassait les lèvres, le cou, les seins...

Un rêve très puissant, envoûtant, qui l'avait poussée à se lever avant l'aube et à emprunter ce chemin tortueux. Elle voulait avoir du plaisir au moins une fois dans sa vie. Ensuite, elle en conserverait le souvenir jusqu'à la fin de ses jours.

Elle aspirait avec ferveur à un peu de lumière, juste quelques rayons. Mais à cette époque de l'année... Oh, tant pis ! Elle vivait ici depuis toujours et connaissait bien la route. Il faisait si sombre que la lune ne parvenait pas à transpercer les nuages. Maria distinguait à peine les silhouettes des hêtres dans l'obscurité. Enfin, un nuage parut se déchirer. Dans la vague clarté des étoiles, elle aperçut la route, le dessin des feuillages, puis plus loin, plus haut, le ciel à travers les branches enchevêtrées.

Malgré son impatience, elle ressentit soudain une onde de froid le long de sa colonne vertébrale, comme si quelqu'un marchait derrière elle.

Quelqu'un ou quelque chose.

La jeune fille se retourna. L'obscurité avait déjà avalé sa maison. Maria s'élança en avant. En ce moment, rien ne comptait davantage que son rendez-vous avec son futur amant. Son souffle sortait par saccades. Soudain, un son retentit, une sorte de rire. Non ! Son imagination devait lui jouer des tours. Il n'y avait que des arbres alentour, et pas un souffle de vent. De nouveau, elle voulut presser le pas, mais ses jambes s'engourdissaient, s'alourdissaient.

Maria... Maria... Maria...

L'écho de son nom parut se répéter dans l'air nocturne. Qu'était-ce ? Sa conscience lui parlait-elle ? La mettait-elle en garde ? Irait-elle en enfer pour expier le péché qu'elle allait commettre ? Oh, non, pas si Dieu existait. Dieu la comprendrait. Et il lui pardonnerait. Dieu savait que Maria ferait exactement ce que l'on attendait d'elle. Elle se marierait. Elle serait une bonne épouse. Elle était une bonne fille et elle deviendrait une bonne mère.

Oh... ce froid... cette haleine glacée sur sa nuque...

Elle se retourna vivement. Rien. Pourtant...

La nuit elle-même semblait prendre forme. On eût dit une écharpe immense qui flottait dans les airs, telle une ombre maléfique.

Une ombre qui fondait sur Maria.

La jeune fille avala péniblement sa salive. Ce n'était que l'obscurité, se dit-elle. Elle connaissait par cœur ce paysage, ces légendes à propos de démons que les vieux racontaient au coin du feu et qui faisaient rire les plus jeunes – les jeunes gens de son âge. Elle connaissait ces bois, ces vallées, ces falaises pour les avoir parcourus des centaines de fois depuis sa plus tendre enfance.

Maria, Maria... Tu ne peux pas courir, Maria...

De nouveau, ce rire dans sa tête. Un rire malveillant, comme si...

Elle regarda par-dessus son épaule l'obscurité dense, les ombres mouvantes. Brusquement, elle décida de rebrousser chemin pour regagner sa maison, puis elle se ravisa :

elle ne pouvait courir dans cette direction sous peine de se retrouver dans les bras de l'ombre géante.

Alors, elle s'élança droit devant elle.

Un tourbillon de fine poussière la fit cligner des yeux. Elle buta contre quelque chose de dur et chaud, leva les yeux. Sa bouche s'ouvrit... Le rire résonna une fois de plus dans sa tête, et elle entendit murmurer son nom. Elle faillit pousser un cri, puis elle aperçut la blancheur d'un sourire, et une vague de pur plaisir la submergea.

— Nous n'avons pas beaucoup de temps, dit l'homme.

— J'ai fait vite... J'ai couru vers toi...

— Oui, ma douce, ma petite fille innocente...

— Il y avait quelque chose derrière moi. J'ai cru que c'était toi. Et quand je t'ai vu...

— Là, là, mon amour.

Ses yeux la caressaient. Elle sentait son regard sur sa peau comme un frôlement insistant, excitant.

— Le jour vient trop vite, murmura-t-il.

— Le jour ? répéta-t-elle sans comprendre.

— Ça ne fait rien, dit-il.

La bouche de l'homme s'empara de la sienne tandis qu'il la soulevait, l'entraînait vers le taillis tapissé d'un lit moelleux de feuilles mortes. Elle était encore vierge et sa pudeur naturelle reprit un instant le dessus, mais il l'attira dans ses bras, goûta ses lèvres, sa chair, jusqu'à ce qu'elle se mette à trembler. Ses mains étaient si fortes, si audacieuses ; ses baisers si enflammés...

Et soudain...

À la place de la douleur, Maria ressentit une incroyable volupté.

Elle l'entendait. Elle l'entendait tout contre elle.

Le son qu'il émettait aurait dû l'effrayer, mais il l'enchanta.

Elle s'accrocha à lui.

Son corps s'embrasait, le plaisir montait en elle comme dans ses rêves. C'était une sensation intense, vertigineuse... et glacée. Sombre et glacée. Il avait dit que le jour venait trop vite. Maria était transie, paralysée par ce froid bizarre qui l'emplissait jusqu'au tréfonds de son être, aussi puissant que la flamme qui l'avait consumée un peu plus tôt.

Elle réussit à soulever ses paupières lourdes au prix d'un effort surhumain. Ce qu'elle vit lui aurait arraché un hurlement d'effroi si elle avait encore eu la force de crier. Elle voulut se redresser. En vain. Elle glissait... La vie quitta brutalement son corps exsangue et elle s'affaissa, les yeux écarquillés, le regard fixe.

Le rire flotta de nouveau entre les collines, dans la nuit frémissante. Un instant après, l'aube teinta l'horizon d'une pâle lueur rose.

Stéphanie n'était pas mécontente, finalement, de ne rencontrer ses comédiens que l'après-midi. Elle avait dormi très tard. Des rêves décousus avaient peuplé son sommeil toute la nuit. À un moment donné, elle s'était réveillée en sursaut, certaine qu'il y avait quelqu'un dans sa chambre. Pourtant, elle n'avait fait aucun cauchemar. Au contraire. Ses rêves lui avaient laissé l'agréable sensation d'avoir été caressée sensuellement par la brise qui pénétrait dans la pièce par la porte-fenêtre ouverte. À ce souvenir, la jeune femme éprouva un sentiment de gêne. La solitude lui jouait de sales tours. C'était parfaitement ridicule ! Dans un autre rêve, elle s'était revue chez elle, à Chicago, avec Grant à ses côtés. Puis une peur singulière l'avait envahie. Elle s'était dit qu'elle devait se lever pour verrouiller la porte-fenêtre, mais n'avait pas eu la force de bouger.

Ironie du sort, alors que la veille, elle avait été furieuse de ne pas voir les gens de la troupe, elle fut la dernière à entrer dans le club de théâtre cet après-midi-là.

— Bonjour ! Vous devez être notre metteur en scène ?

La première personne à l'accueillir était une jolie petite brune. Ses yeux et ses cheveux sombres lui donnaient une allure d'Italienne, mais son anglais parfait, avec une touche d'accent du Midwest, démentait cette impression. Elle tendit la main à Stéphanie, exhibant dans un sourire avenant des dents blanches comme des perles.

— Lena Miro, annonça-t-elle. Ravie de faire votre connaissance.

— Enchantée, dit Stéphanie.

Lena se tourna vers une femme assise sur la chaise voisine de la sienne.

— Voici Virginie Lacroix, ajouta-t-elle.

Virginie était tout le contraire de Lena : grande et blonde, elle avait le teint clair et les yeux vert pâle.

— Bonjour, Stéphanie.

— Bonjour, Virginie.

Elles se serrèrent la main.

— Avez-vous rencontré les garçons ? demanda Virginie, avant de se mettre à rire. Non, bien sûr... Quelle idiote ! Vous avez fait la grasse matinée, pas vrai ? J'ai eu les mêmes symptômes après ma traversée de l'Atlantique : le décalage horaire m'avait complètement assommée. Je vous présente Drew Cunningham, poursuivit-elle en désignant un jeune homme aux cheveux d'un roux flamboyant, très grand et maigre comme un clou. Et voici Doug Wharton.

Doug, un peu plus petit que son camarade, avait des cheveux châtains, des yeux couleur café et un sourire charmant.

— Désolé pour hier, dit Drew en serrant chaleureusement la main de Stéphanie. Cette fichue panne nous a retardés.

— Mais les filles ont eu des problèmes aussi, lui rappela Doug.

— Ne m'en parlez pas ! s'écria Virginie avec un frisson.

— C'était passionnant, déclara Lena en même temps.

Virginie secoua la tête et écarquilla les yeux.

— Passionnant, mon œil ! J'ai détesté chaque minute de cette excursion. Le site est bourré de vieux os. On les déterre, et au lieu de les jeter à la poubelle, on les époussette amoureusement. Il y avait encore des cheveux, des lambeaux de peau et des bouts de tissu pourris collés aux squelettes... Pouah !

— Justement, c'est ça qui est excitant, répliqua Lena.

— Avoue que c'est plutôt l'archéologue que tu as trouvé excitant, rétorqua son amie en riant.

— Qui, moi ? Si tu fais allusion à ce grand type...

— Exactement, ma chère.

— Tu as dragué un archéologue, Lena ? Pas une de ces vieilles barbes mal fagotées que j'ai aperçues l'autre soir à l'hôtel, j'espère ! s'exclama Drew.

— Mais non ! fit Lena en s'esclaffant. Celui-ci aurait pu poser pour l'affiche d'Indiana Jones, si tu vois ce que je veux dire. Il est bénévole et fait partie d'un programme sponsorisé par la National Geographic Society. Dans la vraie vie, il est acteur ou metteur en scène quelque part dans le Midwest. C'est le guide qui nous l'a dit.

Stéphanie se força à sourire. Un sentiment de malaise la gagnait. Surtout, ne pas tirer de conclusions hâtives, s'ordonna-t-elle. Ce n'était pas parce que Grant Peterson était obsédé par l'ancienne Égypte, ni parce qu'il passait le plus clair de son temps à regarder Discovery Channel qu'il avait délaissé les Park Street Players pour venir fouiller de vieilles tombes dans le sud de l'Italie !

— Il est superbe, admit Virginie, avant de froncer les sourcils. Mais trop accaparé par les fouilles, hélas. Lena a tout fait pour attirer son attention, mais c'est à peine s'il a été poli.

— Est-ce que vous vous rappelez son nom ? s'enquit Stéphanie d'un ton délibérément neutre.

— En fait, nous n'avons pas été présentés, expliqua Lena. Ensuite, à la tombée de la nuit, il est parti et il n'est pas revenu.

— Du moins, il n'est pas revenu durant tout le temps où Lena l'a attendu, précisa Virginie. Je reconnais que c'est un homme séduisant. Et quels muscles, mes aïeux ! De l'acier.

— Hé, vous savez quoi ? On s'en fiche, de votre Don Juan, lança Doug. On a vu un tas d'Italiennes sublimes depuis qu'on est arrivés. Malheureusement, on n'en a croisé aucune dans le bled minable où on est restés coincés la nuit dernière. Imaginez une espèce de pension de famille où il n'y avait même pas la télé. Et pas un magazine !

— Figurez-vous que Doug avait envie de lire un magazine, railla Drew.

— Dis plutôt qu'il voulait regarder les images, renchérit Lena en souriant.

— Tu peux parler, toi qui as passé la journée à lorgner les abdominaux de ton bellâtre ! plaisanta Doug.

— Eh bien, le sujet est clos ! déclara Stéphanie d'un ton ferme. Nous sommes tous là maintenant...

Se pouvait-il que cet homme soit Grant ? Il y avait trois cents millions d'Américains, et il aurait été le seul à se passionner pour l'archéologie ?

Oui, mais si c'était lui ?

Aucune importance. Elle avait un spectacle à monter, se rappela-t-elle avec une conscience toute professionnelle.

Elle s'éclaircit la gorge et ajouta :

— Enfin, pas tous. Il manque deux comédiens, je crois ?

Arturo Agnazzi, qui était installé à une table au fond de la salle, prit la parole.

— Clay Barton sera là d'une minute à l'autre. Il a pris l'avion à Rome pour Naples, mais son vol a eu du retard.

— Je vois, murmura Stéphanie. Et Gema Harris ?

Pendant un instant, personne ne souffla mot.

— J'ai frappé à sa porte tout à l'heure, dit finalement Lena, mal à l'aise. Elle n'a pas répondu et je me suis dit qu'elle devait déjà être ici.

— Tu n'es pas entrée ? demanda Doug.

— Bien sûr que non. J'ai tambouriné, mais je n'ai pas obtenu de réponse.

— Est-ce que sa porte était fermée à clé ? s'enquit Drew.

— Je n'en sais rien. Je n'ai pas essayé d'ouvrir.

— Peut-être qu'elle dort encore ? suggéra Stéphanie.

— Je peux y retourner, si vous voulez, dit Lena.

— Non, je préfère qu'on commence la répétition. Arturo, pourriez-vous envoyer quelqu'un chercher Gema ?

Le directeur de l'hôtel se leva en hochant la tête.

— Elle disait qu'elle voulait aller à Rome, fit Drew.

Stéphanie darda sur lui un regard interrogateur, et il haussa les épaules.

— Vous ne la connaissez pas encore. C'est une gentille fille, mais elle rêve trop. L'autre soir, elle affirmait qu'il était impossible qu'un agent de Hollywood la découvre ici, alors...

— Vous pensez donc qu'elle est partie ? demanda Stéphanie.

Doug se frotta pensivement le menton.

— Moi, je ne le crois pas.

— Dans ce cas, Arturo la retrouvera... Est-ce que tout le monde a reçu notre bible ?

Les quatre comédiens répondirent par des hochements de tête, tout en s'emparant des cahiers qu'ils avaient laissés sur les tables. Virginie indiqua une cafetière pleine à

Stéphanie, qui se servit une tasse avant de reprendre la parole.

— Je vous propose de survoler les personnages. Le canevas de la pièce comporte six sketches dont nous n'avons que les grandes lignes, de manière que nous puissions improviser à chaque représentation. Le décor représente le Club des globe-trotters. Virginie, vous êtes la femme de chambre.

— Formidable ! observa Drew. Vu ses origines, je la verrais bien en soubrette française.

— Evitons les stéréotypes, objecta Stéphanie. Notre soubrette sera américaine.

— Mais je parle français, dit Virginie. Mon père est niçois.

— Voilà une excellente indication pour votre personnage, déclara Stéphanie. Une femme de chambre américaine qui fait semblant d'être française.

— Cool ! approuva Virginie.

— Mais elle est sexy et court-vêtue ! lança Drew.

Stéphanie sourit.

— Ou alors elle porte des jupes amples et des drôles de bas. Nous parlerons des costumes plus tard. Drew, vous jouerez le mythomane de service. Bien que vous soyez le président du Club, la plupart de vos aventures sont imaginaires... Vous en rajouterez autant que vous voudrez, naturellement.

— OK. Lunettes cerclées d'écaille ?

— Des loupes, même... Lena, vous serez le pendant de Drew en matière de créativité. Vous avez de la famille en Italie, et c'est la raison pour laquelle vous êtes revenue au Club. Vous prétendez avoir voyagé jusqu'aux confins de la terre, mais en fait, une seule chose vous intéresse vraiment : le sexe.

— Mais c'est l'histoire de ma vie ! s'exclama la jolie brune, ce qui arracha des rires amusés au reste du groupe.

Craignant de s'attirer les moqueries de ses camarades, Lena s'empressa d'ajouter :

— Ma famille est originaire de Milan. Quant au sexe, ça marche comme sur des roulettes pour moi. Et puis, vous avez intérêt à être gentils avec moi, les copains, car je suis la seule parmi vous à parler l'italien couramment.

— Je serai plus que gentil, et n'hésite pas à faire appel à moi si ta vie sentimentale tourne au désastre, dit Doug.

— Pour que le désastre continue ? Non, merci.

— Oh ! J'ai déjà l'impression de me glisser dans la peau de mon personnage, se lamenta Doug.

— Précisément ! approuva Stéphanie. Vous incarnerez le professeur Poindexter, Doug. Un brillant érudit doublé d'un intello coincé. Les autres membres du Club vous jalousent, car tous vos exploits sont vrais... Quand Gema se montrera, je lui confierai le rôle de la vamp. Elle a traîné ses guêtres un peu partout dans le monde et manque cruellement de points d'attache. Elle n'a aucune dignité, bien sûr, mais vous autres la ramènerez à la raison chaque fois qu'elle s'approchera des spectateurs masculins d'un peu trop près...

Elle s'interrompit pour interroger du regard Arturo, qui venait de regagner le théâtre. Le directeur de l'hôtel se contenta de secouer la tête.

— OK. Gema est absente, murmura-t-elle.

— Clay aussi, dit Drew, les sourcils froncés.

— Il arrive bientôt. À présent, lisons le texte et voyons si les idées vont jaillir.

C'était un excellent groupe. Stéphanie endossa les rôles de Gema et de Clay. À mesure que les minutes s'écoulaient, un flot d'optimisme l'envahit. Les quatre comédiens rivalisaient d'imagination. Les répliques improvisées fusaient de toutes parts avec une facilité déconcertante. Elle se contenta de leur rappeler qu'il fallait absolument jouer avec le public. Lorsqu'ils eurent fini l'avant-dernier sketch, Drew poussa un soupir.

— Si j'ai bien compris, c'est Clay Barton qui va s'éclater !

— Oui et non, répondit Stéphanie en soulignant du bout de son crayon le nom du personnage que Clay allait incarner. Son rôle est celui d'un séducteur bon chic bon genre, mais sans un sou en poche.

— Il est censé être beau comme un dieu, précisa Doug.

— Oui, mais dans une équipe comme la nôtre, les personnages sont interchangeables. N'importe lequel d'entre vous devrait être capable de jouer tous les rôles. Je regrette que nous ne soyons pas au complet, mais je ne vous cache pas que pour une première lecture, vous avez tous été formidables.

Elle jeta un coup d'œil en direction d'Arturo, mais ne le vit nulle part. Peut-être était-il reparti à la recherche de Gema. La porte s'ouvrit à ce moment-là, laissant pénétrer dans la salle un long et éblouissant rayon de lumière. Une haute silhouette se découpait à contre-jour. Stéphanie cligna des yeux, tandis que le nouvel arrivant s'engageait dans l'allée ménagée entre les tables.

C'était un homme indéniablement impressionnant, très grand – au moins un mètre quatre-vingt-dix –, aux cheveux aile de corbeau et aux yeux sombres. Ses traits classiques dégageaient une impression de force et de détermination. Une élégance typiquement européenne émanait de toute sa personne, et il portait son polo noir et son jean lustré aux genoux comme il aurait arboré un smoking.

En s'approchant, il posa sur l'une des tables un cahier relié de cuir.

— Désolé, dit-il. Les transports ne sont plus ce qu'ils étaient. Je suis Clay Barton.

Comme tous se contentaient de le scruter, il reprit avec un sourire éblouissant :

— J'aurais dû arriver hier, mais mon vol a été annulé. Quant à celui d'aujourd'hui, il a atterri avec une heure de retard... Mais vous étiez en train de travailler. Je vous ai interrompus, j'en suis navré.

Lena haussa les sourcils à l'adresse de Stéphanie.

— C'est tout à fait le personnage, Stéphanie !

— J'espère que non, répondit Clay en tirant une chaise pour s'asseoir. J'ai cru comprendre que je jouais une espèce de fanfaron.

Stéphanie lui tendit la main. Une sorte de décharge électrique lui engourdit les doigts lorsque Clay la toucha.

— Je m'appelle Stéphanie Cahill, je suis votre metteur en scène. Laissez-moi vous présenter le reste de la troupe : Drew Cunningham, le grand rouquin, Doug Wharton...

— Moins grand et pas rouquin du tout, plaisanta Doug en échangeant avec Clay une poignée de main. Enchanté.

— Virginie Lacroix, dit la blonde en souriant.

— Et Lena Miro.

— Bonjour à tous. C'est un plaisir... Et pardonnez mon retard, encore une fois.

— Ce n'est pas grave, dit Stéphanie. Nous venons juste de commencer les répétitions. Nous en sommes au dernier sketch, si vous voulez bien poursuivre la lecture avec nous... Notre première représentation aura lieu vendredi soir. C'est vous dire si le temps nous est compté.

— Je vois, fit-il en ouvrant son cahier relié de cuir.

Puis il leva les yeux, les sourcils froncés.

— Je croyais que nous étions six.

— C'est vrai, mais l'une des comédiennes manque à l'appel, lui expliqua Doug.

— Vraiment ?

Clay se tourna vers Stéphanie.

— Ça veut dire quoi exactement, « manque à l'appel » ?

— Elle ne s'est pas montrée. Comme je ne l'ai pas encore rencontrée, je ne sais pas si je dois m'inquiéter ou pas.

Doug renifla.

— En d'autres termes, on ne sait pas si elle a rompu son contrat. Vous devriez vous en assurer, Stéphanie. Dites à Arturo d'aller jeter un coup d'œil dans son bungalow. Et si ses bagages ont disparu, il faudra vite chercher une remplaçante.

Lena fit la grimace.

— Je déteste dire ça, mais Gema ne semblait guère ravie d'être ici.

— Nous pourrions aller la chercher tous ensemble, suggéra Clay.

— Finissons d'abord notre lecture, décréta Stéphanie, le nez dans ses notes.

L'espace d'une seconde, elle avait été tentée d'obéir à Clay Barton, avant de se rappeler que c'était elle, le metteur en scène. Elle avait peut-être perdu un membre de la troupe, mais elle tenait à conserver son autorité sur les autres.

— Continuons... Pour le moment, je lirai les répliques de Gema.

Durant une heure, chacun s'appliqua à étoffer son personnage. Les trouvailles succédèrent aux suggestions, aux plaisanteries et aux rires. Stéphanie riait avec ses comédiens de bon cœur. Pour la première fois depuis son arrivée, elle se surprit à penser que l'entreprise avait toutes les chances de réussir.

— Excellent ! commenta-t-elle à la fin. Je vous félicite.

Arturo, qui avait regagné silencieusement sa place au fond de la salle, se redressa et se mit à applaudir.

— Bravo ! Bravo !

— Merci, Arturo. Avez-vous déjà rencontré M. Barton ?

— Oui, bien sûr ! répondit l'hôtelier. Je l'ai croisé à la réception.

Lui aussi dévisageait l'acteur avec émerveillement, remarqua-t-elle. Rien d'étonnant à cela : Clay dégageait une aura magnétique qui semblait attirer les autres comme un aimant. Stéphanie ne put s'empêcher de se demander ce qu'il faisait ici. Compte tenu de son allure et de son talent, il aurait dû figurer parmi les stars de Hollywood ou être un mannequin vedette pour des sous-vêtements masculins.

— Et Gema ? Vous ne l'avez pas vue ? demanda Clay.

Stéphanie se redressa, décidée à couper court à toute initiative qui ne viendrait pas d'elle.

— Arturo, allez chercher un passe-partout. Je voudrais que nous jetions un coup d'œil dans son bungalow.

— D'accord, soupira Arturo. Vous ne pensez pas qu'elle est blessée, *no* ? Qu'elle a glissé dans la douche ou qu'elle...

— Nous croyons plutôt qu'elle a mis les bouts, coupa Doug.

— *Scusi ?* Qu'est-ce qu'elle a mis ? demanda Arturo en haussant les sourcils.

— Doug pense qu'elle nous a fait faux bond, expliqua Stéphanie.

La figure de l'hôtelier exprima l'incrédulité.

— Pourquoi aurait-elle fait une chose pareille ? demanda-t-il, sincèrement étonné.

— C'est tout à fait son genre, répondit Doug. À moins qu'elle n'ait la gueule de bois...

— La quoi ? fit Arturo, puis il renonça à comprendre. Bon, bon, j'y vais tout de suite.

— Je vous accompagne, déclara Stéphanie.

— Nous venons tous, renchérit Clay.

Stéphanie le regarda.

— Ce n'est pas nécessaire.

— Pourquoi pas ? fit Doug. Nous sommes une équipe, n'est-ce pas ?

— Et si quelque chose lui est arrivé... murmura Drew.

— Très bien. Allons-y.

Arturo les conduisit vers une porte latérale qui menait au bâtiment principal de l'hôtel, une longue demeure de deux étages aux murs recouverts de stuc beige et aux volets bleu pâle. Un instant après, ils traversèrent le vaste vestibule en marbre de Carrare, où des tables entourées de fauteuils étaient disposées sous une imposante coupole. Les clients, qui sirotaient des cocktails de fruits en bavardant ou en lisant leur journal, les suivirent des yeux tandis qu'ils se dirigeaient vers la réception. Peu après, ils ressortirent pour prendre la direction des bungalows disséminés du côté de la plage.

Arturo s'arrêta devant un cottage blanc à un étage, situé à un jet de pierre de celui qu'il avait attribué à Stéphanie. Il commença par cogner à la porte, avant d'écraser fermement la sonnette.

Ils attendirent un moment.

Rien.

— Je crois qu'il faut ouvrir, dit Stéphanie.

— Oui, oui, murmura l'hôtelier, l'air franchement malheureux.

Il sortit un trousseau de clés de sa poche et glissa l'une d'elles dans la serrure. Le battant roula sur ses gonds.

— Mademoiselle Gema ? Est-ce que vous êtes là ?

Aucune réponse.

Stéphanie pénétra dans le petit hall. La décoration était semblable à celle de son propre bungalow.

— Gema ? cria-t-elle en entrant dans le salon.

— Je monte, dit Virginie.

Il n'y avait personne dans le salon, personne dans la kitchenette. Stéphanie se retourna, consciente de la présence de Clay Barton. Il se tenait au milieu du salon, immobile, la tête penchée, comme s'il guettait un bruit, comme s'il percevait quelque chose que lui seul pouvait entendre.

Pour qui se prenait-il ? Un médium ? se demanda-t-elle, déroutée. On eût dit qu'il s'efforçait de sentir, de deviner ce qui avait pu se passer dans cette pièce.

— Qu'y a-t-il ? demanda-t-elle.

Il leva les yeux.

— Pardon ? fit-il poliment.

Stéphanie ouvrit la bouche pour répéter sa question, mais elle n'en eut pas le temps. À l'étage, Virginie poussa un cri de terreur.

3

— Hé, *Americano* !

Grant Peterson releva vivement la tête.

Depuis des heures, il s'appliquait à retirer les grains de poussière qui s'étaient incrustés sur les ossements, à l'aide d'une brosse aussi minuscule qu'un pinceau d'aquarelle pour enfant. C'était une tâche laborieuse qui exigeait une patience et une minutie de professionnel.

Lentement, méthodiquement, Grant avait nettoyé le crâne couleur de vieil ivoire, le front bombé et les orbites vides. C'était un squelette de femme. Certains de ses collègues prétendaient avoir déterré là les restes d'une comtesse légendaire, mais Dino Ponti, le directeur des fouilles, était d'un avis différent.

— Si j'en juge par les bouts d'étoffe qui adhèrent encore aux os, leur qualité médiocre m'incite à penser qu'il s'agirait plutôt d'une paysanne, avait-il décrété. Je crois en revanche que nous allons pouvoir prouver que nous nous trouvons sur un ancien champ de bataille. Mais pour l'instant, nous ne sommes sûrs que de ce que nous disent nos sources : un terrible tremblement de terre a dévasté toute la région il y a plusieurs centaines d'années. Une catastrophe qui a fait des milliers de victimes et qui nous apporte, à nous, des trésors de connaissances.

Dino décrocha l'une des cordes torsadées qui protégeaient l'excavation puis s'avança vers Grant, sa veste négligemment jetée sur son épaule.

— Vous n'avez pas faim, *Americano* ? demanda-t-il. La route est enfin dégagée. Cela vous dirait, un dîner succulent, arrosé d'une bonne bouteille de vin italien ?

Grant se redressa et indiqua l'épaisse couche de poussière grisâtre qui recouvrait ses vêtements.

Dino lui sourit.

— Prenez vite une douche et changez-vous. Je vous attends.

— Je n'ai pas fini, dit Grant. Allez-y sans moi.

Dino leva les mains.

— Tout seul ? Jamais de la vie. Mes estimés confrères, Heinrich et Jacques, sont partis se coucher, et c'est tant mieux. Ils nous auraient gâché la soirée. Que voulez-vous, ils sont trop ennuyeux. À part l'histoire et l'anthropologie, ils manquent cruellement de sujets de conversation... Peterson, faites-moi plaisir. J'ai envie de parler de cinéma, d'écouter de la musique, de raconter des blagues. Et puis, il me tarde de revoir les deux jeunes dames qui doivent se produire au petit théâtre de l'hôtel. Vous savez, les visiteuses qui ont passé la nuit au campement à cause du rocher qui a bouché le passage.

Grant hocha la tête.

— Vous n'êtes qu'un vieux libidineux !

L'archéologue éclata de rire. Il appréciait l'humour corrosif de son ouvrier américain. Âgé d'une cinquantaine d'années, Dino Ponti arborait une barbe courte qui lui conférait un charme rustique. Il adorait son métier, mais estimait que les vieilles ruines n'avaient jamais rempli pleinement une existence. S'il s'adonnait à l'archéologie, c'était parce qu'il aimait l'histoire, et si l'histoire le passionnait, c'était avant tout parce qu'elle était faite par des êtres humains et qu'il cherchait à les comprendre.

— Laissez-la donc, elle ne partira pas, fit-il, l'index pointé sur le squelette. Allons plutôt admirer des femmes vivantes ! Cela nous changera agréablement. En plus, les experts arrivent demain pour les photos, et ils préféreront officier avant qu'on ait tout nettoyé. Alors, douchez-vous et allons-nous-en... La nuit tombe vite. J'ai mangé trop de conserves ces derniers temps, je me damnerais pour un vrai repas.

Grant hésitait, peu désireux de se rendre en ville. Sans en être tout à fait sûr, il soupçonnait fortement *la bella direttrice* du nouveau *teatro americano* de n'être autre que Stéphanie Cahill. Qui eût cru qu'en signant ce contrat avec Ponti, il risquerait de tomber nez à nez avec son ex-petite amie ?

Les gens d'ici ne parlaient plus que du club de théâtre de Bella Vista. Grant avait su très vite que la propriétaire du club était une Américaine d'origine italienne du nom de Victoria Reggia. Un nom qu'il ne connaissait que trop bien. De là à conclure que cette bonne vieille Reggie avait embarqué Stéphanie dans l'aventure, il n'y avait qu'un pas... Un pas qu'il avait franchi sans tergiverser, connaissant le caractère quelque peu impulsif de la jeune femme. Stéphanie avait tout simplement dû accepter la proposition de Reggie pour pouvoir quitter Chicago et s'éloigner de lui. Elle ne voudrait jamais croire à une coïncidence lorsqu'elle apprendrait que Grant, de son côté, avait débarqué au même endroit pour effectuer des fouilles ! C'était pourtant la pure vérité. Il avait attendu toute sa vie de pouvoir participer à un chantier de ce genre.

Mais peut-être que la nouvelle directrice du théâtre n'était pas Steph, après tout, pensa-t-il.

Balivernes ! Ce ne pouvait être qu'elle : Reggie était non seulement sa cousine, mais aussi une de ses meilleures amies.

Advienne que pourra ! Il n'allait pas s'interdire de circuler en ville pendant les six mois suivants pour éviter d'avoir à affronter Stéphanie. Celle-ci penserait ce qu'elle voudrait.

— Grant ? Est-ce que ça va ? demanda Dino.

Il s'aperçut que l'archéologue le scrutait attentivement. Eh bien, non, ça n'allait pas du tout. Il ressentait cette douleur sourde qui le tourmentait chaque fois que le souvenir de Stéphanie venait le hanter. Leur liaison avait abouti à un véritable fiasco. Aujourd'hui encore, il ne pouvait s'empêcher de se demander pourquoi il avait été assez stupide pour rejeter la personne qui comptait pour lui plus que tout au monde, une femme belle, créative, intelligente, drôle, pleine de talent.

— Grant ?

— Oui, oui, Dino, je suis désolé. Je rêvassais. Ces vieux os excitent mon imagination.

Dino hocha la tête avec indulgence.

— Je vois. Mais vous feriez mieux de rêver de femmes vivantes, *mio amico*. Alors, on y va ?

— Oui. Donnez-moi cinq minutes.

Rêver de femmes vivantes...

Ces ruines exerçaient sur lui une sombre fascination. Il avait creusé des heures durant avec ardeur, mettant au jour des ossements, des objets, une tranche d'histoire. Il ne savait pas ce qu'il cherchait sous terre aussi désespérément. Il n'avait pas la réponse. Et le pire, c'était qu'il ne connaissait même pas la question à laquelle il essayait de répondre.

— Ô mon Dieu, que se passe-t-il ?

Stéphanie se rua vers l'escalier, suivie des autres membres de la troupe. Virginie se tenait sur le seuil de la chambre de Gema et regardait à l'intérieur. Elle se tourna vers eux, le visage décomposé.

— Il y a un cancrelat de la taille du Texas, là-dedans ! couina-t-elle, horrifiée.

Un silence à couper au couteau accueillit ces paroles. Ses amis semblaient partagés entre le fou rire, le soulagement et l'envie de l'étrangler.

— Où ça ? demanda Arturo Agnazzi d'un air à la fois digne et incrédule, comme s'il doutait qu'il puisse y avoir des bestioles aussi repoussantes en Italie. Bien sûr, nous avons beaucoup de feuillages et nous sommes près de la mer, mais nous sommes très stricts sur la propreté.

— Les cafards sont des survivants, déclara Clay, une lueur d'amusement dans ses yeux sombres. Je crois bien qu'ils sont plus anciens que les dinosaures.

Il avait devancé Stéphanie. Celle-ci aurait pourtant juré qu'il avait gravi les marches après elle.

— Virginie, tu es cinglée ! lâcha Lena. Tu nous as fait une de ces peurs ! Mon cœur bat à cent vingt. J'ai cru que tu... que tu...

— ... avais trouvé Gema inanimée, acheva Drew à sa place avec un sourire moqueur.

— Oh, Drew ! Tu es horrible ! protesta Lena.

— Voyons, mon chou, j'ai dit tout haut ce que tu pensais tout bas, répondit le jeune homme. C'aurait été affreux si nous avions découvert que Gema était blessée, ou pire... Grâce à Dieu, ce n'est pas le cas. De toute évidence, elle n'est pas ici.

Clay Barton traversa la pièce pour ouvrir les portes de la penderie. Elle était vide.

— Et voilà ! fit Virginie. Elle est partie.

— Mais... ce n'est pas possible ! s'exclama Arturo, indigné.

— Si, hélas, affirma Drew en balayant de son front une mèche rousse. Les lumières des grandes capitales attirent les papillons de nuit.

— Je ne sais que penser, soupira Stéphanie. Je ne la connaissais pas. La croyez-vous capable de nous laisser tomber sans un mot d'explication ?

— Pas moi, répondit Doug.

Il haussa les épaules, avant d'ajouter :

— Bon, c'est vrai qu'elle parle à tort et à travers, qu'elle est jolie et qu'elle n'a pas froid aux yeux. Mais nous savions tous que nous ne jouerions pas dans un théâtre à deux mille places quand nous avons accepté ce job. Je me disais que ses paroles dépassaient sa pensée.

— Personnellement, ça ne me surprend pas, murmura Virginie. Ce n'est pas que je n'aimais pas Gema, mais je me méfiais d'elle. C'est le genre de nana à qui on ne peut pas faire confiance. Tu n'es pas de mon avis, Lena ? Si j'avais eu un mari ou un fiancé, je ne l'aurais pas laissé seul avec elle cinq minutes ! Il y a un tas de filles comme ça, sympathiques de prime abord mais d'un égoïsme forcené... Quoi ? Ne me regardez pas comme ça ! Vous avez très bien compris ce que je veux dire : Gema pensait qu'elle aurait plus de chance ailleurs, alors elle est partie sans s'inquiéter du reste.

— Elle serait donc partie à Rome sans prévenir ? demanda Stéphanie. Je ne sais pas... Je serais plus tranquille si j'avais la certitude qu'il ne lui est rien arrivé.

Virginie répondit par un haussement d'épaules.

Arturo toussota pour attirer leur attention.

— L'armoire est vide, leur rappela-t-il.

— Jetons un coup d'œil dans les autres pièces, au cas où nous trouverions un indice, suggéra Stéphanie.

Drew haussa les sourcils.

— Quel genre d'indice ? Une tache de sang par terre ?

— Quelle horreur ! s'exclama Virginie.

— Écoutez, Virginie, nous n'allons certainement pas trouver de sang ici, affirma Stéphanie, envahie malgré tout d'un sentiment de malaise.

Mais la blonde poussa un nouveau piaillement.

— Virginie, calmez-vous. Je pensais simplement qu'elle avait pu laisser un mot.

— Non, ce n'est pas ça. C'est encore ce cancrelat. Juste Ciel, ce monstre grimpe le long du mur !

Clay Barton ramassa un magazine sur la coiffeuse, traversa calmement la pièce et écrasa l'insecte d'un mouvement prompt.

— Pouah ! cria Virginie, écœurée.

— Voyons, Virginie, jeta Doug. Cet homme a fait ce qu'il fallait. Le cancrelat est mort.

— Oui, peut-être, mais regarde cette affreuse tache marron. C'est dégoûtant.

Clay disparut dans la salle de bains, d'où il ressortit muni d'un mouchoir en papier qu'il passa sur la tache humide, avant de s'éclipser de nouveau. Il y eut un bruit de chasse d'eau, puis Clay réapparut.

— Je vais voir en bas, déclara-t-il.

— Virginie, Lena, continuez à chercher ici, ordonna Stéphanie.

— Quoi ? Dans la chambre du cancrelat ? fit Virginie d'une voix chevrotante. Il y a encore des traces de cette bête répugnante.

— Tu n'as pas besoin de t'approcher du mur, lui dit Lena. Allez, viens. Nous allons juste regarder dans les tiroirs et dans la salle de bains. Ça ne prendra pas plus d'une minute.

— Drew, Doug, voulez-vous regarder dans les chambres d'à côté ? Je descends au rez-de-chaussée, dit Stéphanie.

Drew lui adressa un salut militaire, imité aussitôt par son camarade.

— Oui, chef ! Tout de suite, chef !

Elle réprima un gloussement. Les comédiens étaient tous les mêmes. En représentation permanente.

— Très drôle ! fit-elle en souriant. Gardez vos bouffonneries pour vendredi soir.

Elle pivota sur ses talons et faillit entrer en collision avec Arturo, qui se tenait juste derrière elle.

— Puis-je faire quelque chose ? s'enquit-il.

— Retournez à l'hôtel et voyez si vous pouvez mettre la main sur la femme de chambre. Demandez-lui si elle a remarqué quelque chose d'anormal en faisant le ménage ce matin ou si elle a trouvé un mot.

— Entendu... Je vous attends tous au bar. Nous pourrions boire un verre avant le dîner, d'accord ? Vous n'avez pas encore dîné à l'hôtel, n'est-ce pas ?

L'hôtelier embrassa ses doigts joints.

— *Fantastico !* En ce cas, l'affaire est entendue.

Arturo s'en fut, heureux de pouvoir rendre service. Virginie, qui semblait avoir surmonté sa phobie des insectes, s'était mise à inspecter les tiroirs de la commode, tandis que Lena regardait sous le lit.

Stéphanie redescendit l'escalier.

Sur la dernière marche, elle s'immobilisa, la main sur le pommeau en bronze doré de la rampe.

Clay Barton, à quatre pattes, étudiait intensément le dallage devant la porte d'entrée.

— Eh bien ? fit-elle d'une voix aiguë.

Il releva la tête, puis se redressa en s'essuyant les paumes sur son pantalon. Il affichait une expression détachée, mais Stéphanie ne fut pas dupe. Elle était sûre que sa nonchalance était feinte. Avait-il découvert quelque chose sur le carrelage ?

— Clay ?

— Rien.

— Pardon ?

— Il n'y a rien. Désolé.

— Pourquoi ? À quoi vous attendiez-vous ?

— Je ne sais pas. Vous m'avez poussé à jouer les détectives, je suppose.

— Mais on voit bien, même d'ici, qu'il n'y a rien d'autre que du carrelage blanc, lui fit-elle remarquer.

— Exact. Du carrelage blanc. Et comme je viens de vous le dire, il n'y a absolument rien dessus.

Tout en parlant, il revint vers le salon.

— J'ai vérifié partout. Pas la moindre note, aucune trace de lutte.

— Mais le carrelage avait l'air de vous fasciner, insista-t-elle.

— J'ai cru apercevoir une empreinte de pas, voilà tout. Or, la marque, s'il y en avait eu une, aurait pu appartenir à n'importe lequel d'entre nous.

Il jeta à Stéphanie un coup d'œil malicieux.

— Je suis très tenté par l'invitation de M. Agnazzi. Un verre me remettra d'aplomb. À tout à l'heure au bar ?

Stéphanie n'eut pas le temps de répondre : il était déjà sorti. Elle regarda dans la direction où il avait disparu. Un courant d'air glacé s'engouffra brusquement par la porte entrouverte, sensation de froid intense qui s'évapora presque aussitôt. De nouveau, la brise tiède soufflait dans la pièce. Stéphanie fronça les sourcils, perplexe. Sans doute souffrait-elle encore du décalage horaire.

En entendant un martèlement de pas sur les marches, elle se retourna.

— Il n'y a rien, dit Lena en descendant l'escalier, suivie de Virginie. Rien du tout. Les tiroirs sont vides.

— Gema est partie, déclara posément Virginie.

— Oui, apparemment, admit Stéphanie.

— On est dans la panade, fit Lena. Je suppose qu'il faudra réécrire les sketches. C'est vraiment bête : un personnage de vamp est toujours utile dans ce genre de spectacle.

Virginie posa la main sur le bras de son amie.

— On va s'en sortir ! Stéphanie, pourquoi vous ne remplaceriez pas Gema ? Vous étiez bien comédienne à Chicago, non ?

— On verra...

Elle s'aperçut qu'elle avait la bouche sèche.

— En attendant, allons boire l'apéritif. C'est Arturo qui régale.

— Super... Et les garçons ? s'enquit Lena.

Virginie haussa les sourcils.

— Oh, ils n'ont pas besoin de nous pour trouver le chemin du bar.

Stéphanie sortit en premier. Elle remonta l'allée bordée de pins, suivie des deux autres femmes qui chuchotaient dans son dos. Où était donc passée Gema ? se demanda-t-elle avec un regain d'anxiété. Mais puisque tous ceux qui l'avaient connue ne semblaient pas surpris par sa conduite, peut-être avait-elle tort de s'inquiéter. Elle pénétra dans le vaste hall de l'hôtel. Le sang palpitait à ses tempes, signe annonciateur d'une migraine. Elle ferma un instant les yeux. Il ne manquait plus que ça. Elle mit finalement le cap sur le bar d'un pas résolu. Un verre d'alcool la guérirait... ou l'achèverait.

La pièce baignait dans une savante pénombre mordorée. Les larges fauteuils en cuir épais et souple étaient presque tous occupés. Plusieurs personnes se retournèrent sur son passage avec curiosité. Elle leur rendit leurs salutations et leurs sourires, avant de contourner l'ample courbe du comptoir en cuivre... et de se figer net, comme une statue de sel.

Arturo les attendait, comme convenu. Mais il n'était pas seul. Il était flanqué de deux hommes : à sa gauche, un inconnu dont les vêtements passablement fripés et la barbe courte évoquaient un universitaire, et à sa droite...

Grant.

Il leva les yeux. Une vive lueur brilla un instant dans ses prunelles d'un bleu aussi profond que l'océan, une sorte de contrition espiègle à laquelle se mêlait un franc amusement.

— Ah, messieurs ! s'exclama Arturo. Il faut absolument que vous fassiez la connaissance de notre metteur en scène. Dino Ponti, Mlle Cahill... Stéphanie, le professeur Dino Ponti. L'autre gentleman est un de vos compatriotes, M. Grant Peterson. Il travaille sur le site. Monsieur Peterson, je vous présente Mlle Stéphanie Cahill.

On n'aurait pas fait mieux dans une pièce de boulevard ! songea Stéphanie, non sans ironie. Dino Ponti la gratifia d'un coup d'œil connaisseur et d'un baisemain.

Grant resta assis.

— Le monde est petit, mon cher Arturo, dit-il. Stéphanie et moi sommes de vieux amis, figurez-vous. De très bons amis, en fait.

Enfin, il déploya son long corps musclé et l'embrassa sur les deux joues. Elle sentit son visage la brûler comme si elle était restée au soleil toute la journée.

— Bonsoir, fit Virginie en se glissant entre Grant et Stéphanie. Je suis Virginie Lacroix... Nous nous sommes aperçus sur le site hier. Je fais partie de la troupe.

— Comment allez-vous ? répondit poliment Grant. Je vous présente le professeur Ponti.

— Enchanté, susurra Dino avec cette voix suave que les Italiens adoptaient tout naturellement en présence de jolies femmes. Nous nous sommes déjà rencontrés, mais nous ne nous sommes pas présentés.

— Absolument. Voici mon amie Lena Miro. Elle était avec moi hier.

— *Il piacere è mio,* murmura Lena.

Ponti en profita pour engager une conversation en italien, tandis que Virginie prenait Grant par le bras.

— Excusez-moi, mais j'ai entendu ce que vous disiez à Arturo... C'est donc vous qui avez travaillé avec Stéphanie ?

— Grant est le directeur de l'atelier de théâtre où j'ai débuté à Chicago, répondit Stéphanie en s'efforçant de contrôler sa voix.

Virginie ne s'aperçut pas de son trouble.

— Vraiment ! Quelle coïncidence que vous vous retrouviez ici tous les deux ! Je veux dire, vous ne saviez pas que vous alliez vous revoir en Italie ?

— Non ! coupa Stéphanie. Nous ne le savions pas.

Elle s'était exprimée d'un ton cassant. Grant tourna vers elle un regard imperturbable.

— C'est exact, confirma-t-il. Stéphanie avait déjà quitté l'atelier quand j'ai accepté l'offre de M. Ponti. Quant à moi, j'ignorais tout de ce club de théâtre à Bella Vista.

— Ah, oui ? C'est inimaginable. Le monde est petit, comme vous l'avez si bien dit.

— Trop, marmonna Grant.

— Hé, salut !

Drew se fraya un chemin parmi les clients du bar et passa un bras nonchalant autour des épaules de Stéphanie.

— Drew Cunningham, annonça-t-il.

— Grant Peterson.

Doug arriva juste après. Après les présentations, les deux comédiens échangèrent une poignée de main avec Grant et Dino.

— Nous aurons besoin d'une grande table, lança Drew. Arturo, est-ce que nous sommes toujours vos invités ?

— Pour ce soir, oui, répondit l'hôtelier avec un sourire.

— Poussons ces deux tables l'une contre l'autre... suggéra Drew. Il y aura assez de place pour tout le monde. Arturo, Dino, je remercie le bon Dieu que vous soyez parmi nous.

— Oh ? fit Arturo. Pourquoi ?

— Parce que, tout à l'heure, vous pourrez nous lire le menu.

Le patron de l'hôtel s'esclaffa.

— Tous nos plats sont décrits en italien et en anglais, *signore* Cunningham.

— Dommage. C'est plus drôle d'imaginer ce que ça veut dire en italien, intervint Doug. Voilà : nous avons tous une chaise... Elle est pas belle, la vie ?

Tous semblèrent partager son avis, excepté Stéphanie. Virginie, qui devait penser que son metteur en scène et l'archéologue américain n'avaient eu que des relations professionnelles, avait ostensiblement jeté son dévolu sur Grant. Celui-ci fut entraîné à l'autre bout des deux tables rondes réunies. Doug s'installa à gauche de Stéphanie. Il restait un siège vide à sa droite.

— Avons-nous besoin de cette chaise supplémentaire ? s'enquit Arturo.

— Elle est pour Clay, répondit Doug.

— Où est-il, d'ailleurs ? Je croyais qu'il nous avait précédées, Lena, Virginie et moi, dit Stéphanie.

— Nous l'avons rencontré derrière le bungalow de Gema. Il poursuivait ses recherches, mais il ne devrait plus tarder.

— Ses recherches ? demanda Dino Ponti.

— Une de nos collègues a disparu, expliqua Lena.

— Disparu ? répéta l'archéologue, intrigué.

— Eh oui ! Elle a pris le large, comme on dit chez nous dans l'Ouest, déclama Drew d'une voix traînante.

Doug le regarda en haussant les sourcils.

— Quel Ouest ? Tu es de Boston.

— Et alors ? Elle a filé, point final.

— Pourquoi n'appelez-vous pas la police ? suggéra Grant.

Drew adopta un air pragmatique.

— Je suppose que la loi est la même ici qu'aux États-Unis : la police ne fera rien, sachant que Gema est adulte et est apparemment partie de son plein gré. La chère colombe a tout simplement bouclé ses bagages et s'est envolée. Apparemment, ce coin de l'Italie n'était pas assez excitant pour elle.

— Elle projetait d'aller à Rome, intervint Virginie. Comme ses valises ne sont plus là, nous en avons déduit que c'était ce qu'elle avait fait.

— Monsieur Ponti, votre métier consiste à creuser pour découvrir des indices, n'est-ce pas ? demanda Doug.

— On peut dire cela, oui. Je suis un détective à la recherche de personnes disparues il y a longtemps. Heureusement, mes « clients » restent tranquillement étendus dans leurs tombes. Aucun d'eux ne m'a encore fait faux bond.

— Ah, voilà Clay, dit Doug.

Clay Barton traversait la salle dans leur direction. Arturo fit les présentations, et Grant et Dino serrèrent la main du nouveau venu. Les trois hommes se rassirent, mais Stéphanie eut le temps de remarquer le regard qu'échangeaient Grant et Clay. Une rivalité typiquement masculine, supposa-t-elle, cette hostilité qui jaillit instantanément entre deux hommes qui, d'emblée, ne s'apprécient pas.

— C'est curieux... remarqua Grant peu après. Si vous saviez que cette femme ne se plaisait pas ici et qu'elle avait l'intention de partir, pourquoi êtes-vous aussi inquiets ?

— Nous ne sommes pas si inquiets que ça, riposta Stéphanie.

— Mais, si j'ai bien compris, vous avez fouillé son bungalow en pensant découvrir quelque chose d'étrange.

Stéphanie se tourna vers Arturo.

— Peut-être devrions-nous appeler la police, en définitive.

L'hôtelier poussa un soupir.

— Il y a des policiers ici. Ils sont assis au fond de la salle.

— Vraiment ?

Stéphanie se retourna et aperçut, à une table au fond du bar, un Italien jeune et beau, aux yeux et aux cheveux sombres. Il discutait avec un homme plus âgé, légèrement grisonnant, aux épaules carrées.

— Venez, dit l'hôtelier. Je vais vous les présenter.

Les deux hommes se levèrent en les voyant approcher. Ils entamèrent avec Arturo un chaleureux entretien en italien, puis Stéphanie fut présentée à Franco Mercurio senior et Franco Mercurio junior. Pour plus de facilité, on appelait le père Merc et le fils Franco, précisa Arturo.

Tandis qu'ils parlaient, une main se posa sur l'épaule de la jeune femme.

Clay Barton.

Il était venu à la rescousse, songea-t-elle, reconnaissante. Clay commença par se présenter. Il brossa ensuite un résumé clair de la situation aux deux policiers : Gema Harris, l'une des comédiennes de la troupe, avait quitté l'hôtel brusquement. La police accepterait-elle d'éclaircir ce mystère ? Les deux hommes acceptèrent aussitôt.

— Nous avons fouillé son bungalow, intervint Stéphanie. Vous y trouverez sûrement nos empreintes. Nous avons constaté qu'elle avait emporté ses vêtements, ses effets personnels, toutes ses affaires. Nous ne voudrions pas vous déranger pour rien, mais...

— *Signorina,* nous serons heureux de vous rendre ce service, déclara Merc, tandis que son fils acquiesçait en silence. Nous allons tout de suite jeter un coup d'œil au bungalow. Nos verres attendront.

— Je viens avec vous, dit Arturo. Il faut juste que je prenne le passe-partout.

Les trois hommes se dirigèrent vers la réception.

— Soulagée ? demanda Clay.

— Oui, merci.

Sa présence l'apaisait, constata-t-elle soudain. Elle recula d'un pas afin de mieux l'observer. Il était vraiment très séduisant, avec ses cheveux noirs, ses traits lisses, ses yeux au regard si profond qu'il en était presque hypnotique. Grant devait les surveiller du coin de l'œil, elle en était persuadée. Oh, elle ne ressentait guère le besoin de susciter sa jalousie. C'était plutôt une façon de se protéger des sentiments qu'elle éprouvait toujours pour lui, d'oublier le passé, le fait qu'elle avait adoré cet homme et qu'il l'avait trahie. Elle se rappelait encore la nuit fatidique où Grant avait crié un autre nom que le sien.

— Ils feront le nécessaire.

La voix posée de Clay l'arracha à ses souvenirs.

— Oui, murmura-t-elle distraitement.

— Voulez-vous qu'on retourne auprès des autres ?

— Ah... oui.

— Est-ce que ça va ?

Stéphanie s'obligea à se ressaisir.

— Bien sûr.

— C'est une drôle de coïncidence de tomber sur une vieille connaissance dans un pays étranger, observa-t-il.

Elle saisit immédiatement le sous-entendu : Clay Barton avait parfaitement deviné quels avaient été ses rapports avec Grant, et elle pouvait compter sur son soutien.

— Euh... oui. C'est surprenant. Allons nous asseoir.

Lorsqu'ils regagnèrent leur table, il avança la chaise de Stéphanie. Elle s'y assit, et il laissa sa main reposer un instant sur le dossier.

— Tout s'est bien passé ? demanda Dino Ponti.

— Merc et Franco vont fouiller le bungalow, répondit-elle. Ils ne trouveront rien de plus que nous, à mon avis. À l'heure qu'il est, Gema est probablement à Rome. Mais au moins, comme ça, la police sera au courant de son départ.

— Alors, on peut enfin parler d'autre chose, intervint Drew en reposant son verre de Campari. Nous évoquions nos carrières plus ou moins brillantes. Ma dernière apparition sur scène s'est déroulée dans un café-théâtre de Las Vegas. Une comédie hilarante. Ensuite, Reggie m'a contacté et, bien sûr, j'ai été ravi d'accepter sa proposition. C'est une chance de pouvoir jouer à l'étranger, d'autant que ce pays est magnifique. Avez-vous vu la plage ? Une splendeur. Quant aux montagnes, elles sont d'une beauté indescriptible.

— Je suis à la recherche de mes racines qui, comme vous le savez, sont italiennes, dit Lena. Et pour ce qui est des montagnes, je partage ton opinion, Drew. Je n'ai jamais rien vu d'aussi beau.

— Je suis enchanté que ma région vous plaise, fit Dino en souriant.

— Vous êtes né ici ? demanda Virginie.

— Non, à Bari – la porte à côté. Mes bureaux se trouvent à Rome, mais j'adore la campagne.

— Et vous, Clay ? demanda Grant. Quelle a été votre dernière expérience professionnelle ? Comédie, drame, improvisation, cinéma ?

Grant s'était reculé sur sa chaise et scrutait l'acteur d'un air indéchiffrable, comme s'il cherchait à le prendre en défaut.

— J'ai joué dans un petit théâtre en Écosse.

— Où exactement ? insista Grant.

— Pas loin d'Edimbourg.

— Est-ce que cet endroit a un nom ? demanda poliment Grant.

— La troupe s'appelle Ye Old Time Players, répondit Clay en haussant légèrement le ton.

Un bref silence chargé d'électricité suivit, puis Virginie leva sa coupe de champagne avec un sourire approbateur.

— J'en ai entendu parler et je bois à leur santé ! Ce sont des comédiens hors pair. Ils étaient à Paris le mois dernier. Des amis à moi, qui habitent Londres, ont effectué le déplacement rien que pour assister à leur spectacle. Ils m'ont dit qu'ils étaient géniaux.

— Ils jouent Shakespeare à leur sauce, fit Clay.

Puis il se tourna vers Grant.

— Et vous ? Dites-nous un peu ce que vous faites.

— Je dirige la troupe des Park Street Players à Chicago.

— Comme c'est intéressant ! Cependant, vous êtes à Bella Vista en tant qu'archéologue, n'est-ce pas ?

— Archéologue est un bien grand mot. Je ne suis qu'un amateur. Un éternel étudiant du passé, répondit Grant de sa voix la plus aimable.

Stéphanie retint inconsciemment son souffle. Connaissant Grant, la question n'avait pu que l'irriter.

— Stéphanie a travaillé pour moi, reprit-il.

— Je vois, fit Clay. Et à présent, elle va diriger sa propre troupe... Est-ce que vous l'avez suivie jusqu'ici ?

— Pure coïncidence.

— Je ne crois pas aux coïncidences, intervint Lena d'une voix candide. Le destin est parfois étrange, vous ne trouvez pas ?

Le retour d'Arturo empêcha les autres de répondre.

— Affaire classée ! déclara l'hôtelier d'un ton satisfait. Merc et Franco ont passé le bungalow au crible. Ils en sont arrivés à la même conclusion que nous. Notre jolie petite Mlle Harris a mis...

Il adressa un clin d'œil complice à Drew.

— Comment dit-on déjà ? Les boules ? Les bouts ? Mais il est déjà 20 heures, poursuivit-il en consultant sa montre. Si vous voulez répéter demain matin, il faut vous coucher tôt, mes enfants. Avez-vous fini vos apéritifs ? Nous pourrions passer dans la salle à manger.

— Je meurs de faim, déclara Stéphanie.

— Eh bien, nous allons vous laisser... commença Dino.

— Pas question ! s'exclama Arturo. Vous êtes mes invités ce soir, tous les deux. J'insiste.

Peu après, ils étaient attablés.

Cette fois-ci, Stéphanie se retrouva assise entre Grant et Clay Barton, avec la sensation d'être prise entre deux feux. Visiblement, personne d'autre ne semblait partager son malaise, car la conversation roula agréablement sur des sujets anodins. Drew, Doug, Virginie et Lena décrivirent la pièce à Grant et Dino. Dino fut très intéressé par la partie improvisée du spectacle.

— Cela ne vous pose pas de problèmes de jouer en anglais alors que vous êtes en Italie ? demanda-t-il finalement.

— C'était l'idée de Mlle Reggie, dit Arturo. Elle adore notre région. Elle aimerait attirer en Calabre des visiteurs non seulement des États-Unis mais aussi d'autres pays européens. Qu'on le veuille ou non, ajouta-t-il avec un soupir, l'anglais est en passe de devenir la langue prédominante dans le monde entier.

— D'ailleurs, nous comptons apprendre l'italien, de manière à pouvoir prochainement jouer et improviser dans les deux langues, dit Stéphanie.

— Malheureusement, vous avez déjà buté contre un premier obstacle, lui rappela gentiment Dino. Quel dommage que cette actrice ait quitté la troupe !

— Bah, ce n'est pas un problème, affirma Grant en se reculant un peu pour regarder sa voisine de table. Steph est un metteur en scène extraordinaire, bien sûr, mais ses performances d'actrice ne sont pas moindres. Son CV en témoigne. Elle s'est distinguée sur les planches de Broadway et a également joué avec un célèbre groupe d'improvisation. À mon avis, elle n'aura aucune difficulté à remplacer Gema Harris au pied levé.

— C'est aussi ce que nous pensons, déclara Lena d'une voix chaleureuse.

— Beaucoup de réalisateurs jouent également dans leurs films, n'est-ce pas, mademoiselle Cahill ? dit Dino.

Stéphanie haussa les épaules.

— Au théâtre, ce n'est pas aussi simple. J'aurais préféré ne pas avoir à être sur scène, d'autant que, outre la mise en scène et la direction des comédiens, je dois superviser tout le reste : éclairage, musique, costumes...

— Chacun de nous pourrait se charger d'un détail technique, déclara Drew d'un ton décidé.

Stéphanie lui sourit. Elle l'aimait bien. Lui et Doug appartenaient à cette catégorie d'artistes qui n'hésitaient pas à mettre la main à la pâte. Tous deux paraissaient déterminés à mener leur spectacle à bout de bras jusqu'à la réussite finale.

— Merci, murmura-t-elle. Je sais que je peux compter sur vous.

À peine commençait-elle à se détendre que Virginie, à sa grande consternation, voulut mettre son grain de sel.

— La chance est de notre côté, puisque vous avez retrouvé votre ancien boss par le plus grand des hasards. Si jamais on a besoin d'un coup de main, je suis sûre que M. Peterson n'hésitera pas à abandonner ses chères fouilles pendant un jour ou deux.

Stéphanie se pencha en avant et laissa courir son doigt sur le pourtour de son verre à eau.

— Grant est ici pour réaliser sa véritable passion, souffla-t-elle. Pour rien au monde je ne me permettrais de le détourner de son vieux rêve.

— Non, sérieusement ! s'exclama Lena. Il y a un paquet d'autres bénévoles sur le site. N'est-ce pas, monsieur Ponti ?

Dino hocha la tête.

— Oui, bien sûr...

— Si Stéphanie a besoin de moi, je me libérerai, déclara Grant d'un ton égal.

La jeune femme releva la tête, étonnée. Son regard croisa celui de Grant, qui sourit. Soudain, elle eut l'impression que le monde redevenait normal.

Le ton de Grant se fit encore plus apaisant.

— Je sais que Stéphanie aime la mise en scène. Moi aussi. Mais je promets de ne pas marcher sur ses plates-bandes.

— Mais vous avez dirigé pendant des années votre propre compagnie ! remarqua Lena.

— C'est exact. Néanmoins, cette troupe est et restera celle de Stéphanie.

— Vous voulez dire que vous seriez prêt à vous plier à ses directives ? s'enquit Clay Barton.

— Je crains d'avoir pris l'habitude de commander, répondit Grant. Mais j'essaierai.

— Bien, fit Clay. On doit tous apprendre à écouter les autres, à un moment donné.

— Eh bien, je ne sais pas ce que Peterson vaut comme directeur d'acteurs, intervint Dino, mais sur le site, je peux vous dire qu'il est efficace !

Il émit un rire amusé.

— Rien que du muscle ! Mes collègues, qui sont des érudits et des universitaires, lui envient sa force physique.

— Je suis sûre qu'il aura du mal à renoncer au chantier de fouilles, murmura Stéphanie, consciente que le regard de Grant restait rivé sur elle.

— Mais nous avons du temps libre, vous savez, lui dit Dino.

— Moi, j'adorerais qu'il assiste à une ou deux répétitions, dit Virginie. Qu'en pensez-vous, Grant ?

— Tout dépend de Steph.

— Lors de notre première rencontre, elle nous a épatés, reprit la blonde. Vous dites qu'elle aime bien diriger, mais elle sait aussi écouter. Elle a pris en considération chacune de nos suggestions. En un mot, elle a su gagner notre confiance. Je suis sincère, Stéphanie.

Un murmure d'approbation accueillit cette déclaration. Stéphanie se força à sourire.

— On verra bien comment les choses évoluent, dit-elle sur un ton léger. Seigneur, Arturo ! ajouta-t-elle, tandis qu'une escouade de serveurs entourait la table. Grâce à vous, nous pourrons bientôt jouer les globe-trotters obèses !

Ils avaient déjà eu droit à un délicieux assortiment de hors-d'œuvre et à une énorme salade. À présent, les serveurs apportaient différentes sortes de pâtes.

Quand tout le monde fut servi, Virginie demanda à Dino et à Grant comment se déroulaient les fouilles.

— C'est fascinant, dit Dino. Mais il faut avoir une patience d'ange. Creuser doucement, retirer la poussière à l'aide de petites brosses sans jamais se dépêcher...

— Je sais. Nous vous avons vu travailler, Lena et moi. Vous étiez occupé, mais vos étudiants nous ont fait visiter le site, et nous nous sommes bien rendu compte que c'était un travail épuisant.

— C'est vrai. Mais la fatigue n'est rien à côté des découvertes que nous faisons. Ces fouilles vont nous permettre de dévoiler une partie passionnante de notre histoire. La Calabre constituait une étape sur le chemin de la Terre Sainte, c'est pourquoi beaucoup de Croisés s'y sont établis. Mais le chapitre le plus fascinant concerne la conquête normande. D'après la légende, il y a huit cents ans, Conan de Burgh, un noble normand qui avait prêté fidélité au roi français de l'époque, est venu envahir la Calabre. Il est tombé amoureux d'une Calabraise. Il s'agissait, dit-on, d'une méchante sorcière, poursuivit l'archéologue d'un ton dramatique. Elle séduisit de Burgh, puis le quitta pour un autre homme, un cruel guerrier cousin du roi de France, qui s'appelait François de Venue. La rivalité entre les deux soupirants ne pouvait que mal se terminer. Une bataille féroce s'ensuivit. Ce fut un véritable carnage. La sorcière commandait des hordes de monstres – d'après la rumeur, elle avait le pouvoir de forcer les morts à quitter leurs tombeaux pour combattre ses ennemis. Voilà contre quelles forces démoniaques se battait Conan de Burgh. Le combat finit par tourner à son avantage, mais il était si amoureux qu'il essaya d'empêcher ses alliés calabrais d'exécuter la sorcière. À ce moment-là, un terrible tremblement de terre survint, comme si la nature avait décidé qu'ils devaient tous mourir. Telle est la légende. Maintenant, si l'on s'en tient strictement aux faits historiques, on sait qu'il y a effectivement eu un tremblement de terre, qui a fait des milliers de morts. D'ailleurs, c'est un séisme qui a récemment mis au jour le site que nous fouillons. Ces légendes ont bercé mon enfance, alors vous comprendrez aisément l'importance que ces fouilles ont à mes yeux.

— Des sorcières et des démons... Quelle merveilleuse histoire ! s'exclama Lena en réprimant un agréable petit frisson.

Sur ces entrefaites, une femme fit brusquement irruption dans le restaurant de l'hôtel. Elle hurla quelque chose en italien, s'immobilisa un instant au milieu de la salle, puis tourna sur elle-même, comme si elle cherchait quelqu'un. Elle devait avoir une petite quarantaine d'années, mais une rude existence l'avait vieillie prématurément. Ses cheveux grisonnants striés de mèches blanches étaient rassemblés en un chignon serré sur le sommet de sa tête, le soleil avait tanné son visage, et sa robe informe de serge noire descendait presque jusqu'à ses chevilles.

Soudain, son regard se posa sur Stéphanie, et elle poussa un cri rauque.

4

Stéphanie se redressa lentement, le visage blême.

— Qu'est-ce qu'elle veut ? demanda-t-elle à Arturo.

— J'essaie de comprendre, répondit-il en se levant à son tour.

La femme dardait à présent son regard égaré sur les deux policiers, Merc et Franco, qui dînaient à une table voisine. Soudain, elle s'élança dans leur direction et tomba à genoux devant le plus âgé, qu'elle agrippa par la manche.

— Elle dit quelque chose à propos de sa fille... traduisit Lena. Ah, oui : sa fille a disparu.

— Pourquoi m'a-t-elle regardée comme ça ? Pourquoi a-t-elle poussé ce cri ? murmura Stéphanie, stupéfaite.

— Oh, je ne crois pas qu'elle vous regardait, vous, spécialement, dit Lena. Cette pauvre femme est complètement folle !

Entre-temps, Arturo s'était dirigé vers la table des policiers et, après s'être excusé poliment, Dino Ponti lui avait emboîté le pas.

Il y eut un échange de propos fiévreux. Arturo et le plus âgé des policiers s'efforçaient d'apaiser la femme. Au bout d'un moment, Merc se leva, l'entraînant avec lui. Stéphanie lança un regard éperdu à Grant. Il la scrutait avec une gravité qui lui fit comprendre qu'il avait eu la même impression qu'elle : l'inconnue avait bel et bien fixé sur elle un regard terrifié.

À moins qu'elle ne l'ait dévisagé, lui ?

Grant se pencha et posa la main sur son épaule. La jeune femme se raidit. Elle ne voulait pas qu'il pense qu'elle avait peur ou qu'elle avait besoin de lui.

Lena avait raison. C'était une folle, voilà tout.

Elle entendit Franco dire à Arturo « *il conto* », pour

réclamer l'addition, mais le patron de l'hôtel agita la main en signe de refus. Les deux policiers quittèrent ensuite le restaurant avec la femme, qui pleurait à chaudes larmes.

Arturo et Dino regagnèrent la table.

— Quel est le problème ? demanda Drew.

— C'est Lucretia Britto. Sa fille, Maria, n'est pas rentrée à la maison, expliqua Arturo.

— Depuis quand a-t-elle disparu ? demanda Grant.

— Depuis quelques heures. Elle n'est pas rentrée dîner. Elle est vendeuse à la boutique de souvenirs et de copies d'objets anciens, sur la grande falaise.

— Elle a disparu depuis quelques heures, et sa mère est déjà dans cet état ? s'étonna Virginie. Peut-être a-t-elle tout simplement rencontré des amis, à moins qu'elle ne soit allée faire un tour sur la plage... C'est si beau, la nuit.

— Oui, bien sûr, admit Arturo, mais vous devez comprendre : nous sommes en Italie. Ici, les jeunes filles rentrent à l'heure, même quand elles ont vingt ans. Leurs parents veillent jalousement sur leur vertu. Le père de Maria est mort depuis des années. Quant à ses frères, ils travaillent dans un parc national quelque part aux États-Unis. Lucretia et Maria vivent seules, et Maria raconte tout à sa maman. Alors, que voulez-vous, quelques heures, c'est beaucoup trop pour la malheureuse Lucretia.

— Est-ce qu'on peut faire quelque chose ? demanda Stéphanie.

— Les policiers s'occupent de tout. Ils vont aller à la boutique, et si jamais ils n'y trouvent pas Maria, ils confieront Lucretia à des voisins. Ils vont sûrement la retrouver, ajouta-t-il, mais Stéphanie remarqua qu'il n'en avait pas l'air si sûr.

C'avait été une journée éprouvante. La fatigue lui tomba d'un seul coup sur les épaules.

— Arturo, ce repas était succulent, mais je ressens encore les effets du décalage horaire. Si vous voulez bien m'excuser, je vais me coucher. Si cela convient à tout le monde, je propose qu'on se retrouve demain à 10 heures.

Les comédiens hochèrent la tête. Chaque homme s'était levé galamment pour la saluer.

— Je vais te raccompagner, Steph, déclara Grant.

— Ce n'est pas la peine, j'habite tout près, répondit-elle d'une voix faussement insouciante.

— Je peux vous raccompagner, intervint Clay.

— Je viens de lui faire la même proposition, grommela Grant.

Les deux hommes se toisèrent un instant, les poings serrés, comme s'ils étaient prêts à en venir aux mains.

— Je vous en prie, rasseyez-vous tous les deux, dit-elle. Le café et les digestifs n'ont pas encore été servis.

— En fait, j'aimerais te parler de quelque chose, dit Grant.

Parfait ! Non seulement tout le monde à table profitait de la conversation, mais les yeux des convives passaient de l'un à l'autre comme lors d'un match de tennis.

— Bon, d'accord. Merci, Grant, et merci aussi à vous, Clay.

Elle adressa aux autres un petit salut de la main, puis Grant et elle sortirent par l'arrière du restaurant, qui donnait sur la plage. À peine furent-ils dehors que Grant grommela :

— Ce type ne me plaît pas.

— Quel type ?

— Clay Barton.

— J'ai l'impression qu'il ne te porte pas non plus dans son cœur.

— Forcément ! Il a bien compris que je n'étais pas dupe de ses belles manières.

Stéphanie éclata de rire.

— Oh, Grant ! C'est un acteur.

— Justement, non ! Je mettrais ma main au feu qu'il n'est pas celui qu'il prétend.

Elle se tourna vers lui, dans la clarté blanche de la lune.

— Ne me dis pas que tu es jaloux !

— Bien sûr que non ! Enfin, si, peut-être, mais le problème n'est pas là. Cet individu est bizarre, et je m'inquiète pour toi.

Il passa les doigts dans les sombres ondulations de ses cheveux, les sourcils froncés.

— Stéphanie, je ne comprendrai jamais pourquoi nous nous sommes séparés. Mais je te jure, et tu peux me croire, que tu comptes énormément pour moi. Méfie-toi de cet homme.

Elle laissa échapper un soupir impatient.

— Maintenant, tu vas m'écouter, Grant Peterson ! J'ai suivi mon chemin, tu as suivi le tien. Par une extraordinaire coïncidence, nous nous retrouvons au même endroit. À moins que tu ne m'aies suivie...

— Tu sais bien que non. J'ai adhéré à une association d'archéologues grâce à laquelle j'ai obtenu ce contrat. Et toi ? Tu m'as suivi, peut-être ?

— C'est ridicule ! Reggie est la propriétaire du théâtre.

— Au fait, où est-elle ?

— Quelque part en train de monter un nouveau spectacle. Grant, je vais bien. Je suis adulte et je peux faire face aux problèmes qui risquent de se présenter, y compris Clay Barton.

— Je ne serai pas loin, marmonna-t-il.

— Tu n'es pas responsable de moi ! s'exclama-t-elle.

Il la prit par le bras et l'entraîna loin de l'hôtel, comme s'il craignait que des oreilles indiscrètes ne puissent les entendre. Tandis qu'ils s'engageaient dans l'allée bordée de pins, il reprit d'une voix tendue :

— Steph, quelque chose ne tourne pas rond ici.

— Que veux-tu dire ?

— Ton actrice a disparu. Et maintenant, c'est le tour d'une fille du pays...

— On ne sait rien de cette fille. Quant à mon actrice, elle est partie de son plein gré. Ce n'est pas très professionnel de sa part, mais ce sont des choses qui arrivent.

— Je me le demande, grommela-t-il.

Ils étaient arrivés devant son bungalow.

— Me voilà à bon port. Tu peux repartir tranquille.

Grant recula de quelques pas et observa la petite maison blanche d'un œil sceptique.

— N'importe qui peut entrer là-dedans comme dans un moulin.

— Grant, personne n'a l'intention d'entrer chez moi.

— Stéphanie... murmura-t-il, et elle fut abasourdie par la passion qui vibrait dans sa voix.

Il tendit le bras et frotta doucement ses phalanges contre sa joue, faisant jaillir en elle des émotions qu'elle avait crues enfouies à jamais.

— Je veux que tu saches que, quoi qu'il se soit passé

entre nous, ta sécurité m'importe plus que ma propre vie.

La jeune femme garda le silence. Le contact de ces doigts tièdes sur son visage avait réveillé d'un seul coup tous les désirs qu'elle avait si soigneusement refoulés. Si elle esquissait un simple pas en avant, si les bras de Grant se refermaient autour d'elle, leur séparation serait oubliée à jamais. Ce serait si merveilleux de pouvoir se serrer de nouveau contre lui, la joue sur son torse nu, de sentir ses mains, ses lèvres sur sa peau, ou d'émerger lentement du sommeil pour plonger son regard dans celui de Grant...

Stéphanie fit un pas en arrière.

Ce temps-là était révolu. Son amant avait trahi sa confiance. Il avait murmuré le nom d'une autre femme.

— Ça va aller, Grant. Ne t'inquiète pas pour moi.

— Je regrette que tu sois venue dans ce pays.

— Je verrouillerai toutes les portes ce soir. Je te le jure. Est-ce que ça te va ?

— Stéphanie, je veux t'aider.

— Tu es ici pour réaliser ton rêve le plus cher, pas pour veiller sur moi.

— Il y a quelque chose qui cloche, je le sens.

— Je t'ai promis de me calfeutrer, ça ne te suffit pas ?

Comme il la scrutait d'un air dubitatif, elle ajouta :

— Tu ne veux tout de même pas que je demande à Arturo de me donner des tresses d'ail pour chasser les vampires ?

À sa surprise, Grant ne sourit même pas.

— Ce ne serait pas une mauvaise idée, murmura-t-il.

— Bonne nuit. Merci de m'avoir raccompagnée.

Sur ces mots, elle se rapprocha de lui et s'apprêta à l'embrasser sur la joue. Il l'attira alors dans ses bras, et sa bouche s'écrasa sur la sienne. Une chaleur traîtresse se déversa dans les veines de Stéphanie, tandis que la langue de Grant s'insinuait entre ses lèvres. Si elle ne luttait pas, elle allait succomber. Un peu affolée, elle recula. Il dénoua aussitôt son étreinte, mais ses yeux restèrent sombres, inquisiteurs, empreints d'une angoisse singulière.

— Bonne nuit, souffla-t-elle. Je m'enfermerai à double tour, je te le jure.

Elle s'éloigna rapidement et monta les marches du perron. Un instant plus tard, elle referma la porte derrière elle et poussa le verrou.

Lorsque Grant regagna l'hôtel, la salle à manger était presque vide. Lena et Virginie étaient parties se coucher, mais les hommes continuaient à discuter. Dino et Arturo fumaient des havanes, tandis que Doug, Drew et Clay sirotaient un vieux cognac. Merc était revenu un instant plus tôt pour leur annoncer que la police avait organisé une battue dans l'espoir de retrouver la jeune fille disparue. Les hommes avaient accepté d'y participer et étudiaient à présent leur itinéraire.

— Nous allons parcourir la plage, expliqua Clay à Grant.

— Je me suis engagé pour vous, Peterson, dit Dino.

— Vous avez bien fait. Mais pensez-vous vraiment que la fille se soit égarée sur la plage ?

— Égarée... non, répondit Clay platement.

Grant saisit le sens de sa réponse : il craignait que la mer n'ait recraché le corps sans vie de la disparue sur le sable.

— Très bien. Dans quelle direction dois-je aller ? demanda-t-il.

— Vous et moi, nous allons nous diriger vers le sud, jusqu'aux rochers, expliqua Clay. Drew et Doug fouilleront le périmètre de l'hôtel, tandis qu'Arturo et Dino remonteront la plage côté nord.

— On se retrouve ici ensuite ? demanda Doug.

— Mais oui, dit Arturo. Allons-y, maintenant. Plus vite on partira, plus vite on reviendra.

Ils sortirent tous ensemble par la porte de service, puis les trois groupes se séparèrent.

— Ainsi, vous avez un théâtre... dit Clay, tandis que Grant et lui marchaient. Vous vous distinguez dans la comédie, la satire et l'improvisation, et pourtant, vous êtes venu ici pour fouiller de vieilles tombes.

— Exactement.

— Ah ? Désolé, mais j'ai du mal à vous croire. On dirait plutôt que vous avez suivi Stéphanie.

Grant sentit ses épaules se crisper. Clay l'observait tranquillement. Quelle était cette lueur étrange dans son regard ? De l'assurance ? De la suspicion ? Du défi ? Grant lui jeta un coup d'œil à la dérobée. C'était un homme grand, apparemment très fort, d'une souplesse incroyable.

— L'archéologie m'a toujours passionné, monsieur Barton. J'ai grandi à Chicago, et l'exposition égyptienne au Field Museum est un de mes premiers souvenirs. Quand Ponti m'a contacté, j'ai accepté immédiatement.

— Vous ne saviez pas que Reggie possédait un petit théâtre à Bella Vista ? s'enquit Clay d'un ton parfaitement neutre.

Grant ravala la colère qu'il sentait monter en lui.

— Non ! lâcha-t-il sèchement. J'ai vu Reggie trois fois en tout et pour tout dans ma vie. Je savais qu'elle était d'origine italienne, mais de là à imaginer qu'elle avait ouvert un club de théâtre ici...

— Bien sûr. Mais c'est quand même bizarre.

Grant prit une longue goulée d'air.

— Pour être bizarre, ça l'est. D'ailleurs, un tas de choses me paraissent bizarres dans ce bled. Vous, pour commencer. Vous n'avez pas l'air d'un comédien.

Clay haussa les épaules.

— Bah ! Ça veut dire quoi, avoir l'air d'un comédien ?

Au lieu de répondre, Grant s'arrêta net. Il marchait si près de l'eau que l'humidité imprégnait ses semelles. Clay, lui, avait choisi de déambuler au sec, un peu plus haut. Grant scruta la surface sombre de la mer, qui ondulait à perte de vue. Une odeur de sel flottait dans l'air... et quelque chose d'autre.

L'odeur de la mort.

— Là-bas ! cria-t-il.

Il y avait une masse par terre. Une longue et pâle silhouette que tous deux pouvaient apercevoir dans l'obscurité. Ils s'approchèrent, s'accroupirent. Grant poussa un soupir de soulagement.

— Un dauphin.

— Pauvre bête, murmura Clay. Sans doute a-t-elle échoué sur la plage volontairement. Cela arrive, vous savez.

— Je ne connais rien aux créatures marines, dit Grant en se redressant. Il faudra prévenir Arturo, afin qu'il fasse le nécessaire. J'imagine qu'il ne voudrait pas que ses clients butent demain matin dans cette carcasse.

Clay hocha la tête. Il s'était relevé, lui aussi.

— Les rochers sont juste là. Il n'y a personne sur la plage.

Lorsqu'ils retournèrent à l'hôtel, les autres étaient déjà rentrés. Aucun d'eux n'avait trouvé d'indice. Grant et Clay expliquèrent qu'ils avaient découvert un dauphin mort, et Arturo promit de s'en occuper dès le lendemain matin.

— Il est temps de partir, annonça Ponti.

Grant lança un regard appuyé à Clay Barton.

— Dino, je crains que vous ne deviez vous passer de mes services dès demain. Je louerai une chambre dans cet hôtel pour une ou deux nuits, peut-être même pour la semaine.

Il continuait à fixer Clay.

Était-ce un avertissement ? se demanda celui-ci. Une menace ?

— Je tiens à être sur place, au cas où Stéphanie aurait besoin de moi pour son spectacle, ajouta Grant.

Un sourire satisfait se dessina sur les lèvres de Clay. C'était exactement ce qu'il avait espéré : avoir Grant Peterson sous la main.

Elle ne devait rien à cet homme, absolument rien, se rappela Stéphanie, tout en fermant à double tour la porte du bungalow. Une fois dans sa chambre, elle verrouilla la porte-fenêtre.

Dommage. Elle aurait adoré sentir le souffle de la brise.

Elle s'était laissé influencer pas les derniers événements : le départ inopiné de Gema Harris, puis la disparition de cette jeune fille, conclut-elle en passant dans la salle de bains. Mais que savait-on de cette dernière, de ce qui l'avait incitée à prendre la fuite ? Une mère possessive, peut-être un amant secret... Oui, il était fort possible que la jeune Maria se soit enfuie avec un homme. Les policiers ne tarderaient pas à résoudre cette énigme.

Cependant...

L'inquiétude la gagnait, et pas seulement à cause des avertissements de Grant. Stéphanie se sentait nerveuse. C'était sûrement dû à la fatigue, aux effets du décalage horaire. Elle prit une douche, puis alla s'allonger sur le lit. Mais à peine eut-elle fermé les yeux qu'elle les rouvrit.

Elle regarda la porte-fenêtre verrouillée. Les rideaux étaient ouverts, et l'obscurité qui se collait à la vitre semblait dessiner des formes tourmentées. La jeune femme se leva, tira les rideaux, puis se recoucha.

Une journée riche en émotions, songea-t-elle vaguement.

Des images décousues défilaient dans son esprit. La première répétition avec sa troupe, l'arrivée de Clay Barton, avec son regard si intense, sa rencontre fortuite avec Grant...

Ses paupières s'alourdirent tandis qu'elle se tournait et se retournait dans le lit. Enfin, elle s'endormit, mais son sommeil ne resta pas longtemps paisible.

Elle ressentait la présence de Grant.

Elle rêvait qu'il était dans la pièce. Les rideaux flottaient au gré du vent, ce qui était invraisemblable, étant donné que les fenêtres étaient fermées. La brise s'insinuait dans la chambre, caressait son corps nu – encore une aberration, car elle avait enfilé un long tee-shirt en coton avant de se mettre au lit. L'air était frais et humide sur sa peau, un souffle glissant, une sensation grisante. Les rideaux qui virevoltaient la fascinaient, et là, dans le noir, se dessinait une silhouette qu'elle ne connaissait que trop bien.

Grant...

Elle distinguait le contour de ses épaules larges, son corps long, lisse et tiède. Il se dirigeait silencieusement vers elle en un mouvement fluide, sensuel. Il paraissait confiant, sachant qu'il la tenait sous sa coupe, qu'elle ne se débattrait pas parce qu'elle attendait avec impatience la chaleur de ses caresses.

Grant... ou alors quelqu'un qui lui ressemblait.

Un voile d'obscurité dissimulait son visage, mais elle devinait son sourire, un sourire amusé et vaguement condescendant... Il atteignit le pied du lit et s'y accroupit, souple et agile comme un superbe animal. Ses doigts puissants étreignirent la cheville de Stéphanie, qui ressentit sur son mollet la brûlure frémissante d'un baiser. Ses jambes s'écartèrent involontairement pour accueillir le corps masculin qui s'apprêtait à recouvrir le sien. Les ténèbres enveloppaient la porte-fenêtre et les rideaux, comme une grande ombre ailée qui se serait glissée derrière l'homme.

Qu'était-ce ?

Stéphanie était incapable de se concentrer sur l'ombre, incapable de rassembler ses esprits ou même d'éprouver la moindre peur, car la caresse qui remontait à présent le long de sa cuisse la plongeait tout entière dans une spirale brûlante, volcanique. Elle était déjà au bord de l'extase. Un gémissement voluptueux lui échappa. Elle n'aspirait plus qu'à assouvir sa faim, certaine que si la délivrance n'arrivait pas tout de suite, elle mourrait.

La nuit les drapait dans sa longue cape de velours noir, mais Stéphanie s'en moquait. Elle désirait cet homme avec une ardeur qui éclipsait tout le reste. Elle se tordait sur le lit, haletante, et pourtant, ses membres ne bougeaient pas. Elle essaya de plonger les doigts dans la chevelure de son amant et de murmurer son nom, sans résultat. Puis elle se rappela qu'ils n'étaient plus ensemble, que quelque chose ne tournait pas rond, en dépit de cette passion cataclysmique qui allait bientôt les engloutir.

Plus près... Oh, oui, plus près...

Quelqu'un d'autre était là. Tout près d'elle. Il était assis sur le bord du lit, comme s'il était parfaitement naturel qu'il assiste à une scène aussi intime.

Non, soyez prudente, vous ne savez pas qui il est. L'ombre s'élève au-dessus de lui... Venez avec moi, écoutez-moi. Tout commence dans le passé...

La jeune femme releva la tête. L'homme assis à ses côtés n'était autre que Clay Barton. Elle le dévisagea, médusée, mais au même moment, un orgasme inouï la terrassa.

L'ombre reflua, s'effilocha, et elle se réveilla au son de ses propres cris.

Stéphanie s'assit dans le lit, la bouche sèche. La porte-fenêtre était fermée, les rideaux immobiles, la pièce vide, et elle portait toujours son bon vieux tee-shirt en coton qui lui arrivait à mi-cuisses. La jeune femme serra ses bras autour d'elle. Elle était en nage.

— Bon Dieu ! fit-elle à voix haute.

Elle avait rêvé, bien sûr. Les rêves pouvaient donc être aussi réels que la vie ? En tout cas, celui qu'elle venait de faire était terriblement embarrassant. Elle rejeta le drap, bondit sur ses pieds et courut à la salle de bains, où elle se passa de l'eau froide sur le visage. Lorsqu'elle contempla son reflet dans la douce lumière électrique du plafonnier, un petit sourire se dessina sur ses lèvres. Tout cela était ridicule.

— Va au diable, Grant !

Elle revint dans la chambre. La pièce baignait dans l'ombre – une ombre parfaitement naturelle. Pourtant, elle alluma la lampe de chevet. Son rêve s'effrita rapidement et ne tarda pas à se dissiper complètement, mais le sommeil la fuyait. Elle décida de boire une tasse de thé et descendit l'escalier, allumant les appliques sur son passage. Elle prépara une théière, mit la télévision et s'installa sur le canapé en rotin garni d'épais coussins écrus. Une chaîne diffusait des clips italiens. Stéphanie s'absorba dans la contemplation d'une bande de jeunes musiciens hirsutes et finit par s'endormir sur le canapé, toutes lumières allumées, bercée par le rythme effréné de la musique rock.

Il était dehors, tapi dans l'obscurité. Hormis le bruit des vagues sur la plage, la nuit était silencieuse. Le temps s'écoulait lentement.

Il se devait d'être avec elle.

Il fallait qu'il continue à monter la garde. Qu'est-ce qui s'était glissé entre eux ? Il l'ignorait, mais il était convaincu qu'il devait veiller. Veiller et pénétrer la conscience de la jeune femme, ou son inconscient. Le danger qui rôdait était le pire que l'on puisse imaginer. Mais il y avait une raison pour tout.

Pour les tourments.

Pour la surveillance.

Soudain, au milieu des ombres...

De la lumière. Un champ de lumière. Il recula.

La surveillance était finie.

Le petit déjeuner se présentait sous l'aspect d'un buffet somptueux. En entrant dans la vaste salle à manger, Stéphanie commença par se servir une grande tasse de café noir. C'était admirablement disposé, constata-t-elle en embrassant du regard les plateaux alignés sur une longue table recouverte d'une belle nappe damassée. Tout avait été conçu pour flatter les palais les plus difficiles. Il y avait même un assortiment de mets exotiques destinés aux touristes japonais ou orientaux.

Elle choisit un croissant, un yaourt et une salade de fruits, avant de se diriger vers la grande table ronde où Drew et Virginie étaient déjà installés.

— Bonjour, dit-elle.

— *Buongiorno,* répondit Drew.

— Salut, fit Virginie.

Stéphanie s'assit sur une chaise.

— Quoi de neuf ? Est-ce qu'ils ont retrouvé la jeune fille portée disparue ?

Virginie secoua ses boucles blondes.

— Nous n'avons pas encore aperçu Arturo, mais Giovanni, qui était là il y a une minute, nous a dit que non.

Elle sourit.

— Quel beau jeune homme ! Je crois qu'il aimerait bien rejoindre notre troupe... D'après lui, les policiers continuent leurs recherches. Merc et Franco ont demandé à leurs collègues de la ville voisine, qui est beaucoup plus étendue que Bella Vista, de leur envoyer des renforts pour poursuivre les investigations.

— Peut-être la jeune Maria a-t-elle pris la tangente avec l'un des archéologues, suggéra Drew en sirotant son café.

Virginie haussa les épaules.

— Ça m'étonnerait. Ils sont trop vieux pour elle. Sauf Grant Peterson, bien sûr, qui n'est pas vraiment archéologue... Mon Dieu, Stéphanie ! Je n'arrive pas à croire que l'homme pour lequel vous avez travaillé à Chicago se trouve parmi nous.

Stéphanie s'obligea à sourire.

— J'ai peine à le croire moi-même.

— Il vient juste de s'en aller, précisa Drew.

— Que voulez-vous dire ? lança Stéphanie d'un ton sec.

— Il a pris son petit déjeuner ici. Il paraît qu'il a loué un bungalow, lui expliqua Virginie.

— Vous plaisantez ?

— Pas du tout, fit la blonde, qui pencha la tête sur le côté pour étudier son interlocutrice. Pourquoi ? Sa présence vous gêne ? Moi, je trouve qu'il a un charme dévastateur. C'est le type le plus viril que j'aie jamais rencontré.

— Oh ! protesta Drew.

Virginie tapota l'épaule de son ami.

— Désolée, mon vieux. Tu es adorable, toi, tu sais.

— Je ne veux pas être adorable ! Je veux être viril !

— Évidemment, il y a Clay Barton, reprit la blonde, ignorant les simagrées de Drew. En matière de virilité, il se pose un peu là, lui aussi.

— Alors que moi, je suis adorable ! gémit Drew, écœuré.

— Et alors ? Chacun a ses qualités.

Le grand rouquin roula des yeux.

— Merci pour le compliment.

— En tout cas, Grant est prêt à nous aider, reprit Virginie, intarissable. Il pourrait se charger de l'éclairage, par exemple. Pensez-y, Stéphanie.

Drew s'adossa à son siège.

— Ah, parlez-moi de l'intuition féminine ! railla-t-il. J'ai beau n'être qu'un adorable petit gars, j'ai déjà deviné que les rapports entre notre estimé metteur en scène et son ancien employeur étaient loin d'être platoniques.

Virginie faillit s'étrangler avec sa bouchée de pain au chocolat.

— Ah, bon ?

Stéphanie s'empressa d'intervenir.

— Mes rapports avec Grant sont purement professionnels, mon cher Drew.

— Je n'en doute pas... aujourd'hui. Mais ce n'était pas le cas avant, avouez-le.

— J'aurais dû m'en rendre compte ! s'exclama Virginie. Désolée, Stéphanie, je ne savais pas. Si Grant est pris...

— Il n'est pas pris. Il n'y a plus rien entre nous.

— Je suis prêt à parier que tout n'est pas fini, intervint Drew avec un sourire espiègle. Il suffit de voir la façon dont il vous couve des yeux...

— Vous vous trompez. Nous ignorions que nous allions tomber l'un sur l'autre à des milliers de kilomètres de Chicago.

— Rupture difficile, hein ? fit Drew.

— Oh, c'est oublié, affirma Stéphanie de sa voix la plus détachée. Bien sûr, je l'apprécie toujours... en tant qu'ami, ça va de soi.

Virginie décocha un coup de coude à Drew, qui pouffa.

Stéphanie poussa un soupir.

— Grant est quelqu'un de sympathique, et nous sommes restés bons amis. J'espère qu'il retrouvera quelqu'un, qu'il sera heureux, etc.

— Mais naturellement, murmura Virginie.

— Bonjour, tout le monde !

Une tasse dans une main, un bol de céréales dans l'autre, Lena s'assit pesamment sur l'une des chaises libres.

— La serveuse m'a dit qu'on n'avait pas retrouvé la jeune fille, déclara-t-elle de but en blanc.

— Non, pas encore, dit Stéphanie.

Lena étouffa un bâillement.

— Seigneur, je suis épuisée ! J'ai à peine fermé l'œil de la nuit. Et quand je me suis enfin endormie, j'ai fait de ces rêves... Brrr ! Horribles !

— C'est probablement à cause du hurlement que la maman de Maria a poussé hier soir au dîner, suggéra Drew. On a beau dire, ça nous a tous traumatisés.

— Qui est traumatisé ?

Ils relevèrent la tête. Clay Barton faisait une entrée très remarquée. Il avait chaussé des lunettes de soleil qui mettaient en valeur la beauté classique de ses traits.

— Mais... nous ! Ils n'ont pas retrouvé la fille qui a disparu, expliqua Drew.

— Dommage, murmura Clay en s'asseyant.

Il ne devait pas manger beaucoup le matin, car il n'avait pris qu'une tasse de café, qu'il posa devant lui. Drew reprit son raisonnement.

— Je pense que Maria s'est enfuie avec quelqu'un. Je préfère le romantisme à la tragédie.

— Elle allait se marier avec un garçon du coin cette année, annonça Clay.

Stéphanie le regarda.

— Comment le savez-vous ?

— J'ai discuté un peu avec Franco hier soir.

— Ah, génial ! fit Lena en réprimant un frisson. Il est donc peu probable qu'elle se soit enfuie avec quelqu'un. C'est vraiment grave, alors. Ça me fiche une peur bleue, si vous saviez !

— On dit que la peur n'évite pas le danger, mais c'est

faux, commenta gentiment Clay. Au contraire, quand on a peur, on a tendance à être plus prudent.

— Exactement ! approuva Virginie. Je propose que nous ne nous quittions plus.

— Et comme je suis un garçon adorable, plaisanta Drew, je me porte volontaire pour vous servir de garde du corps, mesdames.

Les filles s'esclaffèrent. Clay Barton, lui, n'eut pas l'ombre d'un sourire.

— C'est sérieux, vous savez. Gema Harris est partie sans prévenir personne, et une jeune fille du village est portée disparue. Je vous conseille de bien fermer vos portes à clé et de rester vigilants.

— Je suis d'accord, dit Virginie, qui jeta un coup d'œil à sa montre. Je suggère donc qu'on se rende tous ensemble à la répétition quand on aura fini notre petit déjeuner.

— Je n'ai pas vu Doug, remarqua Lena.

— Il a dû aller directement au théâtre, dit Virginie.

— Peut-être, fit Stéphanie. En tout cas, moi j'y vais. J'ai hâte de commencer... Je vous attendrai là-bas.

Clay se leva.

— Je vous accompagne. Ne jamais se séparer, vous vous souvenez ?

Stéphanie sourit.

— Oui, bien sûr, mais je n'ai qu'à traverser le hall pour arriver au club.

— De toute façon, je n'ai pas faim. Je viens avec vous.

— Très bien.

Tandis qu'ils se frayaient un passage parmi les tables, la jeune femme éprouva une sensation de malaise. Un lambeau de ses songes nocturnes lui revint en mémoire. Cet homme était présent pendant que Grant lui prodiguait des caresses intimes – si toutefois c'était bien Grant.

Bon sang, ce n'était qu'un rêve ! se dit-elle.

Pourtant...

Elle tressaillit. Clay venait de poser la main sur son épaule. Doug et Drew auraient sans doute agi de même... mais aucun d'eux ne possédait le magnétisme de cet homme. Sa force. Son assurance. Sa sensualité...

Elle s'éclaircit la gorge.

— Vous leur avez flanqué la trouille, je crois.

— Je leur ai simplement conseillé de rester sur leurs gardes.

Ses doigts tièdes lui serrèrent l'épaule.

— Désolé, je ne voulais pas les effrayer, ajouta-t-il avec un sourire éblouissant. Je sais que nous jouons vendredi soir. Tout va bien se passer. Vous vous en sortirez en beauté, Stéphanie.

— Merci.

La sensation de malaise se dissipa, et l'espace d'un instant, l'envie incongrue de se blottir dans ses bras la submergea.

Ils entrèrent dans le club de théâtre. Doug était assis sur le devant de la scène, le nez dans ses notes.

— Salut ! cria-t-il chaleureusement.

Un immense soulagement envahit Stéphanie.

— Bonjour, répondit-elle.

— Salut, Doug ! Ne me dis pas que tu t'es passé de ton litre de café matinal, cria Virginie dans le dos de Stéphanie.

Les autres comédiens lui emboîtaient le pas.

Doug se mit à rire.

— Je suis venu directement ici. Grâce à Dieu, Giovanni m'a aussitôt apporté une pleine cafetière. Quel garçon charmant ! Le café est sur la table, avec du sucre, de la crème et des tasses, au cas où vous manqueriez encore de caféine.

Stéphanie se servit une tasse, avant de battre le rappel de ses troupes.

— Mesdames et messieurs, on commence. Sans scénario et sans notes, s'il vous plaît.

— Allez-vous jouer le rôle de Gema ? demanda Lena.

— Je n'ai pas le choix... Bon, allons-y. Drew, allumez les projecteurs. Virginie, vous entrez par le fond de la salle.

Les premières répliques l'enchantèrent. Le groupe était bien soudé, et chacun s'efforçait de se surpasser. Elle les laissa jouer sans les interrompre, puis leur demanda de recommencer, après leur avoir suggéré quelques indications. Cette fois-ci, elle joua le rôle de Gema, le texte à la main. Ce n'était pas évident de jouer tout en dirigeant les autres comédiens, et à plusieurs reprises, elle dut descendre de scène pour prendre le recul nécessaire.

— Stéphanie, j'ai une question, dit Drew. Si vous êtes avec Clay côté cour et que je déboule côté jardin alors que vous vous apprêtez à jeter votre dévolu sur l'un des spectateurs des premiers rangs, ça ne va pas vous gêner ?

— Très bonne observation, reconnut-elle. Laissez-moi réfléchir un instant.

— Il a raison, fit une voix en provenance du fond de la salle. Peut-être vaut-il mieux qu'il contourne le public ou qu'il entre par la droite, si tu es d'accord, Stéphanie.

Celle-ci se retourna. La haute silhouette de Grant se découpait sur le mur du fond. Il portait un tee-shirt et un jean et avait les cheveux humides, comme s'il sortait de la douche. Depuis quand était-il là ? Elle fut tentée de lui poser la question, puis se ravisa.

— Tu comptes rester un moment ? demanda-t-elle.

— Aussi longtemps que vous aurez besoin de moi.

— Très bien. On va faire un filage des deux premiers sketches et tu pourras nous diriger, si tu veux bien.

Grant s'avança, et Stéphanie reprit sa place à côté de Clay. Leurs personnages se ressemblaient, lui qui se prenait pour un séducteur de haut vol, elle qui ne songeait qu'à séduire tous les hommes à cent lieues à la ronde.

Débarrassée du fardeau de la mise en scène, Stéphanie retrouva rapidement ses aptitudes de comédienne. Elle ne manqua pas une seule réplique, pas une seule insinuation cocasse, joua avec brio les situations les plus extravagantes. À la fin, elle fut récompensée par les rires et les approbations bruyantes de ses acteurs.

Pourtant, elle avait l'impression d'avoir récité son texte comme un perroquet, car des fragments de ses rêves de la nuit la hantaient toujours, intensifiés par la présence de Grant... Grant, qui ne la quittait pas du regard, telle une superbe panthère noire, une ombre menaçante tapie dans l'obscurité et prête à fondre sur sa proie.

5

— Il connaît son métier, commenta Clay Barton en sortant de scène.

— Grant a toujours été un directeur d'acteurs hors pair, répondit Stéphanie, sincère.

Il était 18 heures. La répétition avait été un tourbillon de répliques et de mouvements. Ils avaient travaillé d'arrache-pied sans s'arrêter un instant, pas même pour déjeuner, mais personne ne s'en était plaint. Grant avait assuré la mise en scène avec délicatesse, demandant toujours à Stéphanie si elle était d'accord avec ses remarques. Ils avaient ainsi filé les deux premiers sketches. La représentation s'annonçait réussie. Certaines improvisations avaient été si réussies, si drôles, qu'ils avaient décidé d'un commun accord de les intégrer au spectacle. Ils avaient également répété quelques chansons. Tous les comédiens avaient pris des cours de chant et chantaient juste, mais avec son timbre de ténor, Drew était le meilleur.

Les personnages prenaient du relief, leur caractère s'affirmait. Fidèle à son rôle de frimeuse, Lena avait émaillé son texte de phrases en italien, histoire d'épater la galerie. Virginie, parfaite en soubrette, avait voulu lui répondre en français, mais Lena lui avait répliqué : « Hé, *cara*, nous sommes en Italie ! »

Stéphanie poussa un soupir satisfait. Certes, ils auraient affaire à un public différent chaque soir, et elle savait qu'au théâtre, le rythme de la pièce changeait suivant la réaction des spectateurs. Mais elle faisait une confiance absolue à sa troupe.

— On arrête là ! cria-t-elle. Vous avez tous été merveilleux.

Drew manifesta son enthousiasme par des applaudissements.

— Super ! Pause whisky pour tout le monde.

— Pause Peroni, mon chou, plaisanta Lena. N'oublie pas notre devise : nous sommes...

— En Italie, je sais, grogna-t-il.

— Je prendrais bien un verre de vin... italien, évidemment, lança Virginie.

Drew s'inclina profondément.

— Alors, accepteriez-vous de m'accompagner au bar, belle blonde ?

— Seulement par esprit d'équipe, répondit Virginie en riant.

— Restons soudés ! dit Doug. Je viens également. Lena, Peroni ?

— Volontiers, répondit la jeune comédienne. Clay, Grant, Stéphanie, est-ce que vous suivez le mouvement ?

— Bien sûr, assura Clay.

— Je vous rejoins dès que j'en ai fini avec mes notes, dit Stéphanie, qui griffonnait ses observations dans son cahier. Une Peroni, pour moi.

— Pour moi aussi, ajouta Grant. Je vais aider Stéphanie à rassembler ses idées.

Les comédiens quittèrent le théâtre. Lorsqu'ils furent partis, Stéphanie se tourna vers Grant.

— Merci, lui dit-elle simplement.

Il haussa les épaules.

— De rien. C'est un plaisir de t'aider.

— Grant, j'apprécie énormément ce que tu as fait. Mais tu es venu ici dans un but précis. Je ne voudrais pas te détourner des fouilles.

— Il ne faut pas plus de trente à quarante minutes pour atteindre le site sur la grande falaise. Je m'y rendrai tôt le matin et je viendrai ici ensuite.

Stéphanie referma son cahier.

— C'est vrai que tu as loué un bungalow ?

— Oui.

— Pourquoi ? Parce que tu as décidé que j'avais besoin d'un garde du corps ?

— Parce que j'en avais assez de dormir sous la tente. Un lit est autrement plus confortable qu'un sac de couchage.

Elle poussa un soupir.

— Grant, je reconnais qu'il s'est passé des choses bizarres, mais je te répète que je ne suis pas en danger. Ne te sens pas obligé de me protéger.

— Je ne me sens pas obligé. J'ai le droit de préférer le confort aux rudes conditions de vie en pleine nature.

Il s'interrompit un instant pour la regarder d'un air tendu, puis son visage retrouva son expression chaleureuse.

— Ne crains rien, murmura-t-il. J'ai vraiment envie de t'aider. Je ne te demanderai rien en échange.

Stéphanie sentit ses joues s'empourprer.

— Oh... je n'ai jamais pensé une chose pareille. D'ailleurs, ce n'est pas ça qui me pose problème.

— Qu'est-ce qui te pose problème, alors ? demanda-t-il.

— Toi, souffla-t-elle.

Il leva les mains. L'espace d'une seconde, il parut sur le point d'argumenter, puis, se ravisant, il traversa la salle de théâtre vide en direction de la porte.

— Ne t'inquiète pas. Je n'ai pas l'intention de faire obstacle à tes plans, si tu en as.

— Non ? cria-t-elle dans son dos. Même si je projette d'avoir une aventure avec un autre homme ?

Grant se retourna.

— Avec qui ? Clay Barton ?

— Je n'ai pas dit ça.

— Qui d'autre ? s'enquit-il.

Puis, sans attendre la réponse, il ajouta :

— Prends ton temps, Steph. Ne te précipite pas dans une histoire que tu pourrais regretter par la suite.

— Mmm... Et si mon futur amant était pressé ?

Le visage de Grant resta de marbre, mais une étincelle traversa ses prunelles claires.

— Je lui casserais la figure, déclara-t-il simplement. Pas d'autres questions ?

— Non. Vas-y, ta bière risque de se réchauffer.

Il ne bougea pas.

— La tienne aussi. Tu viens ?

Elle enfouit son cahier dans son fourre-tout en velours vert et passa devant Grant, la tête bien droite.

Ils gagnèrent le bar, où les comédiens s'étaient installés à une table. Les deux chaises vides qui restaient étaient placées loin l'une de l'autre, remarqua Stéphanie avec soulagement. Elle se glissa entre Lena et Doug. Celui-ci était engagé dans une discussion animée avec Clay. Stéphanie saisit son verre. Ses doigts tremblaient.

— Tout va bien ? demanda Lena en se penchant vers elle.

— Oui, pourquoi ?

La comédienne se renversa dans son fauteuil.

— Pour rien. Je suis jalouse, voilà tout.

Stéphanie secoua la tête.

— Il n'y a pas de quoi. Grant et moi sommes des associés, rien de plus.

— Il ne vous regarde pas comme un associé. Quant à celui-là, ajouta-t-elle en désignant discrètement Clay du menton, il ne vous quitte pas des yeux.

— Normal ! Je suis la directrice de la troupe. Aucun de vous ne devrait me quitter des yeux.

Lena émit un rire léger.

— C'est vrai. Nous sommes tous d'accord : vous faites un travail formidable. Vous avez une bonne écoute et vous prenez nos suggestions en considération, contrairement à certains metteurs en scène qui ont peur de se faire piquer leur place...

Elle poussa un soupir, avant d'ajouter :

— Ne faites pas trop attention à ce que je dis. Je suis à un tournant de ma vie, voyez-vous. Il y a une semaine, j'ai fêté mes trente-six ans. J'adore mon métier, je n'ai pas fait fortune mais j'en vis, ce qui n'est pas rien. Normalement, je devrais être heureuse. Seulement, je ne le suis pas... J'aimerais tellement tomber amoureuse ! Je sacrifierais un bras si ça me permettait de rencontrer l'homme de ma vie.

— On ne sait jamais. Si ça se trouve, l'oiseau rare viendra au théâtre un de ces soirs. Lena, vous êtes jolie, intelligente et talentueuse. Ne laissez pas un homme devenir le centre de votre univers.

— C'est facile pour vous de dire ça, alors que les deux beaux gosses du groupe vous couvent du regard !

— Je ne crois pas que Clay Barton me couve du regard, protesta Stéphanie. Quant à Grant, c'est de l'histoire ancienne.

— Bien sûr ! fit la comédienne en agitant la main, avant de poursuivre sans transition, dans un soupir : Quel endroit étrange ! Je suis d'origine italienne et je connais assez bien l'Italie, vu que mes quatre grands-parents y sont nés. Pourtant, je trouve ce lieu... comment dire... spécial. La plage, la couleur de l'eau, les falaises derrière... C'est particulier... Et puis, ces rêves que je fais... Mon Dieu !

Elle sourit.

— Oh, ce n'est pas grave ! Pourvu que l'homme de ma vie apparaisse subitement parmi les spectateurs, c'est tout ce que je demande.

— Il apparaîtra sûrement. L'important, c'est que ce soit quelqu'un de bien.

Lena s'esclaffa.

— Je m'en souviendrai.

— Arturo, mon ami ! cria Drew.

Les conversations cessèrent, tandis que l'hôtelier traversait le bar et s'arrêtait devant leur table.

— Des nouvelles de la jeune fille disparue ? demanda Grant.

— Aucune, hélas ! Les policiers l'ont cherchée partout, dans les villes et les villages voisins, sans résultat. Ils ont interrogé Roberto, son fiancé... Le pauvre garçon ! Il pleure presque autant que la malheureuse Lucretia.

— Est-ce qu'ils ont vérifié son alibi ? s'enquit Doug.

Comme Arturo haussait les sourcils, Doug ajouta :

— Aux États-Unis, les premiers suspects sont toujours les petits amis et les conjoints. Il y a eu bien des cas où le mari avait assassiné sa femme et d'autres où la femme avait tué son mari.

— Les policiers ne pensent pas que Roberto ait quelque chose à voir dans la disparition de Maria, dit Arturo.

— Mais a-t-il un alibi ?

— Je ne crois pas, non. En fait, Maria ne s'est pas présentée à son travail, hier. Elle a dû sortir pendant que sa mère dormait, peut-être en pleine nuit.

— Espérons qu'elle reviendra, soupira Lena.

— Espérons-le, dit Arturo d'une voix triste. Allez-vous dîner ici, ce soir ?

— C'est une bonne idée, approuva Stéphanie.

Elle jeta un regard circulaire. Clay Barton hocha la tête.

— Oui, pourquoi pas ?

— Si vous êtes tous d'accord, je vais dire au chef de préparer un menu spécial, proposa Arturo. Ces calmars que vous avez tant appréciés hier, mademoiselle Lena, et pour vous, mademoiselle Virginie, le cocktail de crevettes.

Les deux comédiennes lui soufflèrent des baisers. Arturo sourit et regarda le reste de la troupe.

— Autre chose ?

— On vous fait confiance, dit Grant. Ce sera délicieux, on n'en doute pas.

Le sourire de l'hôtelier s'élargit.

— *Grazie*. Ravi que vous soyez contents. La première vague de touristes arrive ce week-end. L'hôtel affiche complet. Beaucoup de clients étrangers, bien sûr, mais aussi des Napolitains, des Romains... Naturellement, rien ne vaut les devises américaines !

— On va manger ? fit Doug dès qu'Arturo se fut éloigné. Je vous rappelle qu'on a sauté le déjeuner.

— Ce qui est un péché en Italie, ajouta Lena.

Stéphanie ramassa son sac.

— Allons-y, dit-elle, donnant le signal du départ.

Ils se rendirent dans la salle de restaurant. Les hors-d'œuvre leur furent servis rapidement, y compris les calmars et les cocktails de crevettes promis par Arturo. Il était encore tôt par rapport aux critères locaux, et la salle était presque vide.

La conversation roula tranquillement autour de la répétition, et Stéphanie eut plaisir à annoncer à la troupe que Grant travaillerait avec eux tous les après-midi.

— Et quand nous commencerons à jouer, est-ce que vous viendrez ? demanda Virginie.

— Tous les soirs, affirma Grant. Je serai l'œil extérieur qui voit tout et note tout.

— Mais les fouilles...

— On ne creuse pas la nuit.

Tandis que les acteurs remerciaient chaleureusement Grant, Stéphanie plongea la main dans son fourre-tout et en sortit son bloc-notes.

— Demain matin, nous avons rendez-vous avec la couturière pour l'essayage des costumes, déclara-t-elle. Lena, je compte sur vous pour jouer les interprètes... Nous commencerons avec les costumes de nos personnages actuels, mais la semaine prochaine, chacun aura une garde-robe complète, afin que nous puissions échanger nos rôles.

— C'est un bon plan, approuva Lena.

Elle s'était exprimée d'une voix distraite, les yeux fixés sur le fond de la salle tandis qu'elle parlait. Le battant de la porte à l'arrière du restaurant était en train de se refermer, remarqua Stéphanie. Elle se tourna vers sa voisine de table, qui regardait toujours fixement dans la même direction.

— Ça va ? murmura-t-elle.

— Oui, bien sûr.

Le plat de pâtes fit le tour des convives. Stéphanie se servit puis passa le plat à Clay, mais ce dernier observait Lena d'un œil soucieux. Elle le vit jeter un regard vers la porte refermée. Il paraissait attentif, à l'affût de quelque chose.

— Clay ? Voulez-vous des pâtes ?

Il reprit aussitôt une expression décontractée.

— Volontiers, merci.

Un frémissement parcourut Stéphanie. Était-ce son imagination, ou Lena et Clay se comportaient-ils bizarrement ?

Quelques minutes plus tard, Lena bâilla ostensiblement.

— Mes amis, ce fut une rude journée. Je tombe de sommeil... Je renonce au dessert et au café et je cours me mettre au lit.

— Vous êtes si fatiguée que ça ? demanda Clay.

— Encore plus que vous ne pouvez l'imaginer !

Lena lui décocha un sourire espiègle qui ne parut pas le rassurer, puis elle repoussa sa chaise et se leva.

— Tu vas rater le tiramisu, lui dit Doug.

— Tant pis ! Je me rattraperai demain.

Lena fit le tour de la tablée pour embrasser ses camarades. Après son départ, la conversation languit. Virginie annonça qu'elle avait envie d'explorer les petites rues de la ville à la recherche d'un café pittoresque. Drew et Doug proposèrent de l'accompagner, de même que Clay Barton.

— Stéphanie ? fit Virginie.

Elle secoua la tête.

— Je me sens comme Lena. Épuisée.

— Et vous, Grant ? demanda la blonde d'une voix suave.
— Ce sera pour une autre fois.
— Hé, minute ! lança Stéphanie. Ce n'est pas parce que je n'y vais pas que tu dois refuser l'invitation.
— Non, certes, mais entre les fouilles et les répétitions, je me sens mûr pour une bonne nuit de sommeil.
Il inclina la tête en un geste de parfait gentleman.
— Naturellement, je te raccompagne.
Virginie décocha à Stéphanie un clin d'œil complice, un sourire malicieux sur les lèvres.
— Mais oui, allez donc vous reposer, dit-elle, l'air de penser qu'ils ne dormiraient pas de sitôt.
Stéphanie préféra ignorer cette allusion.
— Eh bien, les garçons, je compte sur vous pour protéger notre amie.
— Nous ne la quitterons pas d'une semelle ! affirma Drew d'une voix solennelle.
— Et si je rencontre l'amour de ma vie ? fit Virginie.
— Tant pis pour lui. Il devra attendre.
— Vraiment ? Et si toi et Doug rencontrez l'amour de votre vie ?
— Ah... Eh bien, si le cas se présente, on avisera, répondit Drew en riant. Hélas, je pense que nos chances sont plutôt maigres. N'oublie pas que Barton sera dans les parages.
— En effet, affirma Clay. Mais tout d'abord, je vais passer chez Lena pour m'assurer que tout va bien.
— Je viens également, dit Grant. Et Stéphanie aussi.
— Moi aussi ? fit celle-ci, furieuse qu'il ait pris cette initiative sans la consulter.
Il se contenta de hausser les sourcils.
— Excuse-moi, Grant, mais j'aurais pu me porter volontaire toute seule, marmonna-t-elle.
— Peut-être devrions-nous y aller tous ensemble, dit Drew.
— Non, allez plutôt vous amuser, répondit Clay. On sera trois, ça suffit largement. Je vous retrouverai en ville.
Un instant plus tard, Clay, Grant et Stéphanie cheminaient vers la plage. La nuit était claire, l'air chargé de parfums.

— Dans moins d'une semaine, ce sera la pleine lune, remarqua Clay.

Ils longeaient l'allée bordée de pins. En contrebas, les vagues se brisaient sur les rochers. Le crépuscule embrasait l'horizon d'une lueur rouge.

— Comme c'est beau ! s'exclama Stéphanie.

— Voilà le cottage de Lena, dit Grant.

Elle lui lança un coup d'œil inquisiteur.

— Comment le sais-tu ?

— Tout simplement parce que le mien est à côté. Quand je me suis installé, Giovanni m'a indiqué les bungalows de chacun de vous.

— Ah... fit-elle, déroutée.

Elle ne l'avait accusé de rien. Ou l'avait-elle fait sans s'en rendre compte ?

Clay avait pris de l'avance. Il frappa à la porte de Lena, mais il n'y eut aucune réponse.

— Essayez la sonnette, dit Grant.

Clay appuya sur le bouton. Un carillon s'égrena, et on entendit bientôt un bruit de pas sur l'escalier intérieur. Le battant s'ouvrit sur Lena. Elle avait enfilé à la hâte un peignoir par-dessus sa chemise de nuit qui, dans la pénombre, semblait taillée dans une soie turquoise incrustée de dentelles crème. Ses cheveux sombres flottaient sur ses épaules. Elle regarda ses visiteurs d'un air surpris.

— Oui ?

— Nous voulions nous assurer que vous étiez arrivée à bon port, expliqua Grant.

— Comme vous pouvez le constater, tout va bien.

Il y eut un silence, durant lequel Clay scruta fixement le bungalow, comme s'il s'efforçait de sentir une présence.

— Alors, vous ne nous invitez pas à boire un dernier verre ?

— Désolée, mais j'étais déjà couchée... Je tiens à être en pleine forme pour la répétition de demain.

— Dans ce cas, nous vous souhaitons une bonne nuit, dit Grant.

— Bonne nuit. Et merci d'être passés.

La porte se referma. Ils rebroussèrent chemin, mais Clay Barton s'immobilisa dans l'allée pour jeter un dernier coup d'œil au bungalow.

— Quoi ? Qu'est-ce qui ne va pas ? s'enquit Grant.
— Elle a dit que tout allait bien, murmura Clay.
— Visiblement, nous l'avons tirée du lit, lui fit remarquer Stéphanie.
— Exact...
Le regard de Clay passa de Stéphanie à Grant.
— Je vous souhaite une bonne soirée. À demain.
Sur ces mots, il s'éloigna vers l'hôtel. Lorsqu'il eut disparu dans l'obscurité, Grant accompagna Stéphanie jusqu'à sa porte. La jeune femme glissa la clé dans la serrure et poussa le battant, avant de se tourner vers son compagnon.
— Voilà, je suis saine et sauve. Merci.
Il hocha la tête.
— Puis-je entrer un moment ?
Elle hésita.
— Oh, Grant, essayons de maintenir nos relations sur un plan strictement professionnel. Je ne suis pas prête...
— ... à coucher avec moi ? Je ne t'ai rien demandé. Je veux juste... veiller sur toi. Voyons, Steph, ne me dis pas que tu ne ressens rien de bizarre ici.
— C'est toi qui es bizarre, Grant. Je ne te reconnais plus.
— Je suis toujours le même, protesta-t-il.
— Exact ! Tu es toujours le même homme qui, dans un moment intime, a crié un nom qui n'était pas le mien.
Il balaya cet argument d'un geste de la main.
— C'est ce que tu m'as dit.
— Et tu ne m'as pas crue ?
— Steph, je n'ai jamais connu de femme nommée Valeria.
Stéphanie le regarda droit dans les yeux.
— Pourtant, c'est bien le nom que tu as prononcé. Tu étais ailleurs, Grant.
— Si, comme tu le prétends, nous partagions un moment d'intimité, je n'étais sûrement pas ailleurs.
« Physiquement, tu étais là, oui, mais ton esprit se trouvait dans une autre galaxie. Tu m'as fait croire que tu m'aimais, mais mentalement, tu étais absent », songea-t-elle avec amertume.
— N'en parlons plus. C'est fini, à présent. Mais reconnais-le, Grant, tu avais changé.

— Et toi, reconnais qu'il se passe quelque chose de bizarre ici, insista-t-il en posant ses larges mains sur ses épaules. Stéphanie, je te jure que j'ignorais tout des projets de Reggie quand j'ai accepté ce job sur le site... Une coïncidence étrange, tu ne trouves pas ?

Elle avait tellement aimé ses mains ! Longues, puissantes, bronzées... De petites callosités sillonnaient à présent ses paumes et la pulpe de ses doigts. Grant remplissait ses fonctions d'archéologue comme il s'était acquitté autrefois de ses devoirs de metteur en scène. Ses mains étaient douces sur la peau de Stéphanie, capables de caresser aussi légèrement que la brise, mais assez fortes pour empoigner et repousser n'importe quel adversaire... même un être surnaturel !

Pourquoi cette pensée incongrue lui traversait-elle l'esprit maintenant ? À cause de ce qu'il était en train de lui dire, sans doute. Les mots tissaient une sorte de toile magique autour d'eux, un univers imaginaire.

— Les coïncidences, ça existe, parvint-elle à articuler lorsqu'elle émergea de sa fascination.

Les doigts de Grant se resserrèrent sur ses épaules. Ses yeux bleus exprimaient une tension insoutenable. Non, il n'essayait pas de la séduire, conclut-elle, non sans une certaine déception.

— Bon, d'accord, entre. Tu peux faire le tour du bungalow, tu ne trouveras rien.

Elle s'effaça pour le laisser passer.

Il commença par inspecter le rez-de-chaussée. Arrivé au pied de l'escalier, il la consulta du regard.

— Puis-je ?

— Oui, monte.

Elle ne le suivit pas. Quelques minutes plus tard, il redescendit.

— Tu as un superbe balcon, commenta-t-il. Au fait, j'ai refermé la porte-fenêtre.

— J'étais sûre de l'avoir verrouillée, pourtant.

— La femme de ménage l'a peut-être ouverte pour aérer la pièce.

— Oui, probablement. La première nuit, je ne l'ai pas fermée. C'était formidable. La brise me berçait, et je pouvais admirer les étoiles.

— Cette porte-fenêtre doit rester fermée, dit-il sèchement. Tu me l'as promis.

— Et j'ai tenu ma promesse. Écoute, Grant...

— Stéphanie, il faut que tu me croies. Quelque chose ne tourne pas rond.

— Je sais, je sais, cette jeune fille a disparu. Peut-être qu'elle a été enlevée. Peut-être même que quelqu'un l'a tuée. Mais la police découvrira sûrement la personne qui a commis ce crime, si toutefois il s'agit bien d'un crime.

— En tout cas, ne laisse entrer personne. À présent, je vais m'en aller. Si tu as besoin de moi, tu sais où est mon bungalow. J'ai emporté mon téléphone portable. C'est le numéro de Chicago.

— OK. Si jamais j'ai peur de quelque chose, je t'appellerai.

— Entendu, murmura-t-il. Bonne nuit.

Mais il semblait hésiter encore.

— Bonne nuit.

« Dis-lui de rester... », lui susurra une petite voix intérieure. Stéphanie tressaillit. Si Grant passait la nuit avec elle, s'ils réalisaient ses fantasmes érotiques de la nuit précédente, elle serait perdue... Elle avait été si amoureuse de cet homme ! Elle avait tant espéré qu'ils vivraient ensemble, qu'ils auraient des enfants, des projets communs, une maison...

Mais elle avait tourné la page.

Elle comprit soudain qu'elle l'aimait toujours. Que sa passion pour lui était restée intacte. Et que s'il la prenait dans ses bras, elle n'aurait pas la force de lui résister.

— Stéphanie, je crains que...

Quoi ? Que disait-il encore ?

— Pardon ? fit-elle d'une voix qu'elle espérait posée.

— Je crains que tu n'aies pas le temps d'avoir peur.

Stéphanie sentit son cœur s'emballer. De frayeur ou de désir ? Elle n'aurait su le dire.

— Pour l'amour du Ciel, Grant, ça suffit ! s'écria-t-elle. Merci encore de m'avoir raccompagnée, et bonne nuit.

Il inclina la tête et tourna les talons.

Elle regarda sa longue silhouette bâtie comme de l'acier s'éloigner vers la sortie. Lorsque la porte d'entrée claqua derrière lui, elle se demanda si elle n'était pas la plus grande idiote de la terre.

— Oui, oui, oui ! Mmm... c'est bon, oui...

Lena se sentait propulsée aux cimes d'une excitation sexuelle inouïe. Alors, peu importait que ses mots appartiennent au vocabulaire des films pornos depuis l'origine du cinéma.

— Oh, s'il te plaît, oui... roucoula-t-elle, tout émoustillée.

Ce type était une bête !

De sa vie elle n'avait éprouvé un tel plaisir. D'ailleurs, c'était la première fois qu'elle se donnait aussi vite à un homme, et avec une telle témérité. Sans flirt préalable, sans pudeur, sans faire semblant de l'aimer. Rien que du sexe à l'état pur.

Un simple regard avait suffi à déclencher leur passion. La chemise de nuit de Lena s'était envolée à une vitesse incroyable. Après un unique baiser, il l'avait prise brutalement sur la table. À présent, c'était par terre qu'ils exécutaient leur danse sauvage et primitive. Ces dents, cette bouche avide contre la peau humide de son cou généraient les sensations les plus érotiques qu'elle avait jamais ressenties. Ils firent l'amour à genoux, couchés, debout, mais rien ne semblait pouvoir les rassasier. Lena se cambrait et se tordait dans les bras robustes qui l'étreignaient à la broyer. Toute tremblante, elle plongea les doigts dans la magnifique chevelure de son amant et renversa la tête en arrière.

Alors...

Il fondit sur elle comme un épervier. Comme le vent. Cela n'avait rien à voir avec ses rêves romantiques, ses illusions de petite fille, mais Lena n'y pensait plus.

— Oui, vas-y, dit-elle. Emmène-moi au ciel.

Elle crut qu'elle allait mourir. Son corps n'était plus qu'une source brûlante, frémissante. Elle eut l'impression de voler, de s'élever dans les airs, secouée et ballottée par une jouissance démentielle.

Il émit un petit rire.

— Le plaisir sera plus intense la prochaine fois, ma toute belle, murmura-t-il.

Oh, non ! C'était impossible. Elle se sentait épuisée, vidée, asséchée. Un sourire joua sur ses lèvres pâles.

— On verra, parvint-elle à articuler.

Elle se demandait s'il allait passer la nuit avec elle quand il bondit sur ses pieds, comme s'il avait entendu quelque chose, ou quelqu'un. Mais les amis de Lena étaient déjà passés s'assurer qu'elle allait bien. Dissimulé dans l'ombre complice, il avait attendu qu'ils soient repartis avant de se montrer.

Si l'idée leur prenait de revenir maintenant, elle n'aurait pas la force de leur ouvrir la porte.

— Qu'y a-t-il ? demanda-t-elle d'une voix faible.

Pas de réponse. Elle s'aperçut qu'il n'était plus là et referma les yeux. Aucune importance. Elle n'aurait pas pu refaire l'amour. Elle n'aspirait qu'à se reposer, à dormir... oui, à dormir longtemps.

Ses paupières étaient si lourdes qu'elle ne réussit pas à les soulever. L'inconscience l'engloutit d'un seul coup.

La nuit avançait.

Grant désespérait de dormir. Il s'était assoupi deux ou trois fois, mais s'était réveillé en sursaut, sans aucune raison apparente.

Ne tenant plus en place, il se glissa hors du lit. Son balcon surplombait la mer, dont les vagues sombres se déroulaient vers la plage – une vue paisible qui, pourtant, ne fit qu'accroître son inquiétude.

Il retourna dans sa chambre et se rhabilla rapidement. Un instant après, il était dehors. Les petits bungalows alentour semblaient plongés dans une tranquillité absolue. Normal : il était 4 heures du matin. À cette heure-ci, même les noctambules les plus impénitents devaient dormir à poings fermés.

Grant descendit vers la plage. Il se remémorait l'odeur qui avait assailli ses narines un peu avant que lui et Clay Barton ne découvrent le dauphin. Les employés d'Arturo avaient retiré le cadavre de l'animal, et l'étendue de sable doré s'étirait jusqu'à la sombre couronne des rochers.

Ce soir, il ne sentait pas l'odeur de la mort.

Il s'arrêta près de l'eau. La brise vint le caresser tandis qu'il contemplait l'écume pâle et brillante qui festonnait les flots. Un paysage de carte postale, songea-t-il. Charmant, enchanteur, terriblement normal. De l'endroit où il se tenait, il pouvait distinguer les bungalows, avec leurs lanternes allumées sous les porches.

Non, il n'y avait rien d'alarmant.

Il scruta le bungalow de Clay Barton. Les fenêtres étaient sombres, à l'exception d'une vague lueur au niveau du balcon. Une veilleuse ? L'étrange M. Barton souffrait-il d'insomnies ?

Curieux homme ! Il semblait attaché à Stéphanie, mais pas vraiment attiré par elle. Si décontracté, si sûr de lui et séduisant soit-il, il ne paraissait pas particulièrement intéressé par les femmes. Il n'avait jamais aucun regard équivoque, aucun geste déplacé.

Peut-être était-il homosexuel ?

Quoi qu'il en soit, quelque chose en lui hérissait Grant. Sans doute son insistance à protéger Stéphanie. Pendant la répétition, en les voyant jouer certaines scènes, Grant avait plus d'une fois grincé des dents. Ce n'était pas réel, ce n'était que de la comédie, s'était-il répété. Et, à propos de comédie, il aurait mis sa main à couper que ce type n'était pas acteur. Il avait pourtant une présence scénique indéniable, avait mémorisé facilement ses répliques, se déplaçait avec aisance sur les planches.

Il n'y avait aucune raison de le suspecter.

Si, une seule.

L'instinct.

Et que lui disait son instinct ?

Il n'en savait trop rien.

Les aiguilles phosphorescentes de sa montre indiquaient 4 h 45. Le jour ne tarderait pas à poindre. C'était déjà ça. Il ne pouvait quitter l'hôtel avant le lever du soleil.

Il regarda de nouveau l'alignement des cottages. Soudain, il se figea. Une ombre géante planait au-dessus des toits de tuiles roses. Hallucination ? Illusion d'optique ? Aucune ombre ne pouvait se profiler sous la lune, dans la clarté des étoiles.

Mais elle était bel et bien là.

Une ombre qui ressemblait à des ailes.

Des ailes immenses.

L'appréhension lui noua la gorge, chaque muscle de son corps se raidit. Il cligna des yeux. Les ailes de l'ombre se déployaient, comme pour recouvrir le bungalow de Stéphanie.

Grant força ses jambes à bouger. Le sable jaillit sous ses pieds, tandis qu'il se précipitait vers l'allée de pins. Il atteignit le petit bungalow par l'arrière et gravit quatre à quatre les marches du balcon, en s'agrippant à la rampe.

La porte-fenêtre était fermée, les rideaux tirés. Il s'approcha sur la pointe des pieds. La lumière de la salle de bains éclairait la pièce de l'intérieur, et à travers les rideaux devenus transparents, il apercevait la chambre.

Stéphanie était sur le lit.

Elle était allongée sur le côté, ses longs cheveux noirs éparpillés sur l'oreiller, les mains jointes, son joli visage tourné vers la porte-fenêtre.

Elle dormait paisiblement.

Grant resta immobile, le bras levé, comme un idiot. La terreur qu'il avait éprouvée un peu plus tôt se frayait à présent un chemin vers son âme. Une terreur inexplicable, parfaitement absurde.

Il sut alors pourquoi il avait eu si peur pour elle.

Il l'aimait. Profondément, passionnément. Le simple fait de la regarder faisait monter en lui une chaleur intolérable. Il étouffa un juron. Il n'avait plus qu'à plonger dans la mer pour calmer ses ardeurs.

Il dévala les marches et reprit le chemin de la plage. Lorsqu'il se retourna, il chercha des yeux l'ombre géante.

Il ne la vit nulle part.

Elle avait pourtant bien dû se poser quelque part.

Mais où ?

6

Leeza d'Onofrio, la costumière, était une petite bonne femme entre deux âges au sourire avenant. Elle était arrivée à l'heure convenue, avec une malle en cuir marron contenant les costumes. En attendant Lena, qui n'était pas encore là, Doug, Drew et Virginie essayèrent leurs costumes. Rien à redire. En revanche, celui de Stéphanie avait besoin de quelques retouches – il avait été commandé pour Gema. Leeza le reprit à la taille et donna de l'ampleur aux épaules. Le costume de Clay, trop court aux bras et aux jambes, laissa la couturière perplexe. Elle secoua la tête d'un air incrédule et déplia son mètre pour reprendre les mensurations du comédien, qu'elle nota soigneusement dans un petit carnet.

Mais où était donc Lena ? se demanda Stéphanie. Elle était censée leur servir d'interprète. Par chance, la costumière baragouinait trois mots d'anglais, et à sa grande surprise, Clay se mit à lui parler dans sa langue. Enchantée, Leeza déversa un torrent de paroles tout en piquant adroitement des épingles dans le tissu.

— Elle dit que nos costumes seront prêts demain et qu'elle est ravie de travailler avec nous, traduisit Clay.

Stéphanie continuait à le dévisager, stupéfaite.

— Je ne savais pas que vous parliez l'italien. Ne me dites pas que vous avez pris des cours accélérés chez Berlitz ! Vous n'avez même pas d'accent !

— J'aime bien les langues étrangères, dit-il simplement.

— Vous en parlez d'autres ?

— Quelques-unes, oui.

— Lesquelles ?

— Le français.

— Et puis ?

— Je me défends assez bien en espagnol.

— Génial ! murmura-t-elle.

C'était génial, en effet. Alors, pourquoi ressentait-elle ce vague malaise ? Elle n'eut guère le temps d'analyser ses impressions : Lena avait enfin pénétré dans la salle de théâtre, blanche comme un linge.

— Désolée, je ne me suis pas réveillée... C'est-à-dire que le réveil a sonné, mais je me suis rendormie. J'ai dû manger quelque chose qui n'est pas passé, gémit-elle.

Alarmée, Stéphanie posa la paume de sa main sur le front de Lena. Non, elle n'avait pas de fièvre. En fait, sa peau était froide, presque glacée.

— Prenez votre journée, suggéra-t-elle.

— Mais... la répétition...

— Mieux vaut rater une répétition et jouer convenablement vendredi soir. Essayez votre robe, prenez votre scénario et allez mémoriser vos répliques au lit.

— Seigneur, il ne manquait plus que ça. Je suis navrée.

— Ne vous excusez pas. Tâchez plutôt de vous remettre d'aplomb.

La comédienne hocha la tête, sous le regard attentif de Stéphanie. Si elle était sortie avec les autres la veille, on aurait pu à la rigueur comprendre son manque d'énergie, mais là... Stéphanie fronça les sourcils. Elle-même se sentait en pleine forme. Elle avait passé une excellente nuit. Certes, elle avait pris un somnifère, ce qui n'était pas dans ses habitudes, mais la pilule semblait lui avoir évité les mauvais rêves, et elle avait dormi d'une seule traite jusqu'au matin.

Pendant que les deux femmes discutaient à mi-voix, Clay Barton s'approcha. La vue de Lena lui fit froncer les sourcils. Comme Stéphanie, il lui effleura le front et constata qu'elle n'avait pas de fièvre. Mais au lieu de s'en réjouir, il se renfrogna.

— Permettez-moi de vous raccompagner chez vous.

— Je veux bien, soupira Lena. Je tiens à peine sur mes jambes.

Clay déclara qu'elle devait absolument manger quelque chose pour reprendre des forces. Au début, Lena fit la grimace, puis elle accepta de passer par le restaurant.

Lorsqu'ils s'en allèrent, Stéphanie appela Doug.

— Oui ?

— Rendez-moi un service. Clay vient de partir pour reconduire Lena à son bungalow, mais je serai plus rassurée si vous êtes deux à la soutenir. Vous voulez bien les accompagner ?

— Vos désirs sont des ordres, madame la directrice. Entre nous, c'est plutôt Virginie, Drew et moi qui devrions être malades comme des chiens aujourd'hui.

— Vraiment ?

— Nous avons passé une grande partie de la nuit à boire du vin italien dans un bistrot qui doit dater de l'an 1000. Nous sommes rentrés fort tard, et passablement éméchés.

— Je croyais que Clay Barton devait être des vôtres.

Doug haussa les épaules.

— Nous aussi, mais on ne l'a pas vu. Bon ! Je vais rejoindre Clay et Lena.

— Merci.

Doug parti, Stéphanie consulta sa montre. À peine 11 heures du matin. Grant ne serait pas de retour avant 13 heures. La jeune femme réfléchit un instant. Les costumes ne seraient pas prêts avant le lendemain, et la répétition pouvait attendre l'arrivée de Grant.

— Hé, chef ! appela Drew. Notre costumière s'en va. Quelle est la prochaine étape ?

— La plage, dit-elle.

— Comment ? demanda Virginie en levant le nez de son scénario.

— La plage, répéta Stéphanie. Un peu de détente nous fera le plus grand bien. Nous avons plus de deux heures devant nous, autant en profiter. Je vous propose un bain de soleil, un déjeuner léger ou une balade dans le village pour ceux qui en ont envie.

— Excellente idée ! approuva la blonde.

Drew lui donna un coup de coude.

— J'opte pour la plage. Je cours de ce pas chercher mon maillot de bain. Regardez-moi, je suis blanc comme une endive ! J'ai une peau de rouquin, alors...

Virginie se mit à rire.

— Je te prêterai mon écran total. Stéphanie, vous venez ?

— Absolument. J'apporterai du fromage, du pain et deux ou trois bouteilles d'eau.

— C'est parti ! s'écria Virginie, enchantée par la perspective d'un doux *farniente* sur le sable chaud.

Stéphanie se dirigea vers la porte du théâtre.

— Votre bungalow se trouve de l'autre côté, lui rappela Drew.

— Je sais. Mais je veux demander à Arturo de faire venir un médecin pour examiner Lena.

— Sage décision, approuva Drew. Quant à moi, je vais avertir Doug et Clay. À tout à l'heure, sur la plage.

Les tâches qui, encore deux jours plus tôt, n'exigeaient qu'un peu d'application et une certaine dextérité faisaient aujourd'hui à Grant l'effet d'un véritable supplice.

Il était à deux doigts d'abandonner les fouilles sous des prétextes fallacieux, se dit-il pour la énième fois. Cependant, l'impression que quelque chose ne tournait pas rond était plus forte, plus persistante que jamais. C'était un sentiment sans doute exagéré, un leurre fabriqué par son imagination et dont il n'arrivait pas à se défaire. Tandis qu'il époussetait les ossements à l'aide d'une brosse encore plus fine que d'habitude, il s'efforça d'analyser la situation. Qu'est-ce qui le perturbait aussi profondément ? La crise de la cinquantaine aurait pu être un diagnostic valable... à ceci près qu'il n'avait que trente-trois ans !

Une chose était sûre : ce qui le préoccupait de façon aussi tenace datait très précisément de la découverte de ce site. Certes, les récits des Croisades qu'il avait lus plus jeune lui trottaient dans la tête. Peut-être même avait-il entendu autrefois les légendes attachées à l'histoire de la région. Il les aurait enfouies dans son subconscient d'où elles avaient refait surface, tant et si bien qu'il ne parvenait plus à distinguer la réalité de la fiction.

Bon sang ! jura-t-il mentalement.

Il lâcha la petite brosse. Il était tout seul sur le sommet de la falaise, mais il pouvait entendre Dino Ponti discuter avec ses collaborateurs en contrebas. Ils étaient en train d'exhumer un nouveau squelette, un travail délicat qui incombait aux spécialistes.

Grant, lui, avait pour mission de préparer un cadavre en vue de son voyage jusqu'au musée de Naples. Il s'agissait d'un homme en assez bon état. Des lambeaux de peau racornie et momifiée adhéraient aux os, ainsi que plusieurs bouts de tissu. Il ne portait pas l'armure des chevaliers, mais les fragments de son bouclier délicatement ouvragé méritaient le détour. Les archéologues ne manqueraient pas d'étudier à la loupe les ornements sculptés sur le métal, ce qui leur permettrait de déterminer le rang de ce guerrier tombé au champ d'honneur.

Grant recouvrit le squelette d'une fine toile cirée avec toute la délicatesse que Dino lui avait enseignée. Lorsqu'il releva les yeux, il laissa errer alentour un regard scrutateur, puis fronça les sourcils.

Un monticule de terre fraîche se dressait sous l'une des cordes qui délimitaient le périmètre des fouilles. Il ne se rappelait pas l'avoir vu auparavant.

Grant s'assit sur ses talons.

Un frisson glacial rampa sur sa nuque.

Il bondit sur ses pieds, traversa le site jusqu'au monticule de terre qu'il avait repéré et s'agenouilla de nouveau. La sensation de froid s'intensifia, et il sentit les poils de ses bras se hérisser.

Il se mit à creuser la terre molle avec les mains.

Il y avait quelque chose là-dessous.

Quelqu'un, plutôt.

Humus, feuillages, brindilles s'envolèrent.

Il s'arrêta, le souffle court. La poussière emplissait ses poumons, et il se mit à tousser. Il venait de découvrir un autre corps... mais celui-ci n'était pas vieux de plusieurs siècles.

L'odeur de la mort l'assaillit brutalement. Il faillit s'étouffer et dut réprimer une brusque vague de nausée. Il redressa le buste, submergé par un flot de tristesse et de désespoir. Après un instant, il parvint à se relever.

Couvert de crasse et de sueur, il descendit la pente jusqu'à l'endroit où Dino et les autres archéologues creusaient.

— Vous avez trouvé quelque chose ? demanda Dino.

— Oui, j'en ai peur.

— Peur ?

— Exact. Je crois que j'ai découvert la jeune fille disparue, Maria Britto.

Arturo hocha la tête.

— Je téléphonerai au docteur Antinella. Il pourrait passer voir Mlle Lena dans l'après-midi... Comme c'est bizarre ! Attraper froid alors qu'il fait si beau !

— C'est peut-être un virus, dit Stéphanie. À tout à l'heure, Arturo. Je vais rejoindre les autres sur la plage. J'ai besoin de me détendre.

— Voilà une excellente idée ! approuva l'hôtelier.

— Pourrions-nous avoir quelques tranches de pain et du fromage ?

— Bien sûr. Je vous envoie un panier de pique-nique.

Après l'avoir remercié, Stéphanie gagna son bungalow. Le soleil qui se déversait à l'intérieur par les portes-fenêtres ravivait les couleurs des murs et des meubles. Étonnant comment une bonne nuit de sommeil pouvait vous remettre les idées en place ! songea-t-elle en montant à l'étage. D'ordinaire, elle évitait les somnifères, qui lui laissaient dans la bouche un goût amer. Mais aujourd'hui, elle ne souffrait d'aucun effet indésirable. Elle ne se sentait même pas groggy. Le monde était redevenu normal.

Elle troqua son tee-shirt et son jean contre un maillot de bain, se munit d'une ample serviette et d'un livre. Lorsqu'elle ressortit, des parasols ombrageaient les transats sur la plage. Une jeune maman et ses deux bambins s'ébattaient dans les flots bleus. Stéphanie étendit sa serviette sur le sable. La chaleur l'enveloppa, et elle eut envie de piquer une tête dans la mer. Elle attacha ses cheveux au sommet de sa tête à l'aide d'une pince en écaille, ôta ses sandales et courut sur le sable brûlant jusqu'à la lisière de l'onde. L'eau sous ses plantes de pied était délicieusement rafraîchissante.

Elle plongea d'un seul coup. L'eau était d'une tiédeur merveilleuse, pensa-t-elle en passant du dos crawlé à la brasse. Rien à voir avec les lacs de l'Illinois où elle avait appris à nager, qui restaient froids même en plein été. Elle se laissa flotter quelques minutes afin de détendre ses muscles, puis se remit à fendre la surface scintillante en direction de la plage. Peu après, elle se redressa dans l'eau peu profonde.

Ses comédiens étaient arrivés, constata-t-elle en clignant des yeux. Virginie se prélassait sur une chaise longue dans un bikini sexy. Doug et Drew portaient des shorts. Quant à Clay, en jean et chemise à manches courtes, il s'était assis à l'ombre d'un parasol crème à rayures vert pâle. Des lunettes noires masquaient son regard.

Stéphanie s'apprêtait à sortir de l'eau quand un appel au secours retentit. Elle se retourna vivement et se figea, horrifiée. L'un des enfants s'était aventuré trop loin, et à présent, le courant l'emportait vers le large. Sa jeune maman poussait des cris stridents. On pouvait apercevoir les petits membres de l'enfant qui remuaient, battant comme les ailes d'un oiseau blessé.

Stéphanie fit demi-tour et replongea. Le clapotis des vagues accompagnait ses mouvements tandis qu'elle se dirigeait vers le petit naufragé. Elle nageait aussi vite qu'elle le pouvait. Enfin, ses doigts étreignirent une petite jambe. Elle attira l'enfant contre sa poitrine, plaça la main sous son menton et se remit à nager sur le dos en direction de la terre ferme.

Alors qu'elle se rapprochait de la plage, d'autres mains jaillirent des vagues. Doug était venu à la rescousse. L'enfant était petit, mais Stéphanie, épuisée, fut heureuse de confier au jeune homme son léger fardeau.

Enfin, elle sortit de l'eau en titubant. Le petit garçon était allongé sur une serviette. Clay, penché sur lui, pressait les paumes sur sa poitrine et lui faisait du bouche-à-bouche. Au bout d'un moment – une éternité –, un geyser jaillit de la bouche de l'enfant. Clay le tourna sur le côté, et le petit garçon se mit à tousser et à cracher. Sa maman s'était approchée, tenant sa fillette par la main. Elle riait et pleurait en même temps tout en tapotant le dos de son fils. Elle déversa un torrent de paroles en italien et voulut embrasser Clay et Doug, mais le petit garçon se mit à pleurer et s'agrippa à son cou. Doug dit en anglais qu'il y avait eu plus de peur que de mal, et Clay traduisit. Soudain, la jeune mère aperçut Stéphanie et se précipita vers elle. Elle lui saisit les mains et les embrassa avec ferveur, les yeux embués de larmes de gratitude.

L'agitation, les cris avaient alerté Arturo. Il apparut, les bras chargés de serviettes, puis, après un échange de phrases en italien, il s'en alla avec la femme et les deux enfants.

— Seigneur, quel charivari ! fit Virginie, debout sur sa serviette. Vous savez ce que je pense ? Nous avons été punis pour avoir voulu paresser sur la plage.

— Et moi, je prétends que le destin nous a amenés là pour sauver ce petit imprudent ! répliqua Doug. Surtout vous, Stéphanie. Vous êtes l'héroïne du jour.

Elle haussa les épaules.

— C'est moi qui étais le plus près de l'enfant.

— Tant mieux. Parce que Clay ne sait pas nager.

Surprise, Stéphanie se tourna vers l'acteur.

— C'est vrai ?

— Je déteste l'eau, avoua-t-il.

Drew haussa les sourcils, amusé.

— Il y a quand même une justice ! Monsieur Muscle, l'homme qui a la beauté d'un dieu grec, est infichu de nager...

— Chacun a ses talents, dit Stéphanie, soucieuse de ménager la susceptibilité de l'acteur.

Mais Clay ne semblait pas vexé.

— Et chacun a ses limites, ajouta-t-il. J'aime bien regarder la mer, mais ça s'arrête là. Félicitations, ma chère.

— Doug m'a aidée et c'est vous qui l'avez ranimé, Clay.

— C'est la preuve que nous formons une bonne équipe, répondit-il avec modestie.

Virginie ouvrit un sac isotherme posé près d'un panier en osier recouvert d'un torchon immaculé.

— Eh bien, ça s'arrose ! Arturo nous a envoyé un vin blanc pétillant. Un petit verre nous permettra de nous remettre de nos émotions.

— À condition de ne pas en abuser, observa Stéphanie en riant. Nous aurons intérêt à nous armer d'une bonne cafetière pour la répétition.

Elle remarqua soudain que Clay avait enveloppé son avant-bras dans une serviette humide.

— Vous ne voulez pas une serviette sèche ? s'enquit-elle. Vous allez vous mouiller.

— Je suis déjà mouillé.

— Attendez, je m'en occupe, dit-elle en tendant la main pour retirer la serviette.

Elle fut si rapide qu'il n'eut pas le temps de réagir. Elle écarquilla les yeux. La peau de Clay était couverte de cloques. On eût dit des brûlures au deuxième degré. La jeune femme déglutit.

— Ô mon Dieu ! Votre bras ! Mais qu'est-ce...

— C'est tout boursouflé, constata Virginie à son tour.

— Ce n'est rien, lança Clay, les dents serrées. Juste une réaction allergique au soleil et au sel. Demain, il n'y paraîtra plus.

— Il faut que vous voyiez un médecin, protesta Stéphanie.

— Je vous le répète, ce n'est qu'une allergie. De toute façon, je ne reste pas pour le pique-nique. Je vais m'enduire d'une lotion apaisante et passer une chemise à manches longues... Bon appétit à tous. Je vous reverrai à 13 heures.

Avec un signe de la main, il rebroussa chemin, s'éloignant à longues foulées souples vers son bungalow.

— Le pauvre ! soupira Drew.

— Oui, mais... commença Doug.

— Mais quoi ? fit Stéphanie.

Doug sourit.

— Je ne sais pas. Il est trop parfait... Mais nous venons de découvrir son point faible : mettez-le au soleil, et il se transforme en sauce tomate.

Drew leva les yeux au ciel.

— Moi, avec mes origines irlandaises et mes taches de rousseur, j'attrape de ces coups de soleil si je ne me tartine pas de crème solaire !

— Alors que moi, déclara Doug, simulant une voix de velours, je deviens un véritable adonis en bronzant !

Tous s'esclaffèrent, puis Drew déboucha la bouteille. Stéphanie n'avait même pas souri. Un sentiment de malaise l'envahissait. Clay Barton n'avait pas l'air d'avoir attrapé un coup de soleil, pas plus que de souffrir d'une quelconque allergie galopante. Seul son avant-bras avait été atteint... très exactement à l'endroit où il avait été en contact avec l'eau de mer.

Les policiers ne tardèrent pas à débarquer sur les lieux de la macabre découverte et prirent photo sur photo.

C'était un spectacle désolant, et certains avaient du mal à retenir leurs larmes. Maria avait été une si jolie jeune fille !

Plus maintenant.

— Les animaux l'ont dévorée, dit Dino en hochant tristement la tête.

Curieuse constatation, pensa Grant. Quels étaient donc ces animaux qui enterraient leurs victimes ?

Le corps de la jeune fille était littéralement en lambeaux. Mais comment s'était-elle retrouvée sous ce monticule de terre fraîchement retournée ?

Les policiers se posaient sûrement les mêmes questions.

On ne comptait plus les voitures de police qui avaient investi les environs du site. Il en venait de toutes les villes voisines. La nouvelle ne tarderait pas à se propager en Calabre, en Sicile, à travers toute l'Italie et même jusqu'en Grèce. D'après Dino, qui avait assisté à un échange de propos fiévreux entre les représentants de la loi, quelques-uns des officiers auraient voulu emmener le corps à Naples pour une autopsie en bonne et due forme. Les policiers locaux s'étaient fermement opposés à ce projet. La mère de Maria n'accepterait jamais d'envoyer les restes de sa fille à Naples. En femme pieuse et attachée aux traditions, Lucretia Britto refuserait que la morte quitte sa région natale.

Grant pensait que les autorités nationales auraient le dernier mot.

Il se trompait. Le corps resterait sur place.

Le médecin légiste présuma, d'après la température du corps, que la mort avait frappé l'infortunée Maria bien avant que sa mère ne signale sa disparition à la police, probablement sur le chemin de son travail, où elle n'était jamais arrivée. Les circonstances du décès, l'heure exacte de la mort restaient à déterminer.

Quant aux conditions dans lesquelles le meurtre s'était déroulé, personne n'osait encore émettre la moindre hypothèse, encore moins Grant. Il était assis sur un tronc d'arbre, une bouteille d'eau à la main, le regard perdu dans le vide. Sa sinistre trouvaille s'était imprimée dans sa mémoire au fer rouge.

Quelqu'un s'assit à côté de lui, et il tourna la tête en grommelant :

— Que diable faites-vous ici ?

— Nous avons fait une pause, dit Clay Barton. Comme je n'avais encore jamais visité le site, je suis venu en voiture. Ça roule bien, je n'ai pas mis longtemps à venir.

Son regard se reporta sur les hommes qui enfermaient le corps dans un long sac de plastique noir.

— Ainsi, ils l'ont trouvée... murmura-t-il.

— Oui. Elle a été assassinée sauvagement. Dépecée serait le terme exact.

— Avez-vous vu le corps ?

— Et comment ! C'est moi qui l'ai découvert.

— Co... comment est-elle morte ?

Grant haussa les épaules.

— Je ne crois pas que les experts de la police scientifique puissent le dire de sitôt. Elle a été... déchiquetée. Lacérée. J'ignore quelle sorte d'animal a pu lui faire ça. Ses membres étaient pratiquement détachés du tronc.

— Avez-vous vu sa gorge ? Son cou ?

— Oui. C'était couvert de sang séché, comme le reste de son corps... Je vous dis qu'elle a été bouffée. Grignotée... Nom de Dieu, pourquoi me posez-vous toutes ces questions ? Vous êtes nécrophile ou quoi ?

Un éclair de colère passa dans les yeux sombres de Clay. Parfait ! Qu'il essaie donc de se défendre ! Les poings de Grant le picotaient ; il mourait d'envie de flanquer une bonne correction à ce type. Il prit une profonde inspiration, s'efforçant de se contrôler, et se rendit compte que l'autre homme essayait de faire la même chose.

— J'ai déjà entendu parler de crimes semblables, reprit Clay.

— Alors, allez le dire aux flics. Dino vous servira d'interprète.

Clay Barton se contenta de lui jeter un regard dans lequel Grant décela un certain mépris.

— Je n'ai pas besoin d'interprète, dit-il simplement.

À la surprise de Grant, il se leva, s'approcha des policiers qui s'apprêtaient à soulever le sac et entama avec eux une discussion en italien. Pour une raison que Grant ne parvint pas à s'expliquer, le fait que Clay s'exprime dans un italien parfait, sans aucune trace d'accent, ne fit qu'attiser sa colère. Il fut encore plus étonné quand les policiers s'écartèrent pour le laisser examiner le corps. Pire encore, l'un d'eux lui tendit une paire de gants en caoutchouc. On eût dit qu'il était normal qu'un étranger – un acteur, qui plus est – soit autorisé à participer à une enquête criminelle !

Lorsque la fermeture Éclair fut refermée, les hommes chargèrent le sac noir dans la voiture de la morgue, qui démarra en trombe. Clay revint vers Grant.

— Vous allez à la répétition ? s'enquit-il.

— Naturellement.

Grant se leva et se dirigea vers sa voiture de location. Il retournerait à l'hôtel avant Clay, dût-il battre tous les records de vitesse, se promit-il en serrant les dents.

Stéphanie pénétra dans le club de théâtre par les coulisses. Drew était assis sur une chaise du premier rang, le visage couleur de cendre.

— Ils ont découvert la fille, annonça-t-il.

— La jeune fille italienne ?

— Oui, Maria Britto.

À la façon dont il s'était exprimé, elle avait deviné que la disparue n'avait pas été retrouvée vivante.

— Où ça ?

— Sur le chantier de fouilles.

— Oh... Est-ce qu'elle est tombée de la falaise ? Était-ce un accident ?

— On ne connaît pas encore la cause de la mort, mais... non, ce n'était pas un accident. Quand on meurt accidentellement, on ne s'enterre pas tout seul.

— Ô mon Dieu ! Qui l'a trouvée ?

— Grant, murmura Drew. Il paraît qu'il est salement secoué, et il y a de quoi. Il devrait être là d'une minute à l'autre.

— Comment avez-vous appris la nouvelle ?

— Le flic, Merc, a appelé Arturo. C'est lui qui me l'a dit. Franchement, c'est déprimant.

— Effrayant, renchérit Virginie en les rejoignant.

Visiblement, elle avait entendu leur conversation.

— Horrible ! ajouta Doug, derrière Virginie.

— Oui... Et nous qui devons jouer la comédie ! murmura Stéphanie, songeuse.

— Écoutez, Stéphanie, il faut se ressaisir, reprit Doug, pragmatique. Aucun de nous ne connaissait cette fille. Nous avons un contrat à honorer. C'est déjà assez triste pour les habitants, alors essayons de les aider à notre manière. Ils ont besoin de touristes. On est censés leur rapporter un bon paquet de dollars, rappelez-vous.

— D'accord, fit Stéphanie, la gorge serrée. Au fait, je suis passée chez Lena. Elle a l'air d'aller un peu mieux, mais le docteur qui l'a examinée lui a conseillé de garder la chambre. Il m'a dit que son pouls était très faible.

— Ça alors ! s'exclama Drew en secouant sa chevelure rousse. C'est bizarre. Elle allait bien, hier soir.

— Peut-être qu'elle s'est fait piquer par un insecte, suggéra Virginie.

— Selon le médecin, elle a besoin de repos... et de viande rouge, répondit Stéphanie.

— Quelle tuile ! soupira Virginie. Quand je pense que la première doit avoir lieu vendredi soir, j'en ai des sueurs froides.

— Nous pourrions l'annuler, dit Drew d'un ton lugubre.

Stéphanie réfléchit quelques secondes.

— J'en parlerai à Arturo... Nous essaierons de contacter Reggie et nous aviserons ensuite.

Pendant qu'ils discutaient, la porte de la salle s'ouvrit sur Grant. Il était pâle comme un linge.

— Salut ! cria Drew. Est-ce que ça va, mon vieux ?

— Oui, si on veut... C'est une sale affaire. Une véritable abomination.

— Mais comment... commença Drew.

— Est-ce qu'ils suspectent quelqu'un ? demanda Virginie en même temps.

Grant secoua la tête, puis se dirigea vers la cafetière qui trônait sur une table et se servit une tasse. Ses mains tremblaient légèrement ; ses vêtements étaient maculés de boue, ses cheveux gris de poussière.

— Il n'y a aucun suspect pour le moment. Je crois qu'ils ont l'intention d'interroger le fiancé de Maria une nouvelle fois, mais je doute que ce soit lui. En fait, d'après Dino, il n'y a jamais eu de crime aussi atroce en Calabre... Même du temps où les différents clans de la Mafia se livraient une guerre sans merci, on ne tuait pas les gens de cette manière. Pour retrouver des exemples d'une telle violence ici, il faut remonter des siècles en arrière...

Clay entra dans le club de théâtre à ce moment-là, et Drew le regarda sans chercher à dissimuler sa curiosité.

— Vous étiez sur le site ? demanda-t-il.

— Oui. Je ne m'attendais pas à ça.

Grant s'était crispé.

— Commencez donc la répétition sans moi, dit-il. Je vais prendre une douche et je reviens.

— Justement, nous nous demandions si nous devions répéter... répondit Stéphanie.

Il la fixa droit dans les yeux.

— Sais-tu combien de meurtres ont lieu à Chicago chaque année ?

— Oui, beaucoup, mais c'est Chicago. Bella Vista est une si petite ville...

— En ce qui concerne la représentation de vendredi, nous avons le temps de prendre une décision. Mais je ne vois pas pourquoi nous ne ferions pas cette répétition.

Il vida sa tasse et la reposa.

— Je reviens tout de suite.

Il se dirigea vers la porte. À mi-chemin, il s'immobilisa.

— Où est Lena ?

— Elle est malade, dit Stéphanie.

— Malade ? fit-il, les sourcils froncés.

— Oui, et le médecin lui a prescrit du repos.

Grant se passa les doigts dans les cheveux.

— Devrons-nous nous passer d'un autre membre de la troupe ?

Drew esquissa une grimace.

— Je le crains... Et comme Stéphanie remplace Gema, elle ne pourra pas aussi jouer le rôle de Lena.

— Dans quelques jours, elle sera sur pied. Elle n'a pas besoin d'être remplacée, argumenta Stéphanie.

— Il se pourrait que j'aie une solution pour vous, dit alors Clay.

Tous se tournèrent vers lui.

— Une de mes amies est en ville, reprit-il. Elle est écrivain et voyage actuellement à travers l'Europe. Elle est venue à Bella Vista pour me souhaiter bonne chance et assister à la première... Elle a fait un peu de théâtre. Je suis sûr qu'elle accepterait de nous aider jusqu'à ce que Lena aille mieux.

— Une amie qui tombe du ciel, hein ? fit Grant d'une voix doucereuse.

— Que veux-tu dire ? s'enquit Stéphanie.

Grant détourna les yeux. Il haussa les épaules sans rien ajouter, mais il paraissait tendu comme une corde de guitare. Stéphanie retint un soupir. Ce n'était pas le moment de se perdre en discussions stériles. Lena était vraiment mal en point. Le médecin s'était alarmé de sa faiblesse. Il avait déclaré que si son état ne s'améliorait pas, il la ferait transporter à l'hôpital pour une transfusion sanguine.

— C'est bon, Clay, appelez votre amie. Si elle est d'accord et si elle peut se libérer, nous serions reconnaissants qu'elle nous donne un coup de main. Bien sûr, elle devra passer une audition.

— Elle se débrouillera très bien, vous verrez.

— Tu es d'accord, Grant ? demanda Stéphanie en lui lançant un regard aigu.

Il haussa les épaules derechef.

— C'est ton spectacle, ma chérie !

Sur ce, il pivota sur ses talons et sortit.

Stéphanie se tourna vers Clay.

— Désolée. Il n'a pas été très poli avec vous.

— C'est lui qui a trouvé le corps. Il a le droit d'être de mauvaise humeur.

— Savez-vous comment il l'a trouvé ?

— Le cadavre était enterré à côté de l'excavation dans laquelle il travaillait.

— Alors, ce n'est pas la peine de chercher midi à quatorze heures, murmura Virginie. À sa place, je serais dans tous mes états.

Un frisson la parcourut. Soudain, elle enfouit son visage dans ses mains.

— Ô mon Dieu ! s'exclama-t-elle, au bord des larmes.

— Quoi, Virginie, qu'y a-t-il ? demanda Stéphanie en s'approchant de l'actrice et en passant un bras autour de ses épaules.

— Eh bien, Maria Britto a disparu... et on vient de la retrouver morte... morte et enterrée...

— Je sais, c'est vraiment affreux. Mais nous allons redoubler de vigilance, et tout finira par s'arr...

— Ce n'est pas ça ! s'écria la blonde d'une voix désespérée. Vous ne comprenez donc pas ?

— Je crois que j'ai saisi ce qu'elle veut dire, déclara sobrement Clay, tandis que les autres échangeaient des regards consternés.

Il regarda Stéphanie.

— Elle a peur que Gema ait subi le même sort. Qu'elle ne soit pas partie pour Rome mais qu'elle soit morte, elle aussi, et enterrée quelque part dans la nature.

7

Grant resta longtemps sous le jet de la douche. L'eau brûlante qui nettoyait toutes les impuretés de son corps fourbu finit par le détendre. Mais à peine se fut-il rhabillé que l'inquiétude reprit le dessus. Il allait passer voir Lena Miro avant de regagner le club de théâtre pour la répétition, décida-t-il.

En s'approchant du bungalow de l'actrice, il hésita. Peut-être ferait-il mieux de la laisser se reposer, au lieu de la tirer du lit en cognant à sa porte. Comme il s'apprêtait à passer son chemin, Giovanni, le jeune employé de l'hôtel, sortit du bungalow avec un plateau.

— *Buongiorno, signore* Peterson, dit-il avec chaleur.

— *Buongiorno,* Giovanni. Est-ce que Mlle Miro dort ?

— Non, elle est réveillée. M. Agnazzi m'a dit de lui apporter un bon repas avec un verre de vin rouge... Chez nous, le vin rouge est un remède à tous les maux.

Grant sourit.

— Comment se porte-t-elle ?

— Mieux, je crois. Après deux ou trois jours de repos, elle sera complètement guérie... La porte est ouverte, si vous voulez entrer. En partant, n'oubliez pas d'appuyer sur ce bouton pour la verrouiller. La *signorina* est en haut... Bonne fin de journée, *signore*.

— Merci... *Grazie.*

Grant pénétra dans le bungalow. L'escalier qui conduisait à l'étage faisait face à la porte.

— Lena ? Êtes-vous réveillée ? cria-t-il.

— Oui, Grant. Montez donc.

— J'arrive.

Il gravit les marches.

Lena regardait la BBC, la seule chaîne de langue

anglaise que l'hôtel recevait par satellite. Le cœur de Grant se serra : la jeune actrice était d'une pâleur d'autant plus effrayante qu'elle avait le teint naturellement hâlé. Ses yeux trop brillants dévisagèrent son visiteur avec une expression attentive mêlée de gratitude.

— Bonjour, dit-il en avançant une chaise pour s'asseoir près du lit. Comment vous sentez-vous ?

— Pas trop mal, à condition que je reste couchée. Sinon, j'ai la tête qui tourne... Je suis vraiment navrée...

— Ce n'est pas votre faute si vous êtes tombée malade.

— Je sais, mais nous jouons après-demain soir.

— Clay a une amie qui pourrait vous remplacer.

— Ah, génial ! Je perds mon job, en plus !

Grant secoua la tête.

— Mais non ! Ce sera provisoire. Cette fille, qui est écrivain, a une certaine expérience du théâtre. Elle jouera votre personnage jusqu'à ce que vous soyez rétablie. Il est hors de question qu'elle s'approprie votre rôle...

Tout en parlant, il la regarda de plus près. Seigneur, cette pâleur...

— Lena, ça n'a pas l'air d'aller. À votre place, j'irais consulter un spécialiste à l'hôpital.

— Non ! Je ne bougerai pas d'ici.

Elle s'assit dans le lit. Sa chemise de nuit rose presque transparente ne cachait pratiquement rien de ses seins ronds aux larges aréoles. Un choix vestimentaire étrange pour quelqu'un d'aussi mal en point, pensa Grant. Mais il dit :

— Lena, si vous ne vous sentez pas bien...

— Je me sens déjà mieux, grâce à vous, répondit-elle avec un sourire suave qu'il prit d'abord pour un signe d'amitié. Oui, beaucoup plus forte.

Elle tendit le bras, posa la paume sur la joue de Grant et la caressa doucement, du bout des doigts. Il lui saisit la main et la serra avec chaleur, sans aucune équivoque, comme l'aurait fait un ami.

— Nous aimerions tous vous revoir au théâtre le plus vite possible. Alors, si un spécialiste pouvait vous aider à remonter la pente...

— J'ai mal dormi, voilà tout, coupa-t-elle, les yeux écarquillés, en le scrutant intensément. C'est ici que je guérirai, je le sais. Je ne connais aucun endroit semblable à celui-ci, et pourtant, je suis italienne...

Elle éclata brusquement d'un rire de gorge.

— Le Nord est magnifique, Milan est une cité étonnante, Florence recèle des trésors artistiques fabuleux, Venise est la ville la plus romantique du monde, mais rien ne vaut ces paysages. Je ne repartirai jamais de ce lieu. Non, jamais.

— Ah... murmura-t-il. Vous vous plaisez bien à Bella Vista.

Elle se pencha vers lui, et sa chemise de nuit glissa sur son épaule nue, révélant la rondeur d'un sein.

— Oui, j'aime cette région. Je l'adore, s'écria-t-elle en attrapant la main de son visiteur, qu'elle plaqua contre sa poitrine. Sentez mon cœur, Grant. Sentez comme il bat pour ce petit coin d'Italie.

— Un endroit n'a pas tant d'importance quand votre santé est en jeu.

Il essaya de retirer sa main, mais elle resserra son étreinte.

— Oh, si, soupira-t-elle. Mmm... vous sentez divinement bon, Grant.

— C'est mon savon, dit-il d'un ton léger.

— Vous êtes si viril, si sensuel, poursuivit-elle avec un sourire enjôleur. Un vrai volcan. Je vous imagine sans peine en pleine éruption...

— Je suis content que les pulsations de votre cœur soient régulières, dit-il sobrement.

Il s'efforça de retirer sa main d'entre les seins de la jeune femme, mais Lena lui étreignit le poignet avec une force inattendue. Elle approcha sa tête plus près encore et lui murmura au creux de l'oreille :

— Vous êtes mon guérisseur...

Du bout de la langue, elle lui titilla le lobe de l'oreille. L'espace d'une seconde, Grant fut tenté de l'enlacer, d'enfouir son visage dans la vallée de ses seins. Lena, les paupières mi-closes, la bouche entrouverte, fit glisser la main de Grant le long de son corps frémissant, vers son bas-ventre. Il se recula brusquement, en secouant la tête, et réussit enfin à se dégager de son étreinte. Elle ne parut pas s'en offusquer et lui sourit – un sourire de chat qui vient d'avaler le canari.

— Elle n'en saura jamais rien, vous savez, susurra-t-elle.

— Qui ça ?

— Stéphanie. Vous étiez ensemble, vous vous êtes séparés, vous vous aimez encore... Tout ça ne me regarde pas. Mais... j'aperçois une bosse révélatrice au niveau de votre braguette, cher monsieur Peterson... Écoute ! Je te veux et tu me veux. Fais-moi l'amour, laisse-moi te caresser... Je te jure que je peux te procurer des sensations dont tu n'as pas idée... Je ne dirai rien. Ce sera notre petit secret.

À mesure qu'elle parlait, elle changeait, devenait plus vigoureuse, plus rayonnante. Soudain, animée d'une énergie étonnante, elle se redressa et s'empara du sexe de Grant.

Grant ferma un instant les yeux, interloqué. Le désir enflait en lui comme une houle, mais un doute lui traversa l'esprit. Cette créature lubrique n'avait rien à voir avec Lena. Il ne la connaissait pas très bien, mais ce langage cru, ces provocations ne lui ressemblaient guère.

Il attrapa les mains qui le palpaient, qui le caressaient, conscient qu'elle n'était pas dans son état normal et qu'il se devait de repousser ses avances. Bizarrement, c'était son regard étincelant qui semblait exercer sur lui une étrange séduction.

— Prenez soin de vous, dit-il d'une voix qu'il réussit à rendre ferme. Je dois aller à la répétition.

Elle se laissa retomber sur les oreillers et dirigea ses mains vers son ventre, avant de les presser langoureusement sur son pubis.

— Je t'en prie, reste ! roucoula-t-elle.

— J'espère que vous irez bientôt mieux.

Elle se mit à rire doucement.

— Oh, mais j'y veillerai. J'aurais juste aimé que tu m'aides à guérir...

Tout en parlant, elle se cambra et releva sa chemise de nuit sur ses hanches nues.

Grant se précipita sur le palier et dévala l'escalier, poursuivi par le rire rauque et voilé de Lena, un rire moqueur, presque diabolique.

— Tu me reviendras, Grant. Tu me désires et tu le sais.

À sa grande honte, il hésita. Quelque chose le poussait à remonter, à se soumettre aux désirs de cette femme. En serrant les dents, il sortit du bungalow.

De fines gouttes de sueur perlaient sur son front, son pénis était douloureusement tendu. Une bouffée d'air frais sur son visage lui fit reprendre ses esprits. Son désir retomba aussi vite qu'il s'était manifesté.

Il fallait éloigner Lena, se dit-il. L'éloigner à tout prix. L'envoyer chez un spécialiste dans une ville plus grande. Il avait pressenti que quelque chose ne tournait pas rond ici, mais à présent, il en avait la certitude.

Il se mit à courir dans l'allée en direction du club de théâtre.

L'amie de Clay Barton se prénommait Liz. C'était une jeune femme séduisante et chaleureuse, qui, d'emblée, déclara à la troupe qu'elle serait heureuse de rendre service.

— Votre comédie repose sur le caractère des personnages et leurs relations, n'est-ce pas ?

— Exact, dit Stéphanie. Le personnage de Lena est le seul à avoir des origines italiennes... d'où ses apartés avec le public dans la langue de Dante. Vous allez devoir mémoriser ses répliques...

— Mais je parle bien l'italien, répondit Liz.

Stéphanie se demanda pourquoi elle n'était pas surprise.

— Formidable !

— La première, c'est demain soir ?

— Oui. Un laps de temps trop court pour que vous soyez tout à fait prête. Mais nous serons tous à vos côtés, ajouta Stéphanie avec un sourire encourageant. Commençons par les deux premiers sketches. Nous les jouerons vendredi soir. Si on a un moment, j'aimerais survoler le troisième et le quatrième, que nous interpréterons samedi. Les autres, nous aurons l'occasion de les travailler à fond ce week-end, puisque le théâtre sera fermé dimanche et lundi, par égard pour le deuil qui a frappé les habitants de Bella Vista.

Liz opina de la tête, un doux sourire aux lèvres. Drew, déjà sous le charme, vint s'asseoir près d'elle, sur le bord de la scène.

— Si jamais vous oubliez une réplique, comptez sur nous pour vous repêcher, affirma-t-il. Nous improvisons beaucoup dans la pièce. Vous n'avez rien à craindre.

— Oh, merci... Vous êtes très aimable.

— Quelle chance que vous soyez de passage ! s'exclama Virginie. Et quelle coïncidence !

— Une coïncidence tout à fait étonnante, lança Grant.

Il venait de pénétrer dans la salle.

Stéphanie fit les présentations.

— Grant, Liz, Liz, Grant.

Le visage de Grant resta fermé. « Seigneur, pourvu qu'il ne la prenne pas en grippe sous prétexte qu'elle est l'amie de Clay ! » songea-t-elle, avant de se rappeler qu'en tant que directrice de la troupe, elle aurait toujours le dernier mot.

Heureusement, Liz semblait passionnée de théâtre, à moins qu'elle ne fût dotée d'une grande diplomatie.

— Monsieur Peterson, c'est un plaisir. J'ai déjà dit à Clay que ce serait un honneur de vous rencontrer. J'ai assisté à vos spectacles plus d'une fois, lors de mes passages à Chicago. J'ai trouvé ça fabuleux ! J'ai d'ailleurs mentionné votre atelier d'art dramatique dans un de mes livres – j'écris des guides de voyage. Je vous en enverrai un exemplaire, si vous voulez.

Tandis qu'elle parlait, Stéphanie retint un sourire. Soit Liz était une actrice consommée, soit elle était sincère. Le visage de Grant se détendit, et l'ombre d'un sourire frôla ses lèvres.

— Je vous remercie, répondit-il en serrant la main de la jeune femme. Et... oui, j'aimerais bien jeter un coup d'œil à ce guide.

Il reporta son attention sur le reste de la troupe.

— Bon, au boulot ! Il faut mettre les bouchées doubles si l'on veut que Liz puisse se familiariser avec son rôle.

Stéphanie poussa un soupir de soulagement.

— Grant a raison. Liz, vous pouvez garder le scénario, vous en aurez besoin.

— À vos places, ordonna Grant.

Doug alluma les projecteurs, et peu après, la scène s'anima. Liz fit de son mieux. Elle n'avait peut-être pas le talent de Lena, mais pour quelqu'un qui n'avait pratiquement jamais joué, elle se débrouillait bien, car elle semblait posséder une mémoire prodigieuse.

La répétition se poursuivit dans une ambiance bon enfant, chacun s'évertuant à aider la nouvelle recrue. Stéphanie se contentait de jouer, laissant à Grant le soin de diriger les acteurs. Il paraissait dans son élément. Liz écoutait avec une attention soutenue ses remarques.

« Ça va marcher », se dit Stéphanie avec un regain d'optimisme, tandis que le rythme de la pièce s'accélérait. Ils devaient une fière chandelle à Clay Barton, conclut-elle. Mais elle ne put s'empêcher de penser à la manière étrange dont les événements s'étaient enchaînés : la disparition de Gema, la maladie de Lena, le fait que Clay connaissait Liz et que celle-ci se trouvait par le plus grand des hasards à Bella Vista, comme si le destin l'y avait envoyée pour remplacer Lena. Le destin ? Ou quelque chose d'autre ? En tout cas, mieux valait garder ces réflexions pour elle.

Lorsqu'elle sortit de scène, Grant eut un simple haussement d'épaules. C'était sa façon à lui d'accepter Liz au sein de la troupe.

— Excellente interprétation dans l'ensemble, dit-il aux comédiens. Le spectacle prend forme. J'aimerais qu'on revoie les deux sketches rapidement, afin de fixer une fois pour toutes nos points de repère... Steph, quand pourrons-nous répéter en costumes ?

— Pas avant demain.

— Dans ce cas, passons le reste de la journée à régler les sketches pour la représentation de samedi. Nous gagnerons du temps...

Il s'interrompit et consulta Stéphanie du regard.

— Ça te convient ?

— Absolument.

— Alors, tout le monde en scène.

L'après-midi touchait à sa fin lorsqu'ils s'arrêtèrent enfin. Personne ne proposa de prendre l'apéritif. Chacun semblait pressé de retrouver la quiétude de son bungalow.

— On se retrouve pour le dîner aux alentours de 20 h 30 ? suggéra Drew.

— Bonne idée, murmura Stéphanie.

Elle adressa un petit signe de la main aux comédiens avant de sortir par les coulisses.

Le docteur Barello, le médecin légiste, ne décolérait pas. Ces flics napolitains ! Ils avaient osé insinuer qu'il serait incapable d'autopsier la pauvre petite Maria. Décidément, les habitants des grandes villes resteraient toujours imbus de leur supériorité.

Grâce à Dieu, la loi était de son côté. Le corps de Maria Britto ne quitterait pas la région, et ce serait lui qui pratiquerait l'autopsie, assisté par son vieil ami, le docteur Antinella. L'hôpital de Bella Vista était petit, mais grâce aux subsides de l'État, il disposait d'un équipement des plus modernes. Dans cette petite agglomération, il n'y avait pas abondance de patients. La preuve en était qu'aucun médecin n'avait encore fait fortune. Barello secoua la tête. Les autopsies étaient plus que rares dans cette province isolée où les gens mouraient surtout de vieillesse. Au cours de sa longue carrière, il n'avait effectué qu'une ou deux fois ce genre d'opération, et voilà qu'il allait devoir recommencer. Il connaissait la jeune défunte depuis qu'elle était bébé. Il serait tendre avec elle, se promit-il.

Vers 18 heures, Barello et Antinella descendirent à la morgue de l'hôpital. Des policiers en uniforme bleu foncé traînaient encore dans les couloirs. Barello leur intima l'ordre de sortir, puis le photographe de la police mitrailla les restes sanglants qui gisaient sur une civière.

Lorsqu'il s'en alla à son tour, les deux médecins échangèrent un bref regard empreint de tristesse. Le docteur Antinella, qui était le médecin de la jeune fille depuis sa naissance, avait décidé de se passer de son assistante. Il baigna lui-même le corps ravagé, délicatement, avec respect. Un peu plus tard, les deux hommes, masqués et gantés, alignèrent les instruments de chirurgie sur un plateau en inox rutilant, près de la table d'opération. Barello s'apprêtait à découper le sternum pour enfoncer le scalpel dans les tissus organiques quand la porte pivota sur ses gonds.

Furieux, le médecin légiste leva les yeux.

— On ne veut pas être dérangés, dit-il.

L'intrus ne bougea pas. Barello fronça les sourcils. Qui était cet homme ? Un journaliste ? Quelqu'un qui cherchait à satisfaire sa curiosité morbide ?

— Sortez ! cria-t-il, indigné.

Comment diable cet homme avait-il réussi à arriver jusqu'ici ? Le petit hôpital employait quatre vigiles qui, en ce moment même, devaient arpenter le couloir blanc qui menait à la morgue. À son tour, Antinella avait relevé la tête. Ses yeux s'étaient plissés. Maria ne méritait pas qu'on lui manque ainsi de respect, surtout maintenant.

— Arrêtez ! déclara l'homme.

— Comment ? fit Barello.

— Vous allez recoudre les chairs. Tout de suite.

Le docteur Antinella tressaillit comme si une main glacée lui avait frôlé l'épaule.

— Oui, d'accord, marmonna-t-il.

Il regarda son collègue, qui opina de la tête.

Une heure et demie plus tard, Barello rédigea le certificat de décès et le compte rendu de l'autopsie. Il ne se rappelait rien. L'arrivée inopinée de l'inconnu, l'interruption de l'intervention, tout s'était effacé de sa mémoire. Il ne se souvenait que d'une chose : que lui et Antinella avaient essayé de rendre à la jeune morte son ancienne beauté.

Le décès avait été provoqué par un animal sauvage, peut-être un loup, écrivit-il dans son rapport, bien que les loups aient quasiment disparu de la région et que l'on ne disposât d'aucun cas analogue dans les annales depuis au moins huit ou neuf cents ans.

L'infortunée jeune fille !

Barello connaissait bien le fiancé de Maria. Ce brave garçon ne l'avait sûrement pas assassinée. Elle avait été tuée par un ou plusieurs animaux sauvages.

Mais qui donc l'avait enterrée sur le chantier de fouilles ?

À peine cette pensée lui eut-elle traversé l'esprit qu'il s'empressa de l'écarter. Une âme charitable avait dû la trouver et l'inhumer afin de laisser croire à la mère éplorée que sa fille vivait toujours dans une autre ville, un autre pays, quelque part où l'on peut accéder à une vie meilleure.

Antinella passa la tête par la porte entrebâillée de la salle d'opération.

— Tu as fini ?
— Oui. Je l'ai mise dans un tiroir réfrigéré de la morgue. Demain, nous l'emmènerons aux pompes funèbres. Elle y sera embaumée et pourra reposer en paix.
— Qui eût cru que les loups recommenceraient un jour à attaquer ?
— Sûrement pas moi, fit Barello. Il faudra avertir la population et les touristes. Pauvre petite ! soupira-t-il.
— Pauvre petite ! répéta le docteur Antinella.

Il se tenait sur la plage.
De l'endroit où il se trouvait, il jouissait d'une vue imprenable sur le bungalow de Lena Miro.
En attendant le moment propice, il contempla la mer. Depuis toujours, la mer, l'eau le fascinaient. Si seulement... Mais non. Il n'y avait pas de « si seulement ». Il se contenterait d'admirer les flots translucides, de sentir la caresse du vent sur son visage.
Il aperçut alors la femme de chambre. Leurs regards se croisèrent.
Il remonta l'allée lentement, sans se presser. Elle le fixait comme une biche aveuglée par les phares d'une voiture. Puis elle ouvrit la porte et s'effaça pour le laisser passer.
Il sourit, la remercia.
Aucune importance. Elle ne se souviendrait de rien.
Il pénétra dans le bungalow, referma tranquillement le battant derrière lui, puis se mit à monter les marches.

La troupe se retrouva au restaurant de l'hôtel vers 20 h 30, comme convenu. Lorsque Stéphanie arriva, les autres étaient déjà tous réunis, y compris Liz Henderson. Arturo Agnazzi, attablé au milieu des comédiens, leur rapportait les derniers événements. Les médecins avaient promulgué les résultats de l'autopsie, et les nouvelles étaient plutôt rassurantes, affirma-t-il.
— Je ne vous cache pas que je me faisais un sang d'encre, acheva-t-il. Enfin ! Grâce à Dieu, il n'y a aucun tueur dans les parages. D'après le docteur Barello et le docteur Antinella, Maria Britto a été attaquée par des animaux sauvages. Des loups, probablement.

Adossé à sa chaise, Grant le regarda comme s'il avait affaire à un fou.

— Et ces animaux auraient enterré leur victime ? s'enquit-il, incrédule.

— Non, non, bien sûr que non ! L'enquête n'est pas terminée, mais les policiers pensent que quelqu'un a trouvé le corps et l'a enterré par gentillesse.

— Par gentillesse ? Sans avertir la police ?

— Elle était en si mauvais état...

— Je sais, coupa Grant. Mais cela n'a pas de sens. N'importe quel psychiatre vous expliquera que la vérité, si cruelle soit-elle, est préférable à l'incertitude. Passer le restant de sa vie à se demander ce qu'il a pu advenir d'un être cher est un supplice que je ne souhaiterais pas à mon pire ennemi.

— Oui, je comprends, murmura Arturo en haussant les épaules. Comme je vous l'ai déjà dit, les investigations continuent. La vérité finira par éclater, j'en suis persuadé... En attendant, vous devez rester sur vos gardes, surtout vous, monsieur Peterson. La malheureuse Maria a dû être attaquée près du site, car il n'y a pas le moindre loup en ville, je peux vous le jurer.

— Désolé, mais je continue à trouver cette explication absurde, grommela Grant. À mon avis, une personne normale qui découvre un corps affreusement mutilé est horrifiée. Sa première réaction est d'appeler la police... Et qu'est-ce qui vous permet de conclure que Maria a été dévorée par des loups sur les falaises ? Le site fourmille d'archéologues et d'ouvriers. Leur campement se trouve à proximité de l'excavation, et vous voudriez me faire croire qu'ils n'ont rien entendu ?

— Peut-être que quelqu'un a enterré le corps parce qu'il a eu pitié de la mère de la jeune fille, suggéra Drew.

Grant secoua la tête.

— Je n'y crois pas.

Un silence suivit, puis Virginie murmura :

— Quoi qu'il en soit, Arturo a raison, Grant. Soyez prudent, quand vous montez là-haut.

— Oui, je ferai attention.

Il n'avait pas l'air convaincu, songea Stéphanie, avant de se tourner vers le patron de l'hôtel.

— Faut-il jouer demain soir ? Qu'est-ce que vous en pensez ?

— J'en pense que nous devons tenir nos engagements. Le groupe des Américains arrive à Naples demain matin. Ils seront ici en début d'après-midi.

Il se leva, et un sourire éclaira enfin son visage triste.

— Ça va s'arranger... Je vous envoie une bonne bouteille de vin rouge qui va vous remonter le moral.

Sur ces mots, il s'éloigna.

— Mon Dieu... fit Stéphanie en dépliant nerveusement sa serviette. Je n'aurai pas le cœur de jouer la comédie pendant que cette pauvre femme pleure sa fille.

— Moi non plus, répondit Virginie. Mais il faut se rappeler qu'il n'y aura que des Américains dans la salle. Ils dépenseront leurs dollars, c'est important pour les gens d'ici.

— Oui, sans doute, murmura Stéphanie.

— Au fait, Liz, vous vous êtes très bien intégrée dans le spectacle, dit Doug, changeant de sujet.

— Oui, parfaitement bien, renchérit Drew avec enthousiasme.

— Je vous avais dit qu'elle serait formidable, intervint Clay.

Liz eut un charmant sourire.

— Merci... Vous allez finir par me faire croire que j'ai raté ma vocation.

Un serveur apporta la bouteille de vin rouge promise par Arturo. Il remplit directement les verres, sans sacrifier au rituel de la dégustation – une suggestion du patron, précisa-t-il, car il s'agissait d'un cru d'excellente qualité.

— Attendez ! dit Grant. Je porte un toast à Liz, qui arrive au bon endroit au bon moment. C'est un peu comme un miracle.

Il paraissait sincère. Mais il ne l'était pas, Stéphanie le devina aisément à son regard. Pour une raison qu'elle ignorait, Grant se méfiait de Clay Barton comme de la peste, et sa suspicion rejaillissait sur Liz.

— À Liz ! dit-elle en levant son verre, déterminée à ignorer les états d'âme de Grant.

Liz Henderson accepta ces marques de gratitude avec grâce. La couturière lui avait fait livrer son costume, dit-elle. Elle l'avait essayé, et il lui allait comme un gant. Ils tombèrent tous d'accord pour dire qu'ils étaient prêts pour la représentation du lendemain.

— Quelqu'un est passé chez Lena ? demanda Virginie quand les convives reposèrent leur verre.

— Je l'ai vue cet après-midi, dit Grant.

— Comment va-t-elle ?

Il hésita une seconde.

— Mieux que je ne l'aurais pensé... Pourtant, elle aurait besoin de consulter ailleurs.

— Pourquoi ? Le médecin local est très compétent, répondit Clay. Il a fait ses études à Paris, à Rome et aux États-Unis avant de s'établir dans sa ville natale.

— Oui, mais... je ne sais pas. On verra, marmonna Grant.

La conversation glissa une fois de plus vers leur principale préoccupation, le spectacle. Grant fit à Stéphanie diverses suggestions pour l'éclairage. Il faudrait également régler les chants. Ils allaient chanter sur de la musique enregistrée, ce qui exigeait une parfaite maîtrise de la mélodie et des paroles.

— De toute façon, si jamais un problème se présente, on pourra toujours recourir à l'improvisation, observa Drew.

— Exact, approuva Grant. À condition de ne pas perdre de vue vos personnages.

Ils étaient en train de terminer le dessert. Le serveur apporta les espressos tout en leur assurant qu'ils étaient décaféinés. Les autres clients avaient déserté la salle de restaurant, remarqua Stéphanie. Elle jeta un coup d'œil à sa montre. Il était minuit.

Elle étouffa un bâillement et se leva.

— Je n'avais pas réalisé qu'il était si tard.

— Un instant, Steph... Comme convenu, personne ne doit regagner seul son bungalow, lança Grant.

— Et comment voulez-vous que nous nous raccompagnions les uns les autres ? demanda Drew.

— Je raccompagne Stéphanie, Clay ramène Liz. Quant à vous, Drew, vous reconduisez Virginie avec Doug.

— Excellent ! approuva Drew. Ensuite, tu me ramènes chez moi, Doug. J'ai peur du loup.

— Il n'y a pas de loup sur la plage, répondit Doug avec une grimace.

— Oh, il y a plusieurs sortes de grands méchants loups, jeta Virginie en riant.

— C'est vrai. Et je sais parfaitement quel genre de loup tu aimerais rencontrer au coin du bois, répliqua Drew. Maintenant, viens avec tes deux vieux copains, petit Chaperon Rouge. Nous allons te border dans ton lit.

— Mais... et Lena ? Qui s'occupera d'elle ?

— Je vais passer la voir, proposa Stéphanie.

— Et si elle dort ? demanda Grant d'une voix un peu trop aiguë.

— J'ai le double de sa clé, comme elle a le double de la mienne, dit Virginie en fouillant dans son sac, d'où elle sortit une clé qu'elle tendit à Stéphanie. Vous me la rendrez demain.

— D'accord. Alors, bonne nuit.

Ils sortirent tous ensemble et se séparèrent devant le restaurant. Tandis qu'ils longeaient l'allée pavée de galets, Grant resta silencieux.

— Qu'est-ce qui t'arrive ? lui demanda Stéphanie au bout d'un moment.

— Lena a eu une attitude bizarre avec moi tout à l'heure, dit-il après une hésitation. Si tu veux bien, je t'attendrai en bas.

Stéphanie haussa les sourcils.

— Tu ne montes pas la voir ?

— Non. Je te répète qu'elle était bizarre.

— Comment ça ?

Il jeta un coup d'œil circulaire, afin de s'assurer qu'aucune oreille indiscrète ne traînait à proximité.

— Elle a... elle a essayé de me séduire.

— Quoi ?

— Crois-moi, je n'en tire aucune espèce de fierté. Lena a essayé de me séduire, répéta-t-il d'un ton bourru.

— Oh, Grant ! Elle t'aime bien... Elle flirtait... Peut-être qu'elle s'ennuyait...

— Stéphanie, elle m'a carrément sauté dessus !

— Tu es sûr ? s'écria-t-elle, surprise.

Lena ne lui avait pas fait l'effet d'une fille facile. Ce n'était pas son genre. Elle aimait bien taquiner les hommes, rire avec eux, mais de là à leur faire des avances...

— J'en suis sûr et certain.

Grant prit la clé des doigts de Stéphanie, la glissa dans la serrure et ouvrit la porte.

— Tu montes, dit-il. Je t'attends ici.

Stéphanie obtempéra. Ce n'était pas le moment d'entamer une nouvelle dispute avec Grant. Elle se demanda s'il voulait la rendre jalouse, puis chassa cette idée. Elle se mit à gravir les marches de l'escalier, le cœur lourd. Lena se comportant de la sorte ? Elle avait du mal à le croire. Mais ils n'en étaient pas à une bizarrerie près...

Les plafonniers du palier et de la salle de bains étaient allumés. La chambre était plongée dans l'obscurité, les fenêtres fermées. Stéphanie s'avança vers le lit et posa la main sur le front de Lena. Sa peau était tiède, constata-t-elle avec soulagement.

— Stéphanie ? fit Lena d'une voix de petite fille.

— Oui, c'est moi. Je voulais m'assurer que tout allait bien.

— Je me sens mieux... juste un peu faible. Ces fenêtres fermées... J'étouffe, je manque d'air.

— Je ne crois pas que vous ayez besoin d'air ce soir. La nuit est plutôt fraîche.

Stéphanie, dont les yeux s'étaient accoutumés à l'obscurité, remarqua que la malade paraissait agitée. Elle empoignait un médaillon ou une croix qu'elle portait autour du cou.

— Vous avez peut-être raison, murmura-t-elle. Le docteur m'a laissé des somnifères. Ils sont sur la coiffeuse... Voudriez-vous m'en donner un ? Il a dit que j'avais besoin de sommeil.

— Oui, bien sûr. Un instant.

Stéphanie s'exécuta. Encore une coïncidence étrange, songea-t-elle. Elle-même avait pris un somnifère la nuit précédente. Elle avait dormi les fenêtres fermées et n'avait fait aucun rêve. Étaient-ce les rêves qui avaient rendu Lena malade ? se demanda-t-elle soudain.

Elle saisit le tube de somnifères, fit tomber une pilule dans sa paume, l'apporta à Lena. Une bouteille d'eau minérale trônait sur la petite table de chevet. Elle alluma la lampe et aida Lena à avaler son cachet. Celle-ci se laissa retomber sur l'oreiller avec un sourire las.

— Merci.

Stéphanie étudia un instant la croix qui brillait sur la gorge de Lena.

— Joli bijou, remarqua-t-elle.

Troublée, la comédienne porta la main à son cou.

— Ah... oui, merci. J'ai dû la mettre sans m'en rendre compte, et cette fichue chaîne m'irrite la peau... Voulez-vous m'aider à l'enlever ?

— Naturellement.

Stéphanie s'assit sur le bord du lit tandis que Lena baissait la tête. Pendant plusieurs minutes, Stéphanie se débattit avec le fermoir récalcitrant.

— C'est ridicule, mais je n'arrive pas à le défaire.

— Ça ne fait rien. Je survivrai avec ce truc autour du cou jusqu'à demain matin... Vous savez, depuis quelques heures, je me sens vraiment beaucoup mieux.

— Formidable !

— Comment est ma remplaçante ?

— Efficace. Ne vous inquiétez pas.

— Au contraire, ça m'inquiète encore plus.

Stéphanie s'esclaffa.

— N'ayez crainte, elle repartira dans quelques jours. Et puis, vous êtes meilleure comédienne qu'elle.

— Merci, mon Dieu ! souffla Lena. Je suis navrée de manquer la première.

— Mieux vaut manquer la première que rester malade.

— Exact.

Stéphanie se releva.

— Je reviendrai vous voir demain matin.

— Merci d'être passée. Vous avez tant à faire, et pourtant, vous êtes la seule qui soit venue me rendre visite.

Stéphanie, qui se dirigeait vers la porte, se retourna.

— Quoi ? Qu'est-ce que vous dites ?

— Vous êtes la seule qui soit venue me voir.

— Mais Grant m'a dit qu'il était passé dans l'après-midi.

— Vraiment ? Je ne l'ai pas vu.

— Non ?

Lena haussa les épaules.

— Je devais dormir.

— Peut-être bien... Bonne nuit, Lena.

— Bonne nuit.

Stéphanie dégringola les marches. Grant attendait toujours devant la porte. Son visage arborait une expression impénétrable.

— Comment va-t-elle ?

— Beaucoup mieux.

— Je suis content pour elle.

Il referma la porte et donna deux tours de clé. Ensemble, ils prirent le chemin du bungalow de Stéphanie.

— Elle ne t'a pas vu aujourd'hui, dit-elle après un silence. Du moins, c'est ce qu'elle prétend.

Grant tourna la tête vers elle.

— Je t'ai dit la vérité, déclara-t-il simplement.

— Alors... peut-être qu'elle délirait, murmura-t-elle.

— Pour délirer, elle délirait... et plus encore.

Ils étaient arrivés devant le bungalow de Stéphanie. Elle ouvrit la porte, très consciente de la présence de Grant dans son dos. À sa grande surprise, elle fut soudain suffoquée par l'envie impérieuse d'agripper son compagnon, de l'entraîner à l'intérieur.

— Bonne nuit ! dit-elle rapidement.

Elle pénétra dans le bungalow sans attendre de réponse, ferma la porte, poussa le verrou, puis s'appuya contre le panneau de bois, complètement abasourdie. La voix de Grant lui parvint à travers le battant.

— Stéphanie, n'oublie pas...

— Oui, oui, répondit-elle. Je ferme tout à clé.

Elle se précipita à l'étage et se dirigea droit vers la salle de bains tout en retirant ses vêtements. Elle ouvrit les robinets en grand, enjamba le rebord de la baignoire. L'eau chaude qui ruisselait sur son corps l'apaisa un peu. Dix minutes plus tard, elle se drapa dans une serviette, se sécha, passa son long tee-shirt en coton et se brossa vigoureusement les dents.

La chambre était trop silencieuse. La jeune femme alluma la télévision, et peu après, bercée par la voix soporifique d'un reporter de la BBC, elle ferma les yeux.

Brusquement, elle se rassit, droite comme un piquet.

Un homme se tenait au pied du lit... Grant ! Nu, hâlé et en érection ! Stéphanie écarquilla les yeux. Les ombres mettaient en relief les abdominaux de Grant, qui brillaient doucement, comme ceux d'une statue de bronze pâle. Le souffle coupé, elle le scruta un instant, incapable de prononcer le moindre mot. Puis elle tendit le bras vers l'apparition, afin de la toucher, de s'assurer qu'elle était réelle.

Stéphanie... je t'attends... Viens... viens vite...

Oh, c'était bien lui. Elle n'était qu'une idiote. Grant avait envie d'elle. Il la désirait comme un fou, et elle lui avait fermé la porte au nez. Mais à présent, plus rien ne comptait que cette envie, ce besoin démentiel de se donner à lui...

Non.

Une autre voix.

Quelqu'un d'autre se trouvait dans la pièce et s'efforçait de la ramener à la raison. La jeune femme se retourna. Il n'y avait rien, rien du tout. Une nouvelle fois, son regard glissa vers l'endroit où Grant attendait, aussi beau et sensuel qu'un adonis en proie au désir... Mais il n'était plus là ! Seule une ombre planait au-dessus du lit. Une gigantesque ombre ailée.

Un son fracassant retentit quelque part. Stéphanie bondit en poussant un cri et réalisa aussitôt que le bruit l'avait réveillée. Ce n'était donc qu'un rêve...

Songe ou réalité ? se demanda-t-elle, prise de vertige.

En tout cas, le bruit était bien réel. Il provenait de la porte-fenêtre. Une sorte de gifle frappa de nouveau les vitres. Terrifiée, elle porta la main à sa bouche pour étouffer un hurlement hystérique. Puis elle se força à se lever et à écarter les rideaux.

8

— Tout le monde est au lit ? demanda Liz à Clay, qui pénétrait dans la chambre.

— Ils sont tous couchés et bordés.

— Et Lena ?

— Elle aussi.

Liz sourit et s'approcha de lui. Du bout des doigts, elle lui toucha le visage, avant de faire sauter le bouton du col de sa chemise. Lentement, méthodiquement, elle défit les boutons suivants, promenant ses mains sur son torse nu. Puis elle se hissa sur la pointe des pieds pour lui murmurer au creux de l'oreille :

— Stéphanie est si belle... Ces yeux bleus, ces cheveux d'ébène, ce corps superbe... Aurais-je une raison d'être jalouse ?

— Toi ? fit-il en retirant sa chemise et en la laissant tomber sur le tapis. Jamais !

Il fit glisser les bretelles de la chemise de nuit transparente de Liz. Le tissu soyeux s'enroula autour des chevilles fines de la jeune femme tandis qu'il la serrait contre lui et que ses seins ronds s'écrasaient contre son torse. Les doigts agiles de Liz s'attaquèrent à la boucle de sa ceinture, puis à la fermeture Éclair de son jean. Il tortilla des hanches pour lui permettre de le débarrasser de son pantalon, avant de presser les lèvres sur son cou.

— Jamais ! répéta-t-il.

Un frisson de désir la secoua. Elle passa ses mains sur les fesses rebondies de Clay, dont elle sentait le sexe durci contre son bas-ventre.

Elle hésita une seconde.

— La croix ? s'enquit-elle.

— Je m'en suis occupé, chuchota-t-il tout contre ses lèvres. La tempête ne tardera pas à éclater, tu le sais.

— Mais ce soir...

— Ce soir, nous nous reposerons.

Elle lui caressa la joue.

— Ce n'était pas vraiment le repos que j'avais en tête...

— Alors, je reformule : ce soir, il n'y a que toi et moi. L'attente a été trop longue.

Ils se séparèrent brièvement, le temps qu'il se déchausse et ôte ses chaussettes.

— Mon amour, murmura-t-elle en se blottissant dans ses bras.

Il l'étreignit avec fougue, et dans l'obscurité veloutée de la nuit, ils tombèrent sur le lit, enlacés.

Stéphanie regardait Grant, médusée. Il était sur le balcon et tapait à la vitre.

— Steph, laisse-moi entrer.

Sans savoir pourquoi au juste, elle obéit. Grant déboula dans la pièce. Ses yeux lançaient des éclairs. Il inspecta chaque recoin de la pièce, avant de dévaler l'escalier.

— Bon Dieu, mais qu'est-ce qui te prend ? cria-t-elle en se penchant par-dessus la balustrade.

— Referme la porte-fenêtre, fut tout ce qu'il répondit.

Il remonta peu après, sans même songer à s'excuser.

— Que se passe-t-il à la fin, Grant ?

— Je l'ai vue. Je l'ai vue venir par ici.

— Qu'est-ce que tu as vu ? demanda-t-elle en croisant les bras sur sa poitrine.

— Une... une ombre.

Les sourcils froncés, il continuait à balayer la chambre d'un regard inquisiteur. Stéphanie réprima un frisson.

Il y avait bien eu une ombre, se rappela-t-elle. Là, au pied du lit. Mais non... Ce n'était qu'un rêve.

— Je veux que tu m'expliques. Tu as vu une ombre en pleine nuit, au clair de lune. Alors, tu as couru chez moi, tu es monté par-derrière, tu as cogné à ma fenêtre à réveiller les morts, et tout ça pour quoi faire ? Pour attraper une ombre !

— Il y avait quelqu'un, j'en suis sûr.

— Pourtant, il n'y a personne ici, comme tu peux le constater, dit-elle avec un accent de lassitude.

— Non... plus maintenant.

— D'accord. Est-ce que l'ombre est encore là ?

— Stéphanie, je n'ai pas perdu la tête.

— Non ? On dirait, pourtant. Tu n'as plus qu'à m'obliger à porter une croix et à m'offrir un revolver avec des balles en argent ! s'exclama-t-elle, furieuse.

Il ne sourit pas.

— Ce ne serait pas une mauvaise idée.

— Oh, je t'en prie, ça suffit ! Je peux comprendre que tu aies eu un choc en découvrant le corps de cette pauvre fille, mais tu te comportais déjà bizarrement à Chicago. C'est la raison pour laquelle nous nous sommes séparés, tu t'en souviens ?

— Oui, Steph, mais le problème n'est pas là. Je te répète que quelque chose ne va pas dans ce bled.

Elle traversa la pièce dans sa direction.

— Cette ombre, c'était peut-être quelqu'un qui rentrait chez lui et qui est passé devant mon bungalow.

Elle posa la main sur la poitrine de Grant et leva le visage vers lui d'un air de défi. Il croisa son regard mais secoua la tête distraitement, comme s'il guettait quelque chose, un bruit dans la nuit. Sauf qu'il n'y avait rien à entendre. Enfin, ses yeux plongèrent dans ceux de Stéphanie. Une veine battait à son cou, et une chaleur magnétique semblait émaner de lui. Impressionnée, elle recula.

— Il faut que tu partes, dit-elle.

— Non, lâcha-t-il. Je reste.

— Grant ! Nous nous sommes séparés d'un commun accord. Nous avions besoin de réfléchir, l'un comme l'autre. Tu ne peux pas imaginer ce que ça m'a coûté. Je suis venue ici pour mettre de la distance entre nous, pour rassembler mes idées... et je suis tombée sur toi. Alors, non ! Je ne veux pas que tu restes.

Il secoua la tête avec impatience, s'empara de ses mains et les pressa dans les siennes.

— Je n'essaie pas de te faire changer d'avis sur notre relation, ni de profiter de toi. Mais il faut que je reste. Je dormirai sur le palier, devant ta chambre.

Elle recula un peu plus, médusée.

— Tu es fou !

— Peut-être, mais je ne partirai pas. Appelle les flics si tu veux, mais je reste.

Il s'approcha du lit, ramassa un oreiller, et elle le suivit d'un regard interloqué tandis qu'il allait secouer la porte-fenêtre pour s'assurer qu'elle était verrouillée.

— C'est ridicule ! s'exclama-t-elle. Je t'aime beaucoup, Grant, mais ça ne peut plus durer.

Elle s'empara du combiné qui reposait sur sa table de nuit.

— J'appelle la police.

Grant ne répondit même pas. L'oreiller sous le bras, il sortit de la pièce. Il savait ce qu'il faisait ! pensa-t-elle avec amertume. Elle était incapable de composer le numéro de la police. Elle reposa brutalement le combiné sur son support et rejoignit Grant sur le palier.

— Grant, je m'inquiète sérieusement pour ta santé mentale.

— Va te coucher.

Il n'y avait aucune trace d'émotion dans sa voix.

— Tu vas rester là toute la nuit ?

— Oui.

— Alors que tu dois monter au site demain aux aurores ?

— Oui.

— Et revenir pour la répétition l'après-midi, puis assister à la représentation le soir ?

— Oui.

Il s'assit par terre et glissa l'oreiller derrière sa tête.

— Je somnolerai un peu, reprit-il. Cela me suffira. Au moins, je serai là.

Elle leva les mains, exaspérée.

— Très bien. Je retourne au lit.

Joignant le geste à la parole, elle alla se recoucher et tira la couverture jusqu'à son menton. Un long moment s'écoula. Sur le palier, Grant ne faisait aucun bruit. L'écran de télévision lançait des lueurs colorées dans l'obscurité de la chambre. Stéphanie avait baissé le son, mais la voix soporifique du présentateur de la BBC ronronnait toujours, assourdie. La jeune femme avait fermé les yeux dans l'espoir de se rendormir, mais le sommeil la fuyait.

Des ombres... des rêves si réalistes qu'ils paraissaient vrais...

Oui, peut-être devrait-elle se procurer une croix.

Le temps s'écoulait lentement. Grant était toujours assis sur le palier, et sa présence l'empêchait de dormir. Comment aurait-elle pu trouver le sommeil ? Cette fois, il était bel et bien là. Ce n'était plus un songe, un fantasme sensuel, une sorte de volonté inconsciente de revivre leurs ébats née d'une trop longue abstinence.

Grant semblait la proie d'une indicible angoisse. À Chicago, ç'avait été différent. Là-bas, il avait été distrait. Absent. Il avait crié le nom d'une autre femme, et cela avait terriblement blessé Stéphanie. Là résidait d'ailleurs le nœud du problème. Ce soir, il avait affirmé que Lena avait essayé de le séduire. Lena, elle, avait prétendu qu'elle ne l'avait même pas vu.

Bon sang, que faire ? Ce serait stupide de se lever au milieu de la nuit pour lui demander des explications. Grant était tranquille, silencieux. Il montait la garde pour la protéger d'un danger qui, probablement, n'existait que dans son imagination. Son attitude était certainement étrange, mais peut-être avait-il ses raisons. « Laisse-le là, se dit-elle, laisse-le là... »

Une demi-heure plus tard, elle était toujours réveillée.

Incapable de se retenir davantage, elle se glissa hors du lit et sortit sur le palier.

Grant était assis, les paupières closes, le dos contre le mur, la tête appuyée sur l'oreiller. Ses traits trahissaient une telle tension qu'elle en eut le cœur serré.

— Grant ? murmura-t-elle.

Il ouvrit les yeux aussitôt et redressa le buste.

Stéphanie s'assit en tailleur en face de lui.

— Désolée...

Il poussa un soupir de soulagement.

— Veux-tu du thé ou autre chose à boire ? demanda-t-elle doucement.

— Non. Retourne te coucher.

Elle se leva.

— Je n'arrive pas à dormir. Je boirais bien un Tia Maria avec du lait, cela m'aidera à me détendre.

— Je prendrai un verre aussi, alors.

Elle descendit au rez-de-chaussée, et il lui emboîta le pas. Dans la cuisine, elle aligna deux verres sur le comptoir, un berlingot de lait et le Tia Maria qui était rangé dans un placard.

— Sec pour moi, dit-il.

Elle ajouta du lait dans son propre verre et lui tendit le sien.

— Grant, je reconnais que tu as de bonnes raisons d'être préoccupé, dit-elle après avoir avalé une gorgée. Ce n'est guère étonnant. Tu passes tes journées à exhumer des cadavres, et tu as découvert la jeune fille morte. Mais essaie de comprendre : ce n'est pas parce qu'il est arrivé malheur à cette Maria Britto que nous sommes tous en danger. Elle a été attaquée par des animaux sauvages.

Il lui jeta un regard incrédule.

— Ne me dis pas que tu crois à ces sornettes !

— Mais les médecins qui ont pratiqué l'autopsie...

— Ils mentent ! coupa-t-il.

— Pourquoi auraient-ils rédigé un faux rapport ?

— Je ne sais pas. Pour couvrir quelqu'un, peut-être.

— Tu as dit toi-même que le corps était déchiqueté.

— Elle n'a pas été tuée par des animaux, insista-t-il. En tout cas, pas par des loups tels qu'on les connaît.

— Alors, son fiancé l'a peut-être assassinée et la communauté voudrait l'innocenter.

— Stéphanie, peux-tu affirmer que tu n'as rien senti de bizarre depuis que tu es ici ?

Elle marqua une brève hésitation.

— Nous sommes dans un pays étranger... Les coutumes sont différentes, la langue est différente...

De nouveau, il lui lança ce drôle de regard.

— Arrête ! Tu sais très bien de quoi je parle.

— Ça suffit, Grant, soupira-t-elle. Tout ça est grotesque. Je vais me coucher.

Elle rinça son verre, le posa sur l'égouttoir et remonta l'escalier. Les pas de Grant résonnèrent derrière elle. Sur le palier, il reprit sa position de sentinelle.

Bon ! Autant admettre tout de suite qu'elle serait incapable de fermer l'œil en sachant Grant assis devant sa porte. Des bribes de son rêve surgissaient dans sa mémoire. Mais son rêve avait maintenant laissé place à la réalité. Et la réalité était la suivante : elle manquait cruellement d'affection, elle voulait dormir dans les bras de Grant.

Ne serait-ce qu'une seule nuit.

Elle se releva et ressortit sur le palier. Grant était réveillé, cette fois.

— Stéphanie, tu devrais te sentir en sécurité et dormir en paix, puisque je suis là, dit-il en la regardant intensément.

Au lieu de répondre, elle lui tendit la main. Il la saisit, les yeux plissés, puis se redressa, la dominant de sa haute stature.

— Je ne peux pas dormir quand tu es là, déclara-t-elle.

— Je ne partirai pas.

— Je sais.

Leurs regards se croisèrent. Un sourire espiègle étira les lèvres de Grant.

— Si tu comptes me demander de dormir près de toi, dans le même lit, et de garder mes distances, je crains de ne pouvoir te faire une telle promesse.

Elle pencha la tête sur le côté afin de mieux l'étudier.

— Pareille promesse serait insultante.

Elle sentit le pouce de Grant sur sa pommette – un contact à la fois rugueux et incroyablement doux. Elle lui attrapa la main.

— Mais ça ne changera rien ! l'avertit-elle d'une voix rude.

Il laissa retomber son bras.

— Message reçu. J'essaierai de ne pas me montrer trop tendre.

Sans un mot, elle l'entraîna dans la chambre. Au pied du lit, elle s'immobilisa un instant, en proie à de nouvelles réminiscences.

Dans son rêve, Grant s'était tenu exactement au même endroit, dans toute la splendeur de sa nudité, sa peau marquée par les cicatrices de ses anciens exploits. Nu et brûlant de désir.

Comme un animal carnassier.

Cela n'avait été qu'un songe.

Pourtant...

Elle lui tourna le dos et fit passer son tee-shirt en coton par-dessus sa tête. Ses doigts saisirent ensuite la bande élastique de sa petite culotte, mais elle n'eut pas le temps de la retirer, car il était déjà tout près d'elle.

Il s'était dévêtu à une vitesse stupéfiante. Stéphanie sentit la chaleur de sa peau nue, son torse brûlant contre son dos, le souffle humide de sa respiration sur ses épaules, le contact de ses lèvres sur sa nuque tandis qu'il soulevait la masse sombre de sa chevelure.

Ses mains étaient partout, légères, caressantes. Il la débarrassa de son sous-vêtement, puis la fit pivoter vers lui, et ses lèvres s'emparèrent de sa bouche pour un baiser profond, interminable.

Elle répondit à son baiser, le souffle bloqué, immergée dans un océan de sensations. Ses forces l'abandonnaient, comme si des lames de fond la submergeaient puis la faisaient rouler sur la grève, l'emplissant tout entière d'un désir dévorant. Elle s'accrocha à Grant, plongea ses doigts dans ses cheveux.

Il la fit basculer sur le lit. À présent, il se tenait devant elle, exactement comme dans son rêve, ses muscles déliés brillant doucement dans la pénombre. Ses jambes évoquaient des colonnes sculptées, la ligne de ses épaules une poutre d'acier. Il s'agenouilla sur le matelas, au-dessus d'elle, et elle lui ouvrit les bras. Elle huma son odeur familière, se blottit dans sa chaleur avec l'impression qu'une spirale brûlante l'aspirait, l'engloutissait.

Il vint vers elle, plongea en elle.

Elle l'accueillit, s'ouvrant à lui comme un fruit mûr, se cambrant pour mieux sentir ses assauts. Il accentua la cadence de ses va-et-vient en un mouvement sauvage, presque frénétique. Éperdue, Stéphanie crut sombrer dans un rêve sensuel. Leurs cœurs battaient à l'unisson, l'odeur de son amant s'incrustait dans chaque fibre de son corps, sa respiration saccadée se mêlait à son souffle. Il l'embrassait comme s'il voulait la vider de son énergie vitale et captait ses râles de plaisir dans sa bouche, tandis qu'il se relevait et se rabaissait de plus en plus vite. Soudain, elle poussa un cri guttural, puis se laissa retomber sur le lit, le corps parcouru par les ondes palpitantes d'une jouissance insensée.

Il s'immobilisa, en appui sur les mains, tandis qu'il atteignait l'orgasme à son tour, puis roula sur le côté avec un ultime gémissement. Ils demeurèrent ainsi pendant un moment qui parut à Stéphanie plus long qu'une éternité. Les battements de son cœur s'apaisaient, une douce gratitude l'envahissait. Ça n'avait pas été un rêve. Tout avait été vrai. Grant était couché auprès d'elle comme s'ils ne s'étaient jamais quittés. Dehors, le vent qui s'était levé faisait bruire les feuillages, et la mer lançait ses vagues vers le sable.

Aucun d'eux n'essaya de parler.

Plus tard, dans la nuit, elle le sentit qui se tournait vers elle. Il l'enlaça, et elle se pressa contre lui afin d'éprouver de nouveau ces exquises sensations qui déferlaient en elle comme le vent, comme le tonnerre.

Le monde semblait redevenir normal.

Une fois de plus, ils ne se parlèrent pas.

Lorsqu'elle se réveilla, il avait déjà pris sa douche. Une serviette nouée autour des reins, il buvait à petites gorgées une tasse de café en regardant le paysage par la porte-fenêtre.

Le soleil s'était levé. Sa chaude lumière dorée dissipait les illusions et les terreurs de la nuit. Elle chercha fébrilement quelque chose à dire, mais les mots ne vinrent pas. Elle feignit de dormir pendant qu'il s'habillait.

Elle l'entendit descendre l'escalier. Puis la porte du bungalow claqua, et elle perçut le bruit du loquet qui se glissait dans la gâche.

Elle resta un instant allongée, puis alla se doucher. Encore une longue journée en perspective, se dit-elle. Elle réalisa brusquement que toutes les journées qu'elle avait passées ici lui avaient paru interminables.

À 10 heures le lendemain matin, le corps de Maria Britto fut déposé au funérarium.

À l'instar des policiers et des médecins, Danielo Vedero, l'entrepreneur des pompes funèbres, connaissait la jeune fille depuis toujours. Il avait l'intention de la préparer de son mieux avant de la placer dans un salon réservé à la famille et aux amis.

Danielo savait que la pauvre petite avait été horriblement mutilée, sans compter qu'elle avait subi une autopsie. Eh bien, il essaierait de lui rendre figure humaine pour la veillée funèbre.

Le lundi suivant, Maria serait inhumée dans le petit cimetière de Bella Vista, situé près de l'établissement funéraire. Merc et Franco, qui avaient bu un espresso un peu plus tôt avec lui ce matin-là, lui avaient raconté que Lucretia Britto ne faisait que pleurer et sangloter depuis le moment où sa fille avait disparu, comme si elle avait pressenti que Maria avait rencontré la mort sur son chemin. Seigneur, quelle tragédie !

Danielo Vedero eut un reniflement ému. Il allait si bien préparer la jeune morte que lorsque les gens assisteraient à la mise en bière et aux obsèques, elle aurait l'air de dormir en paix.

Il appela la réceptionniste sur la ligne intérieure et lui demanda de ne pas le déranger au cas où il recevrait des coups de fil. Il en avait pour plusieurs heures.

Ensuite, il s'enferma dans la salle de thanatopraxie. Son assistant avait disposé le cadavre sur une longue table métallique, à côté du plateau creux qui contenait les instruments étincelants, les seringues et les substances antiseptiques qu'il allait injecter dans les chairs mortes.

En s'approchant du corps, l'embaumeur fronça les sourcils. Aucune balafre due à l'autopsie ne barrait le sternum de la défunte... Les policiers s'étaient-ils trompés ? Elle n'avait sûrement pas été sauvagement tuée par des loups. Stupéfait, il étudia le visage de la morte. Ses joues étaient délicatement colorées, comme si elle dormait paisiblement.

Danielo souleva complètement le drap et étouffa un cri de surprise. Le corps de Maria ne portait aucun stigmate des supplices qu'elle avait endurés. Elle était si belle ! Chaque minute paraissait même renforcer sa beauté. Effaré, Danielo prit une inspiration tremblante. Nul doute, le corps était intact ! Il laissa errer un regard incrédule sur les jambes fuselées, la taille fine, les seins haut placés... Il ne distinguait que de minces et pâles traces sur l'abdomen : des cicatrices, pas des plaies fraîches comme auraient pu en laisser des griffures ou des dents de bêtes féroces.

Médusé, il se pencha davantage et fit courir son index sur l'une de ces lignes livides qui s'étiraient entre la poitrine et le ventre de Maria.

— Danielo ! Espèce de vieux cochon !

Il se rejeta en arrière. Un hurlement de terreur se bloqua au fond de sa gorge.

Les yeux de Maria étaient ouverts et le fixaient. L'entrepreneur des pompes funèbres cligna des paupières en se demandant si la fatigue, le manque de sommeil et le chagrin avaient troublé son esprit.

Soudain, le cadavre s'assit et lui sourit, mais ce rictus pervers n'avait rien à voir avec le doux sourire de Maria tel qu'il l'avait connu. Ses traits parfaits s'étaient changés en un masque de cruauté malveillante.

— Tu as envie de moi, vieux ? Normal ! La grosse vache qui te tient lieu d'épouse n'arrive pas à te satisfaire, hein, Danielo ?

Un rire sadique la secoua, tandis qu'il restait là, pétrifié, sentant son sang se figer dans ses veines. Le vieil homme secoua vigoureusement la tête, dans l'espoir de se réveiller de ce cauchemar, mais force lui fut d'admettre qu'il ne rêvait pas. Elle lui fit signe d'approcher en recourbant l'index.

— Viens ici, Danielo. Viens près de moi. Je vais combler tes désirs les plus inavouables, les plus sombres, les plus secrets...

Il ouvrit la bouche pour crier, mais aucun son ne franchit ses lèvres sèches. Ses jambes tremblaient, son cœur battait à tout rompre, comme si, d'un instant à l'autre, il allait bondir hors de sa cage thoracique.

— Viens... viens donc...

Il ne l'avait pas vue bouger, et pourtant, elle se tenait devant lui. Elle lui attrapa la main, la posa sur son sein, puis partit d'un rire strident.

— Viens, mon chéri, j'ai besoin de toi... Viens dans mes bras.

Elle l'avait enlacé et penchait à présent son joli visage vers le sien. Il crut qu'elle allait lui murmurer quelque chose à l'oreille, mais sentit sa langue sur son cou.

Soudain, une douleur aiguë.

Et un drôle de son. Un bruit de succion qui n'en finissait pas.

« Oh... C'est délicieux », pensa-t-il.

Son vieux corps se mit à trembler.

Le son bizarre continuait.
Tout doucement, Danielo s'affaissa sur le sol carrelé.

Dès que Grant descendit de sa voiture de location, Dino Ponti vint à sa rencontre.
— J'ai appelé votre hôtel, mais Arturo m'a dit que vous étiez déjà parti. J'ai essayé votre téléphone mobile, sans résultat. Ces falaises rendent la réception impossible.
— Pourquoi ? Que vouliez-vous me dire ?
— Aujourd'hui, on ne travaille pas. Les policiers ont bouclé le site afin que les spécialistes de la police scientifique puissent relever des indices.
Grant hocha la tête. Enfin, une bonne initiative !
— Ils espèrent découvrir qui l'a enterrée ? demanda-t-il.
Dino acquiesça gravement.
— Étrange, n'est-ce pas ? Pourquoi avoir enterré cette jeune fille alors que tout le monde la recherchait désespérément ?
— Est-ce qu'ils ont interrogé son fiancé ?
— Roberto ? Oui, bien sûr, et ils en ont déduit que le pauvre garçon était innocent. Peut-être y avait-il quelqu'un d'autre dans la vie de Maria, un amant secret qui aurait assisté au meurtre et aurait dissimulé le corps de crainte d'être accusé... Qui sait ?
— C'est une hypothèse plus réaliste que celle que soutiennent les autorités, dit Grant. Je ne crois pas que des loups aient fait ça.
Dino eut l'air surpris.
— Pourquoi ? Le rapport d'autopsie est formel, et je peux vous assurer que Barello et Antinella sont de bons médecins.
— Excusez-moi, murmura Grant. Je ne voulais pas mettre en doute leurs compétences. Simplement...
Simplement, il n'accordait aucun crédit à ce rapport.
— Oui, c'est assez horrible comme ça, dit Dino avec tristesse. Mais vous êtes venu pour rien, mon ami, j'en suis navré.
— Ce n'est pas grave. Je retourne à l'hôtel. La première a lieu ce soir, et nous allons passer la journée à répéter. À l'heure qu'il est, nos spectateurs ont dû débarquer à Naples. À demain matin, alors.

— Je ne sais pas si le site sera rouvert d'ici là. Tout dépendra des enquêteurs. Je vous tiendrai au courant.

— Merci.

Grant regagna sa voiture, qu'il avait garée sur le petit chemin poussiéreux, et fit demi-tour. Le véhicule caracola sur la pente, et peu après, il roulait en direction de l'hôtel. Grant jeta un coup d'œil dans le rétroviseur. Un brouillard dense couronnait la falaise. Il freina brusquement, s'arrêta sur le bas-côté et jaillit hors de la voiture. Durant un long moment, il contempla le paysage.

Les fouilles, se dit-il confusément.

Tous ces événements avaient un rapport avec les fouilles.

Danielo Vedero se releva péniblement. Une sourde douleur faisait battre le sang à ses tempes, des points lumineux dansaient devant ses yeux. Il crut qu'il allait s'évanouir de nouveau, mais ses vieilles jambes réussirent à le soutenir.

Bizarre ! pensa-t-il. Que s'était-il passé ?

Tout ce dont il se souvenait, c'était qu'il était entré dans la salle d'embaumement. Le reste disparaissait dans un trou noir. Était-il tombé et s'était-il cogné la tête ? Avait-il inhalé trop de formol ? Impossible de se rappeler quoi que ce soit.

En tout cas, il avait fait du beau travail.

Il se tourna vers Maria, qui était toujours allongée sur la table métallique. Qu'elle était belle ! Ses longs cheveux bruns bouclaient sur ses épaules et sur ses seins. Sa mère avait envoyé aux pompes funèbres une jolie robe bleu pâle, et Danielo entreprit d'habiller la morte. Il admira un instant le maquillage qui lui avait rendu un semblant de vie. On aurait vraiment dit qu'elle dormait, songea-t-il, ému. Oui, on aurait dit qu'elle dormait et que, d'un moment à l'autre, elle allait se réveiller.

9

La répétition s'annonçait réussie.

Cela tenait probablement à la simplicité du scénario. Les éléments du décor et les accessoires étaient déjà en place, mais quand Stéphanie voulut remercier Arturo, celui-ci leva les mains.

— C'est Giovanni qui s'en est occupé.

Elle prit mentalement note de féliciter le jeune homme, qu'elle n'avait pas revu depuis le jour de son arrivée. C'était presque dommage que ce soient les femmes de la troupe qu'il avait fallu remplacer. Elle aurait bien donné sa chance au jeune comédien en herbe.

Grant revint plus tôt que prévu. Lorsqu'il entra dans le théâtre, son regard croisa celui de Stéphanie, mais rien sur son visage ne révélait que leurs rapports avaient pris une nouvelle tournure. Les policiers avaient isolé le site à l'aide de rubans jaunes, annonça-t-il, et les fouilles avaient été momentanément suspendues. Pour la troupe, c'était une bonne nouvelle. Ils se mirent tout de suite au travail et ne virent pas le temps passer.

Lena assista à la répétition, assise à côté d'Arturo, qui avait pris place au premier rang. Elle semblait se porter beaucoup mieux. Au début, lorsque sa remplaçante apparut sur la scène, elle afficha une expression suspicieuse, puis, peu à peu, ses traits se détendirent. Liz possédait l'art et la manière de plaire aux autres, et sa gentillesse eut raison de la méfiance de Lena. Les deux femmes en vinrent même à parler de leur rôle, et Liz eut le tact d'écouter attentivement les suggestions de Lena.

La représentation avait été fixée à 20 heures. À 18 heures, ils décidèrent de dîner légèrement. Tous étaient convaincus que le spectacle remporterait un succès bien mérité. Ce fut donc avec optimisme qu'ils gagnèrent la salle à manger. L'hôtel fourmillait de touristes arrivés dans l'après-midi, comme prévu – des militaires américains avec leurs familles, plus quelques civils allemands qui travaillaient à la base navale voisine. Le restaurant était bondé. Un brouhaha de rires et de voix bourdonnait dans la vaste pièce beige et bleue où les gens mangeaient et trinquaient dans la bonne humeur. On avait vite oublié la jeune fille sauvagement assassinée et la tragédie qui avait endeuillé la petite communauté de Bella Vista, pensa tristement Stéphanie, en observant les mines enjouées de ses compagnons de table. Elle se souvint d'un des bons mots de Reggie, qui déclarait volontiers : « L'oubli est le propre de l'homme », et se raidit. Son amie n'aurait-elle pas dû être là ? Elle réussit à repérer Arturo qui courait d'une table à l'autre, l'air affairé. Lorsqu'elle parvint à capter son regard, elle lui fit signe, et le patron de l'hôtel s'approcha.

— Dites, est-ce que Reggie est arrivée avec le groupe des Américains ? demanda-t-elle.

— Reggie ? Non, je ne l'ai pas vue... Excusez-moi, il faut que j'y aille. Nous sommes débordés. C'est la première fois que nous recevons autant de monde.

— Je vous en prie, faites.

Arturo s'éloigna, un sourire ravi aux lèvres.

— Ainsi, Reggie n'est pas venue, dit Grant.

Son visage s'était assombri.

— Peut-être qu'Arturo ne l'a pas aperçue, tout simplement, suggéra Clay.

— Où peut-elle bien être ? demanda Virginie.

— Je prendrais bien encore un steak sauce florentine, fit Lena, trop occupée à s'empiffrer pour s'inquiéter de l'absence de leur productrice. Bon Dieu, quand je pense que j'ai failli être végétarienne ! Mmm, j'aurais préféré la viande plus saignante.

Drew lui passa le plat, et Stéphanie ne put s'empêcher de sourire tandis que Lena se servait copieusement.

— Bah ! fit Doug. Je parie que Reggie nous a laissés en plan pour s'occuper d'un autre spectacle.

— C'est quand même bizarre, observa Virginie. J'étais sûre qu'elle viendrait à notre première... Je ne l'ai encore jamais rencontrée, vous savez, ajouta-t-elle en lançant un regard alentour.

— Moi non plus, avoua Drew. Je ne lui ai même pas envoyé de CV. Elle m'a contacté par e-mail, puis j'ai reçu mon contrat par la poste.

— Alors, nous avons tous été embauchés de la même manière, commenta Virginie. Sauf Stéphanie, je présume ?

Cette dernière haussa les épaules.

— Reggie est une parente éloignée, répondit-elle. Elle m'a téléphoné pour me proposer ce boulot, et j'ai accepté. Je m'étonne qu'elle ne se soit pas encore montrée.

Lena avala une bouchée de viande avant de prendre la parole.

— Mais hormis vous, aucun d'entre nous ne pourra la reconnaître si elle se pointe.

— Oh, vous ne pourrez pas la manquer, dit Grant.

Stéphanie le regarda, les sourcils froncés.

— Qu'est-ce que tu veux dire ?

— Exactement ce que tu as entendu.

Il se tourna vers les autres.

— Reggie est très classe. C'est une brune aux yeux bleus et au teint clair, grande et mince, exactement comme Stéphanie. C'est une femme élégante qui a beaucoup voyagé. En un mot, elle est royale.

Stéphanie repoussa sa chaise. Quelque chose dans la description de Grant, au demeurant parfaitement exacte, l'avait blessée, mais elle n'aurait pas su dire quoi exactement. Peut-être le ton un peu ironique de sa voix.

— Allons boire un café dans les coulisses avant de nous habiller, proposa-t-elle.

Virginie fut la première à se lever.

— Haut les cœurs ! fit-elle avec un sourire. Ce spectacle va être absolument génial. Regardez comme ces gens sont heureux et comme ils s'amusent. Faites-moi confiance : quand le public boit, il apprécie mieux les blagues des saltimbanques.

— Heureusement qu'ils ne conduisent pas, marmonna Drew.

Ils s'apprêtaient à sortir quand Arturo les rejoignit et prit Stéphanie par le bras.

— Pouvez-vous m'accorder une minute ? Je voudrais vous présenter le capitaine Mallory.

Il l'entraîna vers un homme jeune aux cheveux blonds coupés en brosse, qui se leva en les voyant arriver.

— Capitaine, j'ai l'honneur de vous présenter Mlle Stéphanie Cahill, metteur en scène et actrice de talent, déclara Arturo avec fierté. Stéphanie, voici le capitaine Thomas Mallory.

— Enchanté, dit le militaire en serrant cordialement la main de la jeune femme. Je suis le responsable de cette expédition. Si jamais mes hommes chahutent trop, n'hésitez pas à venir me voir.

Stéphanie lui sourit.

— Je suis sûre que tout va bien se passer. Ce fut un plaisir de vous rencontrer, capitaine. J'espère que la pièce vous plaira.

— J'en suis certain, répondit-il en la gratifiant d'un regard admiratif qu'elle fit semblant d'ignorer.

— C'est très important pour nous, vous savez. Vous êtes nos premiers spectateurs.

— Et nous en sommes très flattés.

— Maintenant, si vous voulez bien m'excuser...

Elle allait faire demi-tour quand elle se ravisa.

— Capitaine, est-ce que Reggie est avec vous ?

— Reggie ?

— Victoria Reggia, la productrice de notre spectacle.

— Ah ! Vickie, vous voulez dire ?

« Vickie ? Va pour Vickie », se dit-elle, surprise tout de même par ce brusque changement de nom.

— Euh... oui. Elle était censée accompagner votre groupe.

— Effectivement, mais je crois qu'elle a changé d'avis. Si ma mémoire est bonne, elle est partie pour La Haye.

— Oh ? fit-elle, désarçonnée. Eh bien, à plus tard.

Il la salua d'un geste amical de la main. En s'éloignant, elle entendit les amis du capitaine le traiter de « joli cœur » et de « sacré veinard ».

Lorsqu'elle rejoignit la troupe, les comédiens avaient déjà enfilé leurs costumes. Lena aidait Liz à se maquiller.

— Comment vous sentez-vous, Lena ? s'enquit Stéphanie.

— Beaucoup mieux. Depuis hier soir, chaque minute m'apporte de nouvelles forces.

— Si vous voulez retourner à votre bungalow...

— Mais je vais bien. J'irai m'asseoir avec Grant. Je ne risque pas de me fatiguer.

— D'accord. Mais au moindre signe de faiblesse, promettez-moi d'aller vous mettre au lit.

— Promis, juré !

Arturo avait fait aménager deux loges derrière la scène, une pour les hommes, l'autre pour les femmes. Stéphanie passa rapidement son costume, une robe en taffetas cramoisi fendue sur le côté, des escarpins à talons assortis et un petit chapeau coquin orné d'une plume. Peu après, habillée et maquillée, elle se joignit au reste de la troupe, côté jardin.

Grant avait pris place à la régie, une petite cabine vitrée qui faisait face à la scène. Chargé de l'éclairage et du son, il avait installé un système de micros qui lui permettait de rappeler aux comédiens leurs entrées et sorties.

— Cinq minutes ! dit sa voix dans le haut-parleur fixé au plafond.

— Eh bien, mes amis, fit Stéphanie, voici mon dernier conseil : amusez-vous bien.

— Croisons les doigts, dit joyeusement Virginie.

Elle enlaça Stéphanie, l'embrassa sur la joue, puis chaque acteur voulut en faire autant. Quand ce fut le tour de Clay Barton, la jeune femme réprima un tressaillement. Clay avait déposé sur sa joue un chaste baiser, mais cet attouchement avait eu quelque chose de magnétique, comme une onde puissante.

— Soixante secondes...

Les lumières électriques s'éteignirent dans la salle au moment où les projecteurs illuminaient la scène. Le brouhaha du public laissa peu à peu place au silence.

— Rideau, fit la voix de Grant.

Un instant d'intense émotion s'écoula, puis Virginie s'avança sur les planches, son plumeau à la main. Son costume de soubrette classique fit sensation. Debout au milieu de la scène, juchée sur ses talons aiguilles, la blonde attaqua sa tirade avec entrain : femme de chambre au célèbre Club des globe-trotters, elle avait en réalité visité plus de pays que les éminents membres du club en question. Hélas, ayant perdu gros à Monte-Carlo, elle s'était retrouvée fauchée comme les blés et avait échoué dans cet hôtel du Sud de l'Italie.

Elle était si convaincante qu'un spectateur se leva de son siège pour lui offrir deux billets de vingt dollars. Alors, Virginie posa l'index sur ses lèvres, avant de lui suggérer de laisser un pourboire généreux au personnel de l'établissement. Sa repartie souleva une salve d'applaudissements.

Drew était le deuxième à entrer en scène. Il commença par accabler Virginie de reproches. Tout allait à vau-l'eau, le ménage n'était ni fait ni à faire. La soubrette se rebiffa, bien sûr, et Drew gonfla ses joues pour souffler sur une pile de livres, faisant s'envoler un nuage de poussière et arrachant des rires amusés à l'assistance. Tous deux entonnèrent ensuite *Vive les longs et merveilleux voyages*, la chanson qui marquait la fin de leur numéro.

Dissimulée derrière le rideau de velours bleu sombre, Stéphanie retenait son souffle. Le rythme était rapide, enlevé, les déplacements réglés comme du papier à musique. Pourvu que ça dure ! pria-t-elle.

Liz et Doug apparurent dans le cône de lumière. La première interpella le public en italien et en allemand, tandis que son comparse pérorait sur ses incroyables aventures aux quatre coins du globe, lesquelles, visiblement, n'avaient jamais existé ailleurs que dans son imagination. Ses mimiques irrésistibles déclenchèrent un rire communicatif qui se propagea dans toute la salle.

Clay Barton fit, quant à lui, une entrée très remarquée. Fidèle à son personnage de séducteur, il adressa des regards appuyés et des sourires enjôleurs à toutes les femmes, qui se mirent à glousser. Il parvint à se rendre si caricatural, si ridicule, que les maris présents prirent le parti d'en rire en même temps que leurs épouses.

Stéphanie sentit le trac lui nouer la gorge. C'était son tour. Elle s'élança vers l'avant-scène, très aguichante dans sa robe rouge, ébouriffa les cheveux d'un jeune homme assis au premier rang, partit comme une flèche vers le fond de la salle, fit semblant de trébucher, tomba dans les bras d'un militaire entre deux âges et appela Clay à son secours.

À présent, tous les personnages étaient présents. Ils entamèrent une discussion mouvementée sur leurs voyages, chacun s'efforçant de surpasser ses rivaux, mais ce fut Doug qui eut le dernier mot. Tout ça était sans importance, décréta-t-il, impérial. Ils étaient en Italie, au bord de la Méditerranée, à se dorer au soleil, et cet hôtel, le plus beau palace du monde, semblait conçu pour les reposer de leurs interminables et laborieuses pérégrinations.

Les spectateurs paraissaient enchantés. Ils s'esclaffaient, applaudissaient, n'hésitaient pas à participer aux improvisations, ni à répondre aux questions des acteurs. L'un d'eux accepta sans façon de danser avec Virginie et se révéla très doué.

Tout se passait merveilleusement bien, se dit Stéphanie. Elle se tenait en retrait tandis que Clay et Liz inauguraient le deuxième sketch, avec un jeu de questions-réponses sur le mariage, quand une silhouette s'inscrivit dans l'embrasure de l'entrée principale. Son cœur manqua un battement.

Reggie ?

Elle n'eut pas le temps de s'en assurer. La femme se retourna de l'autre côté. Elle parut voir quelqu'un ou quelque chose qui l'effraya, car elle se précipita dehors.

— Vous disiez ?

Stéphanie sursauta. Clay Barton la scrutait de ses yeux sombres. Se rappelant brusquement à quel moment précis de la pièce ils se trouvaient, elle avança dans la lumière des projecteurs en faisant tournoyer son petit sac et en toisant le public.

— Je disais... voyons... eh bien, je disais que cette moitié de l'assistance peut chanter plus fort et plus juste que l'autre moitié.

Sur ces mots, elle fonça sur un jeune lieutenant assis dans les premiers rangs et l'attira sur la scène.

— Et moi, j'affirme le contraire ! déclara Clay en tapant du pied.

Stéphanie fit un clin d'œil au lieutenant.

— Et vous, mon chou, qu'en pensez-vous ?

— Oh, moi, je veux bien devenir une soprano rien que pour vous faire plaisir, répondit-il d'une voix haut perchée qui fit rire tout le monde aux éclats, y compris les comédiens.

Ils saluaient leur public qui les ovationnait, debout. Il y eut plusieurs rappels. Le spectacle avait duré une heure et demie sans une minute de répit, sans une fausse note. Ils étaient exténués, mais la satisfaction du travail accompli se lisait sur tous les visages.

Tandis que la salle se vidait peu à peu, Grant et Lena rejoignirent les comédiens dans les coulisses, accompagnés d'un Arturo radieux, qui avait apporté plusieurs bouteilles de champagne pour fêter dignement l'événement.

— Fabuleux ! s'exclama-t-il en faisant sauter le premier bouchon et en remplissant à ras bord les coupes de cristal. Absolument fabuleux ! Mlle Reggie sera fière de vous.

— À propos, je crois que je l'ai vue ce soir, dit Stéphanie en acceptant la coupe qu'il lui tendait. Ou alors, si ce n'était pas elle, c'était sa sœur jumelle. Vous n'avez rien remarqué, Arturo ?

L'hôtelier secoua la tête.

— Moi ? Non, pas du tout.

— Et toi, Grant ?

— Non, désolé. Mon attention était constamment tournée vers la scène.

Stéphanie sirota une gorgée de champagne en haussant les épaules.

— Alors, il y a une femme ici qui lui ressemble comme deux gouttes d'eau. Peut-être la reverrai-je demain.

— Bizarre ! murmura Grant.

Stéphanie le regarda.

— Pourquoi dis-tu cela ?

— Pour rien. Si c'était Reggie, elle serait venue nous saluer, non ?

Grant avait raison. Elle avait dû confondre, se dit-elle, un peu agacée à l'idée que Reggie leur avait fait faux bond. Ils avaient tous merveilleusement joué. Nul doute qu'elle aurait adoré la soirée... La bonne humeur générale, l'ambiance détendue, le champagne l'aidèrent rapidement à surmonter son irritation. Autour d'elle, on évoquait les improvisations les plus réussies, on riait, on se congratulait.

— Lena, pensez-vous que vous pourrez jouer bientôt ? demanda Liz.

— Pas demain, j'en ai peur. En tout cas, vous avez été formidable.

— Merci. Comme nous faisons relâche dimanche et lundi, vous serez sûrement en état de reprendre votre rôle mardi.

— Je l'espère.

Lena serra Liz dans ses bras.

— Comment vous remercier ? Vous êtes un don du ciel.

— Je vous remercie tous, moi aussi, répondit Liz avec un sourire charmant. Grâce à vous, je me suis amusée comme jamais.

— Oh ! la la ! cria Doug. Vous avez vu l'heure ?

Il était très tard, et le lendemain matin, ils devaient répéter les deux sketches suivants. D'un commun accord, ils décidèrent d'aller dormir.

— Hé, une minute ! dit Grant, soudain sérieux. N'oublions pas notre accord : rester toujours ensemble.

— Exact ! approuva Drew. Grant, vous raccompagnez Stéphanie, Clay reconduit Liz, je ramène Lena, et Doug s'occupe de Virginie.

— Désolé, fit Doug avec une grimace comique.

La blonde lui sourit.

— Pourquoi ? Tu es beau comme un chevalier en armure. Allez, viens. Bonne nuit, tout le monde.

Elle l'attrapa par le bras et l'entraîna vers la porte.

Stéphanie s'arrêta devant la porte de son bungalow.

— Bonne nuit, Grant.

— Tu sais bien que je ne m'en irai pas, dit-il doucement.

Elle poussa la porte, le laissant entrer derrière elle, et se dirigea vers la cuisine en s'efforçant d'avoir l'air détendue.

— Je ne sais plus si je t'ai remercié pour tout ce que tu as fait, commença-t-elle.

— C'était normal. Tu aurais fait la même chose à ma place.

— Mais tu es venu ici pour participer aux fouilles, lui rappela-t-elle, pas pour monter une pièce de théâtre.

— Je crois que je suis venu parce qu'il fallait que je sois là, répondit-il après un silence.

Un frisson glacé la parcourut.

— Je ne comprends pas de quoi tu parles.

— Je n'arrive pas à me l'expliquer non plus.

Il se tut. Il semblait résolu à ne rien dire de plus.

— Grant, tu m'inquiètes, murmura-t-elle.

— Pourquoi ?

Un soupir échappa à Stéphanie.

— Tu prétends qu'il se passe quelque chose d'anormal. Mais quoi ? D'après le rapport d'autopsie, Maria a été tuée par des animaux sauvages. Quant à Gema... ce n'est sûrement pas un loup qui a bouclé ses bagages. Elle est partie de son plein gré, Grant. Alors, je ne vois pas où est ton problème.

— Mmm. Problème ou pas, je ne partirai pas. Au lieu de discuter, dis-moi plutôt où tu veux que je dorme.

La jeune femme déglutit. Finalement, elle se comportait aussi bizarrement que lui, à ne pas savoir si elle devait le repousser ou l'attirer. Mais elle n'y pouvait rien. Il suffisait qu'ils soient seuls pour qu'une étrange alchimie se crée entre eux. Elle se servit un verre d'eau glacée et l'avala rapidement.

— Steph, où dois-je dormir ? insista-t-il.

— Où tu veux, dit-elle en posant le verre vide.

Elle se dirigea vers l'escalier et commença à gravir les marches, un sourire aux lèvres. Tout en montant, elle entreprit de se dévêtir, posant ses sandales sur la première marche, son chemisier sur la quatrième, sa jupe sur la septième. Elle défit l'agrafe de son soutien-gorge et le laissa tomber sur la neuvième marche. En se retournant, elle constata que Grant l'avait imitée. Ses chaussures gisaient sur la deuxième marche, sa chemise et son jean sur la cinquième. Leurs yeux se croisèrent, et l'air se chargea d'électricité. Elle poussa un petit cri de ravissement tandis qu'il l'attrapait, la soulevait dans ses bras et la transportait à grandes enjambées dans la chambre.

La nuit ne faisait que commencer... Et ce serait une nuit sans rêves, sans peur, dans les bras rassurants de l'homme qu'elle aimait.

Lorsqu'elle entendit frapper à la porte, Virginie supposa que Doug était revenu parce qu'il avait oublié de lui dire quelque chose. Cela faisait à peine deux minutes qu'il l'avait raccompagnée.

Elle ouvrit la porte.

— Virginie.

Elle entendit prononcer son nom. On eût dit une caresse, une douce musique envoûtante. La brise lui frôlait la peau, légère et parfumée comme un pétale de rose.

C'est alors qu'elle vit l'homme.

Elle le contempla, interloquée, vaguement consciente qu'il n'aurait pas dû se trouver là, sous la faible lumière du porche, à cette heure tardive. Puis elle l'entendit de nouveau murmurer son nom.

— Puis-je entrer ? demanda-t-il.

— Mais... bien sûr, murmura-t-elle. Faites comme chez vous.

Elle s'écarta pour le laisser passer et sentit la nuit se refermer inexorablement sur elle.

Dino Ponti regarda Grant. Les deux hommes s'étaient retrouvés pour le petit déjeuner au restaurant de l'hôtel. L'archéologue paraissait à la fois frustré et excité.

— On ne sait pas quand on pourra reprendre les fouilles. Hier, juste avant que les policiers ferment le chantier, Heinrich a découvert un fragment de cuirasse en métal. Nous l'avons expédié au musée pour que des spécialistes l'examinent, et ce matin, j'ai reçu la réponse : d'après les armoiries, il s'agirait de l'armure de Conan de Burgh. Et si c'est le cas, je pense que nous ne tarderons pas à exhumer ses restes.

— Très intéressant, dit Grant.

— Nous pourrons reconstituer l'histoire, vous rendez-vous compte ? J'en ai discuté avec le présentateur de Discovery Channel, qui m'a affirmé que le sujet intéressait la direction de sa chaîne. Nos trouvailles ont dépassé mes espérances... excepté, évidemment, la triste découverte de la pauvre petite Maria.

— Bien sûr.

— Si les légendes locales disent vrai, nous trouverons sûrement d'autres corps. Oui, beaucoup d'autres. Il semble que la bataille qui a opposé les seigneurs normands aux cavaliers noirs se soit passée là-haut.

— Nous avons déjà déterré plusieurs dépouilles, lui rappela Grant.

— Certes, mais les squelettes que nous avons trouvés appartiennent à des paysans, des soldats, des anonymes sans doute tués par le tremblement de terre. Voilà pourquoi cette petite pièce de métal est d'une importance aussi capitale. Cela signifie que Conan de Burg est enfoui quelque part sous les rochers avec François, Valeria et ceux qui ont essayé de l'exécuter.

— Attendez, attendez. Quels noms avez-vous dits ?

— François et Valeria, la femme dont Conan était amoureux. La sorcière, d'après certains témoignages. C'était un être corrompu jusqu'à la moelle. Elle avait levé une armée de soldats – sans doute des gens issus de son propre peuple qu'elle avait forcés à se battre. Je suppose que les démons et autres chiens de l'enfer mentionnés dans la légende n'étaient autres que les troupes de Valeria. Elle parcourait à cheval les champs de bataille aux côtés de François, et tous deux ravageaient les campagnes. Conan de Burgh gagna l'ultime bataille, mais fut tué par le tremblement de terre. Il aurait survécu s'il n'avait pas tenté d'arracher Valeria à l'épée du bourreau.

Grant resta silencieux.

La mémoire lui revint d'un seul coup.

Valeria.

C'était bien ce nom-là. Le nom qu'il avait prononcé et qui avait provoqué sa rupture avec Stéphanie.

Encore une coïncidence ? se demanda-t-il.

Il avala une gorgée de café en s'efforçant de maîtriser la pensée effrayante qu'il avait été envoyé dans ce pays par le destin afin de résoudre une énigme vieille de plusieurs siècles. Une sombre appréhension lui noua la gorge. Dire que jusqu'alors, il s'était toujours comporté en bon rationaliste devant les croyances surnaturelles ! Mais non, c'était stupide. Stéphanie avait sûrement raison. Il n'y avait rien de vraiment anormal dans cette contrée. Maria Britto avait été attaquée par des animaux sauvages, Gema Harris était partie à Rome...

— Grant ? Vous êtes encore avec moi ?

— Oui, bien sûr.

— Vous revenez demain ? Les enquêteurs seront enfin repartis.

— Je serai là. Demain, dimanche, nous faisons relâche par égard pour Mme Britto.

— Alors, *a domani*. Il faut que j'y aille. Non que je ne fasse pas confiance aux policiers, mais je dois veiller sur mes précieux trésors.

— À demain.

Lorsque Grant se redressa, il crut que ses jambes allaient se dérober sous lui. Ces deux nuits avec Stéphanie l'avaient sûrement perturbé. Il l'aimait profondément et pensait qu'elle l'aimait aussi. La jeune femme lui avait dit qu'elle s'inquiétait pour lui. « Elle n'a pas tort », songea-t-il. Par moments, il se demandait lui-même s'il ne devenait pas fou.

— Je vais de mieux en mieux, dit Lena.

Elle était allongée sur le sable, le regard masqué par une paire de lunettes noires.

— Bon, je ne suis pas encore dans une forme olympique, reprit-elle en s'étirant paresseusement. Le soleil me fait mal aux yeux aujourd'hui. Mais je pense que d'ici mardi, il se pourrait que nous n'ayons plus besoin de Liz.

— Parle pour toi, marmonna Virginie.

Étendue sur une serviette entre les deux comédiennes, Stéphanie se hissa sur les coudes, les sourcils froncés.

— Pourquoi ? Tu es malade, toi aussi ?

Depuis le succès époustouflant de la pièce, les trois femmes s'étaient mises spontanément à se tutoyer.

La blonde rejeta ses cheveux brillants en arrière.

— Non, pas vraiment... Mais je me sens fatiguée. J'ai passé une mauvaise nuit. J'ai fait des rêves bizarres, hier soir.

— Des cauchemars ? s'enquit Lena avec sollicitude.

— Non... Juste des rêves bizarres. J'ai rêvé que je faisais l'amour avec un homme. C'était torride. Absolument indécent. Pourtant, j'étais... comment dire... heureuse. Embarrassant, non ? Je me demande ce que ça veut dire.

— Tu sais, les rêves sont des messages de l'inconscient, lui expliqua Lena. Par exemple, lorsqu'on se voit nu au milieu d'une foule, cela signifie qu'on souffre d'un sentiment d'insécurité.

— Tu as déjà fait des rêves semblables ici ?

— Je ne sais plus trop... J'ai rêvé, oui, puis je suis tombée malade. À présent, je me sens mieux... Et vous savez ce que je pense ?

Elle regarda ses deux amies et émit un gloussement.

— Il faut d'abord que je vous dise que j'ai grandi dans les préceptes du catholicisme. On nous inculque la culpabilité au catéchisme. Bref, je pense sérieusement que je vais mieux depuis que je porte cette croix autour du cou.

— Allons bon ! s'exclama Virginie. C'est très bien d'avoir la foi, mais de là à prêter à une croix des vertus thérapeutiques... Au fait, et toi, Steph ? Tu as fait des rêves bizarres depuis que tu es ici ?

— Oh, je ne crois pas que Steph ait besoin de rêver, jeta Lena en riant. Elle vit le grand amour.

— Ah, oui ? Tu t'es remise avec Grant ? s'enquit Virginie avec curiosité.

Stéphanie lui sourit.

— Disons que nous nous sommes rapprochés.

— Cramponne-toi à lui, ma belle ! conseilla Lena. Un hétéro qui fait du théâtre et qui, en plus, a du talent, ça ne court pas les rues.

Les trois femmes s'esclaffèrent, puis Virginie dit :

— Ce n'est que trop vrai... même si j'adore mes copains gays. Au moins, ils sont sincères, eux.

— Oui, mais ils ne te comblent pas sexuellement, rétorqua Lena. D'où tes rêves érotiques, si tu veux mon avis.

Virginie éclata de rire.

— Tu as raison ! Cependant...

Elle laissa sa phrase en suspens, et ses joues s'empourprèrent.

— Oui, quoi ? fit Stéphanie.

— Mon rêve paraissait si vrai !

— Paraissait, souligna Lena. Regarde plutôt autour de toi, ma fille. Hier soir, il y avait un tas de superbes militaires dans la salle.

— Je les ai remarqués, répondit Virginie. Si tu es d'accord, ce soir, on pourrait traîner au bar après la représentation, histoire de flirter un peu. Ça nous remontera le moral.

Comme la veille, ils dînèrent tôt. Le restaurant affichait complet. À présent, les gens les reconnaissaient, leur souriaient et les saluaient. La plupart des spectateurs déclarèrent qu'ils avaient hâte de se rendre au théâtre.

Grant quitta la table avant les autres pour s'assurer que le décor était en place. Stéphanie et les comédiens le suivirent peu après. Ce soir-là, la représentation battit des records d'exubérance, car le public savait déjà qu'il devait participer au spectacle.

Ils étaient à peu près au milieu de la pièce quand Virginie, qui se trouvait dans les coulisses avec Stéphanie, lui fit signe d'approcher.

— Tu ne devineras jamais qui est là ce soir.

— Qui ?

— Gema.

— Gema ? Elle est revenue ?

— Si tu regardes entre les rideaux, tu la verras. Elle est assise au fond, près de l'entrée.

— Je ne l'ai jamais rencontrée.

— J'avais oublié... Je parie qu'elle regrette d'être partie, mais si elle vient pleurer, ne la reprends pas, Steph. Elle nous a bel et bien laissé tomber, cette garce !

C'était leur tour d'entrer en scène.

— Tâche de me la montrer tout à l'heure, chuchota Stéphanie avant de s'avancer sous les projecteurs.

Mais lorsqu'elles se retrouvèrent dans les coulisses, Gema avait quitté la salle.

— Je ne la vois plus, murmura Virginie, l'œil collé à l'interstice entre les rideaux. En tout cas, elle reviendra. Elle a dû apprendre que la pièce avait un succès fou et elle va vouloir récupérer son rôle. Bah ! Elle ne le mérite pas.

À la fin du spectacle, les acteurs acceptèrent de rejoindre leur public au bar, où la direction de l'hôtel offrait une tournée générale. Stéphanie s'apprêtait à suivre le mouvement quand elle remarqua que Grant était resté en arrière.

— Tu ne viens pas ?

— Vas-y, toi, dit-il. J'ai quelque chose à faire.

— Quoi donc ?

— Il y a une veillée pour Maria, ce soir. Comme c'est moi qui ai trouvé son corps, je pense que je devrais présenter mes condoléances à sa mère.

Stéphanie hocha la tête. Un sentiment de honte lui serra le cœur. Les feux de la rampe, le succès, les applaudissements l'avaient grisée, effaçant de sa mémoire cette horrible tragédie.

— Je viens avec toi, dit-elle.

— Tu n'es pas obligée.

— Je veux y aller, Grant. Attends-moi, je vais me démaquiller.

— Alors, dépêche-toi. Le funérarium est en bas de la rue, mais il se fait tard.

La jeune femme se débarbouilla rapidement le visage à l'aide d'un gant de toilette, puis Grant l'accompagna jusqu'à son bungalow, où elle ouvrit sa penderie, à la recherche d'une tenue plus décente que son flamboyant costume de scène. Son choix s'arrêta sur une robe en lin noir et des chaussures plates.

Peu après, ils longeaient l'artère principale.

Une foule silencieuse avait pris d'assaut le funérarium, dont la façade de pierre grise se dressait au pied de la colline. Toute la population de Bella Vista semblait s'être rassemblée là pour rendre un dernier hommage à la pauvre jeune fille qui s'était endormie pour l'éternité.

La lourde tristesse qui imprégnait l'atmosphère contrastait étrangement avec la gaieté qui régnait à l'hôtel. Stéphanie reconnut dans l'assistance diverses personnes qu'elle avait déjà croisées en ville, dans les rues ou dans des cafés, en train de siroter des espressos.

Merc et Franco, les deux policiers, étaient là, ainsi que la mère de la défunte, bien sûr. Lucretia Britto, brisée par le chagrin, était agenouillée devant le cercueil. Celui-ci était ouvert – le couvercle était posé contre le mur. Stéphanie aperçut la jeune morte allongée au milieu de fleurs blanches. Elle était si belle ! Absolument ravissante. Aucune blessure ne marquait sa peau douce, son visage semblait reposé, et on eût dit qu'un léger sourire flottait sur ses lèvres roses.

Stupéfaite, Stéphanie lança un bref coup d'œil à Grant.

— Le responsable de la toilette mortuaire est le meilleur du monde, murmura celui-ci.

Pendant qu'ils se tenaient respectueusement en retrait, la mère de Maria éclata en sanglots. Elle tendit le bras, toucha le visage de sa fille, et une longue plainte s'échappa de ses lèvres.

Merc s'avança aussitôt vers elle et la prit gentiment par les épaules pour l'entraîner à l'écart.

— Allons dire une petite prière, proposa Grant.

Ils se frayèrent un chemin jusqu'aux prie-Dieu que l'entrepreneur des pompes funèbres avait placés devant le cercueil. Après s'être agenouillés, ils baissèrent la tête en fermant les yeux. Stéphanie s'efforça de se concentrer. Elle savait qu'elle devait demander à Dieu d'accueillir l'âme de la défunte. Mais lorsqu'elle rouvrit les yeux, elle faillit pousser un cri d'épouvante.

Maria la regardait fixement.

Stéphanie cligna des yeux, et l'image disparut. La jeune fille reposait toujours dans son cercueil, les mains jointes, les paupières closes. Elle était bel et bien morte, et embaumée.

Grant lui donna un léger coup de coude. Il n'avait rien vu, naturellement. Quoi de plus normal ? Elle avait tout simplement été le jouet de son imagination – la jeune fille était si belle, et elle n'avait pas du tout l'air morte. Ils se relevèrent et contournèrent le long coffre en bois sombre. Un peu plus loin, Grant salua quelques hommes, archéologues et bénévoles qu'il avait connus sur le site. Dino Ponti était également présent. Il serra la main de Grant et embrassa Stéphanie sur la joue.

— Vous avez bien fait de venir, murmura-t-il.

Ils n'eurent pas le temps de répondre.

Lucretia Britto poussa un cri affreux, un hurlement propre à glacer le sang. Brusquement, elle se libéra de l'étreinte du policier qui la tenait par les épaules et s'élança vers le cercueil. Sa main plongea dans son sac, qui tomba à terre lorsqu'elle extirpa l'objet qu'elle y cherchait.

Un grand couteau de cuisine.

Avant que quiconque ait pu l'arrêter, Lucretia tira la chevelure de sa fille en arrière pour lui faire relever la tête.

Une détermination farouche se lisait sur son visage tanné tandis qu'elle enfonçait la lame acérée dans la gorge de Maria et frappait à coups redoublés, comme si elle voulait que la tête se détache du corps.

10

Horrifiée, Stéphanie porta ses mains tremblantes à ses joues. De sa vie, elle n'avait assisté à une telle atrocité.

Lucretia Britto ne se contentait pas de frapper la gorge de sa fille : elle s'acharnait avec une obstination démentielle.

Qu'est-ce qui pouvait inciter quelqu'un à vouloir décapiter un cadavre ? L'ardente énergie que la pauvre femme déployait, ses efforts désespérés plaidaient en faveur de la folie. Au début, personne ne bougea. Les gens rassemblés dans le funérarium, où une douce musique s'égrenait, restèrent immobiles, pétrifiés et muets de stupeur, tandis que Lucretia s'employait comme une furie à couper la tête de la morte.

Enfin, trois hommes se ruèrent vers le cercueil.

Entre-temps, la vieille femme s'était redressée, titubante, le couteau au poing. De grosses gouttes de sueur coulaient sur son front et, chose bizarre, elle était couverte de sang. Stéphanie ne savait pas grand-chose sur l'art des embaumeurs, sauf qu'il fallait évacuer le sang avant d'injecter les différentes substances dans les tissus morts. Pourtant, la source écarlate qui avait jailli du corps de Maria était bel et bien du sang, à moins que l'embaumeur ne se soit servi d'un liquide inconnu, d'un rouge macabre.

Le silence consterné se chargea d'un murmure sourd, puis, soudain, tout le monde se mit à parler en même temps. Lucretia, dégoulinante de sang, poussait des cris hystériques tandis que les trois hommes essayaient en vain de l'entraîner hors de la salle. Le prêtre se précipita à son tour vers le cadavre mutilé qu'il aspergea abondamment d'eau bénite, avant de se tourner vers Lucretia pour lui parler gentiment. Alors, elle cessa de se débattre et s'effondra brusquement dans ses bras. Le couteau tomba de sa main, et elle se mit à sangloter doucement.

Pendant plusieurs minutes, Stéphanie ne put articuler un mot. Elle se sentait terriblement mal à l'aise, comme si elle avait surpris un secret très personnel ou s'était immiscée dans le chagrin d'une autre personne. Un flot de pitié pour la jeune morte la submergea. En même temps, elle éprouva un élan de compassion pour la malheureuse mère qui avait perdu l'esprit.

Les doigts de Grant lui effleurèrent la main. Visiblement, il ressentait la même émotion. Ils n'avaient nul besoin de parler, ils se comprenaient parfaitement. En silence, ils se dirigèrent vers la sortie au milieu du chaos. Près de la porte, ils tombèrent sur Dino Ponti, qui hocha lentement la tête.

— Très inhabituel, murmura-t-il.

— Bonté divine, je n'avais jamais rien vu de pareil, grommela Grant.

— C'est compréhensible. Lorsqu'une mère perd son enfant... eh bien, elle n'est plus tout à fait elle-même, n'est-ce pas ? Maria n'a pas été embaumée proprement, ce qui est contre la loi, certes, mais personne n'aurait pu imaginer que Lucretia ferait une chose aussi inhabituelle.

Stéphanie se demanda à quoi l'archéologue faisait allusion, compte tenu que la scène à laquelle ils venaient d'assister avait été pour le moins inhabituelle d'un bout à l'autre.

— Le sang a jailli, reprit-il, comme s'il avait deviné ses interrogations. Il n'y a pas de cœur pour pomper le sang, et pourtant, il a jailli. Seigneur, quelle tragédie !

Il s'interrompit un instant et eut un sourire maussade.

— C'était très gentil à vous de venir... Je vous en prie, mes amis, essayez de penser à nous comme à des gens qui agissent par amour...

— Dino ! coupa doucement Grant. Nous comprenons. Nous avons perçu la douleur de cette femme. Bonne nuit.

— *Si, si. Buonasera.* À demain, Grant.

— Oui, à demain.

Dino sourit à Stéphanie.

— Mademoiselle Cahill, si vous souhaitez accompagner Grant, vous êtes la bienvenue.

— Merci. En effet, j'aimerais bien visiter le site.

L'archéologue inclina la tête. Derrière eux, près du cercueil, le ton montait.

— Excusez-moi, dit Dino. Je vais essayer d'apaiser les esprits avec la voix de la raison. Mais je crois que le docteur Antinella est le plus apte à calmer Lucretia... Il est en train de préparer une piqûre sédative.

— Oui, oui, allez-y, dit Grant.

Il prit la main de Stéphanie pour l'entraîner dehors.

— Tu trembles, remarqua-t-il, lorsqu'ils se retrouvèrent dans la rue, sous le ciel parsemé d'étoiles. Est-ce que ça va ?

— Je ne sais pas. Je suis encore abasourdie...

— Tu sais, j'avais plus ou moins compris ce qui se tramait avant même que Dino nous explique.

Il haussa les épaules.

— Mon italien s'est drôlement amélioré, poursuivit-il. Et puis, c'est l'évidence. Les deux médecins et l'embaumeur ont décidé de ne pas infliger au corps de la défunte de nouveaux sévices... de ne pas l'abîmer plus qu'il ne l'était déjà. Ils ont conclu que Maria avait été attaquée par des animaux et ont donc jugé inutile de l'autopsier. Je pense qu'ils se sont appliqués à lui rendre son ancienne beauté pour l'enterrement. Les traditions sont très vivaces dans cette région. Les lois sur les dispositions concernant les obsèques sont mieux observées dans des sociétés plus modernes ou dans les grandes villes. Ici, c'est différent. J'ignore pourquoi ils se sont servis d'eau teintée en rouge. Quant à Lucretia, j'ai compris ce qu'elle disait. Elle prétend que sa fille a été la victime d'un démon ou d'une créature surnaturelle et qu'elle ne reposera pas en paix tant qu'on ne lui aura pas tranché la tête.

Stéphanie respira profondément l'air moite.

— Elle avait l'air... vivante, chuchota-t-elle.

Au souvenir du jeu d'ombre et de lumière qui l'avait amenée à croire que les yeux de la morte étaient ouverts, elle fut parcourue d'un frisson.

Une petite brise s'engouffra dans la rue. L'air fraîchissait. La nuit était douce, pourtant, mais on eût dit qu'au loin, sur les falaises, le vent rugissait. Le poing glacé de la peur se referma sur la gorge de Stéphanie. Elle aurait dû se sentir en sécurité avec Grant à ses côtés. Pourtant...

Grant semblait faire partie intégrante des événements étranges qui s'étaient déroulés ces derniers jours, des rêves effrayants et des suspicions qui s'étaient immiscés dans son esprit rationnel. Ils se tenaient par la main. Sa poigne était ferme, sa haute stature paraissait plus imposante que d'habitude.

— Elle était morte, affirma-t-il. Quand je l'ai trouvée, elle était vraiment morte. J'ignore comment ils s'y sont pris pour lui donner cette apparence de vie. Mais lorsque j'ai découvert son corps, ses membres... son cou... tout était déchiqueté. Enfin, ils vont l'inhumer et ce sera fini.

— Je me demande si je pourrai un jour effacer ces images de ma mémoire.

Il lâcha sa main pour glisser un bras autour de ses épaules. Elle s'aperçut alors qu'elle tremblait violemment.

— Rentrons, murmura-t-il.

Il scrutait le ciel sombre. De gros nuages filaient rapidement, balayés par le vent, révélant par moments le scintillement des étoiles. Un rayon de lune fit briller la chaussée, les bas-côtés, puis se perdit dans l'ombre, une ombre impénétrable.

Lorsqu'ils arrivèrent devant le bungalow, Stéphanie se sentait encore en état de choc. Un froid étrange l'envahissait. Oh, pourquoi ? Qu'était-ce ?

— Est-ce que tu as du cognac ?

La voix de Grant la tira de sa torpeur.

— Oui.

— Bien. Si on descendait la bouteille ?

Elle comprit alors qu'il était sous le choc, lui aussi.

Mais tous ceux qui avaient été témoins de la scène atroce, dans le funérarium, n'avaient-ils pas été choqués ?

— C'est une bonne idée, dit-elle.

Drew avait quelques verres dans le nez. En fait, rectifia-t-il en empruntant l'allée sinueuse qui conduisait à son bungalow, il avait bu plus que de raison. Mais la soirée avait été grandiose. La pièce avait remporté un grand succès, et les spectateurs avaient chaleureusement congratulé les acteurs lorsqu'ils s'étaient retrouvés dans le bar de l'hôtel. Les épouses, les sœurs et les filles des militaires l'avaient longuement complimenté sur son talent de comédien. Il s'était senti ragaillardi. L'une d'elles avait déclaré que Bella Vista constituait l'étape la plus intéressante de l'excursion. Malheureusement, il aurait probablement un mal de tête carabiné le lendemain matin. Beaucoup de gens avaient voulu lui offrir un verre – toutes sortes de boissons : bière, vin, vodka, cocktail. Il avait eu tort de s'enivrer, mais tant pis.

Une migraine insidieuse s'annonçait. S'il avalait une aspirine, il arriverait peut-être à s'en délivrer. Une aspirine et un bout de pain. Il avait entendu dire un jour que le pain absorbait les vapeurs d'alcool et que l'aspirine évitait la classique gueule de bois du lendemain.

Une fois dans sa cuisine, il avala deux cachets. Il avait très soif, aussi but-il deux grands verres d'eau glacée coup sur coup. L'eau diluerait-elle l'alcool ou l'aiderait-elle à se répandre dans son organisme ? Qui sait ? Il en était là de ses interrogations quand un coup à la porte le fit sursauter.

Il revint dans l'entrée d'un pas traînant. Il avait beau ne pas être en forme, il avait tenu à raccompagner Virginie. Est-ce que, pour une raison quelconque, la comédienne était venue frapper à sa porte ? Ou était-ce l'une de ces jolies dames qu'il avait rencontrées au bar et qui avait retenu le numéro de son bungalow ? Pourquoi pas ? Peut-être que la chance tournait. Hélas, si c'était le cas, il se pourrait qu'il tombe dans les pommes avant même de passer à l'acte, se dit-il avec un soupir.

Il regarda à travers le judas. Quelle ne fut pas sa surprise quand Gema apparut dans la minuscule lucarne ! Il retira la chaîne de sécurité et ouvrit le battant.

— Vous !

Il n'était pas assez ivre pour ne pas sentir la colère bouillonner en lui.

— Que faites-vous là, Gema ? poursuivit-il en plissant les yeux. Le spectacle s'est fort bien passé... sans vous, comme vous avez dû vous en rendre compte.

Elle se contenta de sourire.

— Ne montez pas sur vos grands chevaux, Drew. Je voulais juste vous dire que j'avais vu la pièce et que je l'avais adorée. Je n'ai pas l'intention de réintégrer la troupe, rassurez-vous. Je suis juste de passage ce soir... Puis-je entrer un moment ?

— Certainement pas !

Il lui claqua la porte au nez. De l'autre côté, Gema reprit :

— Voyons, Drew, faites un effort. Je voudrais juste qu'on parle un peu... Croyez-moi, vous ne serez pas déçu.

Drew s'était appuyé contre le panneau de bois.

Après un instant, l'idée de rouvrir la porte se fraya laborieusement un chemin tortueux dans son cerveau embrumé. Gema l'avait traité comme un chien, se rappela-t-il. Elle ne leur avait pas accordé la moindre attention, à lui et à Doug.

Et pourtant...

Elle était si bien roulée, avec ses hanches rondes et ses seins comme des grenades... Avait-elle eu recours au silicone ? Si oui, elle en avait eu pour son argent, songea-t-il en réprimant un rire nerveux.

— Drew ? fit-elle à travers la porte.

Sa voix était douce, très tentante.

Mais il se sentait déjà glisser le long du battant clos. Ses jambes se dérobaient sous lui.

— Pauvre crétin ! Je t'aurais baisé comme personne.

Trop tard.

Les fesses de Drew butèrent sur le carrelage blanc, sa tête tomba sur ses genoux. Il perdait connaissance.

Dommage.

C'aurait été amusant d'en profiter. Ce genre d'aubaine ne se présentait pas tous les jours.

Ce fut sa dernière pensée avant que l'inconscience n'envahisse son esprit enfiévré.

La bouteille de cognac était aux trois quarts vide.

Grant et Stéphanie avaient bu plusieurs verres, assis sur le canapé moelleux du salon. La jeune femme n'arrivait pas à maîtriser le tremblement de ses mains. Ils avaient parlé du spectacle, de la veillée, puis le silence s'était abattu sur la pièce.

Stéphanie avait posé la tête sur l'épaule de son compagnon. Il lui caressa le front, écartant ses longues mèches noires et lustrées. À présent, elle s'était endormie. Dieu merci ! Il avait besoin de dormir, lui aussi, besoin de temps pour oublier.

Il la regarda respirer paisiblement. L'amour qu'il éprouvait pour elle était si profond, si puissant qu'il en fut suffoqué. Il eut un frisson d'appréhension qui n'avait aucun sens. Ou plutôt si. C'était cet endroit... Non ! Tout avait commencé bien avant. Ils n'étaient pas venus ensemble en Italie... Quelque chose les y avait attirés tous les deux, songea-t-il en réprimant un nouveau frisson. Il avait été entraîné dans ce coin du monde. Et indépendamment de l'offre de Reggie, peut-être que Stéphanie avait subi la même influence.

Grant serra les dents. Quoi qu'il arrive, il ferait en sorte qu'ils se remettent ensemble, se promit-il.

Stéphanie tressaillit soudain dans son sommeil, soupira et se blottit plus confortablement contre lui. Il attendit quelques minutes avant de glisser un bras derrière son dos, un autre sous ses genoux pour la soulever. Il la transporta à l'étage, où il lui ôta ses chaussures. Il l'allongea sur le lit, dans sa robe en lin noir, et tira la couverture sur elle. Ensuite, il retira ses propres chaussures et se pelotonna sous les draps près de Stéphanie. Elle inspirait puis expirait calmement. Une fois de plus, il la regarda dormir. Et de nouveau, le besoin de la protéger envers et contre tout le submergea.

Et avec cela, une colère subite.

Il ignorait contre quoi il allait devoir se battre, mais quoi que ce soit, il allait le terrasser.

Il resta longtemps éveillé, étendu sur le dos, à fixer le plafond obscur. Au bout d'un moment, il se rendit compte qu'il attendait la lumière du jour. Il ne dormirait pas. Le danger était tapi dans la nuit.

Ne tenant plus en place, il sortit du lit, avança vers la baie vitrée et la fit coulisser. Le ciel semblait recouvert d'un épais manteau noir. Aucune lueur ne le transperçait. Grant s'agrippa à la balustrade. Le vent soufflait à ses oreilles, et il lui sembla entendre des murmures, des voix qui l'appelaient.

Il ferma les yeux en se disant que c'était absurde, puis il s'assit à même les dalles, une jambe repliée sous lui, le dos contre la vitre. L'air était frais, chargé du parfum iodé de la mer... Ses paupières se fermèrent. Les bras du vent, aussi solides que des bras humains, vinrent l'enlacer.

Doug était couché lorsqu'il entendit le grattement. Groggy, il se hissa sur les coudes en s'efforçant de localiser la source du bruit. Au bout d'une minute, il s'aperçut que quelqu'un tapotait à la porte coulissante de son balcon.

Il enfouit son visage dans l'oreiller avec un grognement. C'avait été une soirée merveilleuse, mais épuisante. Le succès, les éloges et les félicitations du public lui avaient remonté le moral. Cela faisait un bien fou à l'ego de se sentir aussi admiré. Même si l'on jouait dans un petit club de théâtre du sud de l'Italie !

Le grattement se poursuivait.

— Allez-vous-en ! marmonna-t-il.

Il avait consommé moins d'alcool que ses camarades, mais... ce bruit était-il réel ou imaginaire ?

C'était réel.

Il réussit à se dépêtrer de ses draps et se dirigea vers la porte-fenêtre, déterminé à faire cesser ce satané bruit, ce tapotement agaçant. Pieds nus, vêtu seulement de son caleçon Calvin Klein, il écarta d'un geste brusque les doubles rideaux.

Stupéfait, il vit Gema Harris qui se tenait de l'autre côté de la vitre. Mais à la réflexion, ce n'était pas si étonnant, songea-t-il. Virginie avait juré l'avoir aperçue au théâtre. Elle avait même essayé de la retrouver parmi la foule qui avait envahi le bar après le spectacle. Eh bien, cette fille ne manquait pas de culot, et il avait l'intention de le lui dire en face. Connaissant Gema, il s'attendait qu'elle lui sorte une excuse invraisemblable – par exemple que Spielberg l'avait embauchée pour un tournage pendant cinq jours ou quelque chose d'approchant.

Il souleva le loquet et fit coulisser la paroi vitrée. Une brusque bouffée d'air iodé le dégrisa d'un seul coup. Il fixa Gema, prêt à lui signifier qu'il voulait dormir et qu'elle n'était pas la bienvenue, mais les mots restèrent bloqués au fond de sa gorge. L'entrejambe de son caleçon était tendu comme une tente.

Gema était d'une beauté saisissante : un corps de rêve, un visage parfait – trafiqué ou pas, il n'en avait aucune idée. Depuis son départ, certains de ses attraits semblaient s'être accentués. Elle ne paraissait pas du tout mal à l'aise. Ses yeux brillaient, son sourire était incroyablement doux.

— On ne vous rendra pas votre job, vous savez ! lança-t-il.

— Je sais. Je voulais juste vous demander pardon.

Son regard descendit vers le caleçon de Doug avant de remonter vers son visage. Elle avait très certainement remarqué la réaction physique qu'elle avait provoquée.

— Vous frappez chez moi au milieu de la nuit pour vous excuser ? Si vous devez présenter des excuses à quelqu'un, c'est à Stéphanie. Il a fallu qu'elle vous remplace au pied levé... Vous étiez au théâtre ce soir, n'est-ce pas ? Ne dites pas le contraire, Virginie vous a vue. Vous aviez donc tout le temps de vous expliquer et vous ne l'avez pas fait.

— Doug, je vous ai toujours considéré comme un homme intelligent, le seul membre de la troupe capable de me comprendre... S'il vous plaît, laissez-moi entrer. J'ai besoin de parler à quelqu'un.

Il soupira.

— OK. Voulez-vous boire quelque chose ?

— Vous m'offrez à boire ? fit-elle avec un charmant petit gloussement. Oh, Doug, ce serait très sympa.

— On peut descendre à la cuisine. Je vais passer un peignoir.

Il se dirigea vers la penderie, mais à peine eut-il touché la poignée qu'il sentit les mains de Gema sur son dos nu. Il retint son souffle, de plus en plus à l'étroit dans son boxer.

— Doug... laissez donc ce peignoir.

Il se tourna vers elle, interloqué. Jusqu'alors, elle ne lui avait pas accordé un seul regard parce qu'il n'était pas assez riche ni assez baraqué pour elle.

Elle portait une robe à bretelles en jersey... et rien en dessous, découvrit-il presque aussitôt, car Gema fit glisser sa robe le long de son corps superbe en un mouvement sensuel apte à réveiller un homme mort.

— Gema ?

Sa voix était bizarre. Haut perchée, chevrotante.

Au début, il recula. Elle se fichait de lui comme de sa première chemise, il le savait. Elle comptait sans doute l'utiliser pour gagner les bonnes grâces de Stéphanie.

Mais elle était nue, les seins ronds et pleins, les cheveux cascadant sur ses épaules. Ses lèvres légèrement boudeuses étaient humides.

« Elle veut quelque chose », se rappela-t-il confusément.

Il parvint à le lui demander.

— Gema, qu'est-ce que vous voulez ?

— Toi, murmura-t-elle.

Ce simple mot était le son le plus lascif, le plus agréable qu'il ait entendu de toute sa vie.

Elle vint se presser contre lui, puis se hissa sur la pointe des pieds et l'embrassa en glissant sa langue à l'intérieur de sa bouche. Doug crut qu'il allait exploser.

Oh, et puis merde ! Elle pouvait avoir tout ce dont elle avait envie.

Il sentit la langue tiède de Gema contre le lobe de son oreille, tandis qu'elle écrasait ses seins épanouis contre sa poitrine. Doug saisit la ceinture élastique de son boxer et trébucha dans sa hâte à l'enlever. Tandis qu'elle le poussait vers le lit, il l'enlaça pour la faire basculer, mais elle fit preuve d'une force inattendue et, en un tournemain, prit l'avantage. Il se retrouva allongé sur le dos. Une seconde plus tard, elle le chevauchait et le couvrait de baisers passionnés.

— Gema, si tu veux m'avoir, tu peux y aller, fit-il d'une voix rauque.

Au milieu de leur joute érotique, il ressentit une douleur aiguë. De même que pour le tapotement contre la vitre, il ne put en repérer l'origine. Il réalisa ensuite que Gema lui mordillait le cou.

Un feu vorace le consuma.

Le feu, puis la glace.

Il entendait vaguement un drôle de son.

Un bruit de succion.

— Gema... qu'est-ce que...

— Tu m'as offert à boire, chuchota-t-elle.

L'esprit de Doug chancelait, partait à la dérive. Il l'entendait boire, déglutir, sucer, avaler, et cela n'avait plus d'importance. Il se sentait flotter, il avait froid, il était tout engourdi mais toujours conscient d'un sombre et mystérieux plaisir qui ne cessait d'enfler dans son corps.

Seigneur, oui, oui...

— Arrête, maintenant !

Une voix inconnue venait de résonner quelque part dans la chambre, mais Doug ne l'entendit même pas, pas plus qu'il ne vit la main de fer qui arrachait Gema à son étreinte.

— Non ! hurla-t-elle à l'intrus. Non, j'en ai besoin... besoin...

— Je t'ai dit d'arrêter.

L'homme, qui était entré par la porte-fenêtre ouverte, lui lança sa robe. Il paraissait furieux.

— Tu ne m'as pas très bien compris, je crois. Je ne veux pas de cadavre, est-ce que c'est clair ?

— Je n'ai pas besoin de vous ! vociféra-t-elle.

Elle se jeta sur lui, toutes griffes dehors. Il la frappa en plein visage avec une force surhumaine. Gema fut catapultée contre la cloison dans un bruit fracassant, mais Doug n'entendit rien, ne remarqua rien. Il ne bougeait plus. Ses yeux grands ouverts fixaient le vide.

L'homme se rua vers le coin où Gema avait atterri. Elle était à genoux, et il l'attrapa par les cheveux pour la forcer à lever la tête.

— Tu dois m'obéir ! siffla-t-il. Le seigneur donne, le seigneur reprend. Et je suis ton seigneur. Lève-toi et va-t'en. Tu en as eu assez. Je ne veux pas que celui-ci trépasse, pas encore.

— Vous les tuez bien, vous ! cria-t-elle.

— Je suis le seigneur et je fais ce que je veux.

Il l'empoigna par la chevelure, la hissa sur ses pieds. La jeune femme se fit enjôleuse.

— S'il vous plaît... laissez-moi finir...

— Fais ce que je t'ai dit. Dehors !

Gema jeta un ultime regard à Doug. Son sexe flasque reposait sur sa cuisse, et son caleçon était toujours enroulé autour de ses chevilles. Malgré l'obscurité, elle pouvait distinguer les deux petites morsures à son cou. Une goutte cramoisie y suintait encore... Une longue flamme la brûla. Il n'était pas tari... Il avait encore du sang dans les veines.

— Dehors !

Expédiée sur le balcon, Gema éclata de rire. Elle se demandait si Doug se souviendrait de leurs ébats et ce qu'il penserait lorsqu'il se réveillerait dans cette position ridicule.

Grant et Stéphanie dormirent tard. Lorsque Stéphanie se réveilla, son regard plongea dans celui de son amant. Il semblait épuisé. Elle tendit le bras et lui caressa doucement le visage, comme pour effacer son expression tourmentée. Était-il dans cet état parce qu'il n'arrivait pas à oublier l'atroce veillée funèbre ou était-ce dû à quelque chose de plus profond ? se demanda-t-elle.

Bien qu'ils fussent redevenus intimes, elle éprouvait à son endroit une certaine méfiance. Comme si elle devait à tout prix conserver une partie de son jardin secret. Il y avait chez Grant des zones d'ombre qu'elle ne comprenait pas. Ils s'étaient disputés âprement à Chicago, elle l'avait quitté, et maintenant, elle était en proie à une sombre appréhension. Elle aimait trop cet homme, elle avait trop besoin de lui. Et cela, elle ne pouvait se le permettre. Elle avait trop souffert après leur rupture. Si cela devait recommencer, elle ne s'en remettrait pas.

— À quoi penses-tu ? murmura-t-il.

— Je n'ai pas encore eu le temps de penser, Grant.

Elle s'aperçut alors qu'elle n'avait plus ses chaussures, mais qu'elle portait toujours sa robe. Lui aussi était pieds nus et entièrement habillé.

— Et toi, à quoi penses-tu ? demanda-t-elle.

Il allait sûrement évoquer la soirée de la veille.

Mais il ne souffla mot. Puis il lui toucha la joue avec le pouce.

— Je me disais que tu étais la plus belle femme du monde, déclara-t-il, le regard grave. Tu es tout pour moi : le soleil, l'air et la lumière. Tu sais que je t'aime, Stéphanie.

— Grant... fit-elle en s'écartant légèrement.

— Ne panique pas. Je ne le dirai plus, répondit-il en se levant. Je vais prendre une douche.

Il disparut dans la salle de bains contiguë.

Stéphanie soupira.

L'aimait-il aussi profondément qu'il le prétendait ? Ses sentiments ne pouvaient en tout cas pas être plus puissants que les siens... Mais si c'était vrai, alors, au nom du Ciel, qu'est-ce qui n'allait pas ?

Elle se glissa hors du lit, consciente qu'elle lui devait quelques excuses. Au milieu de la pièce, elle s'immobilisa, les sourcils froncés. Grant avait laissé une traînée de sable sur son passage. Elle suivit des yeux la mince ligne scintillante qui disparaissait sous la porte de la salle de bains. D'où cela venait-il ? se demanda-t-elle. Puis elle crut trouver la réponse.

La plage.

Ils avaient emprunté la longue bande de sable pour regagner le bungalow. Sauf qu'hier soir, Grant portait ses chaussures... La jeune femme haussa les épaules. Aucune importance. La femme de ménage passerait l'aspirateur dans l'après-midi.

Devant la porte de la salle de bains, elle hésita. Grant était en train de se doucher : elle entendait le ruissellement de l'eau.

« Laisse-le tranquille », lui susurra une voix intérieure.

Mais elle tambourina au battant, puis entra. La silhouette de Grant se découpait sur la vitre embuée de la cabine de douche. Un corps grand, lisse, bien musclé. Un sourire malicieux se dessina sur les lèvres de Stéphanie. Un instant après, sa robe en lin formait une mare sombre sur le carrelage clair. Elle s'avança, fit coulisser la paroi vitrée de la douche. Grant se savonnait vigoureusement. Il haussa les sourcils, puis ses yeux se mirent à pétiller.

— Laisse-moi te laver, dit-elle.

— Seulement si tu m'autorises à te rendre le même service.

— Attention, j'ai l'intention de te savonner des pieds à la tête.

— Dans ce cas, je ferai en sorte que tu sois aussi propre que moi.

— Marché conclu, déclara-t-elle.

Elle pénétra dans la cabine et referma la paroi derrière elle. L'espace exigu était nimbé de vapeur. Stéphanie prit des mains de Grant le savon glissant.

C'était infiniment agréable de le lui passer sur les épaules, sur la poitrine puis plus bas, sur son ventre plat.

La pression de l'eau était si forte qu'elle entendait comme un rugissement, mais peu à peu, le bruit s'estompa, et il n'y eut plus que les battements de son cœur.

Le désir montait en elle, répandait sa flamme dans tout son corps. Elle ferma les yeux afin de mieux savourer l'instant présent. La douche continua de fonctionner pendant quelques minutes.

Puis ils jaillirent hors de la cabine.

Le lit, le tapis, tout fut mouillé dans la chambre. Leurs corps enlacés imprimaient partout des empreintes humides, mais Stéphanie n'en avait que faire. Elle se sentait si vivante, si vigoureuse entre les bras de Grant ! Rien à voir avec ce qu'elle avait éprouvé dans ses rêves, cette impression de glisser dans la mort...

Sa tendresse lui avait manqué, réalisa-t-elle, longtemps après, tandis qu'il l'embrassait doucement et écartait ses longs cheveux mouillés de son visage. Et c'était justement cela qui l'effrayait : cette tendresse, encore plus puissante que le désir. Aimer cet homme qu'elle ne comprenait pas lui faisait peur.

Le laissant là, elle se précipita dans la douche. Peu après, elle était propre et habillée. Elle sortit en courant de la chambre, en prétendant avoir un besoin urgent de café. Elle tremblait, constata-t-elle, tandis qu'elle attendait Grant dans le salon inondé de soleil. Elle tremblait et elle ne savait pas pourquoi. Comment pouvait-elle aimer Grant aussi profondément et éprouver en même temps cette peur tapie au fond de son âme ?

La salle à manger était calme, les touristes américains étant déjà repartis. Le brunch était somptueux. Quelques gens du coin étaient revenus, remarqua Stéphanie. Ils devaient préférer l'hôtel quand il ne fourmillait pas d'étrangers.

Tout le monde parlait à voix basse. Les gens regardèrent passer Grant et Stéphanie, puis les chuchotements reprirent. Ils évoquaient très certainement la veillée funèbre de la veille.

Arturo s'arrêta devant leur table pour leur exprimer son désarroi. Il était désolé qu'ils aient eu à subir une telle horreur.

— Nous sommes surtout tristes pour Lucretia, dit Stéphanie. Cette pauvre femme est tout simplement folle de chagrin.

— Oui, bien sûr... murmura l'hôtelier.
— Que va-t-il se passer maintenant ? s'enquit Grant.
— Maria sera embaumée dans les règles. Les obsèques auront lieu demain.
— Est-ce qu'il y aura des poursuites contre le médecin légiste et l'embaumeur ?
Arturo secoua la tête.
— Oh, non, pas ici, répondit-il à mi-voix.
— Voilà qui est intéressant, dit Grant. Nous avons appris hier soir qu'il n'y avait pas vraiment eu d'autopsie... N'est-ce pas illégal ?
Le patron de l'hôtel haussa les épaules.
— Oh ! Si l'affaire était portée devant la justice, cela soulèverait une telle vague d'indignation qu'il vaut mieux laisser tomber tout de suite. Hier soir, à l'issue d'une réunion, les autorités locales ont déclaré qu'il n'y avait pas matière à discussion et que la loi sur l'embaumement avait été respectée. Ainsi, tout est rentré dans l'ordre.
Arturo s'interrompit, hésitant, avant de reprendre :
— Les gens d'ici sont encore un peu superstitieux, vous savez. Beaucoup de nos concitoyens pensent que si Lucretia s'est résignée à trancher la tête de sa fille, elle devait avoir de bonnes raisons.
— De bonnes raisons ? répéta Stéphanie, choquée.
— Mais oui, mademoiselle Cahill. Je vous le répète, nous sommes un peu superstitieux dans cette région.
— Superstition ou pas, couper la tête de son enfant mort dépasse l'entendement, vous ne trouvez pas ?
— Euh... si, admit l'hôtelier. C'est un geste de folie dû à une peine insupportable. Le prêtre a dit que personne n'avait le droit de faire souffrir Lucretia davantage. Maria sera enterrée et la vie reprendra son cours normal... Excusez-moi, mais je suis débordé.
Tandis qu'il s'éloignait, Liz et Clay vinrent s'asseoir à leur table.
— Bonjour, dit Liz, sitôt installée, en fixant Stéphanie. Est-ce que ça va ?
— Oui, bien sûr.
— Nous avons appris que vous étiez au funérarium hier soir, intervint Clay.
Stéphanie n'eut pas besoin de se tourner vers Grant

pour savoir qu'il s'était crispé, comme chaque fois que Clay Barton était dans les parages. Encore une chose qu'elle ne comprenait pas. Pourquoi cette réaction épidermique dès que l'acteur apparaissait ? Elle ne pouvait l'imputer à une simple rivalité masculine. Grant n'était pas mesquin au point de détester un autre homme uniquement parce que celui-ci était beau.

— Oui, et c'était affligeant, répondit-il. Enfin, c'est terminé, maintenant.

— La jeune fille sera inhumée demain, dit Clay. Au moins, dans son malheur, sa mère aura la consolation de savoir que sa fille repose en paix.

— Nous sommes allés au funérarium hier soir, nous aussi, enchaîna Liz. Avant vous, je présume. J'avais l'intention d'y retourner aujourd'hui pour demander si nous pouvions faire quelque chose, mais entre-temps, nous avons appris ce qui s'était passé.

— Je suis tombé sur l'un des policiers en faisant mon jogging sur la plage ce matin, expliqua Clay.

— Étant donné que vous parlez couramment l'italien, vous devez en savoir plus que nous, remarqua Stéphanie.

Elle s'apprêtait à poser une question quand, du regard, Grant lui intima le silence. Il se tourna ensuite vers Clay.

— Que s'est-il passé quand vous avez rencontré le policier ce matin ? demanda-t-il d'un ton cassant.

— Mais... rien ! Il m'a raconté le triste incident d'hier soir, puis il m'a dit que tout s'était arrangé. Il paraît que les habitants de la ville vont se cotiser pour offrir à Lucretia un billet d'avion afin qu'elle puisse aller rendre visite à ses fils aux États-Unis.

— C'est une bonne idée, approuva Stéphanie. Ici, tout lui rappelle sa fille.

Il y eut un bref silence, puis Liz déclara :

— J'aimerais aller visiter le site archéologique aujourd'hui.

— Vraiment ? fit Grant. Vous aussi, Clay ? Vous êtes déjà monté là-haut l'autre jour, si ma mémoire est bonne.

— Oui, mais c'était le jour où vous avez découvert le corps de Maria, et je n'ai pas pu visiter le chantier.

Stéphanie toussota pour s'éclaircir la voix.

— Nous allons voir le site, nous aussi, déclara-t-elle.

— Formidable ! s'exclama Liz. Nous pourrions y aller ensemble.

— Excellente idée.

— Nous ne partirons pas avant d'avoir fini notre brunch, déclara Grant.

De toute évidence, il n'avait aucune envie de faire la route avec le couple. Stéphanie réprima un sourire amusé quand Clay répliqua :

— Cela nous convient parfaitement.

— Alors, c'est parfait, dit-elle en évitant le regard de Grant. Je vais chercher une omelette... Grant, si tu aperçois le serveur, peux-tu lui demander encore un pot de café ?

Tandis qu'elle attendait son omelette devant le comptoir, elle vit Clay s'approcher du buffet, où il prit deux tranches de bacon. La jeune femme fronça les sourcils. Quelque chose clochait dans ce tableau, mais quoi ? Elle n'aurait su le dire.

Elle jeta à Clay un coup d'œil plus attentif.

Et soudain, elle comprit.

Aujourd'hui, l'acteur portait un débardeur et un pantalon de toile kaki. Il avait de longs bras hâlés, des biceps proéminents... et aucune trace d'irritation sur son avant-bras droit. C'était incroyable ! Il y avait quelques jours à peine, lorsqu'elle avait sauvé le petit garçon de la noyade, il semblait avoir subi des brûlures au deuxième degré.

Mais il n'en avait gardé aucune trace. Sa peau était lisse, dorée, absolument intacte.

11

Clay Barton se retourna vivement, conscient qu'elle l'observait. Elle se sentit rougir.

— Excusez-moi... Je n'arrive pas à croire que vous n'ayez plus rien au bras.

— Ah, ça ? fit-il. Ce n'était qu'une petite allergie, je vous l'avais bien dit. Ça bourgeonne et ça s'en va, voilà tout.

— Voilà tout ? Les scientifiques paieraient une fortune pour étudier votre système immunitaire ! Je n'ai jamais vu personne cicatriser aussi vite.

— Il est vrai que certaines allergies peuvent être spectaculaires, admit-il.

— Spectaculaire est bien le mot. Excusez-moi, je suis une mauvaise directrice de troupe. J'aurais dû vous demander si vous alliez mieux, mais franchement, j'ai complètement oublié. Comme vous portiez des chemises à manches longues, je n'y ai plus pensé.

— Stéphanie, je vais bien, affirma-t-il, avant d'indiquer d'un geste gracieux le cuisinier qui, coiffé d'une toque immaculée, s'affairait derrière le buffet. Votre omelette est prête.

— Merci.

Le chef lui tendit une assiette avec une omelette dorée à point. Elle le remercia distraitement, encore sous le choc. Elle n'avait jamais vu personne guérir dans un laps de temps aussi court.

En revenant vers la table, son regard croisa celui de Grant. Celui-ci l'étudiait intensément. Ses yeux étaient graves, songeurs. Il l'avait vue parler avec Clay, mais elle n'avait pas l'intention de lui répéter leur conversation. Cela ne ferait qu'attiser son hostilité vis-à-vis de Clay.

— J'étais en train de dire à Grant que j'avais très envie

de visiter le chantier de fouilles, dit Liz, dès qu'ils furent de nouveau attablés tous les quatre. D'autant que, avec Grant, nous bénéficierons d'un guide expérimenté.

— Je suis loin d'être un expert, protesta-t-il.

— Mais tu es un passionné d'archéologie, lui fit remarquer Stéphanie. N'oublie pas que le professeur Ponti te considère comme un précieux collaborateur.

— N'importe quel homme qui passe des heures à épousseter des vieux os au pinceau est précieux.

Grant se tourna vers Liz.

— Vous avez de la chance, Dino sera là. C'est lui, l'expert.

Virginie apparut à ce moment-là. Elle se laissa tomber pesamment sur une chaise, une tasse de café à la main.

— Salut, tout le monde.

— Bonjour, lui dit Stéphanie.

La blonde grimaça un sourire.

— Oh, non, ça ne risque pas d'être un bon jour.

— Vous avez fait la fête hier soir, hein ? dit Liz avec sympathie.

Virginie haussa les épaules.

— Oui... un peu trop. Heureusement qu'aujourd'hui, on fait relâche.

— Nous allons visiter le site, lui annonça Stéphanie. Tu veux venir avec nous ?

La blonde tressaillit.

— Oh, non, merci. Pour l'instant, je veux juste me noyer dans ma tasse de café. Ensuite, je grignoterai quelque chose, puis j'irai m'allonger sur la plage. J'espère que Lena m'y rejoindra. J'ai frappé chez Doug et chez Drew, mais aucun des deux n'a répondu. Normal ! Ils ont encore plus bu que moi, hier... De toute façon, j'ai déjà visité le site et je suis trop fatiguée pour faire quoi que ce soit. Je serais même infichue de faire du shopping, c'est vous dire si je suis crevée ! ajouta-t-elle.

Clay posa la paume sur le front de Virginie.

— Vous n'auriez pas attrapé la maladie de Lena ?

— Je n'en sais rien, mais une journée au soleil me remettra d'aplomb, j'en suis sûre.

— Nous allions partir, annonça Stéphanie, mais nous pouvons attendre que tu aies fini ton petit déjeuner.

— Mais non, allez-y. Les garçons ne tarderont pas à se pointer. Allez-y et passez une bonne journée... Bon sang ! Je n'aurais pas dû boire autant. Je me sens vraiment épuisée.

— Vous avez peut-être fait de mauvais rêves. Cela expliquerait que vous n'ayez pas eu un sommeil reposant, suggéra Clay.

C'était une remarque toute simple, mais elle dut toucher un point sensible, car Virginie baissa la tête en s'empourprant.

— Je ne m'en souviens plus. Mais ne restez pas là pour moi, voyons ! Ma tasse de café me tiendra compagnie.

— Voudriez-vous quelques toasts ? lui proposa gentiment Grant.

Un sourire illumina le joli visage de Virginie.

— Ce serait vraiment génial !

Il se leva et lui rapporta une corbeille remplie de croustillantes tranches de pain grillées.

— Merci, Grant, vous êtes adorable. Allez-y, maintenant, sinon je finirai par me sentir coupable.

— Nous serons de retour à la tombée de la nuit, dit Clay.

Pour une raison qu'elle ne parvint pas à s'expliquer, Stéphanie se fit la réflexion que ces mots recelaient une vague menace. Elle se leva et suivit les autres. Ils sortirent par l'entrée principale de l'hôtel.

— Je conduis ? proposa Clay.

— Prenons ma voiture, déclara Grant. Je connais bien le chemin – je l'ai parcouru tous les jours. Nous irons plus vite.

— Pas de problème ! répondit Clay.

Stéphanie ne fut pas dupe : Grant ne comptait pas laisser à l'acteur la moindre initiative.

Tous les quatre s'entassèrent dans la Jeep de location, puis la voiture se lança sur la route qui menait hors de la ville.

Virginie se trouvait sur la plage depuis près d'une heure quand Drew se montra enfin. Elle s'aperçut que quelqu'un se tenait au-dessus d'elle, car une ombre lui cacha soudain le soleil. Elle rouvrit les yeux et fit glisser ses lunettes noires sur son nez.

— Tiens, tiens, regardez qui voilà ! s'exclama-t-elle.

Drew grommela une phrase inintelligible, laissa tomber sa serviette de bain sur le sable, puis s'affala sur un transat.

— Nom d'un chien, je me sens aussi vigoureux qu'un chiffon. J'ai l'impression d'avoir du carton dans la bouche.

— Tu es encore plus mal en point que moi, on dirait.

— Note que ça valait la peine. Quelle soirée ! On était les rois, pas vrai ?

— Rois et reines d'un soir ! Je me suis endormie comme une masse à la seconde où j'ai posé la tête sur l'oreiller.

— Moi aussi... Mais j'ai fait un drôle de rêve, ajouta-t-il après un silence.

— Oh ? fit-elle, sa curiosité piquée au vif.

— Ouais...

— Oh, Drew, sois gentil. Raconte-moi tout.

— Enfin, je crois que c'était un rêve. Une espèce de fantasme généré par mon cerveau alcoolisé.

— Drew, tu sais que tu peux tout me dire. Nous sommes amis, non ?

Il haussa ses épaules maigres.

— Bon, d'accord. J'ai rêvé que Gema venait me voir et qu'elle voulait faire l'amour avec moi.

— Avec toi ? s'exclama la blonde.

— Hé ! s'écria-t-il, l'air blessé. L'autre jour, tu m'as dit que j'étais mignon. Adorable, même.

— Tu es adorable, affirma-t-elle, mais sûrement pas pour Gema... Aucun de nous ne trouvait grâce à ses yeux. Lena et moi n'étions pas assez raffinées ni assez mondaines à son goût. Quant à Doug et toi, vous n'étiez pas assez sexy pour elle, tu l'as oublié ? Mais est-ce que tu as fait l'amour avec elle – dans ton rêve, j'entends ?

Drew lui adressa un large sourire.

— Non, ma chère ! Je suis resté de marbre. Je l'ai même flanquée à la porte.

— Tu sais... commença Virginie, pensive.

— Quoi ?

— C'est vraiment drôle. Très bizarre, même...

— Qu'est-ce qui est drôle ?

Tous deux levèrent les yeux. Doug était planté devant eux. Il avait chaussé des lunettes de soleil et revêtu un jean délavé et une chemise à manches longues déboutonnée, dont il serrait fébrilement le col autour de son cou. Il paraissait encore plus fatigué que ses amis.

Drew poussa un long soupir.

— Virginie est en train de me remettre les idées en place.

— Oh ? Comment ?

Doug s'assit sur le coin de la serviette que son ami avait étalée par terre.

— En me rappelant que Gema m'avait surnommé « la grande asperge aux cheveux roux ».

— Gema ?

Drew émit un petit rire sec.

— Hier soir, je suis rentré dans un état d'ébriété avancée, expliqua-t-il. J'ai rêvé que Gema frappait à ma porte. Quand je lui ai ouvert, c'est tout juste si elle ne s'est pas déshabillée sur le perron. Elle voulait entrer, mais je l'ai fichue dehors... Si mes souvenirs sont exacts, je crois que je l'ai traitée de garce. Bizarre, n'est-ce pas ?

Doug, blafard une seconde plus tôt, devint rouge comme une tomate.

— Plutôt, oui.

— Merci ! Si je comprends bien, tu trouves incroyable qu'une fille comme elle daigne me faire des avances.

Doug hocha la tête.

— Pas du tout. J'ai fait le même rêve, sauf que moi, je ne l'ai pas repoussée.

— Quoi ? fit Virginie.

— Eh bien, elle n'est pas venue frapper à ma porte...

— Elle est tombée du ciel ? fit Drew, sarcastique.

Doug ne sourit même pas.

— Elle est arrivée par le balcon...

La rougeur de ses joues s'accentua, puis il reprit :

— Je l'ai laissée entrer et elle m'a quasiment arraché mon caleçon.

— Je me demande lequel de nous deux est le plus dingue ! commenta Drew. Moi qui rêve que je l'envoie paître, ou toi qui rêves que tu prends ton pied avec elle.

— Ce n'était pas un rêve agréable, murmura Doug. Oh, non, pas du tout. Quand je me suis réveillé, je me sentais très mal. Une migraine affreuse, une fatigue extrême, comme si je n'avais pas fermé l'œil. Puis je me suis aperçu...

— Oui ? insista Virginie comme il s'interrompait.

— Rien. Oubliez ce que j'ai dit, répondit Doug rapidement.

— En ce qui me concerne, je n'oublierai pas.

— Virginie, sois gentille...

— Écoutez-moi bien tous les deux, dit la blonde d'un ton énergique. Si ça peut vous consoler, moi aussi, je fais des rêves bizarres. Des songes érotiques dans lesquels je fais sauvagement l'amour avec un homme... J'ignore de qui il s'agit. Je crois qu'il est italien, mais je n'en suis pas sûre. Alors, bon Dieu, Doug, dis-nous tout.

— Quand je me suis réveillé, je me suis aperçu que mon boxer était enroulé autour de mes chevilles.

Drew éclata de rire.

— Hé, minute ! protesta Doug, furieux. Tu n'aurais pas jeté Gema dehors si elle t'avait vraiment sauté dessus. Garce ou pas, un joli cul, ça ne se refuse pas, mon vieux.

— Doug ! s'écria Virginie, feignant l'indignation.

— Quoi ? Tout le monde sait que Gema est une fille facile. Si la promotion canapé n'avait pas existé, cette nana l'aurait inventée ! Alors, oui, j'ai rêvé que je couchais avec elle.

— Le plus drôle, dit Virginie, c'est que je l'ai aperçue hier soir... En tout cas, j'aurais juré que c'était elle. J'étais sur scène quand j'ai cru la voir dans le théâtre. Elle se tenait près de la porte qui donne sur le hall de l'hôtel. Je l'ai montrée à Stéphanie, mais comme elle ne la connaît pas, elle n'a pas pu confirmer mon impression.

Drew fixa son ami.

— Elle est peut-être vraiment venue chez toi, Doug. Qu'est-ce que tu en penses ?

— Non, c'est impossible. Mes souvenirs sont trop vagues.

Doug scruta l'eau miroitante avec un frisson presque imperceptible.

— Tout ce que je sais, c'est que dans mon rêve, quelque chose ne tournait pas rond.

— Finalement, je ne crois pas qu'elle soit venue, dit Virginie. Il s'agissait sans doute d'une femme qui lui ressemblait. Personne d'autre ne l'a aperçue, ni pendant le spectacle ni après. Arturo ne l'a pas vue, sinon il nous l'aurait dit. Maintenant, le fait que vous ayez tous les deux rêvé d'elle...

— Des rêves purement sexuels, précisa Doug.

— OK, purement sexuels, admit la blonde avant de reprendre le fil de son raisonnement. Vous rêvez de Gema, pendant que moi, je fantasme sur un bel adonis... Seul un psy pourrait nous expliquer la signification de tout cela. Bon Dieu, qu'est-ce qui nous arrive ?

Doug et Drew échangèrent un regard complice, avant de s'esclaffer de concert. Virginie haussa ses sourcils fins.

— Qu'y a-t-il ?

— Puis-je ? demanda Drew à Doug.

— Je t'en prie.

Drew sourit à Virginie.

— Il nous arrive qu'on est affamés de sexe, tout simplement. Regarde-nous : nous sommes trois adultes dans la fleur de l'âge et nous vivons comme des moines. Tu n'as plus qu'à nous inviter, Doug et moi, dans ton lit, ma belle. Mais pas en même temps.

Elle le scruta, les yeux écarquillés, puis comprit qu'il la taquinait. Se forçant à sourire, elle attrapa le bouchon de sa bouteille d'eau minérale et le lui lança à la figure.

— Hé, je plaisantais !

— Je sais. Mais vous êtes quand même tordus, vous deux. Surtout dans vos rêves !

Soudain, ils se regardèrent tous les trois, mal à l'aise.

La clé du mystère résidait dans leurs songes.

— Bien sûr, le tremblement de terre est mentionné dans les documents de l'époque, dit Dino, qui parcourait le site en compagnie de Stéphanie, Grant, Clay et Liz. Il en va de même pour les noms des seigneurs normands, les batailles qu'ils ont livrées et ainsi de suite.

« Pendant le Moyen Âge, la Calabre constituait une étape quasi obligatoire sur la route de la Terre Sainte. Il est donc normal que les Croisés y soient venus en force. La région était donc essentiellement un lieu de passage, mais quelques Croisés y sont restés.

« Un guerrier de cette époque, Conan de Burgh, un seigneur normand qui avait conquis de vastes étendues de terre, s'y est même établi définitivement. Le peuple voyait en lui une sorte de héros, un libérateur, car il se montrait bien plus clément que le suzerain précédent. Mais François de Venue – un cousin ou un frère illégitime du roi de France – avait également des vues sur la Calabre.

Dino Ponti s'interrompit un instant, embrassa du regard l'excavation délimitée par des cordes, puis reprit :

— Vous comprendrez que dès lors, le conflit entre ces deux personnages était inévitable. De Burgh, qui avait prêté fidélité au roi de France, avait rangé ses armes. Il n'aspirait plus qu'à une paisible et prospère existence. Mais François de Venue ne l'entendait pas de cette oreille. Il voulait asservir Conan, faire de lui son vassal.

« Nous pensons que tous deux furent tués dans le fameux tremblement de terre puisque, à partir de ce moment-là, leurs noms disparaissent purement et simplement de tous les documents historiques... Oui, à partir de ce moment-là, l'histoire cède la place à la légende. Mais nous serons peut-être en mesure de prouver que le mythe rejoint la réalité. Un séisme les a enfouis sous terre et un autre séisme les a ramenés à la lumière.

— Fascinant ! dit Liz.

— Je suis d'accord avec vous. Nous avons dû interrompre les fouilles pendant quelques jours, mais comme vous pouvez le constater...

Laissant sa phrase en suspens, il ébaucha un geste ample vers plusieurs endroits ceints de rubans de couleurs différentes. Le terrain fourmillait d'ouvriers. Certains arboraient des équipements qui ressemblaient à des éprouvettes géantes, d'autres étaient munis de binettes et de pelles minuscules en forme de truelles, tandis que quelques-uns maniaient adroitement de tout petits pinceaux.

— Comme vous pouvez le constater, reprit Ponti, nous avons repris le travail.

Clay Barton leva les yeux vers les rochers qui surplombaient le site.

— La dernière bataille s'est déroulée là-haut, n'est-ce pas ? demanda-t-il.

— Là-haut et aux alentours, oui, répondit l'archéologue. On a du mal à se représenter ce qui s'est exactement passé, car la terre a bougé. Néanmoins, nous avons de bonnes raisons de penser que la bataille s'est déroulée ici même. Conan de Burgh possédait une forteresse au bord de la mer, qui devait se trouver au sud-est, à peu près à l'emplacement de votre hôtel. Il est arrivé jusqu'ici à cheval. François de Venue avait élu domicile à l'intérieur des terres. Ces falaises sont truffées de grottes dans lesquelles il dissimulait probablement des armes, peut-être même des espions. Il se servait de ces galeries souterraines pour circuler en cachette. Les ordres du roi de France étaient clairs : il demandait à ses vassaux de se partager les terres. Les historiens pensent que François n'avait guère l'intention d'obéir au roi. Il projetait de dominer toute la Calabre après avoir éliminé Conan de Burgh... Naturellement, depuis la bataille qui les a opposés, ces montagnes abruptes ont été le théâtre d'autres combats, plus sanglants les uns que les autres.

— Avez-vous déjà fouillé les grottes ? s'enquit Clay.

— Pas encore, non. Nous avons découvert ici un site si riche que nous nous appliquons à en extraire tous les trésors avant que la terre ne se remette à trembler. Plus tard, nous descendrons dans les grottes, mais pour le moment, je préfère rester ici. Il s'agit d'un travail lent, laborieux, Grant peut en témoigner. Quant à moi, j'ai hâte de découvrir le corps de Conan de Burgh – nous avons tout lieu de croire qu'il n'est pas loin. Bien sûr, nous recherchons également les restes de François de Venue et de sa belle sorcière...

Dino s'interrompit et sourit.

— En tout cas, nous n'avons trouvé aucun squelette ressemblant aux « chiens de l'enfer » mentionnés dans la légende. Néanmoins, il n'est pas impossible que François de Venue ait eu recours à de gros chiens entraînés pour tuer.

— J'imagine, murmura Clay.

— Eh bien, dit Dino, vous pouvez faire un tour. Il y a énormément de choses à voir, et le décor est l'un des plus beaux d'Italie. Promenez-vous à votre gré, mais faites attention aux éboulis. Si vous montez au sommet et que vous regardez en contrebas, vous verrez la plaine étroite où les deux armées ennemies se sont livré l'ultime bataille. Soyez prudents, un glissement de terrain est toujours à craindre. Bonne promenade, mes amis. Le campement se trouve là-bas, si vous avez envie de bavarder avec les ouvriers ou de boire un verre d'eau ou un café.

Ils le remercièrent.

— Grant, pouvez-vous me consacrer un instant ? demanda Dino. Je voudrais vous poser quelques questions sur votre travail.

— Certainement, répondit Grant, avant de jeter un regard à Stéphanie. Enfin... peut-être un peu plus tard ?

— Ne sois pas ridicule ! dit-elle. Je vais me plonger dans la beauté du paysage et dans son histoire en attendant que tu reviennes.

— Nous ne traînerons pas, promit Dino.

— Ne vous inquiétez pas, fit la jeune femme.

— Stéphanie... commença Grant.

— Je ne bougerai pas d'ici.

— Quant à nous, nous allons explorer le site, déclara Liz.

— Ça va aller, insista Stéphanie. Partez, maintenant.

Grant hocha la tête, puis suivit Dino en direction du campement hérissé de tentes.

— J'aimerais admirer la vue depuis le plateau, déclara Clay.

— Allez-y tous les deux, dit Stéphanie. J'attendrai.

— Vous êtes sûre ? Vous ne devriez pas rester seule, dit Liz. Le sol est instable.

Stéphanie eut un sourire.

— Il ne s'ouvrira pas sous mes pieds, n'ayez crainte. J'ai promis à Grant de l'attendre ici et je tiendrai parole.

Clay Barton indiqua le sommet qui se dressait à plus de cinquante mètres. Il fallait emprunter une piste sinueuse à travers les arbres et les ronces pour atteindre le plateau qui surplombait la vallée.

— Nous serons là-haut. Si vous avez besoin de nous, vous n'aurez qu'à crier.

— Entendu. Mais ça ira...

Elle les suivit du regard tandis qu'ils grimpaient. Quel genre de relation entretenaient-ils ? se demanda-t-elle. Ils semblaient proches, presque intimes... Elle s'assit ensuite sur une grosse bûche, s'adossa à la paroi rocheuse, et son attention se reporta sur les excavations numérotées et ceintes de rubans colorés.

Même d'ici, la vue était superbe, et Stéphanie laissa errer son regard sur le panorama somptueux qui s'étirait jusqu'au front de mer. Le soleil d'un orange sombre commençait à décliner, et les vagues chatoyantes captaient la lumière, qui créait sur l'eau mille reflets différents. Alentour, les collines ondoyaient à l'infini, parsemées de petites cités fortifiées et de villages roses et ocre. La plupart avaient été bâtis par des chevaliers en route vers la Terre Sainte. Nul doute que leur architecture moyenâgeuse attirerait bientôt une pléthore de touristes et d'étudiants en histoire de l'art amoureux de vieilles pierres et d'authenticité.

L'après-midi touchait à sa fin – elle n'avait pas vu le temps passer. Elle se laissa glisser par terre et appuya sa nuque sur la bûche. Le ciel s'assombrissait rapidement ; une brise soufflait, douce et parfumée. Les yeux de Stéphanie se fermèrent, un frisson délicieux la parcourut... L'air, pensa-t-elle. L'air la revigorait. Même la bûche semblait lui fournir le plus moelleux des oreillers.

Oui, il y avait une magie dans cette brise.

Une sorte d'envoûtement.

Elle avait l'impression de flotter. Elle se sentait si légère... tellement en harmonie avec le paysage. Oh ! Ce n'était que la brise... la brise et sa propre lassitude.

Ils étaient arrivés au sommet.

Clay s'était avancé jusqu'au bord de la falaise, mais Liz était restée en retrait. On pouvait facilement imaginer la scène décrite dans la légende : la belle femme à genoux, son bourreau levant son épée, pendant que son amant s'escrimait à la rejoindre. Puis la nature se révoltait, la terre se soulevait et s'abaissait, la falaise se désintégrait, avant de se refermer sur les protagonistes du drame...

Mais étaient-ils tous morts ?

Les yeux clos, les dents serrées, Clay sentit ses muscles se crisper.

— Là... fit-il. Le centre est là. Je vois l'image, je peux presque la toucher du doigt.

Il rouvrit les paupières. Un reflet rouge chatoyait dans ses prunelles sombres.

— C'est Stéphanie, déclara-t-il.

— Nous n'en savons pas encore assez, protesta Liz.

— C'est elle, insista-t-il. Il est temps.

— Attends ! C'est trop tôt.

— Non. L'heure est venue.

Stéphanie se réveilla en sursaut.

Il n'y avait pas trace de Clay et de Liz.

Elle jeta un regard en direction du campement, mais n'aperçut Grant nulle part. La jeune femme s'étira. Pourquoi n'irait-elle pas jusqu'aux tentes ? Pourtant, quelque chose la retenait. Elle aimait cet endroit. À l'ouest, une glorieuse explosion de lumière pourpre s'allumait sous un banc de nuages. Alentour, sur le sol, on remarquait aisément le lieu où le corps de Maria Britto avait été découvert.

Par Grant.

Un peu plus loin se trouvaient les emplacements où les autres corps – bien plus anciens – avaient été exhumés. On en avait emporté quelques-uns, mais d'autres gisaient encore sur place, squelettes auxquels s'accrochaient des lambeaux de vêtements, des vestiges d'armure, ainsi qu'une trouvaille dont Dino était particulièrement fier, une paire de bottes en cuir datant du XIIe siècle.

Des corps... des ossements.

La nuit tombait.

Elle eut l'absurde vision de squelettes émergeant de leurs tombeaux et la scrutant de leurs orbites vides.

Stéphanie réprima un rire nerveux et bondit sur ses pieds. Bon ! Il était grand temps de retrouver Grant, décida-t-elle. Elle se dirigea vers la piste creusée à même la roche mais s'immobilisa, certaine d'avoir entendu quelqu'un l'appeler.

Stéphanie !

— Grant ?

C'était bien la voix de Grant, non ?

Aucune réponse.

Stéphanie !

Non... la voix était légèrement différente.

La jeune femme se retourna.

— Liz ? Clay ? Où êtes-vous ?

Stéphanie... Stéphanie... Es-tu là ?

Stupéfaite, elle fouilla les roches du regard. Une fois de plus, elle fut persuadée que la voix qui l'appelait était celle de Grant.

— Va vite au campement, se dit-elle tout haut.

Le désir incongru d'emprunter la direction opposée la saisit. Que se passait-il donc ? Quelqu'un était-il en danger ?

Stéphanie !

Cette fois-ci, la voix avait un accent de désespoir qui trahissait une peine immense.

Quelqu'un était peut-être blessé. Ou alors son imagination lui jouait des tours... La lueur rougeoyante du couchant avait presque disparu complètement, mais elle n'avait pas peur. Il n'y avait aucune raison d'avoir peur, de toute façon. Les environs pullulaient de gens, le campement se trouvait à un jet de pierre.

Comme envoûtée, elle se mit à grimper.

— Il existe toujours un équilibre entre les vivants et les morts, le passé et le présent, disait Dino.

Au comble de l'excitation, l'archéologue exhibait un bout de métal taché de boue, qui ne disait rien du tout à Grant.

— Regardez-moi cette merveille. Quand les policiers ont fait irruption sur le site, ils ont détruit pas mal d'indices, et en même temps, ils ont mis au jour ce morceau de métal, alors qu'ils enquêtaient sur les circonstances de la mort de la pauvre petite Maria.

Grant se pencha vers l'objet qui brillait doucement dans la paume de son ami. Il s'efforçait de faire preuve d'enthousiasme, sans toutefois y parvenir tout à fait.

— C'est une boucle de botte, expliqua Dino.

— Ah... formidable.

— Et pas n'importe laquelle : il s'agit d'une boucle médiévale.

Ponti leva tendrement la pièce qu'il tenait entre le pouce et l'index.

— Vous voyez, là ? Ce sont les armoiries du roi de France... et là, en dessous, celles de François de Venue !

Quand je pense que ce sont les flics qui nous ont offert ce trésor inestimable...

— Oui, c'est une très belle trouvaille.

— Elle se trouvait dans votre périmètre. Je sais que vous consacrez beaucoup de temps à la troupe de théâtre, mais j'espère que vous reviendrez travailler avec nous, Grant. Il est donc important que vous soyez au courant de nos découvertes. Et celle-ci est de taille : ça signifie que François de Venue s'est bel et bien battu ici et que ses restes doivent reposer quelque part sous ces pierres.

— Il est mort en combattant, n'est-ce pas ?

— On le pense, en tout cas. Lui, Valeria et Conan de Burgh ont disparu le même jour. Disparu est le terme exact, puisqu'on ne trouve plus la moindre trace d'eux ensuite dans les archives. De Burgh, que les gens d'ici aimaient et respectaient, avait levé une armée gigantesque. Les Calabrais l'avaient suivi en masse. C'est pourquoi nous avons trouvé autant d'ossements... mais si jamais nous réussissons à exhumer les corps des personnages principaux, alors, mon ami, quel triomphe !

L'excitation faisait briller les yeux de l'archéologue.

— Je suis sûr que vous finirez par trouver ce que vous cherchez, dit Grant. Tout est une question de patience.

— Vous avez raison... Nous venons à peine de commencer. Les fouilles pourraient se poursuivre des années durant. Sachez cependant que mes collègues et moi apprécions énormément votre présence. Bien que votre vocation soit plutôt le théâtre...

Quelque chose dans le ton de la voix de Dino irritait Grant. Sans doute l'archéologue lui en voulait-il d'avoir une autre passion que l'histoire.

— Vous savez, j'ai l'intention de revenir travailler sur le site, affirma-t-il.

Dino hocha la tête, l'air ravi.

— Vous serez le bienvenu. Mais je vous ai accaparé trop longtemps, vos amis vous attendent. Pardonnez-moi de ne pas les avoir inclus dans cette petite conférence, mais vous faites partie de mon équipe... et pas eux. Nous sommes des érudits, Grant, et à ce titre, nous contribuons à enrichir le patrimoine culturel de l'humanité.

Il sourit.

— Même les plus modestes d'entre nous ne manquent pas d'orgueil.

— C'est naturel... Merci, Dino. Je suis très honoré de travailler avec vous. Mais si vous voulez bien m'excuser... Je me suis absenté trop longtemps.

Le sourire de l'archéologue se fit indulgent.

— Allez-y, *Americano*. Désolé de vous avoir retenu.

Grant lui adressa un signe de la main et pivota sur ses talons. Il emprunta la piste qui débouchait sur le site. Une fois sur place, il se figea.

— Steph ? appela-t-il.

Pas de réponse.

Il jeta un regard circulaire. La nuit tombante lui dissimulait les recoins du chantier. Une sensation de malaise l'envahit. Il distinguait le sentier qui menait au sommet de la falaise. Était-elle partie par là ? se demanda-t-il, avant de réaliser qu'elle avait pu aller n'importe où.

Il se mit à gravir la pente escarpée.

— Stéphanie !

Toujours aucune réponse. Forçant l'allure, il poursuivit son ascension. Il était essoufflé lorsqu'il déboucha sur le plateau, d'où l'on avait une vue spectaculaire. Des vieux châteaux et des citadelles crénelées se découpaient sur les coteaux. Il eut la sensation de pénétrer dans un monde différent, une nouvelle dimension.

Il était déjà venu ici.

Il avait déjà gravi cette falaise...

Les battements de son cœur s'accélérèrent. Oui, il était déjà venu ici et il...

Un vent âpre s'était levé. Au début, ce fut comme un murmure, qui fut vite remplacé par un sifflement. Il essaya de se persuader que le vent n'était pas si fort que ça alors qu'à présent, c'était un rugissement qui retentissait à ses oreilles.

— Stephanie ! hurla-t-il dans un accès de panique.

La lumière s'estompait, disparaissait sous l'assaut des ténèbres. Il devait se dépêcher, il devait la retrouver, mais pendant un instant, il fut incapable d'esquisser le moindre mouvement. Cette impression grandissante de déjà-vu était des plus déroutantes.

« Espèce d'andouille ! se morigéna-t-il. Tu as travaillé sur cette falaise pendant des jours. »

Et pourtant...

Il dut déployer un effort surhumain pour combattre le besoin absurde de rester et fit demi-tour en direction de la pente rocailleuse, la peur au ventre.

Où diable était-elle allée ?

Stéphanie s'aperçut qu'elle s'était trompée de chemin. Elle avait cru grimper vers le sommet, mais à un moment donné, elle s'était égarée. Elle s'était écartée du sentier bordé de buissons inextricables et de broussailles. Le terrain était glissant. Ses pieds ne rencontraient rien d'autre que de la pierre polie qui semblait s'avancer vers le vide.

— Liz ? Clay ?

Les rafales de vent balayaient le roc.

Étouffant un juron, elle revint sur ses pas. Du moins le crut-elle, car une fois encore, elle ne vit que la paroi abrupte de la falaise.

— Grant ! cria-t-elle.

Elle attendit en vain une réponse.

Un ultime rayon de soleil s'éteignit. Une obscurité dense l'enveloppa. Dommage qu'elle ne soit pas à la maison, songea-t-elle étourdiment, et qu'elle n'ait pas son porte-clés, qui comportait une minuscule lampe et une alarme. Mais elle n'était pas chez elle. Elle errait entre des collines désolées en Italie, comme une idiote.

La lune dispensait une faible clarté blême. Pourvu qu'elle ne se soit pas perdue, pria-t-elle. Pourvu qu'elle arrive à retrouver son chemin. Elle ne connaissait guère cette région, et maintenant, dans le noir...

Pas de panique ! se dit-elle. Elle n'allait pas mourir de faim ou de soif. Elle n'avait qu'à s'asseoir et à attendre les secours. Quelqu'un viendrait à la rescousse. Grant ne repartirait pas sans elle.

Et même s'il la plantait là, Liz et Clay n'étaient pas loin. Elle eut honte de cette pensée. Grant ne l'abandonnerait pas... Quoique ! Il se comportait bizarrement, ces temps-ci... La jeune femme s'efforça de conserver son calme. Elle ne risquait rien. Même Dino Ponti savait qu'elle était sur le site.

Elle regarda autour d'elle. Où diable était-elle ?

— Ne panique pas ! se dit-elle à voix haute, avant de songer que le seul moyen de ne pas paniquer, c'était d'éviter de se parler.

« Tout va bien se passer », se répéta-t-elle pour se rassurer.

Il suffisait de s'asseoir et d'attendre.

Attendre.

Est-ce que Maria Britto était venue sur ce rocher ? Se trouvait-elle ici même, à attendre son amant, quand les... les animaux, chiens sauvages ou loups, l'avaient attaquée ?

— Ô mon Dieu !

C'était reparti ! Elle se parlait de nouveau à voix haute.

— Parce que je crève de peur ! s'avoua-t-elle.

Maria Britto. Ô Seigneur ! Mise en pièces par des animaux sauvages. Déchiquetée, avait dit Grant.

Et sa propre mère qui s'était penchée sur son cercueil pour lui trancher la tête !

— Pour l'amour du Ciel, n'y pense pas ! s'ordonna-t-elle d'une voix chevrotante.

Si elle continuait comme ça, elle finirait par se jeter dans le vide comme une folle !

Soudain, elle s'immobilisa. Une lumière tremblotait quelque part sur les rochers... Peut-être qu'on la recherchait.

Pourquoi pas ? Quoi de plus normal que les gens soient déjà partis à sa recherche ?

Cette pensée la réconforta.

Puis, une fois de plus, elle crut entendre son nom. Un murmure, un appel dans le vent. Oui, bien sûr, des gens la cherchaient. Ils se frayaient un chemin parmi les rochers. Ils devaient être quelque part plus haut... ou plus bas. Elle décida de s'avancer vers la lumière. C'était la solution la plus logique. Néanmoins... Tout en se soumettant à sa propre logique, elle ne put s'empêcher de trouver sa propre attitude bizarre, comme si quelque chose la forçait à suivre ce chemin.

Le moment tant attendu était arrivé.

Il pouvait la sentir qui venait vers lui.

Et avec elle, toutes les peines, la faim, l'amertume, la langueur, la haine... oh, oui, la haine, cette haine qui bouillonnait en lui...

L'attente avait été longue, mais le temps était venu.

Ils allaient enfin payer.

Cette certitude augmentait sa force, décuplait ses pouvoirs. Aujourd'hui, il se sentait invincible.

Immortel.

Plus près...

Plus près encore.

Elle venait à lui.

Il aurait ce qu'il avait toujours voulu, la plénitude qu'aucun autre désir, aucune autre passion ne lui avait procurée ; il obtiendrait la vengeance dont le goût était déjà si doux sur ses lèvres.

Elle approchait...

Génial ! Non seulement il faisait nuit noire et il y avait un vent à décorner les bœufs, mais voilà que le brouillard s'en mêlait, à présent ! Stéphanie maudit sa propre bêtise.

Le brouillard rampait comme une rivière sombre. Et à en juger par la façon dont le vent tournoyait, la pluie n'allait pas tarder à tomber.

Elle s'immobilisa un instant. Un froid pénétrant l'étreignait. On eût dit deux pays différents : le littoral où il faisait toujours beau et chaud, et les falaises qui, la nuit, n'étaient plus qu'un morne désert. Elle frémit, comme si elle sentait déjà des gouttes d'eau glacée dégringoler le long de son dos.

Elle ne distinguait rien dans l'obscurité dense... sauf, dans le lointain, cette lumière, comme une flamme pâle qui se rapprochait. Ils la cherchaient. C'était l'évidence. Ils s'étaient rendu compte qu'elle s'était perdue, depuis le temps... Au fait, depuis quand errait-elle parmi ces rocs solitaires ? Elle n'aurait su le dire.

Les rafales de vent glissaient sur les pierres avec un hululement propre à vous glacer le sang. Un éclair aveuglant zébra le ciel d'encre, jetant une vive lueur sur la falaise. L'espace d'un moment, elle y vit comme en plein jour.

Elle étouffa un cri, croyant qu'elle avait perdu la raison. Grant était debout devant elle, à l'autre bout du sentier. Sa longue silhouette se découpait sur les rochers.

Il était nu.

Avec sa haute taille, ses épaules luisantes, sa musculature puissante soulignée par le jeu d'ombre et de lumière, on eût dit un bel animal.

Sauvage.

Carnassier...

Il s'avançait vers elle au milieu du brouillard, les yeux étincelants, les lèvres sensuelles. Mais... que se passait-il ? Ses membres n'avaient plus de consistance, une intense chaleur la transperçait...

Rien n'était plus important au monde que l'envie impétueuse de le rejoindre.

Un signal d'alarme se déclencha dans sa tête : il se passait quelque chose d'anormal. Cette vision ne pouvait être réelle. Mais l'envoûtement fut le plus fort. Il émanait de Grant une lumière dévorante, un feu liquide qui emplissait, inondait et embrasait l'espace qui les séparait. Tout en lui l'appelait, l'invitait, et elle ne pouvait qu'avancer, avancer encore, avide de se jeter dans ses bras, de le toucher...

Le sang bouillonnait dans ses veines. La faim qu'elle lisait sur le visage de Grant se communiquait à elle.

— J'arrive ! cria-t-elle.

Oh, elle n'était pas folle. Elle obéissait au plus primitif, au plus naturel des instincts. Indifférente aux aspérités des rochers, à l'obscurité et au brouillard, elle s'élança vers lui, attirée par l'éclat de la lumière.

Son esprit était vide.

Il l'avait appelée, et elle devait coûte que coûte se plier à sa volonté.

12

La nuit était tombée.

Doug était revenu de la plage une heure plus tôt, après un après-midi passé à lézarder avec Drew et Virginie sur le sable. Lena avait fait une brève apparition. Elle se grattait le cou et n'avait pas l'air dans son assiette.

— Je vais mieux, avait-elle pourtant dit à ses amis.

Mais le soleil l'incommodait, aussi était-elle repartie.

Doug s'était senti gêné par le soleil, lui aussi, mais il n'avait pas bougé du transat. Il se sentait en sécurité dehors, avec les autres... Bizarrement, il n'avait pas réalisé que ce sentiment réconfortant allait s'évaporer dès qu'il se retrouverait seul.

Il avait pris une douche, s'était rincé longuement avant de se sécher à l'aide d'un ample drap de bain et de s'allonger sur son lit. Il manquait singulièrement de tonus.

Il avait regardé pendant un moment la BBC, puis s'en était lassé. L'actualité déployait son triste éventail habituel. Doug avait zappé.

Ils avaient décidé de se retrouver pour le dîner d'ici une heure. Il était propre, présentable, fin prêt. Il continua de zapper et tomba sur une émission italienne, un jeu auquel participaient de charmantes jeunes filles légèrement vêtues. Il regarda un instant, zappa encore. Seigneur, ce manque d'énergie... Il n'en pouvait plus. Une petite sieste le remettrait d'aplomb.

Ses paupières tombèrent, se soulevèrent, retombèrent. Il sursauta, changea une nouvelle fois de chaîne. Le jeu italien se poursuivait, mais à présent, les filles étaient seins nus. Elles jouaient à une espèce de strip-poker, encadrées par des hommes en smoking.

L'un des joueurs semblait avoir fait un pari. Une carte

géante fut retournée, et une des filles perdit. Elle poussa un petit cri de souris qui fit rire tout le monde, puis sortit du plateau en se dandinant sur ses hauts talons. Arrivée en coulisse, elle fit mine de retirer son string. Doug sentit ses yeux jaillir de leurs orbites.

Une autre femme s'approcha de la jeune fille. Doug ne la voyait que de dos. À sa stupéfaction, elle enlaça la petite blonde et se mit à la caresser langoureusement.

— Drôle d'émission ! marmonna-t-il.

La deuxième femme se retourna, et Doug sursauta.

C'était Gema.

Gema, qui se mit à roucouler :

— Salut, chéri. Viens. Tu aimes ça, pas vrai ?

Le jeune homme sentit sa mâchoire se décrocher. Gema était-elle devenue la vedette d'un show porno ? Une minute, se dit-il. Un show porno à cette heure-ci ? Sur une chaîne nationale, alors que des enfants pouvaient regarder ?

— Dougie, reprit alors Gema, sans cesser de caresser sa partenaire, tu m'as déjà laissée te faire ça une fois... Allez, mon chou, j'ai envie de toi.

Il avait de nouveau basculé dans le rêve. Il devait à tout prix se réveiller. Oh, mais à quoi bon ? C'était le plus beau rêve qu'il ait fait depuis une éternité.

— Que le rêve commence, dit-il joyeusement.

Alors, Gema fut dans la pièce. Ses seins se balançaient, ses hanches ondulaient... Et cet accoutrement insensé : talons aiguilles, porte-jarretelles, string en dentelle...

— Doug, j'ai faim de toi.

— Alors, mange-moi, ma belle.

— Mais j'en ai l'intention, murmura-t-elle.

Elle s'approchait. *Viens, je t'attends.* Il formula cette pensée, allongé sur le lit, les mains derrière la nuque, le visage fendu d'un large sourire.

Elle marqua une pause, avant de lever une longue jambe merveilleusement galbée pour poser le pied sur le matelas. Sa deuxième jambe se redressa. Elle était debout, au-dessus de lui. Puis, soudain, elle fondit sur Doug, svelte, souple comme une contorsionniste.

Un plaisir sans mélange déferla dans le corps du jeune homme. Gema rejeta ses longs cheveux en arrière, tandis qu'elle penchait son visage vers le sien pour l'embrasser, le mordiller. Elle se pressa contre lui, ondoyante comme une danseuse orientale. Ses lèvres s'emparèrent de celles de Doug, tandis que ses mains exploraient son corps, trouvaient son sexe dressé et le guidaient vers son intimité moite.

Ses lèvres glissaient... se déplaçaient...

Il eut l'impression de décoller comme un gosse sur des montagnes russes. Elle le chevauchait comme une superbe amazone, et il s'envolait, il flottait, il s'élevait dans les airs. Soudain, au milieu de leur étreinte... une morsure.

Il ne ressentit aucune douleur.

Ensuite, il entendit le bruit.

Un bruit de déglutition. Lent, sensuel, envoûtant.

— Tu es délicieux, Doug. Nous avons toute la nuit devant nous. Personne ne viendra m'arrêter.

Elle gloussa.

— Je vais pouvoir festoyer, te manger et te boire jusqu'à la mort.

— Stéphanie !

— Steph !

— Arrêtez !

Elle sursauta comme si elle venait de se réveiller d'un cauchemar. Mais qu'est-ce...

Un bruit de pas.

Des voix.

Elle ignorait qui l'appelait et pourquoi.

Elle ne savait même pas ce qu'elle faisait. Elle cligna des yeux, terrifiée. Elle se tenait sur un mince promontoire rocheux qui surplombait le vide. Il y avait à peine assez de place pour ses pieds... Une chèvre n'aurait pas pu grimper aussi haut.

— Stéphanie, attention. Ne bouge pas.

La voix de Grant. Mais n'était-ce pas lui qui l'avait attirée dans ce piège ? Un éclair de colère l'aveugla.

— Restez tranquille. Il arrive.

Une autre voix, féminine. Celle de Liz.

Il n'y avait pas de pluie, pas d'orage, mais le brouillard s'était épaissi. À travers cette brume fuligineuse, elle aperçut Grant, qui grimpait dans sa direction. Elle tourna la tête de l'autre côté. Clay Barton arrivait, lui aussi. Elle s'efforça de regarder derrière elle.

Un précipice noir s'ouvrait sous ses pieds.

Des doigts la touchèrent, froids comme la glace. Une nouvelle vision lui arracha un cri : des mains squelettiques émergeant du sol pour l'attraper.

— Steph, c'est moi. Ne bouge pas.

Grant l'avait rejointe. D'après l'effort qu'il faisait pour contrôler sa voix, il devait être furieux.

— Prends ma main, viens vers moi.

La jeune femme recula.

— Steph !

Elle avala péniblement sa salive, tandis que des images insolites – qu'était-ce ? Une crise de somnambulisme ? Un rêve éveillé ? – traversaient sa mémoire. Oh ! Tout ça ne pouvait être la faute de Grant. Bien sûr, elle l'avait cherché et avait cru le trouver, mais... Comment, au nom du Ciel, avait-elle débouché là-haut ?

— Je suis près de vous, Stéphanie.

C'était Clay.

— Attention ! cria Liz d'en bas.

— Doucement, dit Grant. Le sol n'est pas solide.

Ils se déplaçaient le long d'une bordure étroite sculptée à même la roche, avançant lentement, pas à pas, centimètre par centimètre. Grant avait raison. Le sol s'émiettait, laissant ruisseler une gerbe de pierres dans l'abîme sombre.

Le pied droit de Stéphanie dérapa. Se sentant glisser, elle laissa échapper un cri aigu. Les deux hommes l'attrapèrent par les bras et la hissèrent sur le rocher. Appuyé à la paroi, Grant l'écrasa contre lui, la maintenant d'une poigne de fer, tandis que Clay ouvrait la marche. Stéphanie ferma les yeux, toute tremblante.

— Le passage s'élargit, dit Grant. Encore un petit effort.

Elle hocha faiblement la tête. Un instant après, ils étaient sur la terre ferme – un large plateau qui descendait doucement vers l'aire des excavations.

Alors, Grant perdit contenance. Il saisit la jeune femme par les épaules et se mit à la secouer. Ses yeux bleus lançaient des éclairs.

— Qu'est-ce qui t'a pris ? s'écria-t-il. Es-tu devenue folle ?

Elle n'en savait rien. Elle-même se posait la question. Elle grelottait, elle avait peur, mais restait sur la défensive, car quelque part dans un coin de sa tête, Grant lui apparaissait comme le responsable de sa mésaventure.

— Pauvre imbécile ! cria-t-elle. Je te cherchais.

— Au bord du précipice ? Tu as cru que je faisais partie des rochers ?

— Ça suffit, tous les deux, intervint Clay.

Il était derrière Stéphanie.

— Vous, la ferme ! rugit Grant.

— Grant ! s'écria Stéphanie, interloquée.

Liz avait couru vers le petit groupe. Elle paraissait bouleversée, elle aussi.

— S'il vous plaît, arrêtez. Ne disons pas des mots qui risqueraient de dépasser notre pensée. Je vous en prie, pas de violence.

— Pas de violence ? hurla Stéphanie, sans plus pouvoir se contenir.

La flambée de colère de Grant l'avait abasourdie. Après tout, Clay Barton avait risqué sa vie pour elle.

— En fait, Liz, je n'en voudrais pas à Clay s'il expédiait Grant d'un coup de poing jusqu'en Chine !

— Personne ne frappera personne, dit Liz posément. Grant, je vous en prie. Je sais que vous avez eu peur pour Stéphanie. Effectivement, elle aurait pu se tuer... Mais essayez de comprendre. Le brouillard était dense comme de la poix, on n'y voyait rien. Mais, grâce au Ciel, nous avons évité un accident. Alors, Grant, je vous en conjure, calmez-vous. Respirez et essayez de vous ressaisir.

Stéphanie leva la main. Sa colère était retombée.

— Je suis désolée. Je suis idiote. Je ne sais pas comment je suis arrivée jusqu'ici, mais Liz a raison : c'est à cause de ce fichu brouillard que je me suis retrouvée là-haut... Je te demande pardon, Grant, je vous demande pardon à tous les deux. Vous m'avez sauvé la vie. J'aurais pu me briser le cou, c'est évident. Merci à tous les deux... Liz, est-ce qu'on peut retourner à la voiture maintenant ?

L'autre femme glissa un bras autour de ses épaules.

— Oui, allons-y. Mais vous n'auriez jamais dû rester seule après la tombée de la nuit, ajouta-t-elle d'une voix sourde et troublée.

Nul ne souffla mot. Ils regagnèrent la Jeep dans un silence de plomb. Chacun reprit sa place, boucla sa ceinture de sécurité. Grant alluma les phares, et peu après, le véhicule roulait en direction de l'hôtel.

Stéphanie regarda par la fenêtre la falaise qui se dressait contre le ciel, masse sombre dans la nuit, et réprima un frisson. Que diable s'était-il passé ?

Lena et Virginie étaient déjà attablées dans la salle à manger de l'hôtel quand Drew arriva. L'heure du rendez-vous était passée, mais elles avaient tenu à les attendre, lui et Doug. Les deux femmes sirotaient un verre de vin blanc et n'avaient pas encore commandé.

— Tu es drôlement bien bronzé pour un rouquin, observa Lena.

— Merci d'appeler bronzage cette horrible couleur rosâtre... Avec un peu de chance, j'aurai bientôt l'air d'une écrevisse.

Il regarda autour de lui, les sourcils froncés.

— Doug ne dîne pas avec nous ?

— Si, il ne devrait pas tarder, dit Virginie.

Un serveur posa un verre de bière fraîche devant Drew, qui avala une gorgée avec un soupir de satisfaction. Peu après, les trois comédiens évoquaient d'éventuelles modifications de la pièce.

— Il va falloir en parler à Stéphanie, déclara Drew.

Lena agita la main en l'air.

— Pas de problème. Elle adore que ses acteurs aient des idées... Rien à voir avec d'autres metteurs en scène qui ont peur de se faire piquer leur job.

Drew sirota une autre gorgée de bière.

— Oui, elle est cool, approuva-t-il. Elle n'hésite pas à déléguer la mise en scène afin de se consacrer totalement au jeu... Mais dites-moi, les filles, qu'est-ce que vous pensez de Liz et de Clay ? Ils sont ensemble ou quoi ?

— Bien sûr que oui ! affirma Virginie avec assurance.

Lena haussa les sourcils.

— Mmm, pas sûr. Clay s'intéresse à Stéphanie.

— Nous nous intéressons tous à Stéphanie, répliqua Virginie. C'est notre boss, ne l'oublie pas.

— Tu n'as pas vu la façon dont il la regarde ? Il est vraiment accro, je te dis, insista Lena.

— Peut-être, mais que fais-tu de Grant ?

— Évidemment... admit Lena.

— Oh ! la la ! s'exclama Drew avec une grimace. Vous n'allez pas recommencer, j'espère ? Grant est irrésistible, Clay est sublime... et je suis adorable ! gémit le rouquin, avant de froncer les sourcils. Doug n'est toujours pas là. Il n'avait pas l'air dans son assiette, aujourd'hui. Je vais faire un saut à son bungalow, d'accord ?

— Bonne idée.

Peu après, Drew frappait à la porte de Doug. N'obtenant aucune réponse, il appuya sur la sonnette. Toujours rien. Il contourna le petit bungalow et monta l'escalier qui menait sur le balcon. Les portes-fenêtres étaient ouvertes, les rideaux flottaient au vent.

— Doug ? appela-t-il prudemment.

Pas de réponse. Drew se faufila à l'intérieur en écartant les voilages. La télévision marchait très fort.

Doug était là. Étalé par terre, près du lit.

— Ô mon Dieu ! s'écria Drew.

Il tomba à genoux près de l'homme allongé. Sa main tâta le poignet de Doug à la recherche d'un pouls inexistant. Son ami était froid, plus froid que la glace. La peur tétanisa Drew. Seigneur Dieu ! Était-il mort ? Il se pencha sur lui et pressa les doigts à son cou. Cette fois, il sentit le pouls battre faiblement. Il bondit sur ses jambes, saisit le téléphone.

Bella Vista n'était qu'une toute petite ville, mais le service des urgences y était efficace : à peine quelques minutes plus tard, le mugissement des sirènes déchira la nuit.

Arturo Agnazzi arriva en courant. Il servit d'interprète à Drew, que les ambulanciers bombardaient de questions. Drew leur raconta ce qu'il savait d'une voix saccadée. Son ami s'était senti malade toute la journée, il avait l'air épuisé, et il venait de le trouver par terre. Les filles firent irruption à leur tour, affolées, et Drew essaya de les calmer. Finalement, tous, y compris Arturo, suivirent en voiture l'ambulance qui transportait Doug à l'hôpital.

Un silence pénible régnait dans la Jeep. Au moins dix minutes s'écoulèrent avant que Grant ne se décide à parler. Son regard croisa celui de Stéphanie dans le rétroviseur.

— Tu as bien failli te rompre le cou, dit-il d'une voix dure.

— Je sais, soupira-t-elle.

— Il faudrait que le site soit mieux éclairé, dit Liz. Les ouvriers pourraient avoir un accident. La falaise est dangereuse, la nuit.

— C'est un chantier de fouilles, objecta Clay. Pas un parc d'attractions.

Le silence retomba. La route paraissait interminable. Enfin, Grant se gara devant l'hôtel.

— Une douche, un verre de vin, un bon dîner, et tout va s'arranger, fit Liz en souriant. Merci de nous avoir reconduits, Grant. J'ai eu plaisir, malgré tout, à visiter cet endroit et, grâce à vous, M. Ponti nous a réservé un accueil des plus chaleureux.

— Dino est un homme parfaitement bien élevé. Il vous aurait accueillis tout aussi chaleureusement si je n'avais pas été là.

Clay était sorti de la voiture et se tenait figé, le dos rigide. On eût dit un animal à l'affût, songea Stéphanie. Il n'avait certainement pas une langue fourchue, rien qui puisse le différencier des autres êtres humains, mais la jeune femme fut brusquement convaincue qu'il était doté d'un sixième sens.

— Quelque chose ne va pas, murmura-t-il.

Grant claqua la portière, côté conducteur.

— C'est ce que je me tue à dire depuis le début.

L'ignorant, Clay se dirigea à longues foulées vers l'hôtel, mit directement le cap sur le bureau du réceptionniste et commença à lui parler dans sa langue. L'employé lui répondit frénétiquement, et au milieu d'un torrent de paroles en italien, Stéphanie décela le nom de Doug suivi du mot « mal » ou « malade ».

— L'hôpital ! dit Grant dans son dos.

Au même moment, Clay se tourna et esquissa un signe de tête affirmatif à l'intention de Grant. Quelle que fût l'hostilité qu'ils éprouvaient l'un pour l'autre, ils choisirent de l'oublier. Tous quatre ressortirent en courant et remontèrent dans la voiture, qui redémarra en trombe.

— Que s'est-il passé ? s'enquit Stéphanie.

Clay était aussi tendu que Grant.

— Doug s'est évanoui, répondit-il.

— Où ça ?

— Dans sa chambre. Il était seul. Il était censé rejoindre les autres. Inquiet, Drew est allé voir et l'a trouvé par terre, sans connaissance.

— On dirait qu'il a eu la même chose que Lena, en plus grave, murmura Stéphanie, effarée.

— On dirait, oui, répondit platement Clay.

Le petit hôpital se profila devant eux. Encore un avantage propre aux petites villes : ils n'eurent aucune difficulté à se garer. Un instant après, ils pénétraient dans la salle d'attente, où Lena, Virginie, Drew et Arturo étaient déjà réunis.

— Comment va-t-il ? demanda anxieusement Stéphanie.

— D'après le docteur Antinella, nous l'avons amené juste à temps, répondit Drew.

Son bras était replié, et au pli du coude, il portait un tampon de gaze collé à l'aide d'un sparadrap.

— Je ne suis pas blessé, expliqua-t-il. Ils manquaient de sang, et je me suis proposé. Je suis O positif, ce qui leur a permis de transfuser Doug tout de suite. Quelqu'un serait-il O positif parmi vous ?

— J'appartiens au groupe AB, répondit Stéphanie en réprimant un frisson.

— Moi, déclara Grant. Je suis donneur universel comme vous, Drew.

Le docteur Antinella poussa la double porte blanche qui séparait les urgences de la salle d'attente.

— Par ici, cria Drew, l'index pointé sur Grant.

Le docteur Antinella parlait anglais couramment.

— Vous êtes O positif, vous en êtes sûr ? demanda-t-il à Grant.

— Certain.

— Pas de maladies particulières ?

— Aucune.

— Alors, venez vite.

Quand Grant disparut derrière le médecin, Stéphanie s'assit près de Virginie, qui tremblait violemment.

— Ça va aller, dit-elle en prenant gentiment la main de la comédienne. Ils vont bien s'occuper de lui.

La blonde secoua la tête.

— Tu aurais dû le voir, Steph. Il était blanc. Pas simplement pâle, mais blanc.

— Ils vont le soigner. Il s'en remettra.

Drew se racla la gorge.

— Steph, on a réfléchi. Lena est tombée malade, Virginie a commencé à souffrir des mêmes symptômes, et maintenant, Doug a failli y passer. Ça nous flanque la frousse. Qu'est-ce qui se passe, bon Dieu ?

Stéphanie cherchait une réponse plausible quand Clay s'élança subitement vers la sortie.

— Où allez-vous ? cria Virginie.

— Mon sang ne conviendra pas à Doug. Je crois que je serai plus utile à l'hôtel.

Il disparut sans leur laisser le temps de réagir.

— Il parle italien, dit Liz, comme si cela expliquait tout. Je vais l'accompagner. Nous allons interroger le personnel afin de savoir s'il y a déjà eu une... une maladie comme celle-ci.

Elle suivit Clay. Il y eut un long silence dans la salle d'attente, puis Virginie dit :

— Lena voulait donner son sang, mais Antinella a prétendu qu'elle n'était pas compatible avec Doug... et moi non plus, paraît-il ! Arturo a donné son sang, Drew aussi, ainsi qu'une infirmière et les deux jeunes ambulanciers...

— Mais il ne s'était pas coupé. Il n'avait pas la moindre égratignure, dit Drew d'un ton lugubre. Alors, je me demande comment il a été vidé de son sang. Je sais que ça peut paraître fou, mais j'ai l'impression que ça a quelque chose à voir avec les rêves...

Stéphanie, qui s'était levée et arpentait la pièce, se retourna vivement.

— Les rêves ? s'exclama-t-elle, stupéfaite.

— Eh bien, Lena, ta maladie a débuté à la suite d'étranges songes nocturnes, si je ne m'abuse ?

Les pommettes de Lena s'empourprèrent.

— Drew, je ne vois pas le rapport...

— Moi non plus, mais je ne peux pas m'empêcher d'y penser.

— Mais de quoi parlez-vous ? demanda Stéphanie.

— De Gema.

— Pardon ?

— De Gema et... de l'amant imaginaire de Lena.

— Moi aussi, j'ai fait un rêve bizarre, murmura Virginie sans lever les yeux. Quand je me suis réveillée, j'avais l'impression d'être complètement amorphe.

Drew se leva, saisit les mains de Stéphanie et les pressa dans les siennes.

— Je sais que ça paraît dingue, mais Doug et moi avons rêvé de Gema, l'autre soir. Dans mon rêve, elle venait frapper à ma porte, mais je la jetais dehors. Doug, lui, a rêvé qu'il faisait l'amour avec elle.

Stéphanie se contenta de le scruter.

— Je t'avais bien dit que j'avais aperçu Gema au théâtre, lui rappela Virginie.

— Je ne comprends pas. Comment des rêves pourraient-ils rendre les gens malades ? murmura Stéphanie.

Elle-même avait eu sa part de songes étranges, mais...

— Peut-être... peut-être que Gema est revenue, poursuivit-elle, reprenant le fil de son raisonnement. Toi, Virginie, tu as cru la voir, tandis que Doug et Drew ont rêvé d'elle. Mais était-ce vraiment un rêve ? Peut-être qu'elle est malade. Atteinte de je ne sais quel virus qui a contaminé Doug.

— Ouais... fit Drew d'un ton circonspect.

— Pourquoi pas ?

— Le hic, c'est que Lena a eu des problèmes de santé avant le retour de Gema, si toutefois elle est vraiment ici.

Stéphanie ne trouva aucune explication logique à ce phénomène.

Sur ces entrefaites, Grant sortit de la salle des urgences, le bras bandé comme Drew. Le docteur Antinella lui emboîtait le pas. Il parlait en italien. Grant eut l'air de comprendre ce qu'il disait, car il hocha la tête avec un sourire rassurant.

— Je n'ai pas besoin de m'allonger, docteur. Je vous jure que je me porte comme un charme.

Il jeta un regard circulaire dans la salle d'attente.

— Où sont Clay et Liz ? Le docteur aurait besoin d'un autre litre de sang pour Doug.

— Ils sont partis, lui annonça Virginie.

— Clay nous a dit que son sang ne serait pas compatible avec celui de Doug, ajouta Lena.

Grant plissa les yeux.

— Ils sont retournés à l'hôtel, expliqua Drew. Clay voulait essayer de découvrir quelque chose à propos de la maladie de Doug... en parlant avec les gens, je présume.

Grant laissa échapper un grognement irrité.

— J'y vais aussi. Je mènerai ma propre enquête.

Sur ces mots, il se dirigea vers la porte d'entrée vitrée. Stéphanie se lança à ses trousses. Elle le rattrapa sur le parking, lui agrippa le bras et l'obligea à se retourner pour lui faire face. Elle croyait le connaître, mais elle s'était trompée, se dit-elle en contemplant son visage furibond. Ses traits n'étaient plus qu'un masque féroce. Et pourtant, constata la jeune femme, interloquée, elle le désirait plus que jamais. Il avait beau l'agacer au plus haut point, il n'en était pas moins attirant.

— Grant, il faut que tu arrêtes.

— Arrêter quoi ?

— Tu vas encore harceler Clay, n'est-ce pas ?

— Tu te trompes. Je n'ai pas l'intention de le harceler.

— Je ne sais pas ce que tu as contre cet homme, mais c'est parfaitement ridicule ! Si tu continues, tu finiras par provoquer la dissolution de la troupe. Comme si on n'avait pas assez de problèmes avec cette fichue maladie, quel que soit son nom !

— Le nom de la maladie, je le connais, Steph. Elle s'appelle Clay Barton.

— Grant !

— D'une certaine manière, c'est lui. J'en suis sûr.

Stéphanie recula d'un pas.

— Grant, je te jure que je commence à me dire que c'est toi, la maladie.

Il resta rigoureusement immobile, soutenant le regard accusateur de la jeune femme. Ses yeux bleus avaient presque viré au noir.

— Tu peux penser ce que tu veux, dit-il finalement.

Il fit un pas vers la Jeep.

— Grant ?

Il marqua une pause, le dos raide, puis se retourna.

— Quoi, Stéphanie ?

— Reste chez toi, ce soir.

— Je ne peux pas te laisser seule, tu le sais.

— Oh, si, tu le peux. Parce que j'ai peur de passer la nuit avec toi.

Il la regarda pendant quelques secondes en marmonnant des mots inintelligibles, puis il s'avança vers elle et lui saisit les bras. Ses muscles se crispèrent, son pouls se mit à battre furieusement dans la veine de son cou.

— Je ne te laisserai pas seule. Jamais. Enferme-moi dehors si tu veux. Mais tu ne resteras pas seule.

Il desserra son étreinte et repartit brusquement vers la voiture. Elle le regarda, pleine de désarroi, tandis qu'il s'installait au volant et faisait tourner le moteur. La Jeep s'ébranla, puis ses lumières arrière disparurent dans la pénombre. Stéphanie resta là un moment, tremblante, les bras ballants, les jambes flageolantes. Elle se sentait à la fois fiévreuse et glacée... Et elle était en colère.

Oh, elle s'obligerait à se comporter normalement.

Bien que la situation ne fût pas normale du tout.

Elle était morte de peur. Et malgré cela, elle désirait Grant comme une folle. Oui, elle le désirait éperdument...

Elle redressa les épaules, furieuse contre elle-même. Non, elle ne faiblirait pas. Ce soir, elle s'enfermerait à double tour dans son bungalow. Cela donnerait à Grant matière à réflexion, et peut-être qu'il parviendrait à refréner ses sautes d'humeur, ses absurdes colères.

Mais elle l'aimait tellement ! Il était inutile de se voiler la face. Elle était irrésistiblement attirée par lui, comme un papillon de nuit par une flamme étincelante. Les sentiments qu'elle éprouvait pour lui étaient profonds, brûlants, plus puissants encore que du temps où ils vivaient ensemble. Un soupir lui échappa, et elle serra les poings si fort que ses jointures blanchirent.

Alors qu'elle se tenait là, seule et désemparée au milieu du parking désert, un nuage masqua le disque brillant de la lune. Elle leva les yeux vers le ciel assombri. Une faiblesse singulière l'engourdissait, et elle se sentit soudain plus vulnérable que jamais.

Stéphanie... viens !

L'obscurité s'épaississait ; les ombres s'allongeaient, s'animaient. Elle plaqua ses paumes sur ses oreilles. Une fois de plus, son imagination lui jouait des tours.

Stéphanie...

Elle crut entendre un rire de gorge.

Mais non, ce n'était que le murmure du vent dans les branches.

Stéphanie fit demi-tour et courut vers l'hôpital. Un instant plus tard, elle retrouva la lumière électrique, cette lumière rassurante qu'elle connaissait si bien et qui était réelle.

Mais au fond de son cœur, elle savait pertinemment que quelqu'un l'avait appelée.

Quelqu'un qui attendait qu'elle le rejoigne dans les profondeurs de la nuit.

13

Il sut instantanément, avant même son retour, que quelque chose n'allait pas ; un détail qui ne cadrait pas avec ses plans.

Il la trouva dans ses quartiers privés, exactement comme il s'y attendait.

Vautrée sur la causeuse recouverte de soie, les yeux brillants de plaisir et de satiété, elle faisait penser à un chat gourmand et repu. Il s'efforça de se rappeler qu'elle était jeune et que la faim était une pulsion incontrôlable, mais rien ne pouvait apaiser sa colère. Si, au début, elle lui avait été utile, à présent, elle ne lui servait plus à rien. Pire encore, elle risquait de faire échouer le projet grandiose qu'il avait si soigneusement mis au point.

Elle eut un sourire narquois en le voyant, comme si elle avait découvert ses propres pouvoirs.

— Tu m'as désobéi, dit-il.

Elle se leva, très lisse, très féline, imbue de sa force, consciente de sa nouvelle condition.

— Oui, je vous ai désobéi, admit-elle.

Elle s'approcha de lui, lui ébouriffa joyeusement les cheveux, puis laissa glisser un doigt le long de sa joue.

— Je suis comme vous, dit-elle. Je dois subvenir à mes besoins. J'ai le droit de prendre ce que je veux.

Il conserva son calme, malgré la rage qui le brûlait.

— Non, ma petite, tu n'en as pas le droit. Tu vas te faire attraper.

— Et alors ? Si le grand méchant loup essaie de me dévorer, je ne ferai de lui qu'une bouchée.

Secouant la tête, il posa les mains sur ses épaules et la regarda au fond des yeux.

— Il existe des forces dans cet univers que tu ne comprends pas encore. Différentes créatures, différents êtres qui s'opposent, ceux qui vivent et laissent vivre les autres, puis ceux qui gouvernent l'univers. Il y a les puissants et il y a les maladroits qui n'arrivent pas à se maîtriser. Mais cela n'a plus d'importance. Ce qui compte, c'est que tu m'as désobéi.

— Je fais ce que je veux !

— Je suis le seigneur, je te l'ai déjà dit. Et le seigneur donne et reprend.

Elle n'eut guère le temps de réaliser ce qui allait se passer. Il déplaça les mains de ses épaules pour lui encadrer la tête. Puis il effectua un brusque mouvement de torsion. Un sinistre craquement s'ensuivit.

Il contempla le corps disloqué à ses pieds.

Il était temps de nourrir les chiens de l'enfer.

Doug avait été transporté dans une chambre où il s'était endormi paisiblement. On lui avait posé une perfusion et on l'avait branché sur des moniteurs.

Arturo était rentré à l'hôtel, tandis que Liz était revenue à l'hôpital pour relayer ses amis au chevet du malade. Stéphanie l'avait observée tandis qu'elle s'entretenait avec le médecin. Elle n'avait pas compris ce qu'elle disait, car elle parlait en italien, mais le docteur Antinella semblait être d'accord avec elle. Pendant cette longue discussion, tous deux avaient arboré un air sérieux.

Stéphanie poussa un soupir. Elle n'aurait su dire pourquoi, mais soudain, Liz lui paraissait suspecte. Suspecte de quoi ? Dieu seul le savait. Elle décida cependant de ne pas la laisser seule dans la chambre de Doug.

Pour le moment, Stéphanie et Virginie étaient assises sur des chaises en plastique près du lit blanc où Doug dormait. Ses joues avaient retrouvé des couleurs, et quand Drew vint les remplacer, accompagné de Lena et de Liz, il poussa un soupir de soulagement en voyant son ami.

En sortant, Stéphanie fit signe à Drew de la suivre dans le couloir.

— Quoi qu'il arrive, il faudra qu'il y ait toujours deux personnes dans sa chambre, déclara-t-elle.

Drew fronça ses sourcils roux.

— Ah, bon... fit-il lentement, sans la quitter des yeux. Vous vous méfiez de quelqu'un en particulier ?

Stéphanie hésita une seconde.

— Non... Enfin, si. Drew, je ne serai pas tranquille si Liz reste seule avec lui.

Il parut étonné.

— Pourquoi ? Liz est une des personnes les plus gentilles que je connaisse.

— Je pense la même chose.

— Mais ?

— Je me pose quand même des questions. J'ai l'impression qu'aucun de nous ne doit rester seul.

— Je vois. Je vous ai fichu la trouille avec ma théorie sur les rêves. Vous avez dû me prendre pour un cinglé.

— J'aurais préféré... soupira-t-elle. Oui, ça paraît dingue, mais soyons prudents. Drew, promettez-moi de ne pas laisser Doug seul, en particulier avec Liz.

— C'est juré.

— Avez-vous mangé quelque chose ? s'enquit-elle, changeant de sujet.

— Oui. Dans une charmante petite *trattoria* au coin de la rue. La patronne m'a dit qu'ils servaient jusqu'à 23 heures... En Italie, les gens dînent tard.

— Formidable ! J'emmène Virginie grignoter un morceau, et on revient.

— Vous revenez ? Nous allons passer la nuit ici ?

— Qui est le cinglé maintenant, hein ? fit-elle avec un sourire. Oui, j'ai l'intention de surveiller Doug jusqu'au matin. Nous dormirons après.

Drew acquiesça, et peu après, Stéphanie et Virginie sortirent de l'hôpital. Elles n'eurent aucun mal à trouver le petit restaurant indiqué par Drew, et dès qu'elles s'installèrent à une table, la patronne accourut. Elle ne parlait pas un mot d'anglais, mais Stéphanie possédait un vocabulaire suffisant pour passer les commandes.

Elles sirotaient un verre de vin blanc en attendant leur repas quand Virginie demanda :

— Tu crois vraiment que Gema est en train de... d'errer quelque part et qu'elle a transmis un virus à Doug ?

— Je n'en sais rien... Parfois, je me demande si on n'a pas tous une araignée au plafond.

— C'est un miracle qu'il soit vivant, tu sais, murmura Virginie en frissonnant. Quand l'ambulance est arrivée, son visage et ses lèvres étaient couleur de cendre.

Stéphanie but une petite gorgée de vin. Elle ne prêtait qu'une oreille distraite aux propos de son amie. Un homme âgé, assis au milieu d'un groupe au fond du restaurant, la regardait fixement. Lui et ses quatre compagnons avaient fini de manger depuis un moment, mais selon la coutume locale, ils traînaient à table en fumant des cigares et en buvant du cognac. Tassé sur son siège, le vieil homme dardait sur Stéphanie un regard inquisiteur qui mettait la jeune femme mal à l'aise.

La patronne arriva avec les salades.

— *Buon appetito,* dit-elle chaleureusement, tout en posant les plats devant ses clientes.

Elles la remercièrent.

Tandis qu'elles picoraient dans leurs assiettes, Stéphanie dit à mi-voix :

— Ne te retourne pas, mais il y a un type au fond de la salle qui ne me quitte pas des yeux.

Virginie sourit.

— Normal ! Il doit te trouver à son goût.

— Je ne crois pas... commença Stéphanie.

— Voyons, Steph ! Les Italiens sont des dragueurs invétérés...

Elle s'interrompit et jeta un bref coup d'œil par-dessus son épaule.

— Oups ! Même quand ils ont l'âge de Mathusalem !

— Justement, je ne pense pas que je lui plaise.

Virginie soupira.

— Quoi qu'il en soit, il a le droit de te regarder. On est dans un pays libre, pas vrai ? Alors, tu ne peux pas empêcher ce vieux type de te lorgner.

La blonde mastiqua une feuille de salade, avant de se lancer dans un de ces discours décousus dont elle avait le secret.

— Malgré tout ce qui nous arrive, j'adore ce pays. Et même si je suis une Américaine pure et dure, je suis ravie de notre séjour en Italie. Tu sais, d'ici, on peut facilement visiter la Sicile ou aller en bateau jusqu'en Grèce. Et pour parcourir l'Europe, il suffit de se rendre jusqu'à Naples...

Pourvu que cette maladie soit un truc viral ! Je me sens beaucoup mieux aujourd'hui, mais je sais très exactement ce que Doug a enduré parce que l'autre matin, quand je me suis réveillée, j'étais lessivée, littéralement sans forces... Tu crois qu'un virus peut donner des rêves bizarres ? Je veux dire, comme quand on a beaucoup de fièvre et qu'on délire ?

Stéphanie ne prêtait qu'une attention relative au bavardage de son amie. Le vieil homme promenait sans trêve ses yeux brillants sur son visage... et pas parce qu'elle lui plaisait, se répéta-t-elle avec une sourde appréhension. Son regard était froid, dur comme de la pierre.

— Oui, murmura-t-elle.

La patronne réapparut avec les plats de pâtes. Une fois de plus, elle leur sourit et leur souhaita un bon appétit.

— Stéphanie ?

— Oui ?

— Tu ne m'écoutes pas.

— Mais si, bien sûr.

— Oublie ce vieux crétin. Il est inoffensif.

— Je te demande pardon. Je pensais au succès de la pièce.

— Un succès qui risque de ne pas durer, si on tombe malades les uns après les autres. Le pauvre Doug était vraiment mourant... Mmm, ces pâtes sont un régal.

— Oui, elles sont délicieuses, approuva Stéphanie en tortillant sa fourchette dans ses spaghettis au basilic, avant de la porter à sa bouche.

Elle avait peine à déguster son repas, consciente que le vieil homme continuait à la scruter.

Elle se força à reporter son attention sur Virginie.

— Nous finirons par comprendre le fond du problème. Lena se porte mieux, toi aussi, et le docteur Antinella a pris soin de Doug. Tu sais quoi ? ajouta-t-elle après une brève hésitation. Je crois que tu devrais t'installer chez Lena, à moins qu'elle n'accepte d'emménager chez toi.

— Pourquoi ?

— Parce que si vous recommencez à faire des cauchemars, l'une pourrait réveiller l'autre. Et si jamais l'une avait de la fièvre, l'autre pourrait lui apporter de l'aspirine.

— C'est une idée... dit Virginie, sans enthousiasme. On est devenues bonnes copines, c'est vrai, mais j'aime bien avoir mon propre espace. Ce ravissant petit bungalow rien que pour moi... Mais bon ! Tu as sans doute raison. On s'installera ensemble pour quelques jours. Je lui en toucherai deux mots ce soir... Oui, mais toi, Steph ? Oh, zut, j'oubliais ! Tu as Grant.

Oui, elle avait Grant.

Elle vit alors le groupe d'hommes se lever, et un immense soulagement l'envahit. Mais au lieu de suivre ses compagnons, le vieux monsieur qui n'avait pas cessé de la dévisager s'approcha de leur table.

Stéphanie reposa sa fourchette.

Il arrivait droit sur elle. Il s'arrêta, posa la main sur la table, ses yeux étincelants de colère rivés sur elle, puis déversa un flot de paroles auxquelles elle ne comprit strictement rien.

— *Per favore... Non capisco !* dit-elle, désemparée.

Peine perdue ! Il poursuivit son discours de plus belle, d'une voix hachée, essoufflée. À la fin, il enfouit la main dans sa poche pour en extirper quelque chose. Stéphanie se figea, le cœur battant à tout rompre. Il avait l'air si excité, si furieux, qu'elle s'attendait à le voir brandir un pistolet.

La main ridée, sillonnée de veines saillantes, ressortit de la poche et s'ouvrit. Une croix en argent au bout d'une chaîne luisait dans la paume parcheminée. Virginie laissa échapper un petit cri admiratif, tandis que le vieillard pressait la croix dans la main de Stéphanie.

Celle-ci essaya de lui faire comprendre qu'il était hors de question qu'elle accepte ce présent, mais elle ne réussit qu'à l'exaspérer davantage. Enfin, un jeune homme sortit des cuisines. Il était le portrait craché de la patronne, si bien que Stéphanie supposa qu'il s'agissait de son fils. Il s'approcha de leur table et se mit à parler au vieillard d'un ton apaisant, avant d'adresser un sourire penaud à Stéphanie.

— Merci de votre patience. Adalio Davanti est âgé, veuillez l'excuser. Il s'est mis dans la tête que vous et votre troupe aviez réveillé des... comment dire... des maléfices anciens. Ne vous fâchez pas, mais Adalio aimerait vous donner cette croix. Il dit que si vous la portez, la ville sera sauvée.

— C'est un... euh... un très joli bijou, bredouilla-t-elle. Un bijou de prix. Je ne peux pas l'accepter.

Un large sourire éclaira le visage du jeune homme.

— M. Davanti est joaillier. Il a façonné la croix lui-même et il insiste pour que vous la portiez. Je vous en prie, faites-le, si vous voulez qu'il vous laisse tranquille. Ma mère aime bien les nouveaux clients de l'hôtel. Si vous acceptez ce cadeau, vous ferez deux heureux : la *mamma* et le bijoutier.

Stéphanie regarda le vieil homme. Ses yeux enfoncés la scrutaient toujours avec intensité, avec angoisse. Elle parvint à s'arracher un sourire.

— *Mille grazie.* Merci, merci infiniment.

Elle prit la croix et serra les dents quand le vieil homme s'empressa de l'aider à agrafer la chaîne autour de son cou. Elle laissa ensuite retomber sa chevelure et sourit de nouveau.

— Merci.

— Vous... porter ceci, dit-il alors, dans un anglais approximatif. Vous... jamais l'enlever. Jamais. *Capisce ?*

— *Si, si, grazie,* répondit-elle solennellement.

Enfin, les traits ridés du bijoutier se détendirent. Pivotant sur ses talons, il se précipita brusquement hors du restaurant. Le serveur poussa un soupir.

— Le repas vous a plu ? s'enquit-il.

— C'était excellent, affirma Virginie.

Ils échangèrent un sourire complice, et le jeune homme regagna les cuisines après avoir jeté à la blonde un ultime regard admiratif.

Virginie éclata de rire.

— Pour l'amour du Ciel, qu'est-ce qui t'amuse autant ? lui demanda Stéphanie, passablement agacée.

— Oh, pardon. C'est trop drôle. Mathusalem t'a fait un cadeau somptueux, ma belle. Cette croix est merveilleusement ouvragée.

— Oui, c'est une belle pièce, murmura Stéphanie. Retournons à l'hôpital, maintenant. Les autres ont sans doute envie d'aller boire un café ou un verre. La nuit sera longue...

Lorsqu'il regagna l'hôtel, Grant ne vit nulle part Clay Barton. Liz était introuvable, elle aussi. Quelques clients s'attardaient encore au restaurant – des gens du coin, pour la plupart. Le maître d'hôtel lui apprit qu'ils attendaient des touristes du nord de l'Italie, ainsi qu'un petit groupe de voyageurs français.

La nuit était calme. C'était dimanche, jour de repos. Le lendemain, les habitants de la petite ville assisteraient aux obsèques de Maria Britto.

Grant se dirigea vers le club de théâtre. La salle était vide. L'espace obscur et silencieux, qui, la veille encore, résonnait d'applaudissements et de rires, lui fit l'effet d'une tombe. Il ressortit et emprunta l'allée qui descendait vers la plage. Là non plus, aucune trace de Clay et de Liz. Il ignorait si la jeune femme avait loué un bungalow ou si elle occupait une chambre dans le bâtiment principal, mais il savait où se trouvait le cottage de Clay. L'acteur était-il chez lui ? Rien de moins sûr. Grant remonta néanmoins l'allée et alla frapper à la porte de Clay, puis écrasa la sonnette.

Pas de réponse.

Il se souvint brusquement qu'il n'avait pas la clé de Stéphanie. Elle ne lui en avait pas donné de double et il n'avait rien demandé, craignant d'essuyer un refus.

Il avait besoin de cette clé, pensa-t-il, tandis qu'il reprenait le chemin de l'hôtel. Son vocabulaire en italien, qui s'était singulièrement enrichi ces derniers temps, lui permit d'obtenir un double à la réception.

Il se rendit chez Stéphanie, ouvrit la porte et pénétra dans le bungalow plongé dans la pénombre, sans trop savoir ce qu'il cherchait. Peu après, il comprit ce qu'il était venu faire.

Grant monta à l'étage. Il fouilla la penderie, les tiroirs, en prenant soin de remettre en place les affaires de Stéphanie ensuite. Reggie avait sûrement communiqué à la directrice de sa troupe les CV des comédiens qu'elle avait embauchés. Grant les rechercha lentement, méthodiquement. Il finit par mettre la main dessus : les documents étaient rangés dans le fourre-tout en velours vert que Stéphanie emportait aux répétitions. Il alluma la lampe de chevet, s'assit sur le bord du lit et se mit à parcourir rapidement les feuillets.

Virginie Lacroix avait étudié le mime et l'art dramatique à Paris avant de se produire dans différents théâtres aux

États-Unis et en Europe. Dans sa lettre de motivation, Lena Miro mentionnait ses origines italiennes. La lettre de Drew expliquait avec humour qu'il ne parlait pas un traître mot d'italien mais qu'il ne demandait pas mieux que d'apprendre la langue de Dante. Celle de Doug ressemblait à celle de son camarade, tandis que Gema Harris vantait longuement ses mérites. Enfin, il tomba sur le CV de Clay Barton. Il n'y trouva rien que de très normal : études à Tulane, quelques rôles dans des petits clubs à La Nouvelle-Orléans, bref passage à New York, plusieurs représentations à Londres.

Et aucune mention de sa connaissance de l'italien.

Grant relut le CV plus attentivement. Après l'avoir remis dans le fourre-tout, il quitta le bungalow. Une fois dehors, il accéléra l'allure. Devant la porte de son propre bungalow, il s'immobilisa.

Quelque chose gisait sur le perron.

Grant se rapprocha, se pencha. Un grand froid l'envahit. C'était un avant-bras humain. Un avant-bras sectionné. Les doigts de la main étaient déformés et semblaient se tendre vers sa porte. La chair avait un aspect mou et grisâtre.

Grant resta immobile, tétanisé. Quelqu'un avait délibérément déposé cet objet macabre devant sa porte.

Qu'était-ce ? Un avertissement ? Un défi ?

Il se pencha un peu plus et étudia la main livide. C'était une main de femme, constata-t-il, et pas assez ancienne pour provenir des fouilles.

Il répugnait à la toucher, aussi rebroussa-t-il chemin en direction de l'hôtel. S'il ne trouvait pas Merc ou Franco dans la salle à manger, il demanderait au réceptionniste d'appeler la police.

Il se sentait nauséeux. Un brusque vertige le fit chanceler. Soudain, il eut l'intime conviction qu'il avait retrouvé Gema Harris.

Ou ce qu'il en restait.

Stéphanie était toujours assise sur l'inconfortable chaise en plastique quand Drew pénétra dans la chambre de Doug. Il jeta un coup d'œil à Virginie, qui somnolait sur le fauteuil capitonné, et fit signe à Stéphanie de le suivre.

Elle lui emboîta le pas, intriguée.

Dans le couloir chichement éclairé par un unique néon bleu, le jeune homme se racla la gorge.

— Vous vous souvenez de ce que je vous ai dit sur les rêves que nous avons faits, Doug et moi ?

— À propos de Gema ?

— Précisément. Je me demandais si Virginie l'avait vraiment aperçue au théâtre et si Gema ne souffrait pas d'une espèce de virus qu'elle aurait passé à Doug...

— Eh bien ?

— J'avais tort. J'étais même complètement à côté de la plaque.

— Drew, où voulez-vous en venir ?

Il eut une brève hésitation, puis inspira profondément.

— Je ne crois pas que Virginie ait pu voir Gema, ni que celle-ci ait sonné à ma porte, ni qu'elle ait passé des nuits torrides avec Doug.

— Pourquoi pas ?

Il prit une nouvelle inspiration.

— Grant vient d'appeler. Il a trouvé un morceau de bras sur le perron de son bungalow.

— Un... morceau de quoi ?

— Un bras. Un avant-bras humain. Les policiers l'ont emporté. Ils n'ont pas encore identifié son propriétaire, mais ils pensent qu'il s'agit de Gema.

Un bloc de glace se forma au creux de l'estomac de Stéphanie, qui porta les mains à ses joues.

— Ô mon Dieu ! Ils ont découvert un avant-bras humain devant la porte de Grant ?

— Oui. C'est Grant qui l'a trouvé.

Grant. Encore.

Son cœur manqua un battement.

— Ce doit être une blague... Quelqu'un a mis cette chose-là pour jouer un mauvais tour à Grant. Il s'agit probablement d'un bout de squelette que l'on a exhumé sur le site.

Drew secoua vigoureusement la tête.

— Non, non. Ce n'est pas un vieux machin... une relique, je veux dire. Il y avait de la chair dessus, comprenez-vous ? D'après le médecin légiste, il semble que la personne soit morte depuis peu... environ une semaine, pas plus.

Une sourde douleur traversa la poitrine de Stéphanie. Elle n'avait pas connu Gema, et d'après ce qu'elle avait compris, celle-ci n'était pas très populaire au sein de la troupe, mais cela n'avait aucune importance. Encore une femme morte, pensa-t-elle avec désespoir.

— Peut-être que ce n'est pas le bras de Gema, dit-elle d'une voix empreinte d'espoir.

— On n'en sait rien encore. Mais le médecin pense que ce bras coupé est celui d'une jeune femme âgée de vingt à trente ans.

— Cela ne veut pas dire qu'il appartient à Gema, insista-t-elle.

— Demain, ils vont relever les empreintes digitales. Évidemment, si Gema n'était pas fichée, ce qui est probable, cela ne servira pas à grand-chose. J'irai à la morgue demain matin pour essayer de reconnaître la main. Peut-être qu'on ne saura jamais la vérité... à moins...

— À moins ?

— À moins que le reste du corps réapparaisse, répondit Drew tristement.

Les policiers étaient repartis, emportant avec eux la trouvaille macabre. Arturo, bouleversé, avait aidé Grant à répondre aux questions des enquêteurs. Grant avait subi patiemment l'interrogatoire et avait assuré aux policiers qu'il ne comptait pas quitter la Calabre. De nouveau, il avait été question d'animaux sauvages, de loups qui devaient rôder dans la région.

Ensuite, Grant avait appelé l'hôpital et avait demandé à parler à Drew Cunningham. Lorsqu'il l'avait eu au bout du fil, il lui avait fait un résumé clair et précis de la situation. Il ne lui avait rien caché : la police présumait que le bras sectionné au coude appartenait à Gema Harris, sans toutefois en avoir la certitude.

Des heures s'étaient écoulées depuis qu'il avait quitté l'hôpital. Et malgré l'agitation provoquée par les voitures de police, les sirènes et les policiers qui avaient envahi l'hôtel et la plage, il n'avait pas revu Clay Barton. Drew lui avait appris que Liz était à l'hôpital et que Stéphanie s'y trouvait également. Ils étaient tous ensemble, avait-il dit, et se relayaient au chevet de Doug.

Après avoir raccroché, Grant demeura longtemps immobile, l'esprit agité de pensées confuses. Les policiers ne lui poseraient plus de questions avant le lendemain, ses amis étaient auprès de Doug à l'hôpital. Il était donc libre de retourner à son bungalow.

Cinq minutes plus tard, il entra dans son salon. Son ordinateur portable trônait sur la table basse. Il l'alluma, se connecta à Internet et commença à pianoter sur le clavier pour faire défiler des noms d'acteurs et leurs CV.

Doug respirait normalement, constata Stéphanie avec satisfaction en pénétrant dans la petite chambre blanche. Lena, assise près du lit, bondit sur ses pieds et lui dit dans un chuchotement fiévreux :

— On a failli le perdre !

Stéphanie et Virginie étaient parties boire un café, et durant leur absence, le moniteur s'était soudain mis à sonner, expliqua Lena. L'écran de surveillance affichait un tracé cardiaque plat. Aussitôt, ç'avait été le branle-bas de combat. Médecins de garde et infirmières avaient emmené Doug sur le lit roulant. Ils l'avaient ramené un peu plus tard. Quelques minutes après, Doug avait ouvert les yeux. Il avait souri et parlé à tout le monde. Il avait même réclamé son dîner, acheva Lena avec émotion.

Stéphanie jeta à Drew un coup d'œil anxieux.

— Est-ce qu'il s'est rappelé quelque chose ?

— Non, rien du tout.

Tout ce dont Doug se souvenait, c'était qu'il était revenu de la plage, qu'il avait pris une douche et s'était allongé. Peut-être avait-il rêvé, mais il n'en était pas sûr.

D'un commun accord, Drew et Lena lui avaient dissimulé la découverte du bras coupé. Stéphanie leur donna raison. Doug avait failli mourir et avait besoin d'être ménagé. À présent, il dormait paisiblement. Stéphanie remplaça Lena, et Virginie reprit sa place sur le fauteuil convertible.

Doug portait une blouse d'hôpital lacée dans le dos. Un petit objet brillait sur sa poitrine.

Stéphanie se pencha vers lui et toucha du bout des doigts les maillons de la chaîne qui ceignait le cou du malade. Une croix en argent y était suspendue, plus grosse et plus lourde que celle que le vieux bijoutier lui avait offerte.

Une drôle d'odeur, qui n'avait rien à voir avec le relent caractéristique de désinfectant propre à tous les hôpitaux, imprégnait l'air. Stéphanie releva la tête.

— Ça sent l'ail, fit Virginie.

Puis elle haussa les épaules.

— Je crois que j'en ai trop mangé, ajouta-t-elle sur un ton d'excuse.

Stéphanie sourit.

— Je ne savais pas que Doug portait une croix.

La blonde se leva et traversa la pièce pour examiner le bijou brillant.

— Regarde ! Elle ressemble à la tienne.

— L'avait-il déjà, avant ?

— Je ne crois pas.

— Le vieux fou n'est pas venu à l'hôpital. Ce n'est donc pas lui qui l'a apportée.

— Peut-être que Doug l'avait déjà et que nous ne l'avons pas remarquée. Ou alors, il l'a achetée en ville récemment.

— Je ne sais pas... Je pense plutôt que quelqu'un lui a passé cette chaîne autour du cou.

— Oui, mais qui ?

— Je n'en sais rien.

— Alors, qu'est-ce qu'on fait ? demanda Virginie. On la lui enlève ?

— Non, murmura Stéphanie. Je porte bien la mienne. Est-ce qu'il est chrétien ?

— J'ai cru comprendre qu'il était athée, bien que nous n'ayons jamais abordé franchement le sujet de la religion. En tout cas, je ne pense pas qu'il soit juif, bouddhiste ou musulman... De toute façon, quand il se réveillera, il prendra une décision lui-même.

— Tu as raison, approuva Stéphanie.

Virginie hocha la tête.

— Ces croix sont superbes. J'aimerais bien en avoir une, moi aussi. Demain, je chercherai la boutique du vieil illuminé.

Elle s'interrompit et réprima un frisson.

— Les symboles sacrés ne peuvent pas faire de mal... Oh, Steph, ce bras que Grant a trouvé... est-ce qu'il appartient à Gema, à ton avis ?

— Je n'en ai pas la moindre idée, répondit Stéphanie avec honnêteté.

— Seigneur ! C'est effroyable !

Stéphanie dégrafa sa chaîne et la tendit à Virginie.

— Tiens, prends-la.

— Je ne peux pas.

— Pourquoi ?

— C'est à toi que le bijoutier l'a donnée.

— Prends-la quand même. J'irai le voir demain et j'en achèterai une autre. Je demanderai à quelqu'un qui parle italien couramment de m'accompagner et j'en profiterai pour l'interroger sur ce qu'il a essayé de me dire.

— Bah ! Il déraillait.

— Mais la ville entière déraille ! s'exclama Stéphanie. On découvre le corps d'une jeune fille enterré sous un monticule de terre, et les enquêteurs concluent qu'elle a été tuée par des animaux. Sa mère lui tranche la tête pendant la veillée funèbre, tout le monde fait des cauchemars, Grant trouve un bras coupé devant sa porte... Alors, tu veux que je te dise ? Le vieux bijoutier n'est pas le seul à divaguer. Et je tiens à savoir ce qu'il avait à me dire.

— Comme tu veux, murmura Virginie d'une petite voix malheureuse.

Après avoir regagné son fauteuil, elle jeta un coup d'œil à sa montre.

— Il est 5 heures du matin, annonça-t-elle. Tu crois qu'on pourra partir bientôt ?

— Oui, dès qu'il fera jour.

Drew passa la tête dans l'entrebâillement de la porte.

— Oh, vous pouvez vous en aller tout de suite. Arturo a téléphoné pour dire qu'il envoyait Giovanni vous chercher en voiture. Je vous remplacerai. Je ferai un somme sur le fauteuil et je resterai là jusqu'à ce que Doug se réveille et avale un consistant petit déjeuner.

— Je préfère rester, déclara Stéphanie.

— Non, Stéphanie, vous avez une mine de papier mâché. Allez vous reposer. Vous reviendrez plus tard dans la journée.

Doug se retourna dans son sommeil et leva la main pour se gratter le cou.

— Qu'est-ce qu'il a maintenant ? s'inquiéta Drew.

— Il doit être allergique au métal, suggéra Virginie.

Les sourcils de Drew se froncèrent tandis qu'il contemplait la croix.

— C'est à lui ?

— On ne sait pas, dit Stéphanie. Et je ne me rappelle pas lui avoir déjà vu ce crucifix.

— L'une des infirmières a sans doute jugé que notre ami avait besoin de l'aide du Tout-Puissant, murmura Virginie. Vous savez comment les gens réagissent face aux artistes, plus particulièrement face aux acteurs. Elle s'est peut-être dit qu'il aurait besoin de toute l'aide possible.

— En tout cas, la chaîne lui irrite la peau, remarqua Drew. Retirons-la, voulez-vous ?

— D'accord, murmura Stéphanie.

Doug était sûrement allergique à l'argent, comme l'avait dit Virginie, car dès que Drew le retourna et que Stéphanie lui ôta la croix, il parut s'apaiser. La marque rouge vif sur son cou s'estompa presque aussitôt.

— Il se sent mieux, on dirait, fit Drew. Maintenant, partez. Giovanni doit vous attendre.

Il avait vu juste. Le van barré du logo de l'hôtel était garé devant l'hôpital. Le jeune et beau Giovanni était au volant. Lena et Liz étaient déjà installées sur la banquette arrière. Virginie et Stéphanie grimpèrent dans le véhicule, qui démarra. Tout en conduisant, le jeune homme prit poliment des nouvelles de M. Doug Wharton. Les quatre femmes ne tardèrent pas à tomber sous son charme tandis qu'il parlait de tout et de rien, s'efforçant visiblement de leur remonter le moral. Le ciel était sombre, d'un bleu profond, mais un imperceptible frémissement dans l'air annonçait l'aube nouvelle.

— Lena est d'accord : elle va venir s'installer chez moi tout de suite, dit Virginie au bout d'un moment.

La blonde était assise sur la banquette, entre Lena et Liz.

— Sage décision, approuva Stéphanie, qui avait pris place à côté du chauffeur.

— Mais qui restera avec Liz ? lança étourdiment Virginie.

Comme Lena lui donnait un coup de coude dans les côtes, elle s'esclaffa.

— Clay, bien sûr !

Liz eut un sourire un peu penaud.

— Ne vous en faites pas pour moi. Je compte traîner dans le hall jusqu'à l'ouverture de la salle à manger. J'ai besoin d'un solide petit déjeuner.

— Et toi, Steph, est-ce que ça va aller ? demanda Lena.

— Mais oui, très bien.

« Mieux vaut être seule que mal accompagnée ! » pensa-t-elle en même temps. Grant dormait très certainement dans son propre bungalow à cette heure-ci. Il avait passé de longues heures à répondre aux questions des policiers et devait être exténué.

Le van pénétra dans l'allée qui menait à l'hôtel. Stéphanie fut la dernière à descendre et remercia Giovanni d'être venu les chercher à une heure aussi matinale.

— Ce fut un plaisir, affirma-t-il. Euh... M. Peterson est retourné chez lui.

— Ah ? fit-elle en haussant les sourcils.

Une rougeur soudaine colora les pommettes de Giovanni. Ses longs cils recourbés jetèrent une ombre frémissante sur le modelé délicat de sa joue, tandis qu'il baissait les yeux.

— Oui, répondit-il en expulsant l'air de ses poumons en une longue expiration. Je me suis dit que vous aimeriez le savoir.

Il avait commis une gaffe, mais Stéphanie ne lui en voulait pas. Tout le personnel de l'hôtel devait savoir que Grant avait passé les nuits précédentes chez elle.

— Merci, Giovanni. À plus tard.

Le van fit marche arrière et disparut derrière la haie de pins. Stéphanie se dirigea vers son cottage. Virginie et Lena se tenaient sur le porche du bungalow voisin.

— Est-ce que, par hasard, ce jeune et sensuel Italien essayait de te faire regretter l'absence de compagnie masculine cette nuit ? lança Virginie.

Stéphanie ne put s'empêcher de rire.

— Mais non ! Ce charmant jeune homme voudrait plutôt faire ses débuts au théâtre, répliqua-t-elle d'un ton léger. Voilà pourquoi il se montre si prévenant avec le metteur en scène que je suis.

Elle salua ses amies d'un geste de la main.

— Dormez bien. Et faites attention.

Sur ce, elle se précipita vers son bungalow. L'épuisement alourdissait ses membres, mais elle accéléra l'allure. La pénombre avala rapidement les silhouettes de Lena et de Virginie. Elle plongea la main dans son sac, en sortit sa clé et l'introduisit dans la serrure. Inexorablement, ses pensées dérivaient vers Grant.

Qu'avait-il éprouvé en trouvant le bras tranché sur son perron ?

Ou était-ce lui-même qui l'avait mis là ?

Stéphanie tourna la clé. Elle se détestait de nourrir des soupçons aussi mesquins vis-à-vis de l'homme qu'elle aimait.

Ah, bravo ! se tança-t-elle. C'était donc ça ! Les femmes devaient-elles donc être forcément tributaires de leurs sentiments, de leurs passions ? Devaient-elles toujours laisser leur cœur obscurcir leur bon sens ? Objectivement, elle ne pouvait pas ignorer le comportement étrange de Grant sous prétexte qu'il l'envoyait au septième ciel.

Parce que, qu'elle le veuille ou non, Grant se comportait bizarrement.

Elle poussa la porte avec la sensation qu'une ombre géante en forme de chauve-souris planait dans son dos. Elle entra rapidement dans le bungalow, claqua la porte, mit la chaîne de sécurité et appuya sur l'interrupteur. Les appliques flamboyèrent, jetant une clarté dorée dans le salon.

Elle monta les marches de l'escalier intérieur quatre à quatre, alluma la lumière sur le palier puis dans la salle de bains, dont elle laissa la porte entrebâillée. Un instant plus tard, elle était sous la douche. Le jet d'eau chaude fouetta longuement son corps fourbu. Elle commençait à se sentir mieux quand une ombre passa dans la chambre.

Stéphanie ferma les robinets et attendit un instant, prêtant l'oreille.

Rien.

Enfin, aussi doucement qu'elle le put, elle fit coulisser la paroi de la douche sur son rail, prit sa serviette et s'en enveloppa.

Pieds nus, les cheveux mouillés, elle s'aventura craintivement dans la chambre. Les abat-jour nimbés de lumière diluaient la pénombre. La porte-fenêtre était verrouillée, les rideaux immobiles.

Avec un soupir, elle revint sur ses pas. Il fallait qu'elle aille inspecter le rez-de-chaussée, sinon elle ne fermerait pas l'œil. Très lentement, elle descendit l'escalier, marche après marche. Les appliques étincelaient, exactement comme elle les avait laissées.

Rassérénée, elle traversa le salon. La porte d'entrée et celle qui donnait sur la plage étaient fermées, les loquets en place. Elle jeta un regard inquisiteur dans le coin cuisine. Là aussi, la fenêtre était verrouillée. La jeune femme remonta les marches sans éteindre les lumières. Tout était calfeutré, silencieux, tranquille.

Elle entra dans sa chambre... et se figea sur place. Un cri étranglé mourut dans sa gorge, tandis que le poing glacé de la peur lui étreignait le cœur.

Les rideaux flottaient, ondoyant comme de longs fantômes floconneux.

La porte-fenêtre était ouverte.

Une ombre émergea dans le coin de la pièce.

Une ombre qui disparut presque aussitôt dans la dense obscurité qui engloutit d'un seul coup le bungalow tout entier.

14

Liz n'avait jamais eu l'intention de s'attarder dans le hall. Sa chambre se trouvait au deuxième étage de l'hôtel, face aux bungalows. Elle monta et longea rapidement le couloir silencieux. En ouvrant sa porte, elle cria le nom de Clay.

Elle n'obtint aucune réponse. Clay n'était pas là et ne lui avait laissé aucun message. Liz traversa la pièce en direction de la fenêtre. De son poste d'observation, elle apercevait la longue étendue de sable blanc, ainsi que les bungalows disséminés parmi les pins.

Elle contempla un instant les rectangles illuminés des fenêtres de Stéphanie, puis son attention se porta sur le bungalow voisin. Lena se tenait sur le porche, les bras serrés autour d'elle comme pour se réchauffer, tandis que Virginie fouillait dans son sac à la recherche de sa clé.

Liz laissa errer son regard sur le pâle croissant de la plage vide.

Au début, elle ne vit rien.

Et soudain, elle l'aperçut.

Une ombre noire crevant le ciel.

Presque aussitôt, le bungalow de Stéphanie Cahill fut plongé dans l'obscurité.

Son cœur se mit à cogner à tout rompre.

L'heure était venue.

Elle se détourna vivement de la fenêtre et se rua hors de la chambre, dont la porte claqua bruyamment derrière elle. Puis elle se mit à courir à toutes jambes vers la cage d'escalier.

Il fallait coûte que coûte arriver chez Stéphanie avant qu'il ne soit trop tard.

Debout au milieu de la chambre enténébrée, clignant des yeux et grelottant, Stéphanie fixait désespérément le coin où elle avait aperçu l'ombre.

Un choc violent ébranla soudain la vitre de la porte-fenêtre, comme si quelqu'un essayait de pénétrer dans le bungalow et s'empêtrait dans les rideaux flottants. La jeune femme retint son souffle. Elle était nue sous la serviette-éponge nouée au-dessus de ses seins et ne disposait d'aucune arme.

Elle pivota sur elle-même, en quête d'un objet contondant, n'importe lequel, pourvu qu'elle puisse s'en servir pour se défendre.

Le bruit s'intensifiait. La tringle se détacha brusquement et s'abattit avec fracas, entraînant les rideaux avec elle.

Une vague lueur naissait dans les ténèbres.

Le jour était en train de poindre.

Dans la pâle clarté de l'aube, elle distingua les rideaux, qui formaient comme une mare fluide sur le carrelage. Du coin de l'œil, elle crut entrevoir un mouvement, mais ce n'était que l'ombre qui se dissipait, avalée par la lumière qui se glissait imperceptiblement dans la chambre.

Des grognements s'élevèrent sur le balcon, des halètements, des râles étouffés, suivis du choc mat d'un coup de poing, puis deux hommes étroitement enlacés roulèrent à l'intérieur de la pièce.

La terreur qui la paralysait laissa place à la colère.

— Bon sang ! Mais qu'est-ce que vous faites ?

Elle se précipita vers les deux corps enchevêtrés. Ses doigts agrippèrent fortement les cheveux de Grant, tandis que Clay Barton se redressait.

— Que diable faites-vous là ? s'écria-t-elle en resserrant les pans de sa serviette avec le plus de dignité possible.

Échevelés, les yeux exorbités, Clay et Grant ébauchaient à présent un cercle lent, les poings crispés, tels deux boxeurs sur un ring.

Stéphanie sentit entre ses doigts la mèche de cheveux qu'elle avait arrachée à Grant, sans même qu'il s'en rende compte.

— Arrêtez ! ordonna-t-elle. Arrêtez immédiatement.

— Il venait par ici, dit Grant d'un ton accusateur. Dieu seul sait dans quel but.

— Pas du tout ! riposta Clay. Je vous ai suivi.

— Menteur ! hurla Grant en faisant saillir ses biceps, prêt à se jeter sur son adversaire.

— Attendez !

Stéphanie eut beau tirer Grant par le poignet, il continua de fusiller Clay d'un regard furibond, tandis que ce dernier le dévisageait froidement, un rictus méprisant sur les lèvres. Une seconde après, ils firent mine de se précipiter l'un contre l'autre. La jeune femme s'interposa vivement.

— Non ! C'est de la folie ! Vous êtes dans ma chambre. Vous avez fichu en l'air mes rideaux, espèces d'abrutis ! Mais qu'est-ce qui vous prend ? Arrêtez tout de suite.

— J'ai vu l'ombre, dit Clay sans cesser de fixer Grant.

— Ah, mais je l'ai vue moi aussi, cette ombre, rétorqua Grant, furieux. Et c'était la vôtre !

Aucun d'eux ne semblait d'humeur à cesser la bagarre. Ils s'apprêtaient à s'empoigner, mais une nouvelle fois, Stéphanie se glissa entre eux.

— Grant ! Calme-toi et explique-moi ce qui se passe.

— Très bien, je vais te l'expliquer. D'ailleurs, je n'ai aucune raison de me taire. Figure-toi que j'ai effectué quelques recherches sur Internet. Il y avait bien un acteur du nom de Clay Barton, et il avait le même CV et à peu près la même apparence que ce type-là, poursuivit-il en lançant à Clay un regard assassin. Mais ce n'était pas le même homme. Le vrai Barton est mort du sida il y a un an !

— Vous n'avez pas pu vous empêcher de vérifier, hein ? marmonna Clay.

Grant n'eut pas le temps de répondre, car un troisième visiteur faisait irruption à travers la porte-fenêtre ouverte. Liz. Elle jeta un coup d'œil circulaire en s'efforçant d'évaluer la situation. Puis elle s'élança vers Clay.

— Lucian ! s'écria-t-elle.

— Lucian ? répéta Grant. Je t'avais bien dit que cet individu était un imposteur, Steph. Un imposteur et un assassin de surcroît.

— Non ! protesta Liz.

Elle avait enlacé l'homme qu'elle avait appelé Lucian.
— Pour l'amour du Ciel, dis-leur la vérité.
— Oh, je sens que je vais adorer cette vérité, railla Grant en croisant les bras sur sa poitrine.
— Minute ! lança Stéphanie. Je suis la directrice de la troupe, et si vous m'avez menti...
— Steph, ils ne sont pas comédiens, coupa Grant avec impatience. N'est-ce pas, Liz ? Enfin, si c'est toujours Liz...
— Jade, murmura-t-elle.
Abasourdie, Stéphanie se tourna lentement vers l'homme qu'elle avait connu sous le nom de Clay Barton.
— Bon, d'accord. Vous vous appelez Lucian. Et vous, Jade. Et je parie que vous vous connaissez très bien.
— Nous sommes mariés, déclara Jade.
Grant pouffa.
— Génial ! Monsieur est marié, et il essaie de séduire une autre femme !
— Pauvre imbécile ! grogna Lucian.
— Arrêtez donc, tous les deux ! dit Jade.
— Résumons, fit Grant. Votre vrai nom est Lucian, vous êtes le mari de cette petite menteuse qui s'appelle en réalité Jade et vous n'avez pas cessé de suivre ma femme comme une tique harcèle un chien. Alors, quelle est votre explication ?
— Imbécile ! répéta Lucian en serrant les poings.
— Je ne suis pas ta femme ! s'exclama Stéphanie. Je ne suis pas un objet que tu possèdes !
Grant balaya les mèches sombres qui lui tombaient devant les yeux. Une expression peinée s'était dessinée sur ses traits.
— Je faisais référence à la personne que j'aime, dit-il d'un ton las, certainement pas à un objet... Oh, et puis merde ! La question n'est pas là. J'attends vos explications, Lucian.
— Dis-leur la vérité, supplia Jade. Tu aurais dû le faire depuis le début, d'ailleurs.
— Ben voyons ! Tu aurais voulu que j'entre dans le théâtre en disant : « Salut, je suis un vampire et quelque chose dans ce patelin ne tourne pas rond » ? Ai-je dit vampire ? Désolé, ne paniquez pas, je suis un bon vampire.
— On aura tout entendu ! jeta Grant avec colère. Maintenant, dites-nous la vérité, et vite.

— Sinon ? fit Lucian d'une voix glaciale.

— Lucian !

Il regarda sa femme.

— Ce type meurt d'envie de me casser la figure.

— Je vous en prie, frappez le premier, répliqua Grant avec une froide politesse.

— Ça suffit, maintenant ! hurla Stéphanie.

Elle aurait voulu rester calme, mais elle avait l'impression que le sol se dérobait sous ses pieds et que l'univers menaçait de basculer dans la folie.

— Je vous en prie, écoutez-moi, plaida Jade. Lucian est vraiment un vampire.

Elle leva la main, comme pour couper court aux éventuelles protestations de ses interlocuteurs.

— Avant tout, laissez-moi vous préciser certaines choses. Les personnes qui subissent la morsure d'un vampire peuvent survivre, à condition qu'elles soient secourues immédiatement, comme Doug l'a été ce soir. Mais si la victime succombe à la morsure, il faut alors la détruire. Il existe, pour ce faire, différents moyens : le feu, l'eau de mer, le pieu en plein cœur ou la décapitation.

Un silence oppressant suivit. On aurait pu entendre voler une mouche. Enfin, Grant déclara :

— Je vais au commissariat.

Il se dirigea vers la porte-fenêtre.

— Stéphanie, ne reste pas ici, cria-t-il par-dessus son épaule.

— Je ne porte qu'une serviette.

Mais Grant ne sortit pas. En un mouvement si rapide que Stéphanie ne le vit même pas bouger, Lucian alla se placer devant lui, lui bloquant le passage.

— Nous irons voir la police en temps et en heure, dit-il d'une voix posée.

Grant ricana.

— Le soleil se lève, mon vieux. Êtes-vous sûr de vouloir rester dans la lumière ? Parce que si vous êtes un vampire...

Lucian laissa échapper un soupir irrité.

— Pour votre gouverne, sachez que la lumière du soleil nous prive de nos pouvoirs surnaturels mais ne nous fait pas tomber en poussière.

— Vraiment ? Je ne sais pas si vous êtes un meurtrier ou tout simplement un déséquilibré, mais que vous le vouliez ou non, je vais à la police et vous allez m'y accompagner.

— Allez-vous vous arrêter, tous les deux ? dit de nouveau Jade.

Elle se glissa entre les deux hommes et posa la main sur la poitrine de Grant.

— Je vous supplie de m'écouter.

Grant braqua un regard scrutateur sur Lucian par-dessus la tête de Jade.

— Avez-vous tué Maria Britto et Gema Harris ?

— Je n'ai tué personne. Je le jure devant Dieu.

Le regard de Grant se fit sceptique.

— A-t-il dit « devant Dieu » ?

— Il a fait la paix avec son Créateur, répondit Jade simplement.

Grant eut l'air d'hésiter une seconde, avant de secouer la tête.

— Désolé, mais tout cela est absurde.

— Vraiment ? fit Jade sans le quitter des yeux. Admettez-le, Grant, vous avez senti dès le début que quelque chose ne tournait pas rond. Vous avez fait des rêves étranges. Vos amis ont contracté des maladies inexplicables. Une jeune villageoise a été assassinée, et sa propre mère lui a coupé la tête.

Comme Grant la regardait sans rien dire, elle poursuivit :

— Vous avez éprouvé un sentiment de déjà-vu sur le chantier de fouilles... Et à Chicago, Stéphanie vous a quitté parce que vous vous comportiez bizarrement. Est-ce que je me trompe ?

Le regard de Grant se posa sur Stéphanie, avant de revenir sur Jade.

— C'est vraiment un... un vampire ? demanda-t-il en balançant légèrement le menton vers Lucian.

— Oui. En fait, un roi vampire, murmura Jade.

— Oh, parfait ! Un roi, maintenant !

— L'histoire est trop longue et trop compliquée pour que vous puissiez saisir toutes les nuances.

Grant fixa Lucian.

— Si vous êtes un vampire, prouvez-le-moi.

— Vous voulez que je vous torde le cou ou que je plante mes crocs dans votre chair ?

Les deux hommes se toisèrent, les poings serrés.

— Lucian ! cria Jade.

Elle jeta un coup d'œil réprobateur à son mari, puis se tourna de nouveau vers Grant.

— Il fut un temps où ses semblables mettaient tout en œuvre pour survivre. Ils ont ainsi traversé les siècles. Mais avec les progrès de la science et de la technologie, le monde a changé. Une terrible dissension a alors opposé ceux qui voulaient protéger l'humanité et ceux qui entendaient imposer aux humains leur volonté selon les lois anciennes. Lucian, lui, est là pour vous protéger, vous et Stéphanie, mais aussi pour terrasser le mal qui est revenu sur terre.

— Une minute ! intervint Stéphanie, émergeant de sa stupeur. Tout cela commence à devenir trop compliqué pour moi. Vous voulez bien m'attendre en bas ? Je vais m'habiller et nous essaierons d'en parler calmement.

Et comme les trois autres la dévisageaient, elle ajouta :

— S'il vous plaît.

Jade se dirigea vers la porte. Arrivée sur le seuil, elle se retourna et appela :

— Grant ? Lucian ?

Ils lui emboîtèrent le pas.

Lorsqu'ils se furent éclipsés, Stéphanie prit une profonde inspiration. « Ils sont fous ! » se dit-elle, puis elle chassa cette pensée. Elle n'en était plus à une bizarrerie près ! Les événements les plus extravagants s'étaient enchaînés depuis qu'elle avait mis les pieds dans cette région du monde.

Elle enfila rapidement un tee-shirt, un jean, des sandales, puis elle dégringola les marches.

Jade était en train de faire du café. Les deux hommes, attablés dans la cuisine, discutaient sans aucune animosité. Ils se tutoyaient comme de vieux copains. Grant semblait même très attentif aux propos de Lucian.

Jade décocha à Stéphanie un sourire lumineux, le sourire de connivence échangé entre deux femmes dont les maris se seraient réconciliés après une âpre dispute sur le terrain de foot.

— Je crois que le récent séisme a ramené François de Venue et Valeria à la vie, disait Lucian. Le terrible tremblement de terre qui a ravagé la Calabre il y a plusieurs siècles les avait enfouis sous la roche, mais à présent, ils sont libres. Lorsque cela s'est produit, je l'ai senti. Peu après, je suis tombé sur cette offre d'emploi dans *Variety* pour un spectacle en Italie.

— C'est Reggie qui a mis l'annonce, dit Stéphanie en s'approchant. Elle était en Italie juste avant le dernier tremblement de terre.

Lucian se mit à tambouriner sur la table, l'air pensif, comme s'il méditait ses paroles.

Grant le regarda.

— Tu dis que tu l'as senti, quand cela s'est produit. Qu'as-tu éprouvé exactement ?

— J'ai une sorte de sixième sens. Je ressens... comment dire... la montée du mal. Je peux repérer un autre vampire à plusieurs dizaines de kilomètres à la ronde. Dans le cas qui nous préoccupe, j'ai senti cette montée terrifiante. Et une menace. Une grande menace.

— Qu'est-ce que tu veux dire ? s'enquit prudemment Grant.

— Il veut dire, répondit Jade en posant la cafetière et des tasses sur la table, qu'il ne s'agit pas seulement d'un vampire isolé.

— Un vampire isolé, répéta lentement Stéphanie, en acceptant la tasse que Jade lui tendait. À propos de cette Valeria...

Mais Lucian s'était de nouveau tourné vers Grant.

— Valeria possédait des pouvoirs fantastiques. Ses contemporains la considéraient comme une sorcière... rien à voir avec les cartomanciennes et autres diseuses de bonne aventure d'aujourd'hui. Au Moyen Âge, une sorcière était issue d'une longue lignée de femmes dotées de pouvoirs prodigieux. Quant à François de Venue, il a dû être vampirisé à un âge encore jeune. Dans quelles circonstances, je l'ignore. Mais le fait est que lorsqu'il a rencontré Valeria, il jouissait déjà de facultés surnaturelles. Il devait même être très puissant car, d'après les historiens, Valeria était sur le point d'épouser Conan de Burgh. Pourtant, elle a préféré s'allier à François de Venue. Elle chevauchait à ses côtés lors des combats. Selon la légende, elle commandait au vent, au brouillard et avait créé l'armée des chiens de l'enfer.

— Qui sont les chiens de l'enfer ? s'entendit demander Stéphanie.

Bon sang, où était donc passé son esprit rationnel ? Elle n'aurait pas dû rester là une seconde de plus, à écouter ces foutaises !

Et ces deux-là qui continuaient à bavarder gentiment, comme s'il s'agissait d'une situation normale !

Mais qu'est-ce qui était normal ? Elle n'avait pas oublié l'attitude fantasque de Grant.

Ni ses propres rêves.

Ni, surtout, la terreur qui l'avait assaillie lorsqu'elle s'était retrouvée au bord du précipice sans savoir comment elle y était arrivée.

Ses mains se mirent à trembler. Elle reposa sa tasse.

— Les chiens de l'enfer ou les chiens du diable, murmura Jade d'une voix rêveuse, en regardant Lucian.

Stéphanie le regarda à son tour. Il avait des prunelles sombres, d'une intensité rare. Ces yeux-là, elle les avait remarqués d'emblée. Tout comme la souplesse quasi animale de ses mouvements. Oui, depuis le début, elle avait deviné qu'il était différent.

Mais de là à admettre l'inconcevable...

Elle reporta son attention sur Grant. Sa mâchoire crispée trahissait une profonde agitation intérieure. Il semblait se rallier aux arguments de Lucian et de Jade, à moins que ce ne fût une ruse.

Un flot de tendresse submergea Stéphanie. En dépit de leurs disputes, de leur rupture, il s'était toujours battu pour elle. Son regard se posa de nouveau sur Lucian.

— Savez-vous ce qu'étaient exactement ces créatures ?

Il secoua la tête.

— Non. Mais je sais ce qu'elles n'étaient pas. Ces chiens n'étaient pas des loups-garous, par exemple.

— Des loups-garous ! lâcha Grant. Est-ce qu'ils existent ?

— Bien sûr. J'en ai même rencontré...

Il toussota.

— En fait, un de mes meilleurs amis est loup-garou.

Stéphanie et Grant échangèrent un regard, aussi ahuris l'un que l'autre.

— Mais les chiens de l'enfer, je n'en ai jamais vu, poursuivit Lucian. Je pense que Valeria possède la faculté de faire surgir ces monstres, mais j'ignore où elle va les chercher et ce qu'ils sont exactement. Jade, qui a étudié les textes anciens, n'a rien découvert sur eux.

Grant claqua des doigts.

— Bon, d'accord. Supposons que François de Venue ait été libéré de sa tombe et ait tué Maria Britto et Gema. Mettons qu'il soit à l'origine des malaises de Lena et de Virginie. Si c'est un vampire, pourquoi ne les a-t-il pas achevées, elles aussi ? Le corps de Maria était en pièces, et si j'en juge d'après le bras coupé que j'ai trouvé sur mon perron, Gema a subi le même sort.

— Il doit avoir ses raisons, dit Jade.

— Il est resté sous terre des siècles durant, ajouta Lucian. Il avait besoin de se nourrir, de reconstituer ses forces. Je suis sûr qu'on finira par découvrir d'autres cadavres... Dans les temps anciens, il y avait des règles. Un vampire était tenu de détruire la plupart de ses proies, car il n'avait pas le droit de créer plus de trois vampires par siècle.

Grant et Stéphanie échangèrent un nouveau regard consterné, et Lucian poussa un soupir impatient.

— Je sais que vous avez du mal à me croire. C'est pourquoi je ne vous ai rien dit au début. Vous m'auriez pris pour un cinglé.

— Si tu es vraiment un vampire, dit Grant après un silence, pourquoi est-ce que tu ne nous as pas hypnotisés ? Ou est-ce que c'est un mythe, ça aussi ?

— J'ai effectivement les moyens de vous soumettre à ma volonté. Je n'ai pas voulu m'en servir.

Il y eut un silence. Stéphanie déglutit. Ce ne pouvait être vrai. Cet homme ne pouvait être un vampire. Pourtant...

— Ton bras ! s'exclama-t-elle soudain, passant à son tour au tutoiement sans s'en rendre compte. Il était affreusement brûlé, couvert de cloques, et il a guéri en quelques jours.

— Je possède d'énormes capacités de récupération.

— Et c'est l'eau de mer qui a provoqué ces brûlures ?

— Précisément... À présent, vous connaissez mes faiblesses. J'espère que vous n'en profiterez pas.

Il regarda Grant.

— Eh bien, est-ce que tu me crois maintenant ?

— Je voudrais en savoir un peu plus. Tu disais que ce vampire avait besoin de reprendre des forces...

— Oh, il n'y a pas que cela.

— C'est-à-dire ?

— Il a un plan.

— Lequel ? demanda Stéphanie.

— Je l'ignore. S'il était seul, j'aurais déjà deviné ses projets... Mais il bénéficie d'une alliée redoutable. Valeria est capable de brouiller mon esprit, de former un bouclier mental autour de François et d'elle-même. Si elle aussi a ressuscité, ce qui me paraît évident, elle est la plus dangereuse des deux. Les sources que Jade et moi avons consultées se contredisent : certaines disent que François dominait Valeria et la forçait à utiliser ses pouvoirs, d'autres prétendent qu'elle était le mal incarné. Quoi qu'il en soit, la vérité nous échappe.

— Qu'est-ce que vous savez, alors ? demanda Grant.

Lucian s'était remis à tambouriner sur la table. Enfin, il leva les yeux vers Grant.

— Une des choses que nous savons, c'est que tu es intimement lié à cette histoire.

— Comment ? protesta Grant. Je ne suis pas un vampire qu'on aurait exhumé ! Tu peux remonter mon passé jusqu'à l'école maternelle.

— Je n'ai jamais insinué que tu étais François. Mais je sais que tu fais partie intégrante de l'histoire qui est en train de se dérouler. Admets-le, Grant. Tu as senti que tu devais venir ici alors que tu ignorais que Stéphanie arriverait un peu plus tard.

Il regarda la jeune femme et poursuivit :

— Toi, Steph, tu es venue pour diriger la troupe de théâtre. Mais au fond de toi, tu sais qu'il y a autre chose, qu'une force t'a appelée. Tu peux le nier devant nous, mais tu ne peux pas te mentir à toi-même. Lorsque nous t'avons trouvée sur la falaise, tu ne savais pas ce que tu y faisais, ni où tu voulais aller. Est-ce que je me trompe ?

Elle ne répondit pas, mais demanda après un silence :

— Qu'est-ce qu'on fait ?

— J'ai besoin d'aide. Je ne peux pas continuer à aller et venir seul en essayant de mettre des croix autour du cou des gens... Au fait, où est la tienne ?

Stéphanie le dévisagea, bouche bée.

— C'est toi qui m'as envoyé ce vieux bonhomme ?

— Il sait, murmura Lucian. Beaucoup de gens savent. Surtout ici, où les légendes et les superstitions sont plus vivaces qu'ailleurs.

— Tu... tu veux dire que les gens d'ici sont au courant, pour les vampires ?

— Cette créature... François, reprit Grant avant que Lucian ait pu répondre. Il a tué Gema, mais il ne l'a pas détruite immédiatement, n'est-ce pas ? Elle est morte et elle est devenue vampire. Il l'a laissée poursuivre Drew et Doug. Elle n'a pas pu avoir Drew, mais Doug a succombé... Il serait mort si son ami ne l'avait pas découvert à temps et s'il n'avait pas été transfusé. Et le bras coupé sur mon perron ? C'était bien celui de Gema ?

— Oui, je crois, dit Lucian.

— Ça veut dire qu'il a fini par la détruire, intervint Stéphanie. Mais pourquoi ? Il a sûrement besoin d'alliés, d'autres buveurs de sang comme lui... Oh, pardon !

Lucian ne parut pas vexé, et la jeune femme pressa ses doigts sur ses tempes. « C'est de la folie furieuse ! lui susurra sa petite voix intérieure. Tu es en train de présenter des excuses à un cinglé qui se prend pour un vampire ! »

— Elle est allée trop loin avec Doug, expliqua Lucian. Si féroce qu'il soit, notre homme n'aime pas que les choses lui échappent. Ni que cela aille trop vite. Gema lui a désobéi, aussi l'a-t-il détruite...

Il fit une grimace.

— Pourquoi, à votre avis, Maria Britto avait-elle l'air si vivante dans son cercueil ?

— Parce que, visiblement, elle n'était pas morte, répondit Stéphanie, les sourcils froncés. Elle avait été vampirisée et possédait donc de remarquables facultés de récupération.

— Exactement. Et si sa mère ne l'avait pas décapitée... eh bien, je serais intervenu.

— Pour la détruire ?

— Dans le cas de Maria, cela n'aurait pas été nécessaire.

— Pourquoi ? insista-t-elle en le fixant droit dans les yeux. Parce qu'elle aurait pu devenir un bon vampire ?

— Oui, quelque chose comme ça.

— Là, je suis perdu, avoua Grant. Quand j'ai trouvé Maria, elle était littéralement déchiquetée. Pourtant, le rapport d'autopsie s'est rabattu sur cette théorie invraisemblable d'animaux sauvages... Pourquoi diable les deux médecins ont-ils menti ? demanda Grant.

— Parce que, comme tu l'as dit toi-même, les vampires peuvent hypnotiser les humains, répondit Lucian d'une voix égale.

— Donc, ce François a hypnotisé ces deux hommes ? À moins que ce ne soit Maria elle-même...

— C'est exactement ce que je pense.

— J'aimerais savoir une chose, Lucian. Pourquoi te méfiais-tu de moi ? J'avoue que je te soupçonnais, moi aussi, et c'est la raison pour laquelle je t'ai suivi sur le balcon de Stéphanie. Mais toi ?

— Je savais que tu étais impliqué dans l'histoire, mais je n'arrivais pas à comprendre de quel côté tu étais. Je te surveillais. Et je te rappelle que c'est toi qui as commencé la bagarre.

— Je croyais que tu suivais Stéphanie. Que tu lui voulais du mal.

— Si tu m'avais écoutée, Lucian, nous n'en serions pas là, observa doucement Jade.

Lucian sourit en secouant la tête.

— Même maintenant, ils ont du mal à croire à notre version des faits, Jade. C'est d'ailleurs parfaitement naturel. Ils sont bouleversés, il faut leur laisser le temps de digérer tout ça.

— Je ne comprends toujours pas. Tu as tous ces pouvoirs, tu es un roi parmi les tiens et... Hé ! Attends ! Tu portes une croix ! s'écria Grant.

— Voilà un point important auquel vous allez devoir vous habituer, tous les deux. Oui, je peux porter une croix. Je peux entrer dans une église et me sentir en paix – je suis né à une époque où l'Eglise était toute-puissante. Tout n'est pas noir ou blanc. Il existe une infinie variété de gris entre les deux, entre le bien et le mal. Moi, je combats pour la vie contre les forces du mal qui se nourrissent de sang et de souffrances. François, lui, ne pourrait jamais porter une croix, une étoile de David ou un autre symbole sacré. Un exorciste le mettrait en déroute, mais les vrais croyants possèdent aussi leurs propres armes. François est incapable de traverser un sol consacré. L'eau bénite lui infligerait d'affreuses brûlures, mais il en faudrait beaucoup pour détruire une créature aussi malveillante. Je pense que durant les heures du jour, il est plus faible, ce qui ne veut pas dire qu'il soit à notre merci. J'entends par là que dans la journée, il n'a pas les mêmes moyens de nuire. La nuit, en revanche, il devient redoutable... Par conséquent, il faut mettre vos amis en garde. Qu'ils portent leurs croix, qu'ils n'invitent personne à entrer chez eux et qu'ils restent groupés.

— Oui, bien sûr, dit Grant. Mais comment protéger les habitants de cette ville ?

— La plupart sont au courant. Vous avez dû remarquer qu'ils ne se sont pas étonnés outre mesure lorsqu'ils ont appris que Maria Britto n'avait pas été autopsiée, ni embaumée dans les règles.

Lucian marqua une pause, avant de lancer à Stéphanie un regard grave.

— Victoria Reggia est hautement suspecte dans cette affaire.

Elle secoua vigoureusement la tête.

— Reggie n'a pas jailli des décombres ! Je la connais depuis près de onze ans.

— Pourtant... l'ouverture du club de théâtre a coïncidé avec le début des fouilles. Le tremblement de terre qui a mis au jour les tombes sur la falaise date de deux mois.

— Et alors ? L'hôtel a été bâti bien avant !

— L'hôtel a été construit l'année dernière par un groupe d'hommes d'affaires américains. Ils l'ont vendu à Victoria Reggia il y a exactement deux mois.

— Est-ce que tu insinues que Reggie est une vilaine sorcière ? demanda Stéphanie, furieuse. Tu crois qu'elle est la réincarnation de cette Valéria ?

— Non, non...

Stéphanie leva les bras, puis les laissa retomber le long de son corps.

— Alors, où est le problème ?

— J'essaie de comprendre pourquoi tu sembles être au centre de cet imbroglio, répondit-il calmement.

— Moi ?

— Oui, toi. Et toi aussi, Grant... Stéphanie, tu es apparentée à Reggie, je crois ?

Elle agita une main en l'air.

— Vaguement. Elle est la cousine de ma mère ou quelque chose comme ça. Cela fait d'elle ma cousine au deuxième degré, si je ne m'abuse... Cette femme m'a aidée, Lucian. C'est une amie.

— Une amie qui t'a attirée ici, qui a embauché tous les comédiens, y compris moi, mais qui n'a jamais daigné se montrer, ne serait-ce que pour voir le spectacle qu'elle t'a commandité.

— Elle était en Allemagne, où elle a démarché des groupes dans différentes bases militaires pour les envoyer en Calabre. Les gens d'ici ont besoin de devises étrangères.

— Mmm, fit-il, sans la quitter des yeux. Tu l'as vue, n'est-ce pas ?

— Non.

— Mais si, tu l'as vue.

Elle se sentit rougir. Grant la regardait sans dire un mot. La connaissant, il aurait mis sa main au feu qu'elle ne mentait pas. Pas complètement, en tout cas.

— Je ne l'ai pas vue... Enfin, j'ai juste cru la voir au fond du théâtre.

— Tu as cru ?

— Ce n'était pas elle ! Je me suis renseignée, et elle n'était pas avec le groupe des Américains. Arturo ne l'a pas vue non plus... Pourquoi ? Est-ce que tu l'aurais aperçue ?

— J'aurais eu du mal à la reconnaître, dit Lucian. Je ne l'ai jamais rencontrée.

— Eh bien, elle est très belle, répondit-elle, toujours sur la défensive.

— Elle ressemble à Steph – ou plutôt, Steph lui ressemble, expliqua Grant. Reggie a une somptueuse chevelure noire, des yeux bleus tirant sur le violet...

— Ah, fit Lucian, comme si cette description avait pour lui une importance capitale.

— Je te jure qu'elle n'était pas là, reprit Stéphanie. Si elle était venue, elle aurait cherché à me voir. J'en suis convaincue.

— Peut-être as-tu raison.

Lucian se tourna vers Grant.

— Tu t'appelles bien Peterson ? Les noms qui finissent par « son » sont souvent d'origine scandinave. Et les seigneurs normands avaient des ancêtres vikings, c'est-à-dire scandinaves...

— Ma famille est américaine depuis plusieurs générations, rétorqua Grant. Bon Dieu, où veux-tu en venir ?

— À rien. Je réfléchissais à haute voix.

— Eh bien, nous ferions mieux d'aller au fond des choses, maintenant que toutes les cartes sont sur la table, intervint Jade, avant d'esquisser un sourire. Sauf que, d'après l'expression de vos visages, vous doutez que nous soyons sains d'esprit.

— Le plus effrayant, c'est que je ne suis pas convaincu que vous soyez fous, répondit Grant.

— Mais vous êtes tous les deux épuisés, reprit Jade. On vous en a trop dit d'un seul coup. Je comprends qu'il vous soit difficile de tout accepter en bloc.

— Quoi qu'il en soit, il y a un lien entre vous deux et ce qui se passe ici, leur rappela Lucian. Nous devons trouver lequel. Le plus tôt sera le mieux.

Jade regarda son mari.

— Il fait peut-être jour, mais aucun de nous n'a dormi. Allons nous reposer quelques heures... C'était du décaféiné, précisa-t-elle en indiquant la cafetière.

— Je crois effectivement qu'on a besoin de repos, admit Grant. Regardez-nous : nous sommes assis là à discuter avec Lucian comme s'il pouvait vraiment être un vampire, comme si ces créatures existaient.

— Homme de peu de foi, marmonna Lucian.

— Grant t'a demandé une preuve, tout à l'heure, lui dit Jade.

Soudain, avant qu'elle ait fini sa phrase, Lucian disparut. La chaise sur laquelle il était assis resta vide. Grant bondit sur ses pieds, alarmé, et se planta derrière Stéphanie afin de la protéger.

Il n'y avait rien. Pas la moindre bouffée de fumée. Lucian s'était tout simplement évanoui dans les airs. Un instant auparavant, il était là, et maintenant, il n'y était plus.

— Vous vouliez une preuve, dit tranquillement Jade.

Grant se retourna vivement. Lucian était là, derrière lui.

— Tu aurais pu faire un excellent illusionniste, commenta Grant.

— Mais je ne suis pas un illusionniste, et tu le sais.

Grant ne répondit pas, et Lucian haussa les épaules.

— Nous allons partir, maintenant. Je pense qu'il vaut mieux que nous restions Clay et Liz pour les autres membres de la troupe. Je vous demanderai aussi de ne pas leur dévoiler ma véritable nature.

Jade leur adressa un gentil sourire.

— Essayez de dormir un peu. Les choses risquent de se précipiter, maintenant que François est au courant.

— Se précipiter ? murmura Stéphanie.

— Au courant de quoi ? demanda Grant en même temps.

— Il sait que son projet ne se déroule pas comme prévu, répondit Lucian. Il veut quelque chose... quelqu'un, plutôt.

— Mais qui ? demanda Grant.

Lucian soutint son regard.

— Stéphanie, répondit-il simplement.

Un grattement à la porte fit sursauter Lena.

Elle dégringola les marches, le cœur battant la chamade. Qui était-ce ? Drew ? Venait-il leur apporter des mauvaises nouvelles ? Doug avait-il fait une rechute ?

Ou alors...

Sans réfléchir davantage, elle entrebâilla le battant.

Et resta immobile un instant, en pleine confusion.

Ses yeux sombres la scrutaient.

Elle sentait son regard. Et puis...

Elle ouvrit la porte en grand. C'était exactement ce qu'il souhaitait. Lena eut vaguement conscience que Virginie dévalait les marches à son tour.

— Lena ?

Virginie se figea sur la dernière marche.

Il était déjà à l'intérieur. Il la regarda, lui sourit.

— Deux pour le prix d'une, dit-il d'un ton léger. Formidable !

Virginie ouvrit la bouche, mais aucun son n'en sortit. Elle demeurait immobile, pétrifiée. Dans un coin de son esprit embrumé, une partie d'elle-même essayait de lutter. Il fronça les sourcils, s'avança vers elle et s'arrêta net, en proie à une profonde répulsion.

Il comprit soudain pourquoi : une croix en argent brillait sur la gorge de la jeune femme. Un frisson le parcourut. Furieux, il battit en retraite.

— Procédons par ordre ! Lena, va donc enlever ce... cette chose que Virginie arbore autour du cou.

Lena obéit docilement. Virginie parvint à lever une main pour se défendre, mais son bras était lourd, si lourd...

Il était aux anges. Il avait déjà rendu visite à chacune des deux filles, et l'idée de recommencer l'émoustillait. Mais la réalité dépassait ses espérances : il n'aurait jamais cru les trouver ensemble. C'était commode. Très amusant.

Lena arracha la croix de Virginie et la jeta par terre. Il prit un coussin sur le canapé et le posa sur l'objet abhorré.

— Et maintenant, à nous trois, dit-il.

Elles étaient enlacées en bas de l'escalier, les yeux écarquillés, attendant ses ordres. Elles formaient un contraste charmant : l'une, petite et brune, avec des prunelles couleur d'encre ; l'autre, blonde aux yeux bleus, ravissante reine des neiges.

Oh, oui. Ce serait un divertissement somptueux. Moins délectable, certes, que le trophée qu'il attendait. Le vrai trophée était le pouvoir, et il ne sacrifierait jamais le pouvoir au plaisir des sens.

Mais en attendant...

Il s'approcha des deux filles et fit courir un doigt sur l'épaule couleur de pêche de Virginie. Sa main libre effleura les seins de Lena.

— Virginie, susurra-t-il d'une voix douce. Défais les boutons de Lena...

Son sourire s'éteignit brusquement. Il regarda sa montre, étouffa un juron. La séance s'annonçait moins amusante que prévu.

— Fais vite ! aboya-t-il.

Le temps pressait. Mais tout de même...

Il se pencha et savoura le goût de la blonde pendant que la brune la caressait, la cajolait.

Le désir enflait en lui. Lui, qui, d'ordinaire, se contrôlait si bien, crut perdre la tête. Il entreprit de saigner la brune tandis que la blonde s'activait entre les cuisses de son amie.

L'extase faillit causer sa perte. Le plaisir était plus bouillonnant, plus brûlant qu'une éruption de l'Etna.

Il devait s'arrêter. Il ne voulait pas qu'elles meurent.

Pas encore.

Rassasié, repu, gonflé de sang, il les fit s'allonger doucement sur le tapis, presque avec tendresse, mais soudain, un grand froid l'enveloppa.

L'autre s'approchait !

Il serra les dents et combattit sa terreur.

Le voile magique le dissimulait. Il était en sécurité. Et bientôt, oui, bientôt, il obtiendrait le pouvoir auquel il avait toujours aspiré. Le monde entier, peuplé d'une fourmilière humaine, serait à sa merci.

15

Après le départ de Lucian et Jade, Grant resta longtemps assis, les yeux fixés sur sa tasse de café vide. En face de lui, Stéphanie faisait de même.

Finalement, elle se leva.

— Je monte. Il faut que je dorme.

Elle s'en alla, le laissant seul dans la cuisine. Ils n'avaient pas échangé un seul mot, n'avaient pas commenté les étranges événements de la nuit, pas plus que l'absurde conversation qu'ils avaient eue avec Lucian et Jade – *alias* Clay et Liz.

« Ils mentent ! songea-t-il. Ce sont des menteurs. Des manipulateurs, des magiciens, des mythomanes... »

Seigneur, et s'ils avaient dit la vérité ?

Il y réfléchirait lorsqu'il serait reposé. Stéphanie avait raison : ils avaient besoin de sommeil. Il était si fatigué que ses yeux le picotaient. Les événements s'étaient tellement bousculés, ces dernières heures, qu'il ne parvenait ni à les comprendre, ni à les accepter.

Ni même à les nier.

Grant se redressa.

Avant de monter, Stéphanie avait fermé à clé la porte d'entrée. Il alla quand même vérifier que la chaîne de sécurité était en place. Il inspecta ensuite les fenêtres. Elles étaient toutes verrouillées. De toute façon, il faisait jour, pensa-t-il. Et d'après le peu qu'il savait des vampires, ils étaient censés être en sécurité.

Il gravit les marches pesamment et pénétra dans la chambre, où Stéphanie s'activait. Elle avait posé la tringle contre une cloison, avait fait une boule des rideaux, qu'elle avait remisés dans un coin. Il l'enlaça par-derrière, la tint serrée dans ses bras. Une pensée ridicule lui traversa l'esprit : au moins, ce salopard était marié ! Vampire et marié ! Maigre consolation, conclut-il en fermant les yeux afin de mieux savourer le contact du corps souple de la jeune femme contre lui.

Son désir pour elle rejaillit, aussi intact qu'au premier jour. Il l'aimait tant, d'un amour si profond, si intense... Oh, il n'avait pas peur de Clay Barton... de Lucian.

Diable, non ! S'il devait craindre quelqu'un, c'était ce cadavre ambulant ramené à la vie par un séisme. L'être malveillant qui, pour une raison qu'il ignorait, voulait s'emparer de Stéphanie.

Il enfouit le visage dans la masse de cheveux noirs de la jeune femme.

— Je mourrais pour toi, chuchota-t-il. Et je mourrais sans toi !

Il attendit sa réaction en retenant son souffle. Elle pouvait parfaitement lui rétorquer qu'ils avaient rompu. Qu'ils n'avaient plus rien à faire ensemble. Qu'elle l'avait autorisé à rester parce qu'il avait insisté lourdement. Et qu'elle avait fait l'amour avec lui parce que la chair était faible !

Elle n'en fit rien. Elle se retourna pour lui faire face, très vulnérable dans le cercle protecteur de ses bras. Il lui prit le menton pour l'obliger à relever la tête. Jusqu'à présent, leurs étreintes avaient été brûlantes, passionnées. Cette fois, il l'embrassa tendrement, lentement, se délectant du miel de sa bouche, de la texture soyeuse de ses lèvres. Instantanément, le désir l'embrasa.

Stéphanie s'écarta.

— Les rideaux, lui rappela-t-elle.

— Oh, non ! Laisse-moi t'aimer.

— Pour que l'hôtel tout entier en profite ? Si tu regardes par la fenêtre, tu verras Giovanni en train de transporter les bagages d'un nouveau client. Les femmes de ménage s'agitent dans les bungalows voisins, et l'un des cuisiniers grille en ce moment même une cigarette sous mon balcon.

En riant, Grant souleva la tringle métallique et réussit à la faire glisser dans les crochets. Ce n'était pas parfait, mais cela tiendrait, estima-t-il. Stéphanie lui passa les rideaux. Peu après, ceux-ci masquaient la porte-fenêtre.

Il poussa le loquet, referma les rideaux. Enfin, il se tourna vers Stéphanie.

Elle était déjà déshabillée et couchée. Dehors, le soleil flamboyait comme une boule de feu, mais la chambre était plongée dans une pénombre complice.

Il s'approcha du lit.

Elle se souleva aussitôt et se pressa contre lui. Ses mains s'attaquèrent aux vêtements de Grant, tandis que sa voix retentissait dans l'ombre, enjôleuse.

— Ô mon Dieu, Grant, j'aimerais me glisser sous ta peau. J'ai tellement envie de toi !

Elle était à genoux. Il prit sa tête entre ses mains et l'embrassa à pleine bouche. Elle lui rendit son baiser avec ardeur, avec fougue. Leurs lèvres restèrent soudées tandis qu'ils se débattaient pour défaire les boutons, descendre les fermetures Éclair, ouvrir les boucles des ceintures. Lorsqu'ils furent enfin l'un contre l'autre, chair contre chair, la même flamme les consuma.

Ils roulèrent sur les draps, haletants, étroitement enlacés. Les mains, la bouche de Stéphanie prenaient possession de Grant. Il se cambra, en proie à une excitation folle. D'un mouvement souple, elle se releva et l'enfourcha, guidant son sexe vers son intimité. Elle était si chaude, si humide... Le monde tanguait, ondoyait. L'orgasme le prit par surprise, et il se répandit en elle avec un râle de plaisir. Elle trembla, se tortilla, puis retomba brusquement sur son amant, les doigts plongés dans ses cheveux. Comblé, il cala sa tête au creux de son épaule.

Soudain, il y eut un bruit au rez-de-chaussée.

Stéphanie se raidit entre les bras de Grant. Quelqu'un essayait d'ouvrir la porte d'entrée. Il jaillit hors du lit, nu comme au jour de sa naissance. Sans se donner la peine de se couvrir, il dégringola l'escalier. Un rai de lumière étincelait dans l'interstice entre la porte et le mur.

La chaîne de sécurité était mise, et le battant ne s'était ouvert que d'un ou deux centimètres.

— *Buongiorno !* cria une voix chaleureuse.

Il s'aplatit contre le mur. La femme de chambre ! Forcément, la matinée était bien avancée.

— *Buongiorno !* Excusez-nous, nous sommes encore au lit.

— *Mi dispiace ! A piu tardi.*

La porte se referma.

Stéphanie, ses longs cheveux noirs en bataille, se tenait en haut de l'escalier.

— C'était la femme de chambre, dit-il.

Tous deux partirent alors d'un grand éclat de rire. Il monta l'escalier en courant et la reprit dans ses bras. Ils riaient encore lorsqu'ils se laissèrent tomber sur le lit.

— Drew ?

Il somnolait sur la chaise en plastique. L'appel le réveilla en sursaut.

— Doug ? dit-il d'une voix incertaine.

— Oui, mec !

Doug était assis dans le lit. Il avait retrouvé ses couleurs. Il ne paraissait même pas malade.

— Hé ! Tu as l'air en pleine forme.

— Pourtant, je me sens... bizarre.

— Normal. Tu as failli claquer hier soir.

Doug fit une grimace et s'étira.

— Oui, je me sens vraiment bizarre, répéta-t-il. Et affamé.

— Tu veux que je demande un plateau-repas à l'infirmière ?

— Oh, non. Je déteste la nourriture de l'hôpital.

— D'accord. Je sors et je reviens avec un bon petit plat.

— Un steak ! Très saignant. Bleu, s'il te plaît.

— Holà, ne t'emballe pas ! fit Drew en riant, heureux que son copain se soit rétabli aussi vite. Je verrai ce que je peux trouver à la *trattoria* du coin.

Une grimace de dégoût tordit la bouche de Doug. Il regarda l'aiguille du goutte-à-goutte qui s'enfonçait sous le sparadrap transparent dans le dos de sa main.

— Je veux sortir d'ici.

— Attends que le docteur Antinella t'ait examiné. Mais ne te réjouis pas trop vite : je crois qu'il a l'intention de te garder en observation quelques jours... Bon ! Je vais d'abord aller demander à l'infirmière si tu dois suivre un régime.

— Je me sens bien ! protesta Doug.

— Tu te sens bien, mais tu ne te souviens toujours de rien, n'est-ce pas ?

Doug secoua la tête.

— Je me rappelle que je suis revenu de la plage. Après, c'est le trou noir.

Il regarda Drew d'un air suppliant.

— J'ai l'estomac dans les talons. Vous vous êtes tous relayés à mon chevet et je vous en suis reconnaissant, mais à quoi ça sert que je remonte la pente si je dois mourir de faim ?

— D'accord, d'accord. Reste tranquille. Je m'en occupe.

En sortant de la chambre, Drew croisa l'infirmière de garde. Il commença par lui adresser un sourire engageant, en se demandant si elle l'autoriserait à rapporter à Doug un plat de l'extérieur. Puis il se jeta à l'eau.

— Mon ami... *mio amico... euh... desidero mangiare. Posso io...*

— Qu'est-ce qui lui ferait plaisir ? demanda-t-elle avec un sourire.

C'était une jolie femme proche de la trentaine qui s'exprimait tout à fait correctement en anglais.

— Il réclame de la viande rouge. Puis-je aller la lui chercher au restaurant d'à côté ?

— Venez, dit-elle.

Il la suivit dans le bureau des infirmières, où elle consulta brièvement le dossier de Doug.

— Il n'est soumis à aucun régime spécial. Je ne vois pas d'instructions à ce sujet. Le docteur Antinella fera sa ronde bientôt. Votre ami a passé une bonne nuit, je crois ?

— Vous êtes venue le voir ?

— Bien sûr... Vous dormiez, ajouta-t-elle, un sourire attendri aux lèvres. Vous êtes un bon ami, monsieur Cunningham. Vous avez essayé de rester éveillé...

— Mais je n'ai pas résisté au sommeil, reconnut-il en s'empourprant. Eh bien, je reviens. Je vais essayer de rapporter un bon repas à mon copain.

— *Ciao !* fit-elle avec chaleur.

— *Ciao.*

Drew se dirigea vers la sortie d'un pas léger. Cette fille était vraiment mignonne... Un formidable bien-être l'envahissait. Doug était guéri. Tout allait pour le mieux dans le meilleur des mondes.

Puis il se souvint de l'avant-bras coupé devant la porte de Grant et se rembrunit. Un peu plus tard dans la matinée, il irait à la morgue, pour essayer d'identifier la main de Gema.

Son estomac se souleva.

« Encore heureux que le steak soit pour Doug et pas pour moi », pensa-t-il.

Bianca feuilletait son carnet en fredonnant. Elle avait obtenu une promotion quelques semaines plus tôt, ce dont elle était fière. Elle n'était plus une simple infirmière. Ses supérieurs hiérarchiques lui avaient confié des responsabilités importantes.

À présent, elle était censée faire l'inventaire des médicaments et des fournitures. La jeune femme pénétra dans la petite pièce où ils étaient stockés. Naturellement, c'était à elle maintenant de surveiller les employés. Et de s'assurer que rien ne puisse perturber le bon fonctionnement de l'hôpital.

Elle s'approcha du cabinet vitré rempli de fioles, de tubes et de flacons, parcourut les étiquettes et commença à cocher leurs appellations sur son calepin. Elle prenait son travail au sérieux, mais sans exagération. Jusqu'alors, on n'avait enregistré aucun vol. Les employés de l'hôpital se distinguaient par leur honnêteté... Enfin, on ne savait jamais. Certaines substances toxiques attiraient irrésistiblement les drogués et les personnes malintentionnées.

Elle se penchait vers les casiers où étaient rangés les compresses, fils de suture et pinces métalliques quand la porte s'ouvrit.

La jeune infirmière ne leva même pas les yeux.

— Je suis occupée ! cria-t-elle d'une voix sévère.

L'intrus lui toucha l'épaule.

Sa première réaction fut l'agacement. Avait-on pu croire qu'elle, Bianca, accepterait un tête-à-tête amoureux dans l'entrepôt de fournitures ? Ou alors, quelqu'un s'apprêtait-il à subtiliser des cachets que l'on ne pouvait pas obtenir sans prescription médicale ?

Indignée, elle pivota sur elle-même tout en prenant une profonde inspiration, prête à jeter l'importun dehors.

Bianca !

Elle entendit le murmure dans sa tête, le sentit comme une caresse sur sa peau nue, sous sa blouse verte.

Et elle fixa les prunelles de feu.

— Oui ? fit-elle.

Sa voix n'était plus qu'un chuchotement rauque.

Elle était consciente de son sourire béat, de cette euphorie singulière qui se glissait en elle.

Ensuite, elle obéit aux ordres.

À tous les ordres.

Lorsqu'elle se réveilla, elle était allongée par terre. Elle baissa les yeux sur ses vêtements fripés, horrifiée, embarrassée. Elle se releva péniblement. Stupéfaite, confuse, sans le moindre souvenir de ce qui lui était arrivé, elle rajusta sa coiffe sur ses cheveux dénoués. Elle jeta un regard alentour, puis se mit à appeler au secours.

La chaleur de Grant imprégnait Stéphanie. Elle savait qu'elle dormait et que la lumière du jour flambait derrière les rideaux.

Un sommeil si paisible...

Brusquement, elle tressaillit. À côté d'elle, Grant se tournait et se retournait inlassablement. Il était brûlant.

Des sons inarticulés, des mots inintelligibles s'échappaient de ses lèvres. Ses muscles étaient tendus, et ses poings crispés bourraient le matelas de coups violents.

Stéphanie bondit hors du lit et Grant poussa un cri terrible, suivi d'une flopée de mots qu'elle ne comprit pas.

Elle revint sur ses pas afin de le réveiller, mais soudain, il se calma. Puis, tout aussi brusquement, il s'assit dans le lit, droit comme un piquet, les yeux ouverts, pleins de fureur, et hurla quelque chose d'un ton menaçant. Cette fois, elle eut l'obscure impression de reconnaître ce langage. Elle crut même comprendre ce qu'il disait.

— Grant ? appela-t-elle doucement.

Il rêvait. Oui, il devait rêver. Stéphanie se demanda s'il fallait le secouer brutalement ou le tirer du sommeil avec douceur. Elle hésita une seconde, n'osant s'approcher davantage.

Il poussa alors un hurlement guttural, avant de jaillir hors du lit. Nu, il se dirigea vers la porte-fenêtre, agrippa les rideaux et les écarta, avant de s'écraser contre la vitre.

L'espace d'un instant, Stéphanie contempla le large dos rigide, les jambes musclées, les fesses dures.

— Grant !

Les estivants se prélassaient sur la plage, songea-t-elle, horrifiée. Si une jeune mère ou son enfant levaient les yeux vers le balcon, Grant serait accusé d'exhibitionnisme.

— Grant !

Elle se précipita vers lui et, l'entourant de ses bras, s'efforça de le tirer en arrière. Il se débattit farouchement. On eût dit une boule de chaleur et d'énergie. Elle tira de toutes ses forces, Grant lâcha brusquement prise, et tous deux perdirent l'équilibre. Il tomba lourdement sur le lit, au-dessus d'elle, mais elle parvint à le repousser sur le côté et à se redresser.

— Grant ?

Il ne répondit pas. Ses paupières s'étaient refermées. À sa stupéfaction, il se lova sur le côté, les genoux repliés, les mains jointes, cherchant une position confortable.

Elle le regarda en se mordant la lèvre, puis se rappela que les rideaux étaient restés ouverts. En soupirant, elle voulut les refermer... et ne réussit qu'à desceller la maudite tringle, qui dégringola une fois de plus sur le sol.

— Steph, pour l'amour du Ciel, qu'est-ce qui se passe ?

Grant la considérait d'un air ensommeillé. Il avait les cheveux ébouriffés et clignait des yeux, visiblement ébloui par l'éclat du jour. Il ouvrit la bouche pour dire quelque chose, mais parut se raviser. Son regard se troubla. Il se leva, saisit la tringle, la remit en place, puis attira Stéphanie dans ses bras et resta immobile pendant de longues minutes.

— Je me souviens... murmura-t-il finalement.

Elle ne dit rien, déterminée à ne pas le bousculer. Grant secoua la tête, comme pour chasser les dernières bribes de son rêve, et disparut dans la salle de bains.

Lorsqu'il réapparut, en peignoir, elle avait fait le lit.

— Je vais préparer du café, dit-il.

Stéphanie passa à son tour dans la salle de bains. Ils avaient dormi cinq heures, calcula-t-elle en jetant un coup d'œil à l'horloge murale.

Elle descendit au rez-de-chaussée peu après, douchée, les cheveux lavés, habillée. Une légère couche de fond de teint estompait les effets du manque de sommeil et les cernes bistre sous ses yeux. L'arôme du café flottait dans le bungalow. Grant était planté devant la baie du salon. La mer s'étirait à l'ouest vers l'horizon brumeux. De l'autre côté, le relief montagneux partait à l'assaut du ciel.

— J'ai rêvé que j'étais là-haut, murmura-t-il.

— Tu es déjà monté sur la falaise, lui fit-elle remarquer.

Il secoua la tête et contempla ses mains.

— Non, ce n'était pas ça... J'ai entendu la clameur, les cris, le bruit métallique du fer qui croise le fer... Je voyais le champ de bataille. Je sentais sous moi la chaleur d'un cheval et je ployais sous le poids d'une armure.

Il se tourna vers elle, le visage dénué d'expression.

— Et j'ai vu les chiens de l'enfer.

Elle réfléchit une minute avant de répondre :

— Tu sais, c'est parfaitement normal. Nous avons évoqué toutes sortes d'horreurs – lesquelles, soit dit en passant, me paraissent complètement invraisemblables, avec le recul. Tu connais les théories à propos des rêves. Ils sont inspirés par les événements de la journée...

— Les images avaient des couleurs éclatantes. Je pouvais sentir l'odeur du sang, le froid du métal. La visière de mon casque limitait mon champ de vision. Je me battais... mais pas comme aujourd'hui. Je maniais une épée... une épée si lourde que j'avais du mal à la soulever. Et ces chiens... on devait les décapiter, sinon ils se relevaient.

Elle posa la main sur son bras.

— Ce n'était qu'un rêve, Grant. J'étais près de toi. Apparemment, c'était bien pire que les cauchemars que tu faisais aux États-Unis... J'étais là, répéta-t-elle en lui serrant la main. Ce n'était qu'un rêve. La prochaine fois, je te promets de tout faire pour te réveiller.

— Steph, je hais ces visions effroyables, mais ne me réveille pas. Il faut que j'aille jusqu'au bout de mon rêve.

Une peur irraisonnée envahit Stéphanie.

— Je... je ne crois pas que ce soit une bonne idée.

— Bonne ou mauvaise, c'est la seule solution.

— N'importe quel psychiatre t'expliquerait que les rêves sont des créations de notre inconscient. Oh, Grant, je ne veux pas que tu continues à faire des cauchemars. Quand je pense à tous ces soldats qui, jadis, ont péri sur les falaises... Je ne veux pas que tu rêves que tu meurs.

Il lui passa tendrement la main dans les cheveux.

— Mais je suis vivant ! dit-il avec un sourire. Si bizarre que cela puisse paraître, c'est comme si je remontais le temps. Comme si j'étais vraiment sur place, à une époque reculée. Peut-être que j'arriverai à appréhender la vérité. À comprendre ce qui s'est réellement passé.

— Nous sommes faits de l'étoffe de nos rêves... murmura-t-elle.

Il l'attira dans ses bras.

— Te rappelles-tu les événements de cette nuit, Steph ? demanda-t-il d'une voix rauque. Nous avons un ami vampire, tu t'en souviens ? Et son meilleur copain est un loup-garou.

— Je n'ai rien oublié. Mais, à la réflexion, je trouve cela absurde... Je ne sais plus que croire... Et toi ? Qu'est-ce que tu en penses ?

— Je pense que tu es en danger. Moi aussi, peut-être. Stéphanie, si cet horrible individu existe, si Lucian et Jade ont raison, il veut t'avoir.

— Grant, je n'éprouve pas le sentiment d'être déjà venue ici, même si j'aime bien ce pays... Du moins, je l'aimais avant que les gens se mettent à mourir. Maria... Gema... la maladie de Doug...

— Tu devrais appeler Reggie. As-tu son numéro de téléphone ?

— Elle a un portable, mais je sais qu'elle ne répond jamais... Reggie n'est pas impliquée dans cette histoire, j'en suis convaincue, affirma-t-elle.

— Appelle-la quand même. Laisse-lui un message et dis-lui de te rappeler de toute urgence.

— Pourquoi ?

— Tu n'as pas envie de savoir où elle est, au moins ?

— Reggie n'est la réincarnation de personne, encore moins de cette épouvantable sorcière !

— Je vais me répéter, mais tu n'as pas envie de savoir où elle se trouve ? Ce qu'elle fait ? Appelle-la. Si tu n'arrives pas à la joindre, nous en parlerons à Arturo.

Il l'embrassa sur le front.

— Je vais enfiler mes vêtements d'hier, puis j'irai me

changer chez moi. Ensuite, nous ferons un saut à l'hôpital, d'accord ?

Elle opina de la tête.

— Oui. Entre-temps, j'essaierai de joindre Reggie.

Reggie ne décrocha pas quand Stéphanie composa son numéro, mais la rappela quelques minutes plus tard.

— Ma chérie, je suis impardonnable ! J'aurais déjà dû te donner de mes nouvelles, mais j'étais débordée... Sachant que tu avais mon numéro, j'en ai conclu que si tu avais des ennuis, tu me préviendrais... J'ai parlé avec Arturo, qui m'a raconté ce qui se passait à Bella Vista. Mon Dieu, quelle horreur !

— Oui, murmura Stéphanie, se sentant un peu honteuse d'avoir douté de son amie.

Grant était parti se changer chez lui. S'il avait été là, elle lui aurait lancé un regard triomphant, l'air de dire : « Tu vois, j'avais raison ! » Mais c'était Lucian, en fait, qui avait émis des soupçons sur Reggie, pas Grant.

— Est-ce que tu connaissais Maria Britto et Gema Harris ? demanda-t-elle. J'ignore quand tu as parlé avec Arturo, mais il semble qu'une partie du corps de Gema ait refait surface devant le bungalow de Grant. Un avant-bras coupé.

— Je n'ai jamais rencontré Maria, pas plus que Gema, dit Reggie. Naturellement, tout ça me bouleverse. Comme c'est moi qui ai embauché Gema, je me sens coupable.

— Non, Reggie, tu n'as rien à te reprocher. Le seul coupable est l'horrible personnage qui l'a assassinée.

— Elle n'aurait pas croisé le chemin de son assassin si je ne lui avais pas envoyé ce fichu contrat. C'est donc ma faute, répliqua Reggie. Je suis en Belgique. Je comptais vous envoyer une cinquantaine de touristes en provenance du Royaume-Uni mardi, mais j'ai modifié leur programme. Si jamais il est établi que le bras coupé appartient vraiment à Gema, j'ai l'intention de libérer les comédiens de leurs obligations. Ils seront rémunérés, bien entendu. Arturo m'a dit que pour couronner le tout, Lena avait été malade, que Virginie avait passé une mauvaise journée et que Doug avait failli mourir.

— Doug va mieux, lui apprit Stéphanie. Mais... Reggie,

tu n'es pas venue avec le groupe d'Américains vendredi, n'est-ce pas ?

— Pourquoi me poses-tu cette question ?

— J'aurais juré que je t'avais vue.

— Je te l'ai déjà dit, mon chou. Je suis en Belgique.

— Oui... Je sais.

— Qu'est-ce que Grant Peterson fiche là-bas, au fait ? Je croyais que tu avais quitté Chicago pour t'éloigner de lui.

— Il n'était pas au courant de mes projets. Il est venu pour participer à des fouilles.

— Ah, oui, les fouilles.

Reggie semblait exaspérée.

— Reggie, si leurs recherches aboutissent, ils pourront recréer sur le site une bataille médiévale. Ce sera une attraction spectaculaire pour la région.

— Bah, ces archéologues sont surtout intéressés par l'argent et par leur propre gloire. Mais bon ! Écoute-moi, Stéphanie, je voudrais que tu sois prudente. En fait, tu devrais retourner aux États-Unis.

— Je... je ne peux pas, bredouilla-t-elle.

— Non ? Pourquoi pas ?

Pourquoi pas, en effet ? Qu'est-ce qui l'empêchait de boucler ses valises et de sauter dans le premier avion ? De s'éloigner à jamais de ces gens qui vous parlaient de vampires et de sorcières comme d'autres évoquent la pluie et le beau temps ? De quitter ce lieu maudit où le danger rôdait, d'oublier que des jeunes filles se faisaient égorger par des animaux mais étaient visiblement enfouies sous terre par des hommes ? Et que des parties de corps humains surgissaient sur les marches des maisons ?

Je ne peux pas partir, pas maintenant.

Ses comédiens étaient toujours là. Elle nourrissait l'espoir que les crimes seraient résolus et que le spectacle reprendrait.

Oui, voilà ! Elle ne pouvait pas partir parce que... parce qu'elle attendait des réponses aux questions qu'elle se posait. Et parce qu'elle ne voulait pas quitter Grant.

— Je ne vais pas m'en aller alors que les autres sont encore ici. Je refuse de baisser les bras. Si nous restons tous ensemble, tout ira bien. Et toi ? Quand reviens-tu ?

Elle crut déceler, dans le lointain, le soupir de sa correspondante.

— Dès que j'aurai fini de reprogrammer les excursions des différents groupes... Le plus vite possible.

Elle se tut pendant une minute, mais Stéphanie aurait juré qu'elle était sur le point d'ajouter quelque chose. Lorsqu'elle le fit, une profonde indignation perçait dans sa voix.

— D'après Arturo, une vieille légende à propos d'une sorcière du Moyen Âge se propage en ville. Il paraît qu'on raconte que les choses ont commencé à se détériorer à cause de moi ! Tu te rends compte ? Je fais de mon mieux pour donner un coup de fouet à l'économie de la région, et voilà comment ces villageois me remercient ! Ils feraient mieux de diriger leurs soupçons dans la bonne direction. C'est-à-dire vers le site de fouilles... L'assassin pourrait parfaitement appartenir à l'éminente communauté scientifique, non ?

Stéphanie ne souffla mot. Qu'aurait-elle pu répondre ? Que c'était beaucoup plus compliqué que Reggie ne l'imaginait ? Que l'un des membres de la troupe était un imposteur qui se présentait comme un vampire – un bon vampire – et proclamait qu'il aurait combattu sans problème le mal qui sévissait dans la région si une méchante sorcière n'avait pas compliqué les choses ?

— Viens vite, Reggie.

Ce fut tout ce qu'elle trouva à dire.

— Je viendrai aussi vite que possible, Steph. Ma pauvre chérie ! Je n'aurais jamais cru t'entraîner dans une telle galère !

— Tu n'y es pour rien. J'expliquerai aux comédiens que nous allons suspendre les représentations jusqu'à ce que nous ayons de tes nouvelles.

— D'accord. Dis-leur aussi qu'ils sont libres de rester ou de partir. J'essaierai de vous rejoindre au plus vite.

— Formidable. Fais attention à toi, Reggie.

— Toi aussi, ma chérie. Et... Stéphanie ?

— Oui ?

— Merci.

— Pourquoi ?

— Arturo m'a dit que le spectacle était brillant. Et que les spectateurs se roulaient par terre de rire.

— Merci. J'espère que nous aurons d'autres occasions de prouver notre talent. À très bientôt, Reggie.

— *Ciao, bella !*

Quand Drew revint à l'hôpital, une voiture de police, le gyrophare allumé, stationnait devant l'entrée. Le hall d'accueil fourmillait de médecins, d'infirmiers et d'aides-soignants, qui parlaient en même temps en gesticulant. Le jeune homme contempla un instant le chaos, bouche bée. Merc, le plus âgé des deux policiers en civil, leva la main et lança un ordre en italien. Le silence s'installa. La jolie infirmière que Drew avait croisée un peu plus tôt se tenait à l'écart. Il s'approcha d'elle.

— Que s'est-il passé ?

— On nous a volé tout notre sang.

— Pardon ?

Elle poussa un soupir désolé.

— J'étais en train de faire l'inventaire des médicaments dans l'entrepôt de fournitures quand je me suis aperçue que le conteneur de sang était vide. Le docteur Antinella est furieux. Il croit qu'il s'agit d'une espèce de canular. Il a demandé aux policiers d'interroger tous les ados de la ville... Déjà que nous manquions de sang ! Mais vous le savez, puisque vous avez dû donner votre sang pour que votre ami puisse être transfusé, hier soir...

Ses yeux sombres s'emplirent de larmes.

— C'est affreux ! gémit-elle. Maintenant, nous n'avons plus rien. Ni groupe A, ni B, ni AB. Tout est parti.

— Vous voulez dire que quelqu'un s'est introduit dans l'entrepôt, qu'il a volé les poches de sang et qu'il est reparti sans se faire remarquer ? s'enquit Drew, incrédule.

— Oui, j'en ai peur.

Drew demeura silencieux. Merc parlait avec animation devant le personnel. Le docteur Antinella prit ensuite le relais. Il s'exprima d'une voix calme, mais son visage exprimait une profonde inquiétude.

— Notre chef de service veut interroger tous les employés de l'hôpital, l'un après l'autre, traduisit l'infirmière à l'intention de Drew. L'entrepôt restera fermé jusqu'à la fin de l'enquête.

— Espérons qu'ils relèveront des empreintes digitales ou des traces de chaussures, murmura Drew. Mais la pièce des fournitures n'était pas fermée à clé ?

— Si, bien sûr. C'est pourquoi nous sommes aussi bouleversés. Le docteur Antinella possède une clé, le surveillant une autre et l'infirmière en chef une troisième. Tous jurent que leurs clés n'ont pas bougé de leur place. Mais la porte de l'entrepôt n'ayant pas été fracturée, on suppose que le voleur s'est servi d'une clé.

En dépit de la gravité de la situation, elle esquissa un sourire.

— Mais je ne me suis pas présentée. Je m'appelle Bianca.

— Joli nom, dit Drew.

Merc avait repris la parole.

— Il nous interrogera dans le bureau du surveillant, dit Bianca. Aucun de nous n'a le droit de quitter l'hôpital. Et dire que ça nous arrive justement aujourd'hui... acheva-t-elle dans un soupir.

— Pourquoi ? Qu'y a-t-il aujourd'hui ?

— C'est l'enterrement de Maria Britto. Une triste cérémonie... J'ai entendu dire que quelqu'un avait trouvé un bras humain. La police pense qu'il appartient à cette actrice qui a disparu... Nous sommes tous à bout de nerfs, vous savez. Et nous avons peur.

Un gentil sourire effleura ses lèvres pleines.

— Ce fut un plaisir de discuter avec vous, monsieur Cunningham. Maintenant, si vous voulez bien m'excuser, je dois retourner auprès de mes patients. Le repas de votre ami va refroidir, ajouta-t-elle en désignant le sac en plastique que Drew portait à bout de bras.

Le jeune homme sursauta. Il avait presque oublié Doug et le steak accompagné de spaghettis qu'il était allé lui chercher. Le concept « à emporter » ne s'était pas encore frayé un chemin jusqu'à Bella Vista, mais la patronne de la *trattoria* s'était montrée compréhensive.

— Moi aussi, j'ai été ravi de discuter avec vous, Bianca. Je vais voir mon ami, maintenant.

— Oui, il a sûrement faim, le pauvre ! J'espère que vous

n'êtes pas pressé de repartir. L'inspecteur voudra sûrement vous interroger.

— Aucun problème. J'ai tout mon temps.

Drew traversa le hall. Franco, qui se tenait près de son père, le salua d'un geste, et Drew leva le sac en plastique, comme pour expliquer sa présence dans les locaux.

Le jeune homme s'engouffra dans le couloir, son sac à la main. De sa main libre, il sortit son téléphone mobile de sa poche et, tout en avançant, se mit à composer le numéro de Stéphanie, le seul qu'il avait mémorisé.

Il fallait bien mettre les autres au courant de ce dernier incident, se disait-il.

Il entra dans la chambre de Doug.

Ses doigts se figèrent sur le petit clavier du téléphone. Le sac contenant le repas lui échappa et s'écrasa sur le linoléum avec un bruit mou.

16

— Reggie est dans tous ses états, disait Stéphanie. Je la comprends, remarque. Elle passe l'Europe au peigne fin pour envoyer des touristes en Calabre, et quand elle appelle Arturo pour prendre des nouvelles, elle apprend qu'elle est quasiment accusée de sorcellerie par la population. C'est franchement ridicule ! Reggie n'a pas été déterrée, que je sache ! Elle est mon amie depuis très longtemps.

— Où est-elle en ce moment ? demanda Grant.

— En Belgique.

— Steph, ne m'en veux pas. Ce n'est pas moi qui ai suggéré qu'elle était une sorcière.

Ils étaient assis à la table de cuisine et avaient épuisé toutes les réserves de café du bungalow.

— Il est temps d'aller à l'hôpital, dit Grant.

— Faut-il prévenir Lucian et Jade ? s'enquit-elle. Il est à peine 13 heures. Peut-être que Lucian... qu'il se repose. Que font les vampires l'après-midi, d'habitude ?

Un sourire espiègle apparut sur les lèvres de Grant.

— Je n'en sais rien. Je n'ai jamais fréquenté de vampires avant.

Son sourire s'évanouit, et il secoua la tête.

— Je sentais bien que quelque chose clochait chez lui, mais de là à imaginer la vérité... Enfin, à condition que ce soit la vérité.

Stéphanie lui prit les mains.

— C'est dingue ! poursuivit-il. Rien que de penser à ce qu'il nous a raconté, j'en ai la chair de poule, mais j'ai tendance à croire ce type. Soit il est réellement ce qu'il prétend être, soit c'est le plus grand mythomane de l'histoire de la psychiatrie... Bon, tu viens ? On va voir Doug.

Au passage, nous ferons une halte au bungalow de Lucian. S'il ne dort pas, peut-être Jade et lui voudront-ils nous accompagner.

Ils effectuèrent à pied la courte distance qui les séparait du bungalow qui avait été attribué à M. Clay Barton.

Ce fut Jade qui ouvrit la porte.

— Salut, fit-elle. Voulez-vous entrer ?

— Est-ce que Lucian... est couché ? demanda Stéphanie.

— Il est parti il y a des heures. Quelque chose s'est produit. Je ne sais pas quoi au juste. Il s'est redressé brusquement dans le lit, puis s'est éclipsé sans un mot. J'ai surfé un peu sur Internet pour chercher des informations sur la présence des Normands ici pendant le Moyen Âge, mais je n'ai rien découvert d'intéressant. Il y a une bibliothèque en ville. J'espère y trouver les références d'un livre ancien que je cherche depuis longtemps.

— Ah, bien... Mais est-ce que Lucian ne doit pas... comment dire... se confiner dans un... euh... cercueil pendant la journée ?

— Nous voyageons simplement avec une poignée de sa terre natale. Et il dort dans un lit, près de moi, dit-elle doucement.

Stéphanie s'éclaircit la gorge.

— Grant a fait un terrible cauchemar, tout à l'heure.

Il la fusilla du regard.

— Quoi ? fit-elle. Peut-être que Liz... Jade, je veux dire... a l'explication.

Jade regarda Grant avec gravité.

— Est-ce que tu te souviens de ton rêve ?

— Quand je me suis réveillé, j'avais encore l'odeur du sang dans les narines. Malheureusement, les images se sont estompées rapidement. Je me souviens seulement que j'étais à cheval. Je portais une armure. C'était terrible. Un vrai massacre. Il y avait des morts partout. Et j'ai compris...

— Oui ? fit Jade pour l'encourager à poursuivre.

— J'ai compris que la situation était désespérée. Et que...

— Continue, Grant.

— J'ai compris qu'il fallait leur couper la tête. Que c'était la seule façon de les tuer...

— Qui ça ?

— François. Les chiens de l'enfer. Et Valeria...

Il ébaucha un geste, comme pour balayer ses propres paroles.

— Ce n'est qu'un jeu de mon imagination. Les fouilles, notre conversation, le fait que j'essaie de comprendre si les vampires existent ou pas... tout ça s'est imprimé dans mon subconscient et a resurgi pendant mon sommeil, voilà tout.

Jade sourit.

— Je comprends que tu réagisses ainsi. Mais ton rêve est peut-être plus important que tu ne le penses.

— J'ai déjà fait ce rêve. Et chaque fois, les scènes sont plus vivaces.

— Alors, c'est vraiment primordial.

Un silence suivit.

— Nous allons voir Doug à l'hôpital, reprit Grant.

— Bonne idée. Assurez-vous qu'il a toujours sa croix.

— Quoi ? s'exclama Stéphanie.

— Je lui ai mis une croix autour du cou hier soir. Assurez-vous qu'il la porte toujours.

— Nous la lui avons enlevée. La chaîne avait irrité la peau de son cou et... Oh, Jade, nous avons cru bien faire.

Jade prit une longue inspiration.

— Je viens avec vous, déclara-t-elle.

Drew se précipita vers le lit.

Une lutte acharnée opposait Doug à un vieil homme armé d'un couteau.

— Hé ! Lâchez-le ! hurla Drew, avant d'écarter l'agresseur d'un coup d'épaule.

Son regard croisa celui de Doug, qui lança :

— Ce vieux schnock m'est tombé dessus comme la misère sur le pauvre monde ! Appelle les infirmières.

Le vieil homme marmonna quelque chose en italien, et Drew secoua la tête pour lui faire comprendre qu'il ne parlait pas cette langue. Alors, l'homme brandit le couteau, dont la lame lança un éclair bleuâtre. C'était un couteau de boucher bien affûté. Une arme redoutable.

— Cher monsieur, je ne vous laisserai pas découper mon copain en rondelles, dit Drew d'une voix douce et égale.

Il avait lu dans un magazine que l'on devait toujours s'adresser calmement aux déséquilibrés. Il jeta un bref coup d'œil vers la porte ouverte sur le couloir vide. Où diable était passé le personnel ? Infirmiers et aides-soignants faisaient la queue devant le bureau du surveillant pour répondre aux questions des policiers, se rappela-t-il, affolé.

Il fit un pas vers le vieillard.

— Écoutez, mon ami. Je voudrais que vous me remettiez ce couteau, d'accord ?

Le fou leva le poing en un geste menaçant.

— Non... non, fit Drew, aussi gentiment qu'il le pouvait. Je ne suis pas armé, vous ne le voyez pas ?

Pendant ce temps, Doug contournait subrepticement le lit pour se diriger vers la sortie. Son manège n'échappa pas à son agresseur. L'Italien était plus vieux que Dieu le Père en personne, mais semblait plus vif qu'une anguille. Il fonça sur Doug, qui tituba. Drew regarda fébrilement autour de lui.

— Au secours ! hurla-t-il de toutes ses forces.

Personne ne répondit, bien sûr. Ils étaient dans une impasse. Il attrapa le bassin en plastique et le tint devant sa poitrine, comme un bouclier dérisoire. Son geste attira l'attention du dément, qui se retourna vers lui.

Doug poussa un cri à se fêler les cordes vocales. Il voulut avancer, mais le vieil homme pivota sur lui-même et fondit de nouveau sur sa proie. Il s'apprêtait à donner un coup de couteau à Doug quand quelqu'un déboula dans la pièce. Le nouvel arrivant plongea et enlaça les jambes de l'Italien, qui s'affala sur le lit. Drew échangea un regard soulagé avec Doug. Grant Peterson, car c'était lui, avait momentanément neutralisé l'ennemi. Stéphanie et Liz se tenaient dans l'embrasure de la porte, consternées.

Mais le vieil homme n'avait pas dit son dernier mot. Se hissant sur le matelas, il commença à fendre l'air de sa lame. Grant détendit la jambe. Son pied partit comme un obus et atteignit le poignet de l'homme armé. Le couteau s'envola, ricocha sur le mur, tomba enfin sur le linoléum immaculé.

Un silence suivit. Le vieillard resta un moment allongé. Il tournait la tête dans tous les sens, ses yeux vitreux roulant dans leurs orbites.

— Ça va aller ? demanda Grant en s'approchant. Est-ce que vous pouvez bouger votre poignet ?

Liz entra dans la pièce et se mit à parler à l'homme en italien. Il ne répondit pas. Enfin, Bianca, l'infirmière, fit irruption dans la pièce.

— Qu'est-ce qui se passe ? Qu'est-ce que vous lui avez fait ? s'écria-t-elle en voyant le vieil homme sur le lit.

— Ce que nous lui avons fait ? jeta Drew, indigné. Il a essayé de tuer Doug, puis moi, et si notre ami Grant n'était pas arrivé à temps, vous auriez deux cadavres sur les bras !

Bianca repoussa Liz et Stéphanie. Elle alla s'asseoir sur le bord du lit et se mit à murmurer des mots apaisants au vieil homme en caressant ses cheveux blancs. Soudain, il fondit en larmes comme un enfant et se blottit dans les bras de la jeune femme. Elle l'aida à se relever et l'entraîna tout doucement vers le couloir.

— J'espère que vous lui passerez la camisole de force ! cria Drew, encore tremblant.

— Il est inoffensif, répliqua Bianca avant de sortir.

— Inoffensif, mon œil ! fit Doug en regardant le couteau qu'il avait ramassé.

Il fixa Grant, qui semblait tout aussi abasourdi.

— Est-ce que ça va, vous deux ? s'enquit-il.

— Ouais... Grâce à vous, répondit Drew. Joli coup de pied. Jackie Chan en serait vert de jalousie.

— J'ai fait un peu de kung-fu, expliqua brièvement Grant. Maintenant, Doug, remettez-vous au lit.

— Vous plaisantez ? Je n'ai qu'une hâte : sortir de cet asile d'aliénés !

Grant l'ignora.

— Où sont les médecins, les infirmiers et les aides-soignants ? Nous n'avons croisé personne en arrivant. Nous avons entendu vos hurlements depuis le hall.

— Quelqu'un a volé leurs réserves de sang ce matin. Les flics sont en train d'interroger le personnel, expliqua succinctement Drew.

— Quoi ? fit Liz en relevant vivement la tête.

— Les réserves de sang, répéta Drew. Envolées.

— S'il vous plaît, dit Doug, pouvez-vous me ramener à l'hôtel avant qu'un autre fou essaie d'avoir ma peau ?

— Doug, est-ce que vous êtes sûr... commença Stéphanie.

— S'il vous plaît ! insista-t-il. Emmenez-moi avant le retour d'Attila. Même l'infirmière ne tourne pas rond. Demandez à Drew. Ce gars était sur le point de nous égorger.

— Mais, Doug, vous avez failli mourir !

— Je suis en pleine forme.

— Je crois qu'il faut qu'il sorte d'ici, dit Liz.

— Enfin une bonne parole ! s'exclama Doug. Allons-nous-en, et vite !

Quelque chose s'était transformé. Un brusque changement s'était produit durant la nuit.

Lucian contempla le précipice.

Des images décousues lui traversaient l'esprit.

C'était ici même que cela s'était passé.

En ce temps-là, le relief était moins tourmenté. Mais la secousse avait été si forte que la falaise s'était scindée en deux. Il regarda les éboulis, au fond du gouffre. Quelques ouvriers continuaient à creuser à l'endroit où, jadis, les soldats de Conan de Burgh et de François de Venue avaient péri lors d'une bataille sanglante.

Il ferma les paupières et essaya de visualiser la scène.

La brise caressait son visage, tandis qu'il s'efforçait de plonger dans le passé, loin, très loin. L'espace d'une seconde, il crut percevoir le tintamarre, les râles des hommes, le hennissement d'un cheval, un grognement... Un décor prenait forme dans un brouillard rougeâtre. Des guerriers en heaume et armure jaillissaient de la brume, l'épée au poing. Leurs lames étaient rouges de sang.

Puis l'image disparut, comme si quelqu'un avait refermé un rideau dans sa tête. Il étouffa un juron, puis commença à redescendre la pente abrupte. Le crépuscule tombait. Mais il voulait savoir qui avait brouillé les ondes de son esprit.

Il devait donc rester.

Mais il ne pouvait pas.

Le mal ne tarderait pas à se manifester.

Il fallait qu'il retourne auprès de ses amis.

Sans rien ! songea-t-il avec accablement. Il n'avait aucun indice.

De nouveau, il sentit le vent sur son visage. Et il comprit qu'il devait continuer à chercher. Il fallait qu'il trouve un moyen de stopper les puissances obscures qui, bientôt, allaient se déchaîner.

Pendant que le groupe se dirigeait vers la sortie de l'hôpital, Stéphanie resta en arrière. Dieu merci, Doug avait recouvré la santé. Toutefois, un détail la perturbait. Le vieil homme qui avait agressé les deux comédiens était le même que celui qui lui avait offert la croix. Adalio Davanti.

La jeune femme porta la main à son cou, puis se souvint qu'elle avait donné sa croix à Virginie. Davanti était joaillier, se rappela-t-elle, mais il n'allait sûrement pas rouvrir sa boutique aujourd'hui.

Elle ralentit le pas. Grant serait furieux quand il se rendrait compte qu'elle leur avait faussé compagnie, mais elle voulait remercier le docteur Antinella. C'était la moindre des choses.

Et si, par hasard, elle croisait Merc, elle en profiterait pour lui poser une ou deux questions sur le vieux bijoutier. Mais elle savait déjà pourquoi ce dernier avait agi de la sorte.

Les gens d'ici croyaient-ils vraiment à cette légende ? se demanda-t-elle. Et pourquoi pas ? Elle-même commençait à y croire ! Elle sentit un frisson glacé remonter le long de sa colonne vertébrale.

Lucretia Britto avait tranché la tête de sa fille.

Et aujourd'hui, le vieil homme avait essayé de décapiter Doug.

Elle n'eut aucun mal à s'orienter dans le petit hôpital. Elle s'engagea dans le couloir qui menait aux bureaux du personnel et frappa à la porte sur laquelle une plaque de bronze portait le nom du docteur Antinella. À son soulagement, une voix l'invita à entrer.

Le médecin leva vers elle un regard suspicieux tandis qu'elle prenait place sur un fauteuil.

— *Buonasera,* murmura-t-elle.

Il répondit par un signe de tête.

— Doug est en route pour l'hôtel.

— Je ne lui ai pas donné l'autorisation de sortir.

— Je sais, et c'est pourquoi je viens m'excuser en son nom. Vous devez déjà savoir que ce vieil homme... le bijoutier... a tenté de le tuer.

Antinella se carra dans son siège sans un mot.

— Aux États-Unis, cet homme aurait été arrêté pour tentative de meurtre, poursuivit-elle.

— Nous ne sommes pas aux États-Unis, rétorqua-t-il d'un ton excédé.

Puis il poussa un soupir.

— Mais ici aussi, en temps normal, il aurait été arrêté pour les mêmes motifs.

— Docteur Antinella, dit-elle après une hésitation, est-ce que cet homme, cet Adalio Davanti, pense que Doug est devenu un vampire ? Est-ce qu'il a cru qu'en lui coupant la tête, il sauverait ses concitoyens ? N'est-ce pas pour cette raison que la mère de Maria Britto a décapité sa fille et que vous-même n'avez pas pratiqué d'autopsie sur son corps ?

Le médecin posa son stylo sur les dossiers éparpillés sur son bureau.

— J'ignore ce que pense Adalio.

— Voyons, docteur ! Il n'y a pas eu d'autopsie. Vous avez déclaré, ainsi que le médecin légiste, que Maria avait été tuée par des animaux sauvages. Ensuite, Grant a trouvé un bras coupé devant son bungalow. Je n'ai pas la certitude que Gema Harris soit morte, mais je suis sûre d'une chose : ce ne sont pas des animaux sauvages qui ont déposé son bras sur le perron de Grant.

Un silence pesant suivit cette déclaration. Enfin, Antinella dit :

— Je suis un homme de science, mademoiselle. Nos policiers sont des hommes de loi. Et notre communauté est composée de gens honnêtes.

— Oui, oui, c'est une communauté merveilleuse, approuva-t-elle. Mais s'il y a des choses que nous devrions savoir...

Le médecin la scruta avec colère.

— Ces choses, comme vous dites, n'existaient pas avant votre arrivée, mademoiselle Cahill.

— Erreur ! répliqua-t-elle avec emphase. Je ne suis pas la cause de ces incidents, pas plus que ma troupe ou Reggie. Voilà des siècles que cette province est la proie de vieilles légendes, d'histoires de chiens de l'enfer, de sorcières, de créatures surnaturelles... Ce n'est pas moi qui les ai inventées !

Antinella l'étudia un long moment.

— Chaque pays a son histoire, dit-il. Prenez le vôtre. Des années durant, les petits Américains ont appris à l'école la glorieuse épopée de leur cavalerie contre les Indiens. Ceux-ci étaient présentés comme des sauvages. Aujourd'hui, le point de vue des historiens a changé. On dit que les Européens ont envahi l'Amérique et qu'ils y ont apporté leur civilisation, leur dieu, leurs armes et leurs maladies. Ici, en Calabre, il y a eu de nombreuses batailles, dont chacun peut avoir sa version. L'une de ces batailles, la plus terrible, est restée gravée dans toutes les mémoires, bien que des siècles se soient écoulés depuis... Parfois, il est vrai, les hommes se comportaient comme des bêtes. D'où ces fables qui parlent de créatures pas tout à fait humaines... si bien que chez nous, vous trouverez plusieurs personnes qui partagent les croyances de Lucretia Britto et d'Adalio Davanti.

— Vous avez été chargé d'autopsier Maria Britto, insista Stéphanie. Mais vous n'en avez rien fait.

— Non, admit-il.

— Pourquoi ? Parce que vous avez jugé qu'il était inutile de lui infliger ce genre d'opération après ce qu'elle avait enduré ? Par respect pour sa mère ?

Le médecin reprit son stylo, et ses doigts se crispèrent autour du petit cylindre luisant.

— Êtes-vous en train de me juger, mademoiselle Cahill ?

— Non. Je me demande juste...

— Si les sorcières, les vampires et les chiens de l'enfer existent ?

— Je commence à y croire, docteur. Et je me demande si vous éprouvez la même appréhension que moi.

— Qu'attendez-vous de moi au juste ? Je suis médecin, j'ai voyagé à travers le monde... En tant que scientifique, je comprends tout aussi bien les souffrances de la chair que celles de l'âme. Mais la science a ses limites, vous savez. La vie a toujours comporté des secrets. Des mystères qui restent sans réponse ou que l'on commence à peine à explorer. M'expliquerez-vous les miracles ? Les énigmes de l'histoire ? Souvent, la connaissance et l'ignorance coexistent. Là où l'on trouve le bien, on trouve aussi le mal. Vous avez décidé de faire sortir votre ami de l'hôpital. Nous lui avons sauvé la vie. À vous de le protéger, maintenant... et de vous protéger aussi, si je puis me permettre ce conseil.

Il esquissa un geste qui signifiait que l'entretien était terminé. Stéphanie se leva.

— Le mal vient du chantier de fouilles, déclara-t-elle.

— Oui, je le crois, reconnut-il. Maintenant, excusez-moi. Je suis très occupé.

— Une dernière question. Que sont les chiens de l'enfer ?

Il secoua la tête.

— Je l'ignore. J'aimerais bien le savoir.

— Merci, docteur.

Il acquiesça et baissa les yeux sur ses dossiers. Mais elle était convaincue qu'il regardait les mots sans les lire.

La procession funéraire de Maria Britto s'étendait à perte de vue. Le corbillard se présentait sous la forme d'un antique carrosse tiré par un robuste cheval rouan.

Debout sur le trottoir noir de monde, Grant jeta un regard par la vitre du carrosse. Un rectangle vitré sur le cercueil permettait de distinguer le visage de la défunte. À présent, sa riche chevelure noire s'enroulait autour de son cou.

— Doux Jésus ! murmura Drew en se signant.

Ils attendirent que le cortège dépasse l'hôpital et l'aire de stationnement. Un homme qui suivait le corbillard aux côtés de Lucretia Britto jouait sur son violon une mélodie funèbre. Roberto, le fiancé de Maria, marchait de l'autre côté de Lucretia, et derrière eux, la foule des villageois avançait, silencieuse et solennelle, sous le soleil déclinant.

— Ils se rendent au cimetière, dit Liz.

— J'ai envie d'y aller, déclara Drew.

— Moi aussi, ajouta Grant.

Doug poussa un soupir.

— Et moi, j'ai envie de retourner à l'hôtel pour faire la sieste.

Grant l'ignora. Quand le dernier homme du cortège passa devant eux, il suivit la foule endeuillée.

Dino Ponti, au milieu des excavations avec Heinrich, son collègue allemand, lisait la transcription d'un manuscrit ancien qu'il avait reçue par e-mail la nuit précédente.

— « Dans la nuit du 18 août de l'an de grâce 1215, la grande bataille eut lieu. Les morts jaillirent de leurs tombeaux, convoqués par la fiancée du diable, pour se joindre aux armées, si bien que le combat fut des plus meurtriers. De part et d'autre, les soldats tombaient comme des mouches. Les premiers rangs des cavaliers du grand seigneur normand furent décimés, mais à la fin, ses troupes triomphèrent de l'ennemi. Hélas, le Normand ne voulut pas reconnaître la vérité et le paya de son sang. Par la suite, les ruines furent sondées, mais on ne découvrit aucun survivant, car après le séisme qui avait creusé le cratère, le Tout-Puissant avait ordonné à la terre de se refermer à jamais sur les dépouilles des combattants. »

Heinrich fronça ses sourcils blancs et broussailleux.

— Dino, il n'y a rien de nouveau là-dedans. Nous sommes au courant du tremblement de terre et nous savons que la bataille s'est déroulée ici même...

Il frissonna soudain et serra ses bras autour de lui.

— Ce vent de montagne ! murmura-t-il. Le temps change d'une minute à l'autre... Avez-vous remarqué cette brusque chute de température ?

Dino Ponti agita la main en l'air. La météo était le cadet de ses soucis.

— Mon ami, avez-vous entendu la date ? 18 août ! Non seulement nous sommes sur le site des événements, mais à la date exacte à laquelle ils ont eu lieu !

L'enthousiasme de l'archéologue italien arracha un sourire à son collègue allemand.

— Tant mieux ! C'est le genre d'information qui plaît aux journalistes. Ils ne manqueront pas de le mentionner dans leurs commentaires à la télé.

Dino ne répondit rien. Lui aussi frissonnait.

— La nuit tombe vite, dit-il enfin. C'est pourquoi il fait si froid.

Il agita les feuillets qu'il tenait à la main.

— Quel merveilleux document ! Il a été rédigé par un moine en 1225, dix ans après les événements. Il s'agirait, d'après mes sources, d'un frère Marcus qui aurait assisté à la bataille. Voilà pourquoi ces mots revêtent une telle importance. Si seulement nous pouvions lire entre les lignes !

Heinrich haussa les épaules.

— Bah ! Que voulez-vous qu'il y ait entre les lignes ? Tout cela a été vérifié historiquement. Ensuite, l'histoire a cédé le pas à la légende. Mais les faits sont simples : une bataille a opposé un honnête homme, respecté par la population locale, à un seigneur cruel qui méprisait les paysans et ne faisait pas grand cas de la vie humaine.

Dino secoua la tête.

— Non, il y a plus que cela. Écoutez la suite : « Que ceci serve de leçon aux générations futures. Observons toujours la loi du bien. Car le danger que la terre se remette à trembler est omniprésent. N'oublions pas que le mal doit être terrassé et qu'il ne faut jamais répéter les erreurs du passé. »

— Cela veut tout simplement dire que ce fut une grave erreur de conduire à la mort tant de personnes, fit Heinrich d'un ton léger.

Tout en disant ces mots, il réprima un tressaillement. Un sentiment de malaise l'envahissait. Foutaises ! pensa-t-il. Il était anthropologue. Homme de science. Son travail consistait à étudier les morts. Sa propre maison regorgeait de vieux ossements.

Et pourtant...

Les mots de Ponti s'insinuaient dans son esprit. Le mal. Le mal avait pris racine ici, sur ces falaises. Et il lui semblait sentir sa présence.

— Rentrons au campement. Nous relirons ce texte demain et chercherons le sens caché que ce frère Marcus a peut-être dissimulé entre les lignes. Nous aurons une meilleure vision des choses à la lumière du jour, ajouta Heinrich en posant la main sur l'épaule de Dino. Vous savez, un moine de l'époque ne pouvait que mentionner les notions de bien et de mal. Ça n'a rien d'étonnant.

Une fois de plus, Dino Ponti baissa les yeux sur les feuillets, en proie à une sombre excitation.

— « Quand la lune sera pleine, le danger s'éveillera, lut-il. Le passé n'est pas réellement enterré, et ce n'est qu'en le revivant que nous pourrons rechercher la lumière. »

Heinrich crut alors entrevoir une ombre gigantesque en forme d'ailes d'oiseau. Une onde glacée transperça ses vêtements, mais malgré le froid, une goutte de sueur perla à son front.

Sa respiration sortait par saccades, son cœur cognait sourdement dans sa poitrine.

Une peur étrange montait en lui.

— Dino ! Nous reverrons tout cela demain matin, répéta-t-il, tout en se dirigeant d'un pas pressé vers le campement, dont les lumières scintillaient dans la nuit.

Stéphanie regarda autour d'elle, abasourdie. Elle avait supposé que ses amis l'attendraient devant l'hôpital. Elle s'était même préparée à subir les remontrances de Grant. Mais ils n'étaient nulle part, et la voiture de location était toujours garée sur le parking désert. La jeune femme sortit son téléphone mobile de son sac et composa le numéro de Grant. Elle tomba sur le répondeur et raccrocha.

L'hôtel n'était pas loin. Elle pourrait effectuer le chemin à pied en une vingtaine de minutes, calcula-t-elle. Elle se mit en route. Tout en marchant, elle se rappela que Jade et Lucian leur avaient demandé, à Grant et elle, de continuer à les appeler Liz et Clay. À présent, elle doutait que ce soit une bonne idée. Les choses semblaient se précipiter. Le reste de la troupe avait le droit de connaître la vérité... Si toutefois c'était la vérité.

L'après-midi touchait à sa fin. La jeune femme accéléra l'allure, soudain pressée de rejoindre Lena et Virginie à l'hôtel. Elle ignorait pourquoi, mais il le fallait. Les rues étaient vides. C'était le jour des obsèques de Maria Britto, se rappela-t-elle. La plupart des villageois avaient dû se rendre au cimetière.

Enfin, l'hôtel apparut derrière les haies de pins. Elle poussa un soupir de soulagement. Le hall était vide. Stéphanie ressortit par-derrière. Le vent s'était levé, et de gros nuages obscurcissaient les dernières lueurs du soleil couchant. Il n'y avait personne sur la plage.

Elle remontait l'allée qui menait aux bungalows quand, soudain, Giovanni émergea d'un petit chemin latéral.

— Mademoiselle Cahill ! s'écria-t-il joyeusement. Je vous cherchais.

— Oh ? Pourquoi ? Que se passe-t-il ?

— Reggie est là. Elle voudrait vous voir.

Un vague signal d'alarme se déclencha dans la tête de Stéphanie.

— Mais, Giovanni, j'ai parlé avec Reggie au téléphone il y a quelques heures. Elle était en Belgique.

— Elle est ici. Rappelez-la, si vous voulez.

Pourquoi mentirait-il ? pensa-t-elle, sans pouvoir néanmoins chasser cette étrange sensation de malaise.

— Reggie aurait sauté dans un avion et serait arrivée aussi vite ? fit-elle, comme si elle se posait la question à elle-même.

— Appelez-la, s'il vous plaît.

Giovanni leva les mains en souriant.

— Je viens de monter ses bagages dans sa chambre, affirma-t-il.

Puis il balaya une boucle sombre sur son front et haussa les épaules.

— Oh, ce n'est pas grave. Je lui dirai que vous préférez qu'elle vienne vous voir.

— Oui, qu'elle vienne à mon bungalow.

Mais, comme il s'éloignait, elle cria :

— Attendez ! Je vais l'appeler.

Joignant le geste à la parole, elle prit son portable et composa le numéro de Reggie. Celle-ci répondit dès la première sonnerie.

— Stéphanie ?

— Reggie ? Que se passe-t-il ? Giovanni prétend que tu veux me voir. Je lui ai répondu que tu étais en Belgique.

— Oh, Steph, je t'ai menti. J'étais déjà ici quand on s'est parlé... Je suis vraiment désolée, mais on raconte tant d'horreurs sur mon compte que je fais profil bas. Il faut que je te voie, que je t'explique. Viens me rejoindre. Je ne veux pas que le reste de la troupe sache que je suis sur place – pas avant que nous ayons éclairci la situation.

C'était bien Reggie. Elle semblait bouleversée.

— Où es-tu ?

— Giovanni te montrera.

Stéphanie hésitait. Elle avait beau se répéter qu'elle connaissait Reggie depuis des années, que celle-ci n'avait pas été déterrée sur le chantier de fouilles, son instinct l'exhortait à la prudence.

— Reggie, essaie de comprendre. Aucun comédien n'est fâché contre toi. Je m'apprêtais à passer chez Lena et Virginie. Tu ne veux pas te joindre à nous ?

— Non. Je préfère que tu...

— Je serai là-bas ! déclara-t-elle fermement.

Elle regarda Giovanni, qui haussa de nouveau les épaules, avant de repartir en direction de l'hôtel. Stéphanie prit résolument le chemin du bungalow de Virginie.

Lorsqu'elle voulut frapper à la porte, le battant pivota lentement sur ses gonds. La porte était ouverte. Elle passa prudemment la tête à l'intérieur.

— Lena ? Virginie ?

— Entre, Steph ! répondit Lena.

Elle obtempéra.

Il faisait sombre dans le vestibule. Stéphanie cligna des yeux afin de s'habituer à la pénombre.

C'est alors qu'elle les vit dans le salon.

Elle vit la scène inconcevable.

Horrifiée, elle s'immobilisa.

Pendant quelques terribles secondes, une angoisse mortelle l'envahit tout entière. Elle voulut rebrousser chemin, mais quelqu'un derrière elle lui barrait le passage.

— Oh, non, Stéphanie, vous restez !

Elle reconnut la voix. Lorsqu'elle se retourna, elle aperçut la grande silhouette qui l'observait, les mains sur les hanches.

Alors, elle comprit.

— Qu'est-ce que vous voulez ? cria-t-elle.

— C'est l'heure, dit-il simplement.

17

À l'issue d'une cérémonie émouvante, Maria Britto fut inhumée. Comme ils se tenaient en retrait de la foule dans le petit cimetière ombragé de cyprès, Arturo vint à leur rencontre.

— Voyez, dit-il doucement, elle a été inhumée en terre consacrée. Au-delà de ce muret de pierre sont enterrés ceux qui ont vécu et sont morts hors de l'Église. Le prêtre a aspergé d'eau bénite la circonférence de la fosse, et avant même que la première pelletée de terre soit jetée sur le cercueil, on étendra une croix sur toute la longueur de la tombe.

— Je vois, murmura Grant.

Les habitants de Bella Vista avaient envahi le cimetière, remarqua-t-il. Merc et Franco, qui avaient apparemment fini d'interroger le personnel hospitalier, se tenaient côte à côte, comme une paire de jumeaux plutôt que comme un père et son fils. Le docteur Antinella était présent, lui aussi. Grant reconnut des gens qu'il avait déjà croisés en ville, dans des cafés, des boutiques, à l'hôpital ou sur le chantier de fouilles. Dino Ponti s'était mêlé à la foule, flanqué de ses deux associés, l'anthropologue allemand Heinrich Gutten et l'historien suisse Jacques Perdot.

L'angoisse le pétrifia soudain. Il manquait quelqu'un : Stéphanie.

Il se tourna vers Jade.

— Où est Steph ? demanda-t-il.

La jeune femme fouilla la foule du regard.

— Je ne sais pas, admit-elle.

— Doug... Drew... commença Grant en regardant derrière Jade.

Drew était là. Mais pas Doug.

— Où sont Stéphanie et Doug ? s'enquit-il.

Drew tourna la tête dans tous les sens.

— Doug... je ne sais pas. Il était avec moi jusqu'à ce qu'on arrive devant le portail. Quant à Stéphanie, elle était avec nous quand nous avons quitté l'hôpital... Enfin, il me semble.

Une sombre appréhension envahit Grant. De nouveau, il chercha Stéphanie des yeux parmi la foule.

Elle n'était nulle part.

— Il faut que je la retrouve, déclara-t-il à mi-voix.

Il pivota sur ses talons et se dirigea vers la sortie. Jade se lança à ses trousses.

— Elle a dû rester à l'hôpital.

— Pourquoi ? Même Antinella, les flics et les infirmiers sont ici, répondit-il, de plus en plus inquiet.

Il se précipita vers les grilles, suivi de Jade et Drew. À la vue du portail, il ralentit. Le vieil homme était là. Il tenait une épée à double tranchant entre les mains. « Oh, non ! pensa-t-il. Il ne va pas recommencer ! »

Ses yeux fiévreux fixés sur Grant, le vieillard déversa un torrent de paroles dans un débit rapide, intense, insistant. Enfin, il lui tendit l'épée.

— Il veut que tu la prennes, traduisit Jade. Il dit que tu en auras besoin.

— C'est hors de question ! Si ce n'est pas une pièce de musée, c'est une copie parfaitement réussie. *Grazie, grazie, ma no !* dit-il au vieil homme.

Celui-ci secoua sa tête chenue, l'air obstiné, et ne bougea pas d'un pouce.

— Prends-la, dit Jade.

Seigneur ! Soit il bousculait le vieillard, soit il acceptait cet étrange présent. Il jeta un coup d'œil par-dessus son épaule et réalisa qu'il n'avait pas le choix : les gens du dernier rang s'étaient retournés pour les observer. Le vieillard lança une phrase chevrotante que Grant ne comprit pas.

— Il dit que le temps est venu, expliqua doucement Jade.

— Quel temps ?

— Celui où tu vas avoir besoin de l'épée, je crois.

Résigné, Grant saisit l'épée, et le vieil homme s'écarta pour le laisser passer. Il franchit les grilles et remonta la rue étroite à vive allure. L'air était de plus en plus vif. Les derniers rayons du couchant disparurent soudain, plongeant la petite ville dans un linceul d'ombre. Des nuages noirs traversaient rapidement le ciel rougeoyant. Grant se mit à courir en direction de l'hôpital.

— Grant ! Attends ! cria Jade.

Irrité, il se retourna.

— C'est trop tard. Tu ne vois pas ? fit-elle en désignant les ténèbres qui assombrissaient le ciel. Il l'a, ajouta-t-elle.

La suspicion aveugla Grant. *Qui* l'avait ? Jade n'essayait-elle pas de le retenir pour laisser le champ libre à Lucian ? N'était-ce pas ce dernier, la vraie menace ?

— Mais de quoi parles-tu ? demanda-t-il rageusement. Qui a Stéphanie ? Ton soi-disant vampire de mari ?

Elle secoua tristement la tête.

— Non. François l'a prise. François de Venue. Et c'est pour cela que tu vas avoir besoin de l'épée.

Stéphanie luttait de toutes ses forces pour ne pas s'évanouir. L'odeur écœurante du sang imprégnait le salon. Lena et Virginie rampaient sur le sol, les lèvres retroussées. Nues, lascives, elles entouraient le corps d'une des femmes de chambre, qu'elles avaient lacérée à coups de griffes et de dents, comme des hyènes.

Doug était là, qui la regardait.

— Doug, il faut que vous me laissiez passer, déclara-t-elle. Nous avons besoin d'aide, et vite.

— Non. Il est temps d'y aller, Stéphanie.

— Mais où ? Où ça, Doug ?

Elle s'efforçait de parler d'un ton égal, d'une voix calme. Reggie ne tarderait pas à arriver... mais peut-être faisait-elle aussi partie de ce cauchemar. La terreur enfla en elle. Virginie et Lena s'activaient toujours autour de leur victime. À n'importe quel moment, elles pouvaient s'en prendre à Stéphanie.

— Il faut y aller, répéta Doug.

Stéphanie le scruta, incrédule. Des bribes de sa conversation avec Lucian et Jade lui revinrent en mémoire. Doug était-il devenu un vampire ? Ou subissait-il l'influence d'une puissance infernale ? Et les deux femmes ? Ô Seigneur ! Rien que de les regarder...

— Où voulez-vous que j'aille, Doug ?

— Venez, c'est tout.

— Je vous en prie... Nous avons besoin d'aide.

L'espace d'une fraction de seconde, elle crut apercevoir une lueur d'humanité dans les yeux de Doug. Comme si, dans le tréfonds de sa conscience, il avait pitié d'elle.

Mais la lueur s'éteignit aussitôt.

— Vous devez venir, Stéphanie. Je ne vous ferai aucun mal.

— Alors, ne m'obligez pas à vous suivre.

— Il le faut.

— Doug, écoutez-moi. Pour l'amour du Ciel, regardez Virginie et Lena !

Il obtempéra. De nouveau, pendant une seconde, elle crut qu'elle l'avait convaincu. Mais il haussa les épaules, tandis qu'un sourire pervers se dessinait sur ses lèvres.

— Elles ont faim, dit-il d'un ton amusé.

Désespérément, fébrilement, elle s'efforça d'évaluer la situation. Lena et Virginie, transformées en meurtrières, poursuivaient leur festin sanglant par terre. Doug bloquait de toute sa stature la porte d'entrée. La baie vitrée ! pensa-t-elle. Elle devait coûte que coûte atteindre la baie ! Les vampires craignaient l'eau de mer, songea-t-elle en se rappelant le bras boursouflé de Lucian.

— D'accord, Doug. Attendez une minute, dit-elle.

Il ne bougea pas d'un millimètre. Stéphanie s'avança dans le salon, comme pour mieux observer les deux créatures malfaisantes. Elle marqua une pause, le cœur au bord des lèvres, puis dépassa tranquillement les corps enchevêtrés.

Alors seulement, elle s'élança en avant. Ses doigts tremblants débloquèrent le loquet de la baie. Elle fit coulisser la vitre et se rua dehors à la vitesse de l'éclair.

Derrière elle, elle entendit Doug ordonner à Virginie et à Lena d'arrêter la fugitive. Sans oser regarder en arrière, elle dévala le sentier qui menait à la plage, talonnée par Doug. Arrivée au bord de l'eau, elle plongea et se mit à nager vers le large.

Comme elle l'avait espéré, il s'était arrêté net sur le sable. Il ne pouvait avancer davantage. Elle n'avait plus qu'à rester au milieu des flots en attendant les secours.

Vite ! pria-t-elle.

Alors, Doug leva le bras. Lena et Virginie, nues, ensanglantées, se jetèrent dans l'eau. Stéphanie replongea. Elle nageait plus vite que ses poursuivantes, elle le savait. Elle se lança dans un crawl éperdu. Les deux horribles créatures arrivaient dans son sillage comme des requins attirés par l'odeur du sang. L'eau salée lui piquait les yeux, les muscles de ses jambes et de ses bras l'élançaient douloureusement. Depuis combien de temps était-elle dans l'eau ? Les minutes semblaient s'écouler avec une lenteur exaspérante.

— Stéphanie !

Quelqu'un l'appelait. Clignant des yeux, elle essaya de distinguer le rivage. Oui, il y avait bien un homme, là-bas, à la lisière de l'onde.

Elle rassembla ses genoux sur sa poitrine, puis se retourna d'un seul coup et changea de direction. Le clapotis qui accompagnait ses mouvements couvrait les cris de Lena et Virginie, qui s'efforçaient de l'attraper. Son pied heurta le sable. Elle émergea des flots, courut vers son sauveur.

Ce visage si beau...

Cette lueur amusée dans ses prunelles...

C'était bien l'homme qu'elle avait connu.

Mais pas tout à fait.

Il avait changé. Ses yeux avaient un étrange chatoiement rouge. Et il semblait avoir grandi. Ses épaules étaient plus larges ; un rictus de mépris altérait ses traits ciselés. Oui, il était différent.

— Pauvre Stéphanie ! Je comprends ton désarroi. N'importe qui aurait imaginé qu'un homme aussi puissant que François de Venue reviendrait en chef, en meneur d'hommes, comme jadis... Mais tâche donc de comprendre. J'ai su très vite que mon ennemi viendrait me défier, mettre ma force à l'épreuve. Alors, j'ai fait en sorte d'éviter ceux que je n'avais guère envie de voir en attendant mon heure. Pour patienter, je me suis fait inviter ici et là... C'était si facile ! « Je vous en prie, entrez, entrez donc... » Et maintenant...

Il leva les bras. Un nuage d'encre tourbillonna autour de Stéphanie.

Elle poussa un cri d'épouvante.

L'eau ! Elle devait replonger dans l'eau !

Mais les deux harpies avaient atteint le rivage. Elle s'esquiva sur le côté, en quête d'une autre issue... et vit Doug qui arrivait droit sur elle. Elle voulut l'éviter, mais le poing de Doug s'abattit lourdement sur sa nuque. Des étoiles se mirent à clignoter devant ses yeux, tandis qu'elle titubait.

Des bras drapés de noir l'entourèrent, la soulevèrent.

Elle entendit un bruit étrange, comme un grésillement, suivi d'une bordée de jurons.

— Maudite eau de mer ! gronda une voix pleine de rage. Ah, mais ce n'est qu'un prix infime à payer. Tu es celle que j'attendais, celle qui m'est destinée.

Elle lutta courageusement pour reprendre conscience dans les spirales obscures qui l'avalaient.

Hélas, c'était une bataille perdue d'avance.

— Ça veut dire quoi, c'est trop tard ? hurla Grant.

Il agrippait Jade par les épaules.

— Ça veut dire qu'elle n'est plus à l'hôpital, ni à l'hôtel. Nous devons découvrir pourquoi François désire si ardemment s'emparer d'elle et où il l'a emmenée.

— Mais de quoi parlez-vous ? demanda Drew, effaré.

Grant l'ignora.

— Je vais sur le chantier, déclara-t-il.

— Ce n'est peut-être pas aussi simple, commença Jade.

— J'y vais quand même, Jade. Elle est là-haut. Je le sais, je le sens dans toutes les fibres de mon corps.

— Bon, d'accord, mais... tu n'es pas préparé, argumenta Jade. Retournons au bungalow de Lucian. J'y ai caché quelques armes qui pourraient t'être utiles.

— Si quelqu'un voulait avoir l'amabilité de m'expliquer ce qui se passe... insista Drew. Pourquoi appelez-vous Liz Jade, maintenant ? Et qui sont François et Lucian ? Si vous me disiez de quoi il retourne...

Les deux autres le regardèrent.

— Non ! répondirent-ils à l'unisson.

— L'explication serait trop longue, et de toute façon, vous ne nous croiriez pas, ajouta Jade. Si quelqu'un essaie de vous mordre, vous n'aurez qu'à le frapper avec ça !

Elle dégrafa sa chaîne ornée d'un crucifix et la passa autour du cou du jeune homme.

— Voilà. Jetez-vous dans la mer, si vous vous sentez en danger. Mais pour l'instant, venez avec nous.

— Comment ? fit Drew d'une voix étranglée. Pourquoi dans la mer ?

— L'eau de mer peut tuer un vampire. Au fait, mon vrai nom est Jade. Lucian est mon mari. C'est un vampire, mais il combat les forces des ténèbres.

— Comment ? Hé ! Attendez !

Grant et Jade étaient déjà partis en courant en direction du parking de l'hôpital. Il n'eut d'autre choix que de les suivre. Ils arrivèrent à la voiture, hors d'haleine. Grant jeta la lourde épée sur la banquette arrière, puis tous trois s'engouffrèrent dans l'habitacle. Quelques minutes plus tard, ils se garaient devant l'hôtel.

Le hall était vide.

— Je vais chercher Lena et Virginie, dit Drew.

— Allez-y... Si vous tombez sur Doug, appelez au secours, hurlez et tirez-vous en vitesse ! cria Grant par-dessus son épaule.

Tout en parlant, il suivit Jade, qui s'était précipitée vers le bungalow de Lucian. Elle entra en trombe, en criant le nom de son mari. Pas de réponse.

— À l'étage ! ordonna-t-elle.

Grant lui emboîta le pas. Elle ouvrit une valise dans laquelle s'empilaient de petites fioles remplies d'eau salée, de lourdes croix en argent et des pieux de bois à la pointe bien aiguisée.

Grant examina avec incrédulité le contenu de la valise.

— Je n'arrive pas à croire que Lucian ait toutes ces armes anti-vampires.

— Parfois, il est obligé d'éliminer un de ses congénères, répondit-elle sèchement. Maintenant, mets ça, ajouta-t-elle en lui passant autour du cou une lourde chaîne en argent au bout de laquelle se balançait une grosse croix. Remplis tes poches de fioles. Oh ! Prends ça aussi !

Elle lui glissa dans la main un pistolet en plastique.

— C'est rempli d'eau bénite et ça fonctionne merveilleusement bien, expliqua-t-elle. De mon côté, je vais essayer de découvrir quels sont les pouvoirs de Valeria et comment on peut les neutraliser. En temps normal, Lucian est capable de repérer un vampire ressuscité à cent lieues à la ronde, mais la sorcière l'a aveuglé. Sois prudent, Grant. On ne sait pas encore à qui on a affaire. Je te rejoindrai aussi vite que je le pourrai.

Il opina de la tête. Il se sentait à la fois désespéré et ridicule. Quelque chose l'attirait irrésistiblement vers la falaise. Tandis qu'il dégringolait l'escalier intérieur, un coup à la porte le fit sursauter. Il jeta un coup d'œil à Jade, puis s'avança résolument, un pieu dans la main.

Il ouvrit le battant. Reggie se tenait sur le porche.

— Grant ! s'exclama-t-elle. Oh, Grant ! Dieu merci, vous êtes là ! J'ai cherché Stéphanie partout, mais je crains qu'il ne soit trop tard... J'ai si peur ! Il faut que vous l'aidiez.

— Comment avez-vous su que j'étais là ? Et que diable voulez-vous dire ?

— Je vous ai vu entrer dans ce bungalow. Oh, et puis peu importe. Il faut absolument que vous retrouviez Stéphanie.

— Vous l'avez attirée ici délibérément, n'est-ce pas, Reggie ? demanda-t-il froidement. Pourquoi ?

— Parce que, dit Jade dans son dos, c'est elle, Valeria.

— Lena ? Virginie ?

La porte du bungalow était ouverte.

Drew entra prudemment. Il faisait sombre à l'intérieur. Un gloussement lui parvint.

— Drew ! fit Virginie dans l'obscurité.

— Drew, viens jouer avec nous, dit Lena d'une voix rauque et suave.

Le jeune homme recula.

— Allumez donc les lumières, cria-t-il.

Il était ressorti sur le porche. Pour rien au monde il n'entrerait là-dedans. Ses poils se dressèrent sur ses bras, tandis qu'une odeur écœurante lui montait aux narines.

L'odeur du sang.

Dans la pénombre, il distingua un corps par terre.

— Drew !

Virginie jaillit soudain devant lui. Elle était nue. Des gouttes d'eau glissaient sur sa peau, ses cheveux mouillés étaient tirés en arrière, ses yeux avaient un aspect vitreux.

Elle tendit le bras vers lui, mais il s'esquiva, apeuré. C'était son regard qui avait éveillé sa méfiance, réalisa-t-il. Et le fait qu'elle soit nue.

— Non, non, entre ! insista la blonde.

— Viens jouer, dit Lena, qui apparut derrière son amie.

Elle était nue, elle aussi, et fixait Drew en se léchant les lèvres.

« Hurlez », avait dit Grant.

Il laissa échapper un hurlement.

— Ce n'est pas drôle ! grogna Lena.

Drew pivota sur lui-même et détala. L'eau de mer. Jade avait parlé d'eau de mer.

Il dévala le sentier et plongea dans l'eau. Lorsqu'il se retourna, les deux créatures étaient sur la plage. Lena émit un gloussement. Puis elles entrèrent dans l'eau.

— Et merde !

Drew poussa un cri aigu. Les créatures fendaient les flots dans sa direction. Une voix lança un ordre depuis la plage.

— Arrêtez !

Virginie et Lena se figèrent.

Drew distingua un homme sur la plage. Il reconnut Clay Barton, *alias* Lucian. « Lucian est mon mari. C'est un vampire, mais il combat les forces des ténèbres », avait dit la femme qu'il avait connue sous le nom de Liz et qui s'appelait maintenant Jade. Était-ce donc un bon vampire ?

Virginie et Lena retournèrent vers la plage. Dociles comme des petits chiens bien dressés, elles allèrent se placer de part et d'autre de l'homme. À son tour, Drew sortit lentement de l'eau, avec mille précautions, en s'assurant que le bon vampire se trouvait toujours entre lui et les deux femmes. Celles-ci ne le regardaient plus. Leurs visages étaient vides d'expression.

— Il va falloir les mettre à l'abri, dit Lucian. Allons-y.

— Où voulez-vous aller ? Elles sont devenues des... des harpies. Il y a un cadavre dans leur bungalow. Si vous vous éloignez, elles me mettront en pièces.

— Elles suivront, affirma Lucian en prenant le chemin de son bungalow. Tâchez de ne pas dégouliner sur moi.

— Ne pas dégouliner sur vous... Oh, oui, bien sûr. Mais comment se fait-il qu'elles ne craignent pas l'eau de mer ?

— Elles n'ont pas été transformées. Elles sont juste sous influence.

— Sous influence, hein ? C'est bien ma veine ! gémit Drew. Je n'aurais pas pu avoir des copines qui prennent de la drogue, comme tout le monde, il a fallu que je tombe sur des demi-vampires !

Lucian lui lança un regard sévère.

— Si vous ne voulez pas devenir vampire vous-même, dépêchez-vous. Suivez-moi et faites attention.

Drew jeta un coup d'œil aux deux femmes, puis se mit à marcher à côté de Lucian.

Le froid réveilla Stéphanie. Elle ne ressentait aucune souffrance, seulement ce froid intense.

Son instinct l'avertissait qu'elle courait un grand danger.

Elle ouvrit les yeux lentement, prudemment.

Au début, elle ne vit que la paroi grise du roc. Abasourdie, elle leva le regard. Ses yeux s'écarquillèrent : elle se trouvait dans une grotte.

Elle était allongée sur un lit, un lit en bois ouvragé, sous un dais de lourdes tentures. Une épaisse tapisserie suspendue entre les colonnettes aurait dû la protéger du froid, mais il n'en était rien. Et le feu qui brûlait dans un cratère en fer au milieu de la vaste salle souterraine ne dégageait aucune chaleur. Un peu plus loin, une table massive était entourée de chaises sculptées en bois sombre.

Stéphanie s'assit. Son jean et sa chemise mouillés avaient été remplacés par une longue robe médiévale taillée dans une étoffe veloutée. C'était une robe noire, dont les manches et l'ourlet étaient ornés de festons en dentelle, noire également.

— Enfin, te voilà de retour parmi nous.

La jeune femme sursauta violemment.

Contre le mur se découpait un fauteuil à haut dossier. Un homme y était assis, très grand, les épaules larges, drapé dans une cape noire. Stéphanie ferma les yeux, convaincue qu'elle rêvait. Elle connaissait cet homme, mais il paraissait transfiguré. Ses traits, autrefois si animés, étaient figés dans une expression cruelle, ses yeux flamboyaient, ses cheveux d'un noir d'ébène auréolaient son beau visage immobile.

— Giovanni, dit-elle sèchement.

Il agita la main avec impatience.

— François, rectifia-t-il. Comte François de Venue.

Stéphanie balança ses jambes sur le côté et s'assit sur le bord du lit, les mains jointes sur ses genoux. Un battement sourd lui meurtrissait les tempes, son estomac était noué.

— Je vois, murmura-t-elle, se demandant si elle devait admettre l'inconcevable ou se cantonner farouchement dans le déni. C'est donc vous, le grand guerrier mort. Vous avez eu tort de m'enlever si vous voulez faire carrière dans le théâtre, ajouta-t-elle, non sans dérision.

Il se redressa. Stéphanie s'apprêta à fuir, mais lorsqu'il la regarda, elle ne put esquisser le moindre geste. Ces yeux de braise l'envoûtaient. Elle resta assise, les membres lourds, comme enchaînée.

— Ah, le théâtre, fit-il. En matière de comédie, j'ai surpassé tes amis, que tu considères comme de si bons acteurs. Un jour, peut-être m'accorderai-je le plaisir de jouer sur une scène. Pas ce soir, en tout cas.

— Pourquoi ? Que va-t-il se passer ce soir ? demanda-t-elle.

— Je triompherai pour les siècles à venir.

— Qu'entendez-vous par là ?

— Que nous combattrons de nouveau.

— Qui va combattre ?

— Mais nous deux, contre Conan de Burgh.

Elle secoua la tête.

— Conan de Burgh est mort la nuit où il vous a expédié en enfer.

Un sourire malveillant étira les lèvres de François de Venue.

— Comme tu peux le voir, je ne suis pas en enfer.

— Mais... qui est Conan de Burgh ?

— Voyons ! Tu es une fille intelligente ! Il s'agit de cet imbécile qui t'a suivie à l'autre bout du monde. Comme il aurait suivi Valeria, il y a plusieurs siècles.

Valeria. La mémoire lui revint d'un seul coup.

— Ah ! Vous voulez parler de Grant.

— Voilà ! Elle n'est pas sotte, après tout ! railla-t-il.

— Je ne suis pas Valeria et il n'est pas Conan. J'ai un passé et lui aussi. Nous n'avons pas été exhumés sur le site. Je crains que vous ne vous trompiez.

— Tu n'es pas Valeria, pour la bonne raison qu'en ce moment même, elle est avec tes amis.

Stéphanie réprima un tressaillement. Est-ce que Reggie l'avait attirée ici délibérément ? Et si oui, pourquoi ?

— Reggie ? murmura-t-elle.

— Oui, elle-même. Elle a eu de la chance, mais son heure a sonné. Elle va payer. Reggie ou Valeria a vécu des siècles durant, grâce au pouvoir que je lui ai donné.

— Quel pouvoir ?

— Celui des vrais vampires.

Stéphanie serra les dents pour les empêcher de claquer. Le froid s'était intensifié.

— Je ne comprends pas, dit-elle courageusement. D'après la légende, c'était Valeria qui détenait le pouvoir.

— Au début, oui. Ensuite, je l'ai asservie.

— Comment ?

— Valeria possédait les pouvoirs occultes des sorcières. Des facultés qu'elle avait héritées des temps anciens. Sa lignée remonte à l'empire romain, quand les Égyptiens ont été amenés à Rome comme esclaves. Elle, et sa mère avant elle, étaient les descendantes d'une prêtresse qui honorait une certaine déesse. Ce culte leur conférait des pouvoirs étonnants. Bref, Valeria était dotée d'une force incroyable. De mon côté, j'étais un guerrier. Bizarrement, ma propre vie a basculé dans le grand désert, en Terre Sainte. L'ironie du sort a voulu que ma transformation se fasse alors que je me battais pour le triomphe du Christ. Je passais les infidèles au fil de mon épée, j'étais fier d'appartenir à l'armée des Croisés. Mais j'ai connu une femme... Quand j'en ai eu fini avec elle, j'ai découvert qu'elle n'en avait pas fini avec moi. Le lendemain, en plein jour, mes hommes ont profité de sa faiblesse. Ils lui ont planté un pieu en plein cœur. Ils m'ont ramené en France pour m'enterrer, mais ça n'a servi à rien : j'étais immortel. La mort a failli me faucher une seule fois : la nuit de la bataille que j'ai livrée contre Conan de Burgh. Il m'a infligé de telles blessures qu'il m'a fallu très longtemps pour guérir, tandis que je gisais sous les éboulis. Tu connais le reste. La terre a tremblé de nouveau. Et à présent, je suis libre.

Il s'était assis près d'elle et lui caressait le visage. Le dégoût tétanisa Stéphanie. Il s'en aperçut, et cela parut l'amuser.

— Je suis perdue, dit-elle, recouvrant un peu de courage. Vous m'avez dit que Conan de Burgh avait péri dans le tremblement de terre...

— Oui.

— Mais alors...

— Il est revenu. Son âme s'est réfugiée dans le corps de ton Grant Peterson. Je l'ai su dès l'instant où j'ai émergé de mon sommeil séculaire. Oui, j'ai su qu'il était revenu, lui aussi. La fatalité a fait en sorte que vous vous rencontriez. Que vous tombiez amoureux l'un de l'autre.

Elle parvint à humecter ses lèvres sèches. François se penchait vers elle pour l'étudier avec une sorte de sensualité teintée d'amusement. On eût dit un chat jouant avec une souris. Et il pouvait mettre fin au jeu à tout instant...

Maintenant, peut-être, pensa-t-elle, terrifiée.

— Eh bien, dit-elle, dissimulant de son mieux son angoisse. Grant est la réincarnation de Conan de Burgh, vous êtes François de Venue, Reggie est Valeria... Et moi, qui suis-je ?

— Tu ne le sais toujours pas ?

— Pardonnez-moi d'être aussi lente, répondit-elle, sarcastique.

— Valeria avait une fille, dit-il.

— Une fille ?

— Sa fille a eu une fille, qui a eu une fille, et ainsi de suite jusqu'à ce que... Je suis sûr que tu as saisi, maintenant.

— Je suis une descendante de Valeria ? demanda-t-elle, interloquée.

— Là, tu es plus rapide... Quand j'ai connu Valeria, elle a tout de suite compris qu'elle avait intérêt à m'obéir. En dépit de son existence passée, Valeria ne voulait pas devenir vampire. Mais, par-dessus tout, elle ne voulait pas que sa fille subisse cette malédiction. Afin de la protéger, elle s'est pliée à ma volonté. Je lui avais promis de ne pas toucher à son enfant. Je suis très fort, tu sais. Même sans elle.

— Alors, pourquoi me menacez-vous ? Valeria est toujours de votre côté. Elle m'a attirée ici par ruse. Avez-vous monté ce plan parce que vous pensiez que Grant me suivrait ? C'est dommage, car il est venu en Calabre tout seul.

— Oui, je sais. Disons que tu me sers d'appât pour l'avenir.

— Pourquoi suis-je ici, François ?

— Parce qu'il va falloir qu'il choisisse, cette fois.

— Et quel sera ce choix ?

— Sa vie ou la tienne.

Grant avait saisi Reggie par le bras quand Lucian apparut à la porte du bungalow.

— Voici Reggie, annonça-t-il rageusement. Je dois découvrir ce qu'elle sait avant de monter sur la falaise.

— Vous voilà donc, Valeria, dit Lucian d'une voix douce. Nous allons enfin avoir une conversation, tous les deux.

— Pas trop longtemps, intervint Grant. Je dois partir au plus vite. Stéphanie est en danger.

— Un peu de patience.

— Mais je...

Grant s'interrompit, médusé. Drew, trempé jusqu'aux os, entrait à son tour. Virginie et Lena lui emboîtaient le pas. Elles étaient nues et ouvraient des yeux comme des soucoupes.

— Mon Dieu, murmura Grant, qu'est-ce qui leur est arrivé ?

— Elles sont tombées sous le pouvoir de François, répondit Lucian.

Quelque chose se noua dans la poitrine de Grant.

— Alors... on doit leur couper la tête ?

L'idée lui répugnait. Un meurtre était un meurtre. Il se sentit chanceler. Seule la pensée de Stéphanie l'empêcha de s'effondrer.

— Je ne crois pas, dit Lucian. Elles sont souillées, mais encore humaines.

Il se tourna vers sa femme.

— Jade ?

— J'y vais, répondit-elle en se dirigeant vers l'escalier.

Grant reporta son attention sur Reggie. Lucian et Drew la regardaient également.

— Ainsi, c'est vous Reggie ? demanda Drew.

— Oui...

— Formidable. Merci de m'avoir engagé, marmonna-t-il.

Il avait une mine de papier mâché. Les filles, nues, l'air égaré comme des zombis de film d'horreur, ruisselaient sur le tapis.

— Vous avez attiré Stéphanie dans un piège ! gronda Grant à l'adresse de Reggie.

— C'est faux ! protesta-t-elle. Je voulais ouvrir un club de théâtre en Calabre. Le projet s'est réalisé avant que ne débutent les fouilles qui ont libéré François de sa prison de pierre. Ne soyez pas stupide ! Je suis revenue ici pour protéger Stéphanie. Et si j'arrive à voir François, à lui parler, je crois que nous pourrons la sauver.

— François est... commença Drew.

— Giovanni, dit Reggie nonchalamment.

— Le groom ! s'exclama Drew, stupéfait.

— Quand avez-vous compris qui j'étais ? demanda Lucian.

— Récemment. Je sentais bien qu'il y avait quelqu'un de votre espèce, mais j'ignorais qui.

Jade redescendit les marches, les bras chargés de bracelets en argent. Grant prit une profonde inspiration. L'angoisse montait en lui. Ils se livraient à des jeux ridicules pendant que Stéphanie...

Une sueur froide inonda ses paumes.

— Il faut que j'y aille, répéta-t-il avec véhémence.

Lucian posa la main sur son bras.

— Non. Le temps n'est pas venu. Je sais que c'est dur, mon ami. Mais tu dois attendre, apprendre à m'écouter et à respecter les lois.

— Les lois ?

Lucian regarda Reggie.

— Les lois du destin, murmura-t-il.

— Je me fiche des lois ! rugit Grant.

Une terrible tension lui nouait le ventre.

— C'est la seule façon de gagner. La seule façon de la récupérer vivante, dit Lucian.

Jade avait entrepris de passer les bracelets aux poignets de Lena et de Virginie. Lucian regarda Grant.

— De l'argent béni, lui expliqua-t-il.

Reggie, alors, s'avança vers eux.

— J'ai su que François s'était réveillé dès l'instant où il a rouvert les yeux, déclara-t-elle. C'est ainsi que cela devait se passer. Il s'est engagé à épargner la population si je faisais revenir Conan. J'avais déjà proposé le contrat à Stéphanie. De toute façon, si je l'avais laissée seule aux États-Unis, il l'aurait retrouvée. Je devais la protéger. François est capable de tout. Finalement, vous êtes venu de votre propre chef, Grant. C'était écrit... Je ne suis pas malveillante. François m'a menti. Il s'est servi de moi. Il voulait Stéphanie et il l'a eue. Je peux vous aider, vous ne comprenez donc pas ? Je le connais, je sais ce qu'il compte faire.

— Moi aussi, dit Lucian.

Il se tourna vers Grant.

— Tu dois le vaincre une nouvelle fois. Et le détruire définitivement.

Entre-temps, Jade avait installé Virginie et Lena sur le canapé.

— Elles ont besoin de vêtements, dit-elle.

Lucian hocha la tête.

— Va chercher des couvertures, Jade. Et n'oublie pas de protéger leurs chevilles et leur cou. Je ne veux pas avoir à les tuer. Dieu sait combien de gens François a enrôlés dans son armée, combien il va encore corrompre avant le combat... Tâchons au moins de lui retirer ces deux-là.

Son regard se posa sur Drew, avant de se braquer sur Grant.

— Soyez prudents. Ne faites confiance à personne. D'aucuns vous jureront qu'ils sont avec nous, alors qu'ils ne demandent qu'à nous trahir, lorsque nous nous dirigerons à cheval vers le champ de bataille.

— À cheval ? fit Drew d'une voix faible.

— Je veux vous aider, déclara Reggie passionnément.

Tous les regards se tournèrent vers elle. Elle avait toujours été une belle femme, mais à présent, elle était superbe. Grande, élancée, le menton haut. Une mèche de cheveux sombres tombait sur son œil droit, ses lèvres tremblaient, mais son regard bleu, presque violet, était déterminé.

Elle s'élança vers Grant et lui saisit la main.

— Vous connaissez mon affection pour Stéphanie ! J'ai accepté de jouer le jeu uniquement pour... Oh, Grant ! Je suis désolée. Je pensais que si François vous tuait, sa haine s'apaiserait et que nous pourrions vivre en paix.

Elle paraissait sincère.

— Mais, ma chère Valeria, objecta Lucian, vous avez bel et bien dissimulé François à mon sixième sens. Car ce sont vos pouvoirs de protection qui m'ont aveuglé pendant si longtemps.

— Je ne savais pas qui vous étiez ! affirma-t-elle, avant de se tourner de nouveau vers Grant. S'il vous plaît, écoutez-moi... Vous n'arriverez jamais à la sauver sans moi.

— C'est vrai ? demanda Grant à Lucian, qui haussa les épaules.

— C'est une sorcière, répondit-il. Elle peut protéger qui elle veut. Stéphanie, nous ou... l'autre.

— Mais qui va-t-elle choisir ? demanda Drew.

— Je n'en sais rien, admit Lucian.

Grant retira sa main de l'étreinte de Reggie.

— Il faut les retrouver. Maintenant, je le sens. La nuit est tombée, la lune se lève.

— La pleine lune, murmura Lucian. Oui, c'est l'heure. Valeria, mettez donc une croix si vous voulez venir avec nous.

Elle se rejeta en arrière.

— Une croix ! Je ne suis pas croyante.

Un coup soudain ébranla la porte. Même Lucian parut surpris, mais il alla ouvrir.

Lorsque le battant pivota sur ses gonds, Grant eut l'impression que sa mâchoire allait se décrocher.

La nuit enveloppait la nature dans un long manteau noir. Mais une vive lumière perçait les ténèbres. Ils étaient des douzaines, peut-être une centaine. Certains tenaient des torches enflammées, d'autres brandissaient des pioches, des couteaux de cuisine, des épées qui semblaient sortir tout droit d'un musée.

Et à la tête de la foule se tenait le vieil homme. Adalio. Maigre, fragile, armé d'une lourde hache.

— C'est l'heure ! annonça-t-il d'une voix sonore.

Grant regarda derrière Adalio. Quelques-uns des soldats improvisés étaient montés à cheval. Il en reconnut plusieurs. Les deux policiers, Merc et Franco. Des serveurs de différents restaurants et cafés de la ville. Des employés de l'hôpital, des fermiers, des commerçants.

Lucian fixa Grant.

— Ce soir, je suis ton écuyer... Jade ?

— Elles sont en sécurité, lui répondit sa femme.

— Alors, viens. Tout est prêt.

— Mon épée est dans la voiture, dit Grant.

— Je suis sûr que l'un d'eux aura songé à te l'apporter.

Ils sortirent du bungalow. La foule se fendit en deux pour laisser passer Grant. Un homme s'avança. Il transportait une armure. Grant s'immobilisa pour permettre aux villageois d'ajuster les plaques de métal à l'aide de sangles en cuir. Il entendit des cliquetis, tandis qu'on habillait également de métal Lucian et Drew.

Merc lui présenta son épée.

Il saisit la garde. Alors, une voix chuchota à son oreille. La voix de Reggie.

— Je suis de votre côté. Je me battrai pour le bien et pour la vie, je le jure !

Il se retourna, mais ne vit que le vide.

— Où est-elle ? demanda-t-il à Lucian.

— Partie.

— Je l'ai entendue. Elle disait qu'elle était avec nous.

— C'est une sorcière, lui rappela sèchement son ami. Qu'on le veuille ou non, elle fait partie de ce combat. À la fin, nous saurons enfin la vérité.

— À la fin ? murmura Drew d'une voix presque inaudible.

Quelqu'un tirait un cheval par la bride. Un grand étalon noir. Grant monta en selle aisément – il avait tourné plusieurs films d'aventure et était bon cavalier.

Il saisit les rênes et s'apprêta à lancer sa monture au galop.

— Hé, minute ! hurla Drew.

Le rouquin se débattait pour caler son pied dans l'étrier.

— Cette armure pèse une tonne ! soupira-t-il. Oh, merde ! Je ne connais rien aux chevaux, encore moins aux armes du Moyen Âge.

À sa propre surprise, Grant sentit un sourire naître sur ses lèvres. Il se tourna vers Lucian.

— Est-ce qu'il arrivera à...

— Drew est un cœur vaillant, coupa son écuyer. Tu n'as rien à craindre.

— C'est l'heure ! cria de nouveau le vieil homme.

Alors, le premier grognement déchira la nuit. C'était un son bizarre et effrayant, un cri malsain, une sorte de clameur infernale.

— Les chiens de l'enfer, dit Lucian.

Grant sentit ses cheveux se dresser sur sa tête.

Il enfonça ses éperons dans le flanc de son cheval.

Stéphanie était là-haut, quelque part sur les falaises.

18

— Tuez-moi ! Maintenant !

Stéphanie défiait François d'un regard froid.

Il eut un sourire cruel.

— Te tuer ? Es-tu folle, ma pauvre fille ? Te tuer... Oh, non ! Tu n'es pas Valeria, tu sais. Je te contrôle complètement.

— Pourquoi ? Serais-je déjà morte ?

Il lui souleva les cheveux, se pencha vers elle. Elle ne put s'écarter lorsqu'il pressa ses lèvres sur son cou. Elle sentit sa langue sur sa chair... puis ses dents acérées.

Elle ferma les yeux, prise par un sentiment d'extase et d'horreur.

— Ne t'endors pas, chuchota-t-il. J'aime bien mes repas quand ils sont réveillés. Ah, chère enfant, tu es aussi chaude que Valeria autrefois... Tu sais, je t'ai déjà embrassée dans tes rêves, sous l'apparence de ton amant.

Grant ! Stéphanie crut l'apercevoir à travers ses paupières closes. Grant, tel qu'il lui était apparu dans ses rêves. Plus large, plus grand que dans la vie. Puis Grant, tel qu'il était en réalité. Son sourire. Ses yeux passionnés. Son grand corps souple et musclé. Elle l'avait toujours aimé et l'aimerait toujours...

— Vous avez essayé de pénétrer dans mes rêves, répondit-elle, indifférente à ses caresses. Mais vous n'avez pas pu parce que je ne voyais que lui...

Elle sentit une déchirure sur sa peau.

— Tu m'appartiens, dit-il. Je n'ai pas encore cueilli ta petite vie de mortelle, mais je t'ai pris suffisamment de sang pour m'assurer que tu vas m'obéir. Maintenant... les chiens de l'enfer. Tu vas les ressusciter tout de suite.

— Les chiens de l'enfer ? Je ne sais même pas ce qu'ils sont.

Il se redressa, furieux, et sonda la grotte d'un regard brûlant.

Un homme entra alors. Doug. Il regarda Stéphanie en souriant. Quelque chose dans ses yeux dut irriter François, qui hurla :

— Est-ce qu'elle est arrivée ?

— Pas encore, monseigneur.

— Monseigneur ! s'exclama Stéphanie.

— C'est ainsi que tu dois m'appeler, toi aussi.

Il vint vers elle et l'empoigna. Avec une force phénoménale, il la hissa sur ses jambes. Elle aurait voulu se défendre, se débattre, mais ne put que demeurer immobile.

— Les chiens de l'enfer ! Tel est ton pouvoir. Ressuscite-les maintenant. J'ai entendu les hurlements des loups, donc l'heure est proche. Maintenant, te dis-je ! Pense à eux, pense aux cadavres qui pourrissent sous terre. Fais-les resurgir !

Sa main puissante se referma sur le bras de Stéphanie. Elle s'efforça de fermer son esprit.

— Il y a si longtemps que j'attends cette nuit... reprit François.

Il se tourna vers Doug.

— Les chevaux !

Doug ressortit docilement, sans un mot.

François laissa alors échapper un cri de rage. Enfin, il s'agenouilla devant la jeune femme.

— Tu sais ce que je peux te faire ? Comme je peux te faire souffrir ? Les chiens de l'enfer ! J'en ai besoin maintenant !

C'était comme dans son rêve.

Il était déjà venu à cet endroit. Il avait déjà chevauché le long du littoral, avec d'autres troupes – cavaliers, fantassins et paysans.

Comme jadis, à la tête de l'armée improvisée marchait un prêtre. Le prêtre qui, récemment, avait dit la messe funèbre pour Maria Britto. Il récitait une prière en latin. Grant fit avancer son cheval, la tête baissée. Il savait que le prêtre lui offrirait une croix, bien qu'il en portât déjà une. En effet, l'ecclésiastique leva une grosse chaîne ornée d'une croix énorme qu'il passa autour du cou de l'étalon noir. Comme Grant éperonnait sa monture, une rosée d'eau bénite lui mouilla le visage.

Les chiens aboyaient.

Hommes et chevaux se remirent en marche.

La lune voguait haut dans le ciel ; un vent froid les cinglait.

Lucian chevauchait à côté de Grant. Ils grimpaient sur la falaise.

— Je crois que les chiens de l'enfer sont les cadavres de tous ceux qui sont morts en défendant la cause du mal, dit Lucian. Des assassins, des violeurs, des destructeurs. Il faudra leur couper la tête.

Grant lui lança un bref regard.

— Je... je le savais déjà, murmura-t-il.

Ils approchaient du site. Les hommes à cheval venaient en premier, puis la foule à pied, hérissée de torches et de piques. Le vent soufflait par rafales, mais ne parvenait pas à dissiper le brouillard épais qui rampait sur le sol. Cris, râles, appels au secours déchiraient l'air froid. Le camp des archéologues subissait une attaque, réalisa Grant, qui éperonna son cheval.

Soudain, au sommet de la pente raide, les troupes de François de Venue émergèrent du brouillard. Une armée de fortune, composée de gens de la région. Grant en reconnut quelques-uns. Doug, à droite de François. La jolie infirmière de l'hôpital. Arturo. Des hommes qu'il avait croisés sur le chantier.

Une véritable armée, en effet.

Stéphanie chevauchait à gauche de François. Ses cheveux sombres tourbillonnaient dans le vent. Ses yeux violets étincelaient. Mais peut-être étaient-ce des larmes qui les faisaient briller...

— Laisse-la partir ! rugit Grant. Rends-lui sa liberté.

— Si tu veux l'avoir, tu dois mourir.

— Elle n'a rien à voir là-dedans. Je te combattrai avec plaisir, tu n'as pas besoin de la retenir.

François se redressa sur sa monture.

— Je t'ai laissé vivre, Conan. Mais ce soir, par tous les feux de l'enfer, tu périras et personne ne pourra jamais te faire revenir !

Le beau visage sombre de François de Venue, l'homme qu'il avait connu sous le nom de Giovanni, n'était plus qu'un masque de fureur.

— Ce soir, tu vas mourir, Conan ! répéta-t-il.

— Alors, nous nous reverrons en enfer, François !

— Maintenant ! ordonna ce dernier à l'adresse de Stéphanie.

— Stéphanie ! rugit Grant, et sa voix recouvrit les aboiements des chiens. Stéphanie !

Les sombres rafales de vent et de brouillard se déchaînèrent, et d'un seul coup, les chiens de l'enfer apparurent entre les rangs des cavaliers qui flanquaient François.

Le premier animal sauta par-dessus la tête de Grant. Son cheval trébucha. C'était un gros chien... un loup, peut-être. Un loup aux crocs de tigre. Grant le regarda, médusé.

C'était un cadavre ! se dit-il, se rappelant les paroles de Lucian. Pas un chien, un loup ou un tigre. C'était un cadavre ambulant qui s'était relevé d'entre les morts grâce au pouvoir infernal d'une sorcière... Stéphanie ? Non !

Cadavre ou pas, la bête était féroce. Puissante. Des griffes acérées pendaient au bout de ses pattes. Elle heurta l'étalon de tout son poids. Le cheval se cabra. Désarçonné, Grant dégringola à terre.

La tête. Coupe-lui la tête.

L'épée tournoya dans sa main. La tête hideuse se détacha, roula sur la rocaille. Mais il en venait d'autres, des dizaines d'autres... À ses côtés, Lucian décapitait les créatures avec une sorte de fureur méthodique. Sans cesser de manier l'épée, il jeta un coup d'œil à Grant.

— Appelle-la ! s'écria-t-il. Appelle Stéphanie. Elle seule peut renvoyer ces démons en enfer.

— Ce n'est pas Stéphanie qui a ressuscité ces monstres !

— Que ce soit elle ou pas, elle a le pouvoir de les détruire.

Grant se figea un instant. Enfin, un cri fusa de sa bouche.

— Stéphanie ! Pour l'amour de Dieu, tu peux le faire. Renvoie-les d'où ils viennent.

Des cris furieux s'élevaient autour de Grant. Ils gagnaient du terrain. Il leva l'épée pour trancher la tête d'un autre animal qui fonçait droit sur lui. Mais sa lame n'eut pas le temps d'atteindre sa cible car, soudain, la bête s'effondra devant ses yeux. En un clin d'œil, son corps tomba en poussière.

— En avant ! s'entendit-il hurler.

Son armée disparate s'ébranla. Du coin de l'œil, il repéra Drew et Doug, engagés dans un combat singulier.

— Je t'en prie, pose ce sabre ! suppliait Drew tout en parant les coups de son ancien ami.

Un rictus déforma la bouche de Doug. Son sabre lança une lueur ensanglantée.

— Et merde ! cria Drew.

Se redressant sur sa monture, les yeux emplis de larmes, il brandit son épée. Sa lame trancha la gorge de Doug, qui tomba de selle comme un pantin désarticulé.

Quelqu'un heurta le dos de Grant. Quelqu'un qui portait une armure. Il faillit perdre l'équilibre, mais parvint à rester debout. L'autre frappait de gauche et de droite afin de l'acculer contre la paroi rocheuse. Grant brandit la lame à double tranchant. La pointe s'enfonça sous le menton de son adversaire, dont le casque s'envola.

Grant se figea sur place.

Valeria ! Elle pressait les mains sur son cou ensanglanté.

L'espace d'une seconde, des images enfouies flottèrent devant les yeux de Grant. Valeria, riant à ses côtés, à une autre époque...

Quand elle était jeune.

Innocente.

Il hésita.

Elle avait eu une fille. Elle s'était alliée à François pour protéger son enfant. Sa fille avait survécu, et les siècles s'étaient écoulés. Et maintenant, les lèvres retroussées sur un cri de rage, elle essayait de soulever son épée pour le frapper. La lame tournoya entre ses mains. Il reçut le coup en pleine poitrine. Son armure amortit le choc, mais il tomba à la renverse.

Elle leva les bras vers le ciel. Un éclair flamboya. Le vent revint, plus violent ; les aboiements reprirent.

— Non ! hurla-t-il.

Il empoigna sa croix, tout en roulant sur le côté pour esquiver un nouvel assaut. Il se releva en titubant. Sans se donner la peine de ramasser son épée, il se précipita sur Valeria et lui plaqua la croix sur le front.

La sorcière poussa un cri de rage et de douleur.

Elle tomba à genoux, puis leva les yeux vers lui.

Il avait déjà vécu cet instant, déjà contemplé ce visage. Il revit le rictus de triomphe, le sourire moqueur qu'elle lui avait adressé des siècles auparavant.

Soudain, il comprit.

François n'avait pas entraîné Valeria sur le chemin du mal. Elle l'avait suivi de son plein gré, l'avait même devancé. Et elle avait acquis suffisamment de puissance pour provoquer le tremblement de terre qui avait englouti ses ennemis.

Il ramassa son épée, se prépara à lui assener le coup de grâce.

— Conan !

Son cri le fit hésiter. Un changement s'opérait dans les yeux de Valeria. Sur ses traits. Elle eut un sourire... qui s'éteignit.

La lame de Grant siffla. L'espace d'un instant, le visage de Valeria resta suspendu dans les airs, à travers le temps, ce sourire étrange sur ses lèvres.

Puis sa tête tomba à côté de son corps.

— Dépêche-toi ! Il tient sa vengeance, cette fois-ci.

C'était la voix de Lucian. Grant regarda dans la direction que son ami indiquait. François avait entraîné Stéphanie sur le sommet de la falaise. Elle se débattait, mais il l'avait empoignée par les cheveux. Arturo, qui l'aidait, poussa les épaules de la jeune femme pour la forcer à se mettre à genoux.

— Non !

Une fois de plus, son cri s'éleva vers le ciel noir. Il s'élança en avant, se mit à grimper en s'accrochant aux racines, aux aspérités de la roche et aux ronces.

— C'est elle, Valeria ! cria quelqu'un. Le mal incarné.

Ils étaient fous ! Déments ! Ils s'étaient battus avec lui, ils connaissaient donc la vérité... Mais que savaient-ils au juste ? Que le mal avait été exhumé et qu'il vivait de nouveau parmi eux.

Au milieu du tintamarre, il entendit le rire de François. Avec l'énergie du désespoir, il se hissa sur le plateau. Son poing s'écrasa sur la mâchoire d'Arturo. Stéphanie parvint à se libérer et bondit sur ses jambes.

— Mets-toi derrière moi, ordonna-t-il.

— Grant ! C'est un vampire. Tu... tu... n'as pas...

Grant leva son épée. Il n'avait qu'un geste à accomplir pour se débarrasser à tout jamais du fléau. Mais François disparut, telle une bouffée de fumée, puis son rire ricocha sur les pierres.

— Stéphanie, éloigne-toi.

Il voulait combattre son ennemi seul.

— Je peux... le rendre visible, dit Stéphanie. Attention, Grant !

Il se retourna juste à temps. Furieux, l'écume aux lèvres, François se matérialisa devant lui. L'éclat d'une lame brillait dans sa main. Grant esquiva le coup, puis leva son épée. De nouveau, le vampire commença à disparaître.

— Non ! cria Stéphanie.

L'image ondoya, pâlit, se brouilla pour se reconstituer presque aussitôt.

Grant fit tourner son épée.

La tête du vampire s'envola.

Stéphanie tomba à genoux, puis s'effondra par terre. Le vent cessa immédiatement. Le fracas des épées s'apaisa. Les aboiements s'étaient évanouis depuis longtemps.

— Stéphanie...

Il s'agenouilla à côté d'elle.

Alors, le grondement commença. Un roulement sourd et profond, qui semblait jaillir des entrailles de la terre. Quelqu'un en contrebas, peut-être Dino Ponti, cria :

— Tremblement de terre !

Stéphanie ne bougeait plus. Elle avait perdu connaissance. Grant l'entoura de ses bras, l'attira vers lui. Les bords de la falaise s'effritaient. Ployant sous le poids de son armure, Grant souleva la jeune femme dans ses bras et se mit à courir. Le sol se fendillait, se lézardait derrière ses pas. Enfin, il atteignit le sentier.

Le roc s'ouvrit en deux.

Il se sentit s'envoler, planer.

Ils roulaient... ils tombaient...

Plus bas, toujours plus bas.

Le monde n'était plus qu'un trou noir.

Le tremblement de terre qui avait frappé la Calabre fut moins destructeur que celui qui l'avait ravagée huit siècles plus tôt. Mais on déplorait quand même quelques victimes.

Ces informations, Grant ne les apprit que plus tard, lorsqu'il se réveilla. À son réveil, il se sentit bizarre. Il était resté dans le coma pendant deux jours, mais lorsqu'il rouvrit les yeux, la faim le taraudait, et il éprouvait une étrange sensation de pouvoir.

Il se réveilla dans le lit de Stéphanie, à l'hôtel.

Elle était près de lui et le scrutait de ses immenses yeux violets. Ses cheveux cascadaient sur ses épaules et dans son dos.

Elle lui sourit.

— Salut.

— Salut.

— Comment te sens-tu ?

— Comme si je pouvais manger un bœuf entier.

Son sourire s'élargit.

— Est-ce que tu te souviens de quelque chose ? demanda-t-elle.

— Je me souviens de tout, très précisément. Sauf...

— Sauf ?

— Quand nous sommes tombés dans le précipice, j'ai vu une explosion de lumière. Tu étais dans mes bras et nous flottions, nous nous envolions dans les airs, par-delà les cimes. Brusquement, j'ai ressenti une douleur fulgurante...

— Et puis ?

— Je me suis réveillé.

— J'ai fait le même rêve, dit-elle pensivement.

— Le même ?

— Oui. La lumière, la sensation de voler, de flotter dans les nuages. Je me suis réveillée avant toi.

Il hocha lentement la tête, puis jeta un coup d'œil à Stéphanie.

— Valeria... euh... Reggie... est morte.

— Oui, c'est triste. Arturo est mort également. Et François. Disparus à jamais.

— Je me demande pourquoi je me sens aussi... puissant. Après ce que nous avons vécu, nous devrions être à l'hôpital, et pourtant, j'ai l'impression d'être le maître du monde.

— Je n'en suis pas sûre, mais... commença-t-elle.

— Mais tu crois savoir quelque chose.

— Oui. La fatalité nous a amenés ici, tu le sais.

— Et ?

— Je pense que nous aurions dû disparaître dans le tremblement de terre.

— Mais nous sommes en vie, murmura-t-il.

Elle hocha la tête.

— Lucian m'a dit que la fatalité pouvait être conjurée.

— Et qu'est-ce que ça veut dire au juste ?

— François avait une chance de ressusciter. De faire beaucoup d'autres victimes. Mais nous avons triomphé.

— Je ne comprends toujours pas.

— Nous avons des amis qui sont... différents, dit-elle.

— Et alors ?

— Alors, il est possible que nous soyons différents, nous aussi.

Grant la fixa, interloqué.

— Mon Dieu ! souffla-t-il.

Elle hocha la tête, puis rejeta le drap et se redressa. Son corps nu resplendit dans les rayons du soleil qui filtraient par la porte-fenêtre. Ses cheveux formaient une longue traîne soyeuse dans son dos, ses yeux brillaient de passion. Elle s'approcha de Grant, le chevaucha. Il éprouva une montée de désir inouïe et sentit son cœur s'emballer. Elle se pencha vers lui en souriant.

— As-tu très, très faim ? chuchota-t-elle.

— Oh, oui, dit-il.

Il l'attira dans ses bras et l'étreignit avec force, cherchant ses lèvres, les savourant avec délectation. Comment pouvait-on se réveiller d'un coma et éprouver un tel désir ?

— La nourriture peut attendre, dit-il d'une voix rauque.

Il l'embrassa, encore et encore, la fit basculer sur le matelas et roula au-dessus d'elle. Ils firent l'amour avec ardeur. Mais lorsque, peu après, ils recommencèrent, leur étreinte fut plus tendre.

Plus tard, douchés et habillés, ils se rendirent au bungalow de Lucian. Jade leur ouvrit la porte. Lena et Virginie se portaient bien, leur annonça-t-elle aussitôt. Drew, grâce au Ciel, avait réchappé du tremblement de terre. Giovanni avait péri dans le séisme, et Merc et Franco avaient adressé à leurs supérieurs un rapport dans lequel ils expliquaient qu'ils détenaient la preuve que le jeune homme était le tueur en série qui avait sévi dans la région.

Lucian déboucha une bouteille de vin. Jade avait préparé le dîner. Comme ils s'asseyaient à la table de la cuisine, Stéphanie décida de se jeter à l'eau.

— Il y a quelque chose de bizarre, mes amis.

— Oh ? fit Lucian.

Grant s'éclaircit la gorge.

— Voilà. J'étais à moitié mort, mais je me suis réveillé fort comme un tigre. J'étais exténué, mort de faim et de soif, mais quand j'ai vu Stéphanie, je... mon désir pour elle l'a emporté sur tout le reste. Est-ce que ça veut dire...

Lucian sourit en regardant sa femme d'un air complice.

— Ça veut dire que tu l'aimes plus que tout au monde. Tu ferais bien de lui demander sa main, et vite...

Grant haussa les sourcils.

— Pourquoi ? Qu'est-ce qui va encore nous arriver ?

Jade poussa un soupir exaspéré.

— Mais rien du tout ! Grant, tu es amoureux, alors fais ce que tu dois faire !

Grant se tourna vers Stéphanie.

— Je suis amoureux de toi. J'ai besoin de toi plus que d'eau, de nourriture ou d'air. Je t'aime plus que ma propre vie. Veux-tu m'épouser ?

Elle lui sourit.

— Tout de suite, si tu veux.

Sans se soucier de la présence de leurs amis, il prit dans ses bras la femme que le destin lui avait rendue et l'embrassa passionnément.

Retrouvez toutes nos collections :

AVENTURES & PASSIONS

Le 3 juillet :

Un ange diabolique **- Julie Garwood (n° 3092)**

Caine le pirate a tendu son piège… Mais quand Jade paraît, le suppliant de l'aider, il en oublie sa traque. Jade est exaspérante mais l'incorrigible séducteur doit reconnaître qu'aucune femme ne l'avait enflammé à ce point ! Surtout lorsqu'elle s'abandonne à ses caresses en toute innocence…

Les noces de la passion **- Laura Lee Guhrke (n° 8074)**

Depuis qu'il a été infidèle, le vicomte John Hammond et sa femme Viola vivent séparément. Mais pour toucher un héritage très important, John doit avoir un fils. Il décide alors de reconquérir sa femme et, contre toute attente, retombe amoureux d'elle. Mais Viola, blessée, ne se laisse pas séduire si facilement...

Nouveau ! 2 rendez-vous mensuels aux alentours du 1er et du 15 de chaque mois.

SUSPENSE

Le 3 juillet :

Cours dans la nuit **- Karen Robards (n° 4041)**

Lorsqu'on assure seule le nettoyage d'une entreprise de pompes funèbres, la nuit, des phénomènes étranges peuvent se produire. Sur la civière, un drap se soulève… Voilà Summer prisonnière d'un cadavre bien vivant ! Ex-policier en quête de rédemption, Steve Calhoun l'entraîne dans une course folle...

Nouveau ! 1 rendez-vous mensuel aux alentours du 1er de chaque mois.

MONDES MYSTÉRIEUX

Le 3 juillet :

***Sombre découverte* - Shannon Drake (n° 8075)**
Pour se remettre d'une relation douloureuse, Stéphanie part travailler chez sa cousine en Italie. Mais Grant, son ancien amant, participe à des fouilles archéologiques au même endroit. Fouilles qui ont réveillé des créatures du fond des âges. Les événements étranges qui se succèdent poussent Grant et Stéphanie à s'allier pour comprendre…

Nouveau ! 1 rendez-vous mensuel aux alentours du 1er de chaque mois.

Passion intense

Quand l'amour vous plonge dans un monde de sensualité

Le 10 juillet :

***Bouche à bouche* - Erin McCarthy (n° 8077)**
Russ Evans enquête sur un arnaqueur qui vole les femmes après les avoir séduites. Au cours de son enquête, il rencontre Laurel, une victime potentielle. La jeune et très séduisante aveugle accepte de l'aider. Mais leurs rapports vont vite devenir le fruit d'investigations beaucoup plus intimes…

Nouveau ! 1 rendez-vous mensuel aux alentours du 15 de chaque mois.

Barbara Cartland

Le 3 juillet :

Un baiser de Paris **- n° 1322 en Collect'or**
Un paradis sur terre **- n° 8073**

Le 10 juillet :

Ballade écossaise **- n° 4168**

Nouveau ! 2 rendez-vous mensuels aux alentours du 1er et du 15 de chaque mois.

8075

Composition IGS
Achevé d'imprimer en France (La Flèche)
par Brodard et Taupin
le 3 juin 2006. 36085
Dépôt légal juin 2006. ISBN 2-290-34773-6

Éditions J'ai lu
87, quai Panhard-et-Levassor, 75013 Paris
Diffusion France et étranger : Flammarion